KB164660

이별에 _____ 보내는 편지

창비청소년문학 116

이별에 보내는 편지

초판 1쇄 발행 | 2022년 12월 2일

지은이 | 브리지드 케머러
옮긴이 | 이은선
펴낸이 | 강일우
책임편집 | 조용우 김유경
조판 | 신혜원
펴낸곳 | (주)창비
등록 | 1986년 8월 5일 제85호
주소 | 10881 경기도 파주시 회동길 184
전화 | 031-955-3333
팩스 | 영업 031-955-3399 편집 031-955-3400
홈페이지 | www.changbi.com
전자우편 | ya@changbi.com

한국어판 ⓒ (주)창비 2022
ISBN 978-89-364-5716-7 43810

Letters to the Lost

이별에 _____ 보내는 편지

Brigid Kemmerer
브리지드 케머러
장편소설

이은선 옮김

마이클에게
당신과 이 미친 질주를 함께 할 수 있어서
얼마나 다행인지 몰라.

(여기서 뛰어내리지 않도록 우리가 서로 붙잡고 있다는 게 가장 큰 다행이지.)

차
례

1장

    제 머릿속에서 지워지지 않는 사진이 한 장 있어요. 꽃무늬 원피스를 입은 꼬마 여자아이가 어둠 속에서 절규하는 사진이에요. 온 사방이 피투성이에요. 아이의 뺨도 옷도. 땅바닥에도 핏방울이 흩뿌려져 있어요. 총 한 자루가 아이 옆쪽 흙길을 겨누고 있는데 남자의 얼굴은 보이지 않지만 부츠는 보여요. 엄마가 오래전에 이 사진을 보여 주면서 이걸 촬영한 사진작가에 대해 얘기했지만 제 기억에 남은 건 절규와 꽃무늬와 피와 총뿐이에요.

    아이 부모님이 길을 잘못 들었어요. 교전 지역에서. 이라크였나? 아마도 이라크였던 것 같아요. 오래전에 본 거고 그 나라 역사는 잘 모르겠어요. 아무튼 그들은 길을 잘못 들었고 겁에 질린 군인들이 차를 향해 총을 쏘았어요. 아이 부모님은 즉사했어요.

    아이는 운이 좋았죠.

    그게 아니라 운이 나빴다고 해야 하나?

    모르겠어요.

맨 처음 눈에 들어오는 건 공포예요. 아이의 표정에 워낙 선명하게 새겨져 있거든요.

그러다 세세한 부분이 눈에 들어오기 시작해요. 피. 꽃무늬. 총. 부츠.

엄마가 찍은 사진 중에도 그 못지않게 시선을 사로잡는 작품이 있죠. 엄마 작품을 생각하고 있어야 하는 건데. 엄마의 비석에 기대고 앉아서 다른 작가의 천재적인 작품을 떠올리고 있다니.

그래도 어쩔 수가 없어요.

아이의 얼굴을 보면 알 수 있어요. 아이의 현실이 산산이 부서지고 있고 아이는 그걸 알아요.

엄마가 돌아가셨고 아이는 그걸 알아요.

그 사진에는 고통이 담겨 있어요.

저는 그 사진을 볼 때마다 이런 생각이 들어요. '나는 이 아이의 심정을 알 것 같아.'

이 편지를 이제 그만 보아야 한다.

내가 이 편지 봉투를 집어 든 이유는 잔디를 깎기 전에 모든 묘비 앞에 놓인 개인용품을 치워야 하기 때문이다. 어떻게 해서든 여덟 시간은 때워야 하고, 돈을 받고 하는 일도 아니기 때문에 대개는 서두르지 않는다.

손에 묻은 기름 때문에 종이 가장자리에 자국이 남았다. 나는 누군가에게 들키기 전에 편지를 버려야 한다는 걸 안다.

하지만 내 시선이 계속 글씨를 따라 움직인다. 필체가 단정하고 똑바르기는 하지만 완벽하지는 않다. 처음에는 뭣 때문에 계속 눈길이 갔는지 알 수 없었지만 이내 분명해진다. 떨리는 손으로 쓴 글이기 때문이다. 여자아이의 필체. 글씨가 딱 알맞게 동글동글하다.

나는 묘비를 흘끗 쳐다본다. 세워진 지 얼마 되지 않은 묘비다. 반질반질한 화강암에 비문이 또렷하게 새겨져 있다. 조이 리베카 손. 사랑받은 아내이자 어머니.

사망일을 보고 나는 휘청거린다. 올해 5월 25일이다. 내가 위스키 한 병을 다 마시고 아빠의 픽업트럭을 몰고 나가서, 아무도 없던 사무용 건물을 들이받은 날이다.

그 날짜가 내 머릿속에 이런 식으로 각인되어 있다니 기분이 묘하지만, 다른 누군가의 머릿속에는 전혀 다른 의미로 각인되어 있을 것이다.

손. 어째 귀에 익은데 어디서 접한 이름인지 모르겠다. 죽은 지 몇 달밖에 되지 않았고 45세였으니 뉴스에 소개됐을지 모른다.

나에 대한 보도가 더 많았겠지만.

"어이, 머프! 무슨 일이야?"

나는 움찔하며 편지를 떨어뜨린다. 나를 '감독'하는 멜론헤드•가 언덕 꼭대기에 서서 땀에 전 손수건으로 이마를 훔치고 있다.

내 이름이 머프가 아니듯 그의 이름도 멜론헤드가 아니다. 하지만 그가 '머피'를 자기 멋대로 머프라 부르고 있으니 나도 '멜렌데스'

• 돌대가리라는 뜻.

를 내 멋대로 부를 작정이다.

딱 하나 차이점이 있다면 나는 면전에 대고 그렇게 부르지 않는다는 거지만.

"죄송해요." 나는 외친다. 허리를 숙여 편지를 집는다.

"이 구역 잔디를 네가 다 깎겠다고 하지 않았니?"

"할게요."

"네가 안 하면 내가 해야 하잖아. 얼른 퇴근해야 하는데."

그는 항상 퇴근 시간을 기다린다. 그에게는 어린 딸이 있다. 세 살이고 디즈니 공주라면 사족을 못 쓴다. 벌써 알파벳과 숫자를 뗐다. 지난주에 유치원 같은 반 친구 열다섯 명과 함께 생일 파티를 열었고 멜론헤드의 아내가 케이크를 직접 만들었다.

물론 그러거나 말거나 나하고는 쥐똥만큼도 상관없다. 저 인간 입을 다물게 만들 방법이 없을 뿐이다. 내가 이 구역을 혼자 맡겠다고한 이유도 그 때문이다.

"알아요." 나는 말한다. "제가 할게요."

"안 하면 오늘 확인서에 사인 안 해 준다."

나는 발끈했다가 함부로 굴면 판사에게 보고가 들어갈지 모른다는 사실을 상기한다. 안 그래도 판사는 나를 싫어하지 않는가. "하겠다고 했잖아요."

그는 됐다는 듯이 손을 흔들고 몸을 돌려 언덕 저편을 내려간다. 내가 자기를 골탕 먹이려는 수작이라고 생각하는 것이다. 지난번에 왔던 애가 그랬을까? 모르겠다.

잠시 후 그의 잔디 깎는 기계 돌아가는 소리가 들린다.

나도 유품 정리를 마치고 잔디 깎는 기계에 시동을 걸어야 하지만 그러지 않는다. 9월의 태양이 공동묘지를 어찌나 쨍하게 비추는지 이마에 축축하게 들러붙은 머리칼을 쓸어 넘겨야 한다. 누가 보면 여기가 메릴랜드주 애나폴리스가 아니라 미국 최남단인 줄 알겠다. 멜론헤드의 반다나가 너무 뻔하게 느껴졌는데 지금은 부러울 지경이다.

이 일이 지긋지긋하다.

지역 사회봉사 활동을 하게 됐다는 데 감사해야 한다는 건 안다. 한동안 경찰은 열일곱 살인 나를 성인으로 기소할 것처럼 굴었지만 내가 누굴 죽이거나 그런 것도 아니었다. 재산 피해만 입혔을 뿐이다. 그리고 공동묘지 잔디 관리는 사형 선고라고 볼 수도 없다. 죽은 사람들에게 둘러싸여 있긴 하지만.

그런데도 이 일이 지긋지긋하다. 나는 사람들이 나를 어떻게 생각하건 신경 쓰지 않는다고 하지만 그건 거짓말이다. 모든 사람이 나를 째깍대는 시한폭탄이나 다름없다고 여기면 신경이 안 쓰일 수가 없지 않을까. 학기가 시작된 지 몇 주밖에 안 됐지만 선생님 절반이 내가 학교에서 총기를 난사하는 순간이 얼마 남지 않았다고 생각할 것이다. 3학년 연감에 실릴 내 사진이 벌써부터 눈에 선하다. 디클랜 머피: 흉악 범죄를 저지를 가능성이 가장 높은 친구.

이다지도 우울하지 않았다면 정말 웃긴 일이 됐을 텐데.

나는 편지를 다시 읽어 본다. 모든 단어에서 고통이 이글거린다. 절대 읽을 리 없는 사람에게 편지를 쓰게끔 하는 그런 성격의 고통이다. 사람을 **고립시키는** 고통이다. 다른 사람은 **한** 번도 느껴 본 적 없을 거라고 장담할 만한 고통이다.

　내 눈이 마지막 몇 줄에서 떠날 줄 모른다.

　　아이의 얼굴을 보면 알 수 있어요. 아이의 현실이 산산이 부서지고 있고 아이는 그걸 알아요.
　　엄마가 돌아가셨고 아이는 그걸 알아요.
　　그 사진에는 고통이 담겨 있어요.
　　저는 그 사진을 볼 때마다 이런 생각이 들어요. '나는 이 아이의 심정을 알 것 같아.'

　나는 아무 생각 없이 주머니에서 몽당연필을 꺼내 편지지에 갖다 댄다.

　여자아이의 불안한 손 글씨 바로 아래 두 단어를 적는다.

2장

나도 그래.

글자가 떨리고 있는 이유는 종이 때문이 아니다. 내 손 때문이다. 모르는 사람이 남긴 손 글씨 때문에 내 눈이 화끈거릴 지경이다.

누군가가 내 편지를 읽었다.

누군가가 내 편지를 읽었다.

나는 그게 방금 전에 벌어진 일이라도 되는 듯 좌우를 두리번거리지만 공동묘지에는 아무도 없다. 내가 마지막으로 여기 들렀던 게 화요일이다. 지금은 목요일 아침이니 편지가 아직까지 멀쩡히 남아 있는 게 기적이다. 날씨나 동물이나 어쩌면 묘지 관리인 때문에 편지 봉투가 사라져 버릴 때가 더 많았다.

그런데 이 편지는 없어지지 않고 여기 남았을 뿐 아니라 누군가가 거기에 코멘트까지 달아 놓았다.

내 주먹 안에서 종이가 계속 떨리고 있다.

도대체—

이건—

누가— 어쩌다— 어떻게—

소리를 지르고 싶은데 문장 하나도 완성하지 못하겠다. 분노가 내 안에서 끓어 오른다.

이건 사적인 편지였다. 사적인 편지. 엄마와 나만 볼 수 있는.

남자의 소행일 수밖에 없다. 가장자리를 따라서 번들번들한 지문이 찍혔고 글씨체가 뭉툭하다. 제삼자의 슬픔 속으로 끼어들어 한자리를 차지하려 들다니 오만한 냄새가 풍긴다. 엄마가 입버릇처럼 말하길 글에는 그걸 쓴 사람의 영혼이 한 조각씩 실려 있다고 했는데, 그의 영혼이 종이 밖으로 쏟아지는 게 느껴질 것만도 같다.

나도 그래.

아니다, 그렇지 않다. 그는 전혀 모른다.

항의를 해야겠다. 이건 용납할 수 없다. 여긴 묘지다. 사람들이 자기 혼자 상심을 달래기 위해 찾는 곳이다. 여긴 내 공간이다. 내 것이다. 그의 것이 아니라.

나는 시원한 아침 공기에 분노가 조금이라도 식지 않게 씩씩대며 풀밭을 가로지른다. 가슴이 아프고 눈물 경보가 위험 수준이다.

이건 우리 것이었다. 엄마와 나의 것이었다. 엄마는 이제 더는 답장을 써 줄 수 없는데, 내 편지에 그가 적어 놓은 글 때문에 그 사실이 뼈저리게 실감이 난다. 그가 연필로 나를 찌른 셈이다.

언덕 꼭대기에 다다랐을 무렵에는 내 속눈썹에 눈물이 맺히고 숨소리가 떨리고 있다. 바람 때문에 머리칼이 뒤엉켰다. 금세 엉망진창이 될 거다. 눈은 충혈되고 화장은 뭉개진 얼굴로 학교에 지각할 거다. 또다시.

생활 지도 상담사가 예전에는 연민을 보였다. 비커스 선생님은 나를 자기 상담실로 데리고 들어가서 휴지를 건네주곤 했다. 2학년 말에는 다들 내 어깨를 두드려 주고, 천천히 기운을 추슬러도 된다고 속삭였다.

이제는 9월 중순이고 엄마가 세상을 떠난 지 여러 달이 지났다. 학기가 시작된 뒤부터 다들 내가 언제쯤 정신을 차릴지 궁금해하고 있다. 비커스 선생님은 화요일에 지나가던 나를 붙잡아 세우더니 따뜻한 눈빛으로 바라보는 게 아니라 입술을 오므린 채 계속 아침마다 묘지에 들를 생각이냐고, 시간을 좀 더 건설적으로 활용할 방안을 모색해야 하지 않겠느냐고 했다.

그게 자기가 상관할 일이라도 되는 듯이.

게다가 아침마다 들르는 것도 아니다. 아빠가 일찍 출근하는 날에만 들른다. 내가 집에 있는지 없는지도 아빠는 모를 게 분명한 때가 많긴 하지만. 아빠는 늦게 출근하는 날이면 달걀을 두 개 요리하고, 내가 씻어서 알알이 따 놓은 포도와 함께 먹는다. 식탁에 앉아서 벽만 물끄러미 바라볼 뿐 아무 말도 하지 않는다.

내가 집에 불을 질러도 아빠가 평소와 같은 시각에 출근할 가능성은 반반이다.

오늘은 아빠가 일찍 출근하는 날이었다. 햇살, 산들바람, 묘지의 평화로운 고요함이 모두 선물 같았다.

내 편지에 적힌 두 단어가 저주처럼 느껴진다.

중년의 히스패닉계 남자가 포장도로에서 낙엽과 깎여 나온 잔디를 치우고 있다가 내가 다가가자 하던 일을 멈춘다. 그는 관리인 유니폼을 입었고 가슴엔 멜렌데스라는 이름이 적혀 있다.

"무슨 일이니?" 그가 억양이 살짝 느껴지는 말투로 묻는다. 눈빛이 매몰차지는 않지만 피곤해 보인다.

그는 경계하는 말투다. 내가 사나운 표정을 짓고 있나 보다. 그는 내가 항의를 하려는 모양이라고 생각한다. 보면 알 수 있다.

뭐, 그의 짐작이 맞는다. 이런 사태를 예방하는 조치 비슷한 게 마련돼야 한다. 나는 편지를 쥔 손에 힘을 주어 편지를 구겨 버리고, 말을 꺼내려고 숨을 들이마시다가—

멈춘다.

이러면 안 된다. 엄마는 내가 이러는 걸 원하지 않을 것이다.

진정해, 줄리엣.

엄마는 항상 침착한 편이었다. 냉철했고, 위기가 닥쳐도 평정심을 잃지 않았다. 비행기를 타고 교전 지역을 옮겨 다녔으니 그럴 수밖에 없었다.

내가 하려는 말은 흥분한 미치광이가 하는 소리처럼 들릴 것이다. 안 그래도 벌써부터 그런 미치광이처럼 보일 텐데. 뭐라고 할 수 있겠는가? 누가 내 편지에다 두 마디를 적어 놨다고? 살아 있지도 않은 사람에게 보낸 편지에? 누구의 소행인지 알 도리도 없다. 엄마의 무덤 주변으로 수백 개의 봉분이 줄줄이 이어진다. 날마다 수십 명의 조문객이 이곳을 드나들 것이다. 그보다 더 많을 수도 있다.

더군다나 잔디를 관리하는 사람이 무슨 조치를 취할 수 있을까? 엄마의 묘비를 지키고 서는 거? 보안 카메라를 설치하는 거?

몰래 연필을 들고 다니는 사람을 잡는 거?

"아무것도 아니에요." 나는 말한다. "죄송해요."

나는 엄마의 무덤가로 돌아가 풀밭에 앉는다. 학교에 늦겠지만 상관없다. 저 멀리 어딘가에서 멜렌데스 씨의 낙엽 청소기가 다시 돌아가기 시작하지만 여기에는 나 혼자뿐이다.

나는 엄마가 돌아가신 뒤로 지금까지 스물아홉 통의 편지를 썼다. 매주 두 통씩 썼다.

엄마가 살아 계셨을 때 쓴 편지는 수백 통이었다. 엄마는 직업상 최첨단 문물을 끊임없이 접했지만 오래도록 변함없고 정확한 옛날 방식을 탐했다. 손으로 쓴 편지. 필름 카메라. 일과 관련된 사진은 어디에서든 편집할 수 있는 디지털카메라로 촬영했지만 엄마는 필름 카메라를 더 좋아했다. 엄마는 어느 아프리카 사막에서 기아나 폭력 사태나 정치적 불안을 카메라에 담을 때도 항상 짬을 내서 내게 편지를 보냈다.

당연히 일반적인 방식으로도 연락을 주고받았다. 엄마 쪽에서 기회가 닿으면 이메일도 보내고 영상 통화도 했다. 하지만 정말 특별했던 건 ─ 편지였다. 잉크와 먼지와 엄마의 땀자국이 모든 단어에 의미를 부여하기라도 하는 듯 편지지에서 온갖 감정이 묻어났고 나는 거기서 엄마의 두려움과 희망과 용기를 느낄 수 있었다.

나도 항상 엄마에게 답장을 보냈다. 담당 편집자를 거쳐 엄마가 배치받은 곳으로 전송되느라 가끔 몇 주가 걸릴 때도 있었다. 엄마가 집에 계시면 내가 집을 나서는 길에 직접 편지를 건넬 때도 있었다. 상관없었다. 우리에게 중요한 건 서로에게 보내는 편지뿐이었다.

엄마가 세상을 떠나도 나는 그만할 수 없었다. 보통은 엄마의 무덤 앞에 도착하자마자 종이에 펜을 대고 내 생각을 엄마에게 쏟아내기 전까지는 숨을 쉴 수가 없다.

이제는 이런 답장을 맞닥뜨리고 나니 엄마에게 더는 한 마디도 쓸 수가 없다. 내가 너무 무방비 상태인 것처럼 느껴진다. 너무 노출된 것처럼 느껴진다. 아무라도 내가 하는 모든 말을 읽고 왜곡하고 판단할 수 있다.

그래서 나는 엄마에게 편지를 쓰지 않는다.

그에게 편지를 쓴다.

3장

프라이버시라는 건 환상이지.

너도 이걸 아는 모양이야, 내 편지를 읽은 걸 보니. 그 편지는 너에게 보낸 게 아니었어. 너 읽으라고 쓴 게 아니었어. 너하고는 아무 상관 없는 일이었다고. 나하고 엄마 사이의 일이었지.

엄마가 돌아가셨다는 건 나도 알아.

엄마가 편지를 읽을 수 없다는 건 나도 알아.

더 이상 엄마를 가까이서 느낄 방법이 없다는 건 나도 알아.

그런데 이제는 이 편지조차 쓰지 못하게 되다니.

네가 나한테서 뭘 빼앗아 갔는지 알아? 알기나 해?

보아하니 처절한 고통이 뭔지 아는 것처럼 써 놨던데.

내 생각은 달라.

그걸 아는 사람이라면 내 고통에 끼어들 리 없었을 테니까.

맨 처음에 드는 생각은 이 아이가 제정신이 아닐지 모른다는 것이다. 묘지에서 생판 모르는 사람에게 편지를 쓰는 인간이 어디 있을까?

그러다 두 번째로 드는 생각은 누가 봐도 나는 돌을 던질 입장이 못 된다는 것이다.

어느 쪽이 됐건 저 애는 날 모른다. 내가 뭘 이해하는지 모른다.

심지어 나는 지금 여기 이 자리에 서 있어도 안 된다. 오늘은 목요일 저녁이고, 그 말은 곧 묘지 저편에서 잔디를 깎고 있어야 한다는 뜻이다. 모르는 사람이 써 놓은 편지를 읽을 수 있을 만큼 시간이 남아도는 것도 아니다. 내가 오 분 늦게 비품 창고로 들어가자 멜론헤드가 자기 손목시계를 노려보았다. 이렇게 게으름을 피우다 그에게 들키면 어마어마한 대가를 치러야 할 것이다.

그가 계속 판사에게 연락하겠다고 협박하면 나는 폭발해 버릴 것이다.

치밀어 오르던 짜증이 잠시 후에 가라앉자 죄책감이 남는다. 내가 지금 여기 서 있는 이유는 지난번 편지에서 유대감을 느꼈기 때문이다. 다른 편지가 남겨져 있는지 확인하고 싶었기 때문이다.

내가 쓴 글을 누군가가 **읽었을** 줄은 몰랐다.

그 아이도 같은 기분을 느꼈을 거라는 데 생각이 미치자 뺨을 한 대 얻어맞은 심정이다.

나는 연필을 찾으러 주머니를 뒤지지만 열쇠와 라이터뿐이다.

아, **잠깐**. 7교시 때 레브가 연필을 빌려 달라고 했다. 몽당연필 같은 한심한 물건일지언정 돌려주지 않았다니 녀석답지 않다.

어쩌면 아무 말이나 내뱉지 말고 먼저 생각을 좀 하라는 운명의 가르침일지 모른다. 아니, '아무 글이나 쓰지 말고'라고 해야 할까. 아무튼.

나는 그 아이가 남긴 분노의 편지를 접어 주머니에 쑤셔 넣는다. 그런 다음 장갑을 끼고 잔디 깎는 기계를 찾으러 나선다. 여기 있는 게 지긋지긋하지만 몇 주 동안 이 일을 하고 보니 힘든 일을 하면 생각을 하는 데 도움이 된다는 걸 알게 됐다.

나는 일을 하면서 곰곰이 생각을 할 것이다.

그런 다음 나중에 다시 와서 편지를 쓸 것이다.

4장

너도 극심한 고통이 뭔지 모르는 것 같은데. 안다면 내 고통에 끼어들 리 없었을 테니까.

나도 그 말을 너 읽으라고 쓴 게 아니라는 생각은 안 해 본 모양이지?

"줄스?"

나는 고개를 든다. 교내 식당에는 사람이 거의 없고, 로언이 서서 기대하는 눈빛으로 나를 쳐다보고 있다.

"괜찮아?" 로언이 묻는다. "오 분 전에 수업 종이 울렸어. 내 사물함 앞에서 나랑 만나기로 하지 않았어?"

나는 오늘 아침에 발견한 너덜너덜한 편지를 접어서 책가방에 쑤셔 넣고 지퍼를 잠근다. 그가 언제 이 편지를 썼는지 모르겠지만 지난주였을 게 분명하다. 젖었다 다시 마른 것처럼 쭈글쭈글한데, 마지막으로 비가 온 게 토요일이다.

주말에 묘지를 찾지 않은 건 오랜만의 일이었다. 이 편지가 며칠 동안 그 자리를 지키고 있었다는 데 내 마음속 한구석에서 짜증이 치민다. 그의 아집은 희미해졌을지 몰라도 나의 아집은 가슴속에서 뜨겁고 생생하게 되살아나는 느낌이다.

오늘 아침 묘지에 다녀오길 잘했다. 화요일 저녁엔 잔디를 깎으니, 안 그랬더라면 직원이 치워 버렸을 것이다.

"뭐 보고 있었어?" 로언이 묻는다.

"편지."

로언은 더 이상 따져 묻지 않는다. 내가 엄마한테 보내는 편지라고 생각하는 것이다. 나는 그렇게 착각하도록 내버려 둔다.

내가 남들이 생각하는 것보다 훨씬 더 제정신이 아니라고 여길 만한 빌미를 제공할 필요는 없다.

마지막 종이 울린다. 움직여야 한다. 이번에도 수업 시간에 늦으면 방과 후에 남아야 할 것이다. 또다시. 상상만으로도 발걸음을 재촉하기에 충분하다.

또다시 방과 후에 남을 수는 없다. 또다시 교실에 한 시간 동안 앉아 있을 수는 없다. 정적 때문에 귀가 따갑고 생각할 시간이 너무 많아진다.

로언이 내 바로 옆에 있다. 아마 나를 교실까지 바래다주고 지각 사유서 제출을 생략하게 해 달라고 선생님을 살살 구슬릴 것이다. 로언은 지각이나 방과 후 남는 것에 대해 걱정할 필요가 없다. 선생님들은 로언을 끔찍이 아낀다. 로언은 매일 아침 눈을 뜨면 배움을 향한 갈증을 느끼는 아이처럼 모든 수업마다 맨 앞줄에 앉아서 선생님들의 한 마디, 한 마디를 놓치지 않는다. 로언은 쉽게 미움을 받을 수 있는 그런 아이다. 얼굴은 예쁘장하고 모두에게 다정하게 인사를 건네며 별다른 노력 없이 올 A를 받는 것처럼 보인다. 그렇게 완벽하지 않았다면 더 인기가 많았을 텐데. 내가 노상 로언에게 하는 말이다.

입은 비뚤어져도 말은 바로 하자면 3학년의 구제 불능과 절친만 아니었어도 더 인기가 많았을 것이다.

오늘 아침에 이 편지를 발견했을 때는 읽자마자 눈물이 날 줄 알았다. 그런데 그게 아니라 이 찌질이가 누군지 알아내 얼굴을 한 대 갈기고 싶다. 읽으면 읽을수록 점점 열이 뻗친다.

나도 그 말을 너 읽으라고 쓴 게 아니라는 생각은 안 해 본 모양이지?

머릿속 아주 작은 한쪽 구석에서 그의 말이 맞을지도 모른다는 생각이 들지만 곧 분노로 덮어 버린다.

복도에는 아무도 없다. 어떻게 이럴 수 있을까? 다른 게으름뱅이들은 다 어디 갔을까? 왜 항상 지각생이 나밖에 없을까?

게다가 내가 학교를 빼먹은 것도 아니다. 내 몸은 이 건물 안에 있다. 선생님이 칠판 앞에서 훈계를 늘어놓는 순간 내가 모범생으로 달라질 것도 아니지 않은가.

어학관에 도착할 때쯤 우리는 미끄러지듯 모퉁이를 돌아가며 반쯤 달리고 있다. 나는 마지막 복도를 질주할 추진력을 얻으려고 모서리를 붙잡는다.

충돌의 느낌보다 화상의 느낌이 먼저 찾아온다. 뜨거운 액체에 내 살갗이 익고 나는 비명을 지른다. 컵에 든 커피가 내 가슴 위로 쏟아진 것이다. 나는 뭔지 모를 단단한 것에 부딪혀 미끄러지며 넘어지고 있다.

　누군지 모를 단단한 사람에게 부딪혀서.

　나는 바닥으로 쓰러진다. 이내 긁힌 자국으로 뒤덮인 검은색 워커가 눈에 들어온다.

　이게 로맨틱 코미디였다면 지금이 '남녀 주인공이 처음 만나는' 순간일 것이다. 남자아이는 영화배우처럼 섹시한 발군의 쿼터백이고 전교 1등일 것이다. 그가 손을 내밀 테고 어쩌다 보니 가방에 남는 티셔츠가 하나 있을 것이다. 내가 화장실에서 그 티셔츠로 갈아입으면 왠지 모르게 가슴은 커지고 엉덩이는 작아질 것이다. 그는 나를 교실까지 바래다주고는 학교 댄스파티 때 자기 파트너가 되어 달라고 할 것이다.

　현실에서 그 아이는 디클랜 머피고 사실상 으르렁거리고 있다. 디클랜도 셔츠와 재킷에 커피를 뒤집어쓰는 바람에 가슴에 들러붙은 셔츠를 떼어 내고 있다.

　로맨틱 코미디 속 주인공이 인기 만점 쿼터백이라면 디클랜은 3학년의 불량 학생이다. 전과가 있고 방과 후에 남는 벌을 단골로 받는 학생. 디클랜은 덩치가 크고 성질이 못됐으며, 붉은 기 도는 갈색 머리와 날렵한 턱선에 반하는 여학생이 있을진 몰라도 눈빛이 어찌나 음울한지 여학생들의 접근을 차단하기에 충분하다. 얼굴엔 한쪽 눈썹을 가로질러 흉터가 나 있는데, 흉터가 그것 하나만은 아닐 것이다. 사람들은 대체로 그 애를 무서워한다. 그리고 거기에는 이유가 있다. 로언이 나를 일으키는 동시에 디클랜 반대편으로 나를 끌어당기려 하고 있다.

디클랜이 비웃음만 가득한 눈빛으로 나를 쳐다본다. 목소리가 거칠고 낮다. "너 왜 그러냐?"

나는 로언의 손을 홱 하니 뿌리친다. 셔츠가 내 가슴에 들러붙어 파스텔 초록색 셔츠 안에 입은 자주색 브래지어가 적나라하게 보일 게 분명하다. 아까는 커피 때문에 뜨거웠다면 지금은 축축하고 뼛속까지 오싹하다. 굴욕적이고 끔찍한 사건이라, 나는 울고 싶은 건지 버럭 소리를 지르고 싶은 건지 잘 모르겠다.

숨이 자꾸 목에 걸리지만 애써 삼킨다. 나는 저 애가 무섭지 않다. "네가 나를 들이받았잖아."

디클랜이 사나운 눈빛으로 나를 노려본다. "뛰어다닌 쪽은 내가 아니었다만."

잠시 후 그가 앞으로 홱 하니 움직인다. 나는 나도 모르게 몸을 피한다.

그래, 어쩌면 나도 저 애를 무서워하는 것일 수 있겠다.

그가 어쩔 작정이라고 생각해서 내 몸을 피했는지 나도 모르겠다. 그저 디클랜이 너무 과격하게 느껴졌을 뿐이다. 그는 동작을 멈추고 내 반응을 보며 인상을 쓰더니 허리를 마저 숙여 바닥에 떨어진 자기 가방을 집어 든다.

아.

어쩌면 내게 정말 문제가 있는지도 모르겠다. 이 모든 게 나 때문에 벌어진 일인데도 다시금 그에게 소리를 지르고 싶어진다. 내 턱에 힘이 들어간다.

진정해, 줄리엣.

엄마의 기억이 어찌나 강하고 빠르게 나를 강타하는지 그 자리에서 곧바로 울음을 터뜨리지 않은 게 기적이다. 나를 붙잡아 주는 게 아무것도 없어서 누군가가 말 한마디만 잘못해도 나는 나락으로 떨어질지 모른다.

디클랜은 계속 인상을 쓴 얼굴로 허리를 편다. 비열하기 짝이 없는 말을 하려는 거겠지. 나를 책망하는 편지에 이어 이런 봉변까지 당한다면 정말이지 눈물샘이 터져 버릴 수도 있다.

하지만 잠시 후 서로 시선이 마주치고 그 순간 디클랜이 무엇을 보았는지 얼굴에서 먹구름이 걷힌다.

우리 뒤에서 깡통 깨지는 목소리가 들린다. "디클랜 머피. 또 지각이로군."

1학년 때 우리 반에서 생물을 가르쳤던 벨리카로 선생님이 로언 옆에 서 있다. 로언은 뺨이 벌겋고 겁에 질린 듯한 표정이다. 문제의 소지를 감지하고는 달려가 선생님을 호출한 모양이다. 로언이라면 그러고도 남는다. 나는 그래서 짜증이 나는 건지 안심이 되는 건지 잘 모르겠다. 선생님 뒤로 교실 문이 열리고 아이들이 복도를 내다본다.

디클랜은 재킷에 매달린 커피 방울을 털어 낸다. "저 지각하지 않았어요. 쟤가 저한테 와서 부딪힌 거예요."

벨리카로 선생님은 입술을 오므린다. 땅딸막한 체구의 동그란 배가 분홍색 털 조끼 때문에 더욱 도드라져 보인다. 인기 있을 법한 선생님은 아니다. "교내 식당 밖에서 음식을 들고 다니는 건 —"

"커피는 음식이 아니죠." 디클랜이 말한다.

"머피 군, 교장실 가는 길은 알고 있겠지?"

"네, 지도를 그려 드릴 수도 있을 정도죠." 디클랜의 말투가 날카로워진다. 그는 몸을 앞으로 숙이고 선생님을 노려본다. "제가 잘못한 게 아니라고요."

로언은 그 말투에 움찔 뒤로 물러난다. 두 손을 맞잡은 채 거의 비틀고 있다. 그럴 만도 하다. 나도 순간 디클랜이 선생님을 치려는 건가 하는 생각이 들었다.

벨리카로 선생님은 허리를 꼿꼿하게 편다. "내가 경비를 불러야 하나?"

"아뇨." 디클랜은 두 손을 들고 신랄한 목소리로 말한다. 눈빛이 험상궂고 사납다. "아뇨. 제 발로 걸어가겠습니다." 그는 들릴락 말락 하게 욕을 하며 걸음을 옮긴다. 종이컵을 우그러뜨려서 쓰레기통을 향해 던진다.

너무나도 많은 감정이 내 머릿속을 총알처럼 스치고 지나가는 바람에 하나에 집중할 수가 없다. 내 잘못이었는데 그가 억울한 누명을 뒤집어쓰도록 가만히 서서 보고만 있다는 부끄러움. 그의 말본새를 향한 분노. 그의 행동거지에서 느낀 두려움.

그와 나의 시선이 마주치고 그의 얼굴에서 먹구름이 걷혔을 때 느낀 호기심.

바로 그 순간 디클랜의 얼굴을 찍은 사진이 있으면 좋겠다는 생각이 든다. 아니면 지금 그늘진 복도를 걸어가는 모습을 포착한 사진이라도. 창문 앞을 지날 때마다 햇살이 그의 머리칼을 비춰 금빛으로 물들이지만 넓은 어깨와 짙은 색 청바지에는 그림자가 매달려 떠날 줄 모른다. 엄마가 세상을 떠난 뒤로 카메라를 건드리고 싶었던 적이 없는데 갑자기 지금 내 손에 카메라가 쥐어져 있으면 좋겠다는 생각이 든다. 손가락이 근질거린다.

"이건 자네 것, 영 양."

내가 몸을 돌리자 벨리카로 선생님이 흰색 종이쪽지를 내민다.

방과 후에 남으라는 거다. 또다시.

5장

네 말이 맞아.

너의 상심에 내가 끼어들면 안 되는 거였는데.

미안.

그렇다고 해서 내 편지를 읽은 게 괜찮았다는 건 아니야. 그건 아직까지도 좀 싫으니까. 나는 지금 십오 분째 여기에 갇혀서 백지를 쳐다보고 있어. 엄마에게 편지를 쓰는 것이 어떤 느낌이었는지, 내가 하는 생각들은 대화보다 더 오래도록 변함없다는 사실을 안다는 것이 어떤 느낌이었는지 기억을 더듬으면서.

그런데 계속 너와, 네가 쓴 "나도 그래."와, 그 의미와, 네가 느끼는 고통도 나와 비슷한지 그 생각밖에 할 수가 없어.

내가 상관할 일도 아닌데.

네가 내 사과의 편지를 읽을지도 잘 모르겠지만 미안하다는 말을 누군가에게는 해야겠어. 죄책감이 내 어깨를 짓누르기 시작한 지 꽤 됐거든.

너 때문에 생긴 죄책감이 아니야. 다른 사람 때문이지.

나는 이 '다른 사람'에게 사과를 해야 하는데 너에 대해서 잘 모르는 만큼이나 그 사람에 대해서도 잘 모르거든. 두 명이나 되는 모르는 사람에게 편지를 쓸 생각은 없어. 지금으로서는 이게 최선이고, 죄책감이 만회되길 바라는 수밖에.

케빈 카터라고 들어 봤어? 죽어 가는 여자아이를 찍은 사진으로 풀리처상을 받은 사람이야. 엄청 유명한 사진이라 너도 아마 봤을 거야. 수단에서 굶어 죽어 가던 어린 여자아이가 급식소로 걸어가고 있었어. 그런데 중간에 쉬어 가야 했어. 뼈와 거죽뿐이라. 기운이 없어서 먹을 걸 주는 곳까지 한 번에 걸어갈 수가 없었거든.

그래서 이 조그만 여자아이는 땅바닥에 앉아 숨을 돌리는데, 그동안 콘도르가 옆에 앉아서 기다리고 있어.

알겠니? 기다리고 있어. 그 아이가 죽기를.

나는 가끔 그 사진이 생각나. 그 순간이 생각나.

가끔 나는 그 여자아이가 된 심정이야.

가끔 나는 그 새가 된 심정이야.

가끔 나는 지켜보는 것 말고는 아무것도 할 수 없는 그 사진작가가 된 심정이야.

케빈 카터는 풀리처상을 받은 뒤에 스스로 목숨을 끊었어.

가끔 나는 그가 왜 그랬는지 이해할 수 있을 것 같아.

담배를 피우고 싶어진다.

현관 전등을 에워싸고 나방들이 퍼덕거리다 유리 전구에 부딪혀 탁탁거리는 소리를 낸다. 목요일 자정 직전이고 인근은 거의 정적에 휩싸여 있다.

내 뒤로 보이는 집은 그렇지 않다. 새아빠 앨런은 아직 깨어 있고 엄마는 친구들을 만나러 나갔으니 나는 아직 안으로 들어갈 수가 없다.

앨런은 나를 별로 좋아하지 않는다.

솔직히 내 쪽에서도 피장파장이다.

편지는 저녁 내내 내 뒷주머니에 잠들어 있었다. 언제 쓰인 건지 전혀 모르겠지만 지난 48시간 새에 쓰인 게 분명하다. 화요일 저녁 지나가면서 봤을 때는 없었다. 그날은 내가 늦어서 멜론헤드가 태워다 주던 길이었는데, 늘 그렇듯 내 변명 따위는 아무도 듣고 싶어 하지 않는다.

"방과 후에 남아서 벌을 받았어요." 드디어 묘지에 도착했을 때 나는 이렇게 말했다.

멜론헤드는 비품 창고에서 잔디 깎는 기계에 기름을 넣고 있었다. 안이 찜통 같아서 셔츠가 그의 몸에 들러붙어 있었다. 비품 창고는 그리 넓지 않고 항상 깎인 잔디와 석유가 뒤섞인 냄새를 풍긴다. 그래서 좋다.

게으름뱅이 대하듯 넌더리를 내며 나를 흘끗 쳐다보는 멜론헤드의 눈빛이 영 마뜩잖았다.

"오늘 늦은 만큼 토요일에 보충해라." 그가 말했다.

"목요일에 보충해도 돼요."

"아니, 토요일에 보충해."

나는 서류를 들어 보였다. "저는 화요일과 목요일에만 일을 하게 되어 있는데요."

그는 어깨를 으쓱하고 창고 문 쪽으로 몸을 돌렸다. "4시부터 8시까지 일하게 되어 있잖아. 지금은 5시 10분이야. 그러니까 토요일에 보충해."

"저기, 9시까지 하면 ─"

"내가 널 위해서 퇴근 시간을 늦추고 싶을까?"

당연히 그럴 리 없었다. 그는 얼른 아내와 아이가 기다리는 집으로 돌아가 다음번 만났을 때 지겹도록 내게 들려줄 새로운 에피소드를 만들고 싶을 터였다. 나는 내 잔디 깎는 기계 옆쪽 벽을 치며 욕을 했다. "저는 여기서 일을 하고 싶겠어요?"

그는 문 앞에서 걸음을 멈추었고 순간 나는 한 대 치려나 보다 하는 생각이 들었다. 하지만 그는 나를 쳐다보며 달라진 게 없는 목소리로 말했다. "여기서 일하게 된 걸 고맙게 생각해야지. 토요일에 나와야 여덟 시간 근무했다고 서류에 사인해 줄 거야." 멜론헤드는 다시 몸을 돌리다 말고 멈추었다. "그리고 말조심해라. 여기서 그런 얘기는 듣고 싶지 않으니까."

나는 쏘아붙이려고 입을 열었지만 그는 햇살을 등진 채 그 자리에 가만히 서 있었다. 나도 알고 있었다. 내 쪽에서 선을 넘으면 그가 당장 판사에게 연락하리라는 걸.

이런 식으로 그에게 계속 협박을 당하는 게 싫다. 형을 선고받았을 때 공동묘지 잔디 깎기라면 일이 **수월**하겠다고, 아무한테도 들볶

일 일 없겠다고 생각했던 기억이 난다. 내게 이래라저래라 명령을 내리며 권력을 과시하는 남자가 이 프로그램 안에 부록으로 딸려 있을 줄은 몰랐다.

나는 서류를 손에 쥐고 반쯤 구기다시피 했다. "토요일에 출근하라고 강요하면 안 되죠."

"그게 싫으면 제때 오든가."

오늘 저녁에는 칭찬 스티커와 프리 패스를 받을 수 있길 바라며 일찍 왔다. 너무 야무진 꿈이었다. 하지만 세미터리 걸(묘지의 소녀)이 남긴 편지를 찾는 데는 성공했다.

한편으론 이걸 손에 넣지 못했더라면 차라리 낫지 않았을까 싶은 마음도 있다. 편지 내용이 우울하고 흥미진진한 동시에 섬뜩해서.

세미터리 걸이 얘기하는 사진이 뭔진 모르겠다. 이전에 **절규**와 **꽃무늬**와 **피**와 **총** 어쩌고 했던 사진도 뭔지 모르겠다. 편지에서 이미 세세한 부분에 고통스러우리만치 초점을 맞춰 가며 클로즈업했기 때문에 사진으로 볼 필요도 거의 없긴 하다.

하지만 콘도르와 어린 여자아이에 대한 설명을 읽고 나니 사진을 찾아보고 싶어진다.

옆문이 덜커덩거리기에 나는 편지를 접어서 허벅지 아래에 넣는다. 엄마인 줄 알았다가 코를 훌쩍이는 소리를 듣고 레브라는 걸 알아차린다. 그는 대부분의 사람들을 비롯해 온갖 것에 알레르기가 있다.

"이 늦은 시간에 웬일이냐?" 나는 말한다. 아침 6시라면 모를까, 레브가 자정이 다 될 무렵 나를 찾아오다니 거의 없는 일이다.

"오늘 오후에 갓난아이를 새로 데려왔는데 잠을 자려고 하질 않아서. 엄마 말로는 분리 불안이래. 아빠 말로는 금세 적응할 거라 하고. 좀 걸어야겠다고 하고 나왔어." 레브는 짜증을 내지 않는다. 익숙해진 것이다.

제프와 크리스틴은 위탁 부모다. 그들은 이 블록 반대편에 살지만 뒷마당이 우리 집에서 대각선이기 때문에 그 집에 맡겨지는 아이들을 항상 눈으로 확인할 수 있다.

레브가 그 아이들 중 첫 번째였다. 십 년 전에 등장했을 때 레브는 코카콜라 병 같은 안경을 쓰고 숨도 제대로 쉴 수 없을 만큼 알레르기가 심한 비쩍 마른 일곱 살이었다. 옷은 너무 작았고 팔에는 깁스를 하고 있었고 입을 닫고 지냈다. 지구상에서 제프와 크리스틴보다 좋은 사람은 없지만(나한테까지 잘해 주는 걸 보면 알 만하지 않은가?) 그래도 레브는 그들에게서 도망쳤다.

내 방 벽장에서 발견됐을 당시 레브는 깊숙한 구석에서 너덜너덜한 성경을 부둥켜안고 있다가 텁수룩한 머리칼 사이로 나를 쳐다보았다.

나는 레고 상자를 거기 넣어 놨기 때문에 레브가 놀고 싶어서 그 안으로 들어간 줄 알았다. 마치 아이들이 내 방 벽장에서 수시로 발견되었듯이 말이다. 내가 무슨 생각으로 그랬는지 모르겠지만 아무튼 나는 몸을 접고 그 안으로 들어가 레고를 쌓기 시작했다.

알고 보니 레브는 제프와 크리스틴을 흑인이라는 이유로 무서워한 거였다. 자기 아빠에게 흑인은 악마가 보낸 사악한 인간이라고 세뇌당했기 때문이었다.

여기서 아이러니가 있다면 그 전까지 레브가 아빠에게 죽도록 얻어맞고 다녔다는 것이겠지만.

그 아빠는 아들을 패며 대개 성경 말씀을 인용했다.

제프와 크리스틴은 오 년 전 레브를 입양했다. 레브는 별거 아니라고, 어차피 예전부터 자신에게 부모님은 그들뿐이었다고, 그냥 서류 한 장에 불과하다고 말한다.

하지만 그건 별거였다. 그로써 레브 안의 무언가가 안정을 찾았다.

레브는 이제 낮에는 콘택트렌즈를 끼지만 머리는 여전히 길게 기르는 편이다. 내 여동생 케리는 머리칼로 얼굴을 가리려는 거라고 얘기하곤 했다. 여덟 살 때 레브는 제프에게 다시는 아무도 자기를 해치지 못했으면 좋겠다고 말했다. 크리스틴은 바로 다음 날 그 애를 호신술 수업에 등록시켰다. 레브는 너무 심하다 싶을 정도로 호신술에 매진하고 있다. 안경과 알레르기와 숫기 없는 성격을 보고 그를 '찐따'라고 생각하는 사람이 있을진 몰라도 그의 면전에 대고 그런 얘기를 하지는 못할 것이다. 레브는 종합 격투기 선수만큼이나 몸이 좋다. 거기다 절친이 전과범 — 바로 나다 — 이니 학교에 가면 대부분의 아이들이 그를 멀찌감치 피해 다닌다.

그런 레브가 늙은 골든리트리버 뺨치는 순둥이라니, 이 또한 아이러니한 일이긴 하다.

나란히 앉을 수 있도록 내가 한쪽으로 자리를 옮기자 레브는 계단 위에 털썩 주저앉는다.

"뭐 읽고 있었어?" 그가 묻는다.

마당 저편에서 나를 본 모양이다. 나는 대답을 하지 않고 망설인다.

그건 어이없는 반응이다. 레브는 내 모든 비밀을 안다. 우리 가족이 붕괴되는 과정과 우리 어머니가 깨진 조각들을 붙여 보려고 엉뚱한 짓을 저지르는 것을 지켜본 녀석이다. 심지어 케리에 얽힌 진실도 안다. 지난 5월까지만 해도 내가 무덤까지 안고 가려고 했던 비밀인데.

그럼에도 나는 머뭇거린다. 세미터리 걸에 대해 어느 누구에게라도 얘기하면, 비밀을 지키기로 한 약속을 깨뜨리는 셈이 될 것 같은 기분이 든다.

그 여자애가 누군지조차 모르는데도 말이다.

나는 잠깐 더 고민한다. 레브는 더 이상 아무 말도 하지 않는다.

마침내 나는 다리 아래에서 편지를 꺼내 레브에게 건넨다.

그는 잠깐 동안 말없이 편지를 읽다가 내게 돌려준다. "이 여자애 누구야?"

"나도 몰라." 나는 말을 하려다 말고 멈춘다. "조이 리베카 손의 딸이야."

"뭐라고?"

나는 손가락 사이에 편지를 끼우고 뒤집는다. "지난주에 어느 묘비 앞에 편지가 놓여 있길래 읽은 적이 있거든. 그 안에……." 나는 다시 머뭇거린다. 레브가 내 모든 비밀을 알고 있거나 말거나 삶과 죽음에 대해서는 익명의 독자와 대화를 나누는 편이 훨씬 쉬웠다. 나는 헛기침을 한다. "어떤 사람을 갑작스럽게 떠나보내는 것에 대해 적혀 있더라고."

"그래서 케리가 생각났구나."

나는 고개를 끄덕인다.

우리는 잠깐 동안 아무 말 없이 앉아서 나방들이 전구에 몸을 부딪혀 가며 춤을 추는 소리를 듣는다. 도로 저편에서 사이렌이 번쩍거리기 시작한다. 그러다 등장했을 때처럼 갑작스럽게 사라진다.

레브가 말한다. "그런데 이건 다른 편지야?"

"응. 내가 첫 번째 편지에 답장을 썼거든."

"네가 답장을 썼다고?"

"그 여자애가 읽을 줄은 몰랐어!"

"여자애라고 확신하는 이유가 뭐야?"

좋은 질문이다. 100퍼센트 확실하지는 않다. 하지만 레브가 맨 처음 던진 질문도 "이 여자애 누구야?"였지 않은가. "너는 여자애라고 확신하는 이유가 뭐야?"

"네가 여기 이렇게 앉아서 남자한테 받은 편지에 넋을 놓고 있을 리 없으니까. 다시 한번 보여 줘."

나는 편지를 건넨다. 레브가 읽는 동안 나는 그가 한 말을 되새김질한다. 넋을 놓았다고? 내가 넋을 놓고 있었다고? 이 아이가 누군지도 모르는데?

"'가끔 나는 그 여자아이가 된 심정이야.'" 레브가 편지에 적힌 글귀를 읊는다.

"그렇지."

"이거 노트 찢어서 쓴 거네?" 그가 말한다.

"나도 알아." 공동묘지는 우리 동네에 있다. 나도 그 여자애가 해밀턴 고등학교 학생일 수 있다는 생각을 했었다.

"야. 이 아이는 음, 열한 살일 수도 있어."

좋다. 그 생각은 한 적이 없다.

나는 레브에게서 편지를 휙 낚아챈다. "시끄러워. 그러거나 말거나 무슨 상관이야."

레브는 진지해진다. "그냥 놀려 본 거야. 열한 살 같지는 않아." 그는 얘기를 하다 말고 잠깐 멈춘다. "어쩌면 너 보라고 남겨진 편지일 수도 있겠다."

"아니야. 내가 쓴 답장을 보고 얼마나 노발대발했다고."

이번에는 레브가 머뭇거린다. "그 아이가 그랬을 거라는 얘기는 아닌데."

나는 레브의 말뜻을 파악하는 데 잠깐 시간이 걸린다. "레브, 설교 시작하면 나 집 안으로 들어갈 거야."

"설교하는 거 아니야."

그렇다, 아니다. 아직까지는.

레브는 내 벽장 안에서 끌어안고 있던 그 낡은 성경 책을 버리지 않았다. 자기 어머니가 남긴 성경 책이었다. 레브는 그걸 스무 번쯤 읽었고, 관심을 보이는 사람이 있으면 어느 누구와도 신학을 주제로 토론을 벌일 것이다. 하지만 그 후보에 나는 없다. 예전에는 제프와 크리스틴이 레브를 교회에 데리고 다녔다. 그러다 레브가 자기 해석 대로 살지 못하는 건 싫다는 이유를 들어 동행을 거부했다.

실제로는 설교단에 선 남자를 올려다보면 제 아버지 생각이 너무 많이 나서 그랬던 거지만.

레브는 여느 사람들처럼 성경 구절을 인용하며 다니거나 하진 않아도 굳건한 믿음의 소유자다. 나는 예전에 그에게 아버지와 살다가 죽을 뻔했는데 어떻게 하느님의 섭리를 믿을 수가 있느냐고 물은 적이 있다.

레브는 나를 쳐다보며 말했다. "죽지 않았으니까."

그건 반론의 여지가 없긴 하다.

이제 나는 레브에게 편지에 대해 얘기한 것이 후회되기 시작한다. 종교적인 분석은 사양하고 싶다.

"그럼 하느님의 섭리라고 하지 마." 그는 말한다. "운명이라고 해. 많고 많은 사람 중에 네가 그 편지를 발견한 게 신기하지 않아?"

내가 이래서 레브를 좋아한다. 레브는 어느 누구에게나 그 어떤 것도 절대 강요하지 않을 것이다. 나는 고개를 끄덕인다.

"답장 쓸 거야?"

"모르겠어."

"거짓말."

그 말이 맞는다. 나는 답장을 쓰고 싶다.

사실 뭐라고 쓸지 벌써부터 계획을 세우는 중이다.

6장

내가 보기에 너는 좀 우울한 성격인 것 같은데, 묘지에 편지를 두고 가는 아이니 당연히 그럴 수밖에 없겠지?

내 고통도 너와 비슷한지 궁금하다고 했지?

모르겠다. 뭐라고 대답하면 좋을지 모르겠어.

너는 어머니를 잃었지. 나는 어머니를 잃지 않았고.

어디 잘못 두고 온 사람이라도 되는 것처럼 '잃었다'라는 표현을 쓰는 거 웃기지 않아? 하지만 그들이 어디로 갔는지 알 수가 없으니 여기에서는 '잃었다'라는 단어가 다른 의미일 수도 있겠지. 내 절친은 하느님과 천국과 영생을 믿지만 나는 내가 그런 것들에 대해 어떻게 생각하는지 잘 모르겠어. 우리가 죽으면 시신은 일종의 생물학적인 과정을 통해 땅속으로 다시 흡수되는 거 맞지? 그리고 영혼(아니면 다른 무엇)은 영원히 죽지 않고. 그게 전에는 어디 있었을까?

내가 너한테 이런 얘길 하고 있는 걸 알면 내 친구는 죽으려고 할 거야. 그 녀석하고는 이런 얘기 절대 안 하거든.

솔직히 고백하자면 이 편지는 버리고 처음부터 다시 쓰려고 했어.

하지만 그러지 않으려고 해. 네가 말한 것처럼 전혀 모르는 사람에게 편지를 쓰는 건 안심이 되는 면이 있어. 컴퓨터를 켜서 네 어머니의 이름을 검색하면 너에 대한 정보를 찾을 수 있을지 모르지만 아직은 이 편이 더 좋아.

내 누이는 사 년 전에 죽었어. 열 살의 나이로.

형제가 그 어린 나이에 죽었다고 하면 사람들은 죽을 때쯤 암 전문의와 간호사들에게 둘러싸여 지냈을 줄 알지. 하지만 아니었어. 우리는 그때 누이에게 살날이 얼마 남지 않은 것도 몰랐어. 그보다 더 건강할 수가 없었거든.

내 누이를 죽인 건 암세포가 아니었어. 우리 아빠였지.

그리고 내가 막을 수도 있었는데 막지 않았어.

그러니까 나는, 지켜보는 것 말고는 아무것도 할 수 없는 사진작가가 된 심정이라고 한 네 말이 정확히 무슨 뜻인지 알 것 같아.

일요일 오후 나는 두 시간째 햇볕을 쬐며 앉아 있다. 묘지가 인기 있는 날이라 오후 내내 오가는 조문객들을 구경하는 중이다.

지금까지 이 편지를 열일곱 번 읽었다.

열여덟 번째로 다시 읽는다.

그는 누이를 잃었다. 그가 "나도 그래."라고 썼던 맨 처음 편지가 생각난다.

그는 나를 검색할 생각을 했다. 아니, 내가 아니라 엄마를. 나도 지금 그를 볼 수 있을까 싶어 엄마의 무덤에서 잠복하다시피 하고 있으니 그걸 가지고 그를 나무랄 수는 없는 노릇이다.

어떤 검색 엔진을 동원해도 나에 대한 정보는 별로 찾지 못할 것이다. 엄마는 결혼 전에 이미 사진 기자로 명성을 날렸기 때문에 이름을 바꾸지 않았다. 그러니 '조이 손'을 검색한들 줄리엣 영으로 연결되지 않는다. 내 성은 심지어 부고에도 언급되지 않았다.

조이를 앞세운 유족으로는 남편 찰스와 딸 줄리엣이 있다.

앞세우다. 그의 지적이 맞는다. 우리가 죽음을 둘러싸고 쓰는 단어는 기이하다. 꼭 뭔가를 숨기려는 것 같다.

부고가 이런 식이었다면 이상하게 느껴졌을 것이다. 조이는 남편 찰스와 딸 줄리엣을 두고 9개월 동안 교전 지역으로 파견을 나갔다가 공항에서 집으로 돌아오는 길에 사망했다. 남편과 딸은 환영 케이크를 차마 버리지 못하고 냉장고에 한 달 동안 방치했다고 한다.

그러니까 우리는 뭔가를 숨기고 있는 게 맞을지 모른다.

이제 그가 어째서 우리의 고통을 비교하지 못하겠다고 했는지 이해가 된다. 나는 외동이라 형제나 자매를 잃은 심정을 공감할 수 없다. 엄마가 돌아가신 이후로 아빠와 나는 각기 다른 상심이라는 행성의 궤도를 도는 느낌이고 꼭 필요한 경우가 아니면 거의 말도 섞지 않는다. 그렇긴 하지만 아빠가 살인의 기미를 보이지 않는 건 확실하다. 요즘 아빠는 거의 넋을 놓고 지낸다고 볼 수 있다.

내 누이를 죽인 건 암세포가 아니었어. 우리 아빠였지.

사 년 전. 나는 아버지가 딸을 살해한 사건에 대해 기억이 나는 게 있는지 머릿속을 열심히 뒤진다. 사 년 전이면 나는 열세 살이었다. 아빠가 저녁을 먹는 자리에서 꺼낼 만한 얘기는 아니었고, 엄마는 전공이 세계 뉴스였다. 집에 잘 없는 게 문제긴 했지만. 엄마는 국가의 수장들과 지정학적 전쟁에 대해 논할 수는 있었지만, 우리 동네에서 벌어진 사건이라면? 그냥 포기하는 편이 낫다. 엄마는 자기가 나설 만한 일이 아니라고 했을 것이다.

잠깐.

사 년 전에 그의 누이는 열 살이었다. 살아 있었다면 지금 열네 살이라는 말이다.

편지를 쓴 사람이 오빠일까 남동생일까? 내가 열두 살짜리와 편지를 주고받는 것일 수도 있을까? 아니면 이십 대 초반일까?

열두 살짜리가 쓴 글이라고 하기에는 내용이 너무 성숙하다. 그도 나처럼 공책에 편지를 썼다. 그러니까 고등학생 아니면 대학생이라는 뜻이다.

연필로 쓴 걸 보면 고등학생이 아닐까 싶다. 장담하지는 못하겠지만.

6미터 멀리서 나이 많은 남자가 어떤 무덤가에 장미 꽃다발을 놓고 있다. 비닐이 햇살을 받고 반짝인다.

저건 돈 낭비다. 관리인이 화요일에 이 구역 잔디를 깎으면서 사람들이 두고 간 쓰레기를 전부 버릴 게 분명하니까. 내가 편지 말고는 아무것도 남기지 않는 이유도 그 때문이다.

사람들이 두고 간 쓰레기를 전부 버릴 게 분명하니까.

편지. 관리인. 이름이 뭐더라? 멜렌데스 씨였나?

오늘은 일요일 오후고 일요일에는 절대 잔디를 깎지 않는데도 갑자기 내 치부를 들킨 듯한 기분이 든다.

게다가 윽. 그는 나이가 한, 마흔 살쯤 된다.

그 사람일 리는 없다. 그렇지 않을까? 그 정도로 나이를 먹은 사람이 쓴 편지 같지 않다. 게다가 남매의 나이 차가 일반적이지 않다. 불가능하지는 않지만 상당히 드문 경우다.

장미꽃을 들고 온 남자가 떠나려 한다. 그는 내가 여기 있는 걸 알아차렸을지 모르지만, 나를 제대로 **쳐다보는** 사람은 없다. 나도 그들을 절대 쳐다보지 않는다. 우리는 상심으로 하나가 되지만 바로 그 상심으로 뿔뿔이 나뉘기도 한다.

내 누이는 사 년 전에 죽었어.

나는 정말 바보다. 편지를 쓴 남자는 조문객일 것이다. 그리고 그는 자기 여동생 무덤 찾는 법을 내게 알려 준 거나 다름없다. 동생이 이 근처 어딘가에 묻힌 게 틀림없다. 그렇지 않다면 그가 무슨 수로 내 편지를 발견했겠는가?

나는 나선형으로 줄줄이 이어지는 무덤 사이를 걸으며 살짝 비바람에 씻긴 묘비를 찾는다. 사망 연도가 일치하는 묘비가 몇 개 나오지만 나이나 성별이 맞지 않는다. 나는 잔디를 버석버석 밟으며 걷다가 마침내 부지 맨 끝에 쳐진 철망에 다다른다. 이제는 늦은 오후라 다들 저녁을 먹으러 아니면 가족 곁으로 떠났다. 나 혼자뿐이고 엄마의 무덤에서 최소 반경 30미터를 걸어왔다.

일상적인 조문객이 묘비 앞에 돌로 눌러놓은 편지를 발견하기에는 먼 거리다.

흠.

휴대 전화 진동이 허벅지를 통해 느껴진다. 나는 로언이 문자를 보냈나 보다 하고 생각하며 주머니에서 전화기를 꺼낸다.

아니다, 아빠다. 아빠가 사진을 보냈다.

나는 미간을 찌푸린다. 아빠가 마지막으로 문자를 보낸 게 언제였는지 기억도 나지 않는다. 그런데 사진이라니? 나는 화면 위로 손가락을 움직여 잠금을 해제한다.

식탁이다. 순간 나는 그 위에 펼쳐져 있는 게 뭔지 알아보지 못한다. 그러다 초점이 맞추어지자 내 심장이 멎는다.

엄마의 사진 장비다. 그게 모조리 나와 있다.

아빠가 엄마의 무덤을 파헤쳐 유골을 식탁 위에 늘어놓고 그걸 찍어서 보냈다 한들 이보다 더 충격적이진 않을 거다.

나는 모든 장비의 명칭을 안다. 누가 내게 엄마의 사진을 한 장 보여주면 어느 카메라로 찍었는지 알아맞힐 수도 있을 것이다. 엄마의 가방들이 의자 등받이에 매달려 있다. 파견지에서 엄마가 실제로 흘린 피와 땀과 눈물이 섞인 가죽 냄새를 나는 사진으로도 느낄 수 있다. 엄마가 돌아왔을 때마다 내가 짐 푸는 걸 거들었기 때문에 여러 카메라의 무게와 가방의 냄새가 그 추억과 단단히 뒤엉켜 있다.

엄마가 마지막으로 돌아왔을 때만 예외였다.

나는 엄마가 돌아가신 뒤로 가방을 건드리지 않았다. 가방에 손도 대지 않았다.

저건 엄마의 유품이다.

엄마의 유품이다.

엄마와 나는 항상 짐을 같이 풀었다. 엄마는 여행에서 경험한 비밀스러운 이야기를 들려주었고, 아빠가 먼저 자러 들어가면 우리 둘은 늦게까지 여성향 영화를 보았다. 냉동실에는 뚜껑도 열지 않은 벤앤제리스 체리 가르시아 아이스크림이 아직까지 있다. 내가 엄마랑 같이 먹으려고 고른 건데 이제는 성에로 덮여 거의 알아볼 수 없을 지경이다. 나는 두 번 다시 그 아이스크림을 먹지 못할 것이다.

아빠는 엄마가 들려주는 이야기에 관심을 기울인 적이 없었다. 관심을 기울인 적이 한 번도 없었다.

그런데 이제 와서 엄마의 유품을 건드리고 있다니.

손이 떨린다. 땀이 난다. 휴대 전화를 제대로 들고 있기가 힘들 지경이다.

사진 아래로 문자가 뜬다.

> **아빠**: 이언이 이걸 처분해 주겠대. 값을 매기러 오는 중이야. 넘기지 말고 두었으면 하는 거 있니?

뭐라고?

아무래도 공황 발작이 온 것 같다. 숨이 턱 막히면서 입에서 바람 빠지는 소리가 난다.

어찌어찌 전화기를 드니 귀에서 아빠의 음성이 들린다.

"지금 뭐 하시는 거예요?" 나는 말한다. 소리를 지르고 싶지만 눈물이 나서 목소리가 가늘고 높고 탁해진다. "그만하세요! 다시 집어넣으라고요!"

"줄리엣? 너 지금 —"

"어떻게 그럴 수가 있어요?" 나는 이제 울고 있다. "이러면 안 되죠. 이러면 안 되죠. 이러면 안 되죠. 어떻게 그럴 수가 있어요?"

"줄리엣." 아빠는 괴로워하는 목소리다. 엄마가 돌아가신 뒤로 감정이 실린 아빠의 목소리를 처음 들어 본다. "줄리엣. 제발. 진정해라. 나는—"

"그건 엄마 유품이잖아요!" 내 무릎이 땅바닥에 부딪힌다. 나는 철조망에 이마를 대고 누른다. "그건 절대— 그건 엄마 유품인데—"

"줄리엣." 아빠는 숨죽인 목소리다. "그냥 둘게. 나는 전혀 모르고—"

아빠 때문에 죽을 것 같다. 고통이 나를 갈기갈기 찢는다. 전화기를 들고 있기조차 버겁다.

아빠가 밉다. 이런 아빠가 밉다.

아빠가 밉다.

아빠가밉다아빠가밉다아빠가밉다아빠가밉다아빠가밉다.

진정해, 줄리엣.

눈앞이 흐릿해지면서 온 세상이 빙글빙글 돈다. 한참 지난 뒤에야 내가 풀밭에 누워 있고 아빠의 목소리는 전화기에서 울려 퍼지는 조그만 메아리처럼 들린다는 걸 알아차린 것 같다.

나는 전화기를 귀에 갖다 댄다. 눈앞에서 별이 반짝인다.

"줄리엣!" 아빠가 소리를 지르고 있다. "줄리엣, 911 부를게. 대답해!"

"저 듣고 있어요." 나는 목이 멘다. 흐느낀다. "그러지 마세요. 부탁이에요."

"안 그럴게." 아빠가 속삭인다. "알았지? 안 그럴게."

계속 내리쬐는 태양에 눈물이 마르면서 얼굴이 가려워진다. "알았어요."

죄송하다고 해야겠지만 말이 나오질 않는다. 누가 내 심장에 쇠꼬챙이를 꽂았다며 노발대발한 것에 사과하는 느낌이다. 숨이 계속 껄떡거린다.

"내가 데리러 갈까?" 아빠가 묻는다.

"아뇨."

"줄리엣⋯⋯."

"아니에요."

아직은 여길 떠날 수 없다. 집에 들어가 식탁 위에 놓인 엄마의 온갖 유품을 볼 자신이 없다.

"그거 다시 넣어요."

아빠는 망설인다. "우리 둘이 대화를 좀⋯⋯."

나는 속이 메슥거린다. "그거 다시 넣어요!"

"알았다. 알았어." 아빠는 다시 망설인다. "언제 집에 올 거니?"

아빠가 그걸 궁금해하다니. 엄마가 돌아가신 뒤로 처음 있는 일이다. 이로써 내가 아직 살아 있음을 아빠도 알고 있었다는 것이 처음으로 드러난다.

엄마의 유품 가운데 남기고 싶은 게 있느냐고 아빠가 물어볼 생각을 했다는 데 행운의 별에게 감사해야겠다.

아빠는 내게 그런 문자를 보낸 것을 미치도록 후회하고 있을지 모른다.

"갈 때가 되면요."

그러고 나는 전화를 끊는다.

7장

우리 엄마에 대해 검색하고 싶으면 해도 돼. '조이 손 시리아 사진'이라고 입력하면 엄마의 대표작이 나올 거야. 어린 남자아이와 여자아이가 그네에 앉아서 웃고 있어. 아이들 뒤로는 폭격을 당한 건물과 자동 소총을 든 두 남자가 보여. 하나같이 옷이 지저분하고 땀과 먼지에 절어 있어. 남자들은 피곤하고 겁에 질린 얼굴로 땀을 흘리고 있어. 남은 거라곤 그 그네뿐이야.

난 그 사진을 우울하다고 해야 할지 희망적이라고 해야 할지 모르겠더라.

아마 둘 다겠지.

엄마가 쓰던 촬영 장비는 엄마 돌아가신 뒤로 지하실 한쪽 구석에 처박혀 있었어. 아무도 그걸 건드리지 않았어. 그런데 오늘 오후에 아빠가 엄마의 예전 편집자한테 그걸 팔겠다지 뭐야.

내가 난리를 치고 말았어.

장비가 엄청 많고 엄청 비싸. 수천 달러는 될 거야. 어쩌면 수만 달러가 될지도 몰라. 우리가 부자는 아니지만 돈에 쪼들리는 것도 아니거든. 아빠는 돈은 얼마를 받건 상관없다고 하더라. 그 말을 듣고 아빠를 한 대 치고 싶었어. 돈은 얼마를 받건 상관없다면서 그러는 이유가 뭘까? 엄마가 남긴 가장 소중한 유품을 처분하려는 이유가 뭘까? 하지만 너무나도 아빠다운 행동이야. 아빠한테 엄마의 결혼반지도 그렇게 무신경하게 팔아 치울 거냐고 물었어. 아빠는 엄마를 반지와 함께 묻었다고 하더라. 그러고는 눈물을 흘렸어.

나는 기분이 옛 같았어 끔찍했어. 지금도 그래.

저 단어에다가 줄을 긋다니 웃기다. 습관인 것 같아. 엄마가 비속어라면 질색했거든. 엄마는 엄청난 비용을 들여 가며 언어와 사진을 효과적으로 활용하는 법을 배우고 있는데 욕을 남발하면 헛수고 아니냐고 했어.

아빠가 엄마의 유품을 처분하려 한다는 걸 알아차릴 수 있었던 이유는 나더러 남겨 두고 싶은 게 있느냐고 물었기 때문이었어. 나는 엄마가 돌아가신 뒤로 카메라에 손을 댄 적이 없어. 원래는 올해 학교에서 고급 사진 촬영 수업을 듣기로 되어 있었는데 수강을 취소했어. 선생님은 나더러 생각이 바뀌면 언제든 합류해도 좋다고 여섯 번도 넘게 말씀하셨지만, 그럴 가능성은 엄마가 살아 돌아올 가능성만큼이나 희박해. 카메라를 눈에 갖다 대면 엄마 생각이 날 수밖에 없거든. 나는 심지어 사진을 찍고 싶지도 않아.

아니다. 그건 아니다.

지난주에 너무나도 많은 감정을 두 눈에 담고 있는 사람을 본 적이 있거든. 그때 내 손에 카메라가 들려 있으면 얼마나 좋았을까 하는 생각이 들었어. 거의 모르는 사람이고 잠깐 본 것에 불과했지만 내 머릿속에서 셔터가 눌린 듯한 느낌이야. 엄마가 예전에 말하길 아무 반응도 불러일으키지 못하는 사진은 아무짝에도 쓸모없다고, 이미지 안에 감정을 담는 건 재능이 있어야 할 수 있는 일이라고 했거든. 그게 무슨 말인지 몰랐었는데 그 순간 깨달았어.

하지만 내 손에는 카메라가 없었을뿐 아니라, 몇 마디 물어보지도 않고 처음 보는 사람을 막 찍을 수 있는 건 아니니까.

혹시 기회가 되면 우리 엄마가 찍은 시리아 사진을 검색해 봐. 너는 어떻게 생각할지 궁금하다.

엄마는 폭탄이 터졌을 때 현장에 있었거든. 운이 좋았던 덕분에 죽지 않고 탈출할 수 있었지.

엄마가 운이 좋아서 그럴 수 있었다는 걸 내가 아는 이유는 아빠가 수시로 입버릇처럼 말했기 때문이야. 아빠는 살짝 짜증이 섞인 투로 이렇게 얘기하곤 했지. "당신은 운이 좋아서 이렇게 멀쩡히 살아 있는 거야, 조이. 언전가는 그 운이 바닥나고 말 텐데. 워싱턴이나 볼티모어 시내에서는 의미 있는 사진을 찍을 수 없는 건가?"

그러면 엄마는 웃으면서 사진을 찍을 수 있는 게 자기한테는 행운이라고 말하곤 했지.

하지만 아빠 말이 맞았어. 엄마의 운이 바닥나고 말았으니까. 공항에서 집으로 오는 길에 뺑소니 사고로 목숨을 잃었거든.

엄마가 택시에 타고 있었던 이유는 내가 빨리 와 달라고 했기 때문이고, 엄마는 깜짝 선물로 좀 더 일찍 출발하는 비행기를 타고 왔어.

나는 가끔 운명의 여신이 우리를 상대로 음모를 꾸미는 게 아닐까 하는 생각이 들어. 아니면 운명의 여신이 우리랑 같이 음모를 꾸미는 것일 수도 있고.

이게 무슨 말인지 너는 알 거라고 봐. 너도 여동생을 생각하면 그런 것 같지 않니?

멜론헤드가 보이지 않는다. 나는 삼십 분째 비품 창고 문에 기대어 앉아 있는 중이고 그가 오기는 할지 궁금해지려는 참이다. 이제는 나도 루틴을 알기 때문에 혼자 잔디 깎기를 시작할 수 있지만 열쇠가 없다.

나는 전화기를 꺼내 세미터리 걸이 설명한 사진을 검색한다. 그 말이 맞는다. 아이들에게서 한 줄기 희망의 빛이 보인다. 아이들의 미소는 눈부시고 그네의 움직임도 느낄 수 있다. 총을 든 남자들은 이제 희망이 없는 것처럼 보인다. 한 사람은 관자놀이에 생긴 상처에서 피가 흐르고 있다. 나는 폭탄을 맞아 풍비박산이 된 마을에서 아이들이 그네를 타도록 내버려 둔 이유를 도무지 모르겠다는 생각을 하다가 잠시 후에 깨닫는다. 아이들을 숨길 수 있는 데가 남아 있지 않았던 것이다.

"안녕!"

나는 고개를 든다. 보라색 여름용 원피스를 입은 어린 여자아이가 잔디를 가로질러 달려오고 있다. 머리색이 어쩌나 까만지 햇빛을 받고 반짝거릴 정도다. 발을 내디딜 때마다 땋은 곱슬머리가 통통 튀어 오르고, 살아 있다는 데 아주 신이 난 표정이다. "안녕!"

누굴 보고 저렇게 좋아하는 걸까? 여긴 나밖에 없는데.

잠시 후에 멜론헤드가 보인다. 그가 좀 더 차분한 속도로 아이를 따라오고 있다. 그의 딸인가 보다.

나는 전화기를 주머니에 넣고 일어선다. 나로서는 그의 속마음을 읽어 낼 재간이 없지만, 지난주에 나를 그렇게 들볶아 놓고 자기가 늦은 것에 대해 한마디 하고 싶은 유혹을 느낀다.

그런데 아이가 내 다리를 덮친다. 나는 놀라서 뒤로 한 발짝 물러난다. 아이는 내 반응을 보고 킥킥대며 웃지만 다리를 놓진 않는다.

"안녕!" 아이는 손가락에 더욱 세게 힘을 주며 다시 한번 외친다. 내 다리를 놓을 생각이 없는 것이다. 총총히 박힌 젖니를 드러내 보이며 나를 향해 함박웃음을 짓는다.

"마리솔!" 멜론헤드가 남은 3미터를 천천히 달려와 아이를 안아 올리고 한쪽 팔 위로 넘겨서 어깨에 대고 받는다.

아이는 깔깔대고 웃는다. "그만해요, 파피●!"

"미안하다, 머프." 멜론헤드는 주머니에서 열쇠를 꺼낸다. 피곤한 목소리다. "얘는 아무나 보면 끌어안아."

왠지 모르겠지만 폭격을 당한 마을에서 아무 걱정 없이 해맑게 그

● '아빠'라는 뜻의 스페인어.

네를 타는 아이들 사진이 떠오른다. 이 꼬마 아이는 나를 모른다. 남들 눈에는 보이는 게 이 아이에겐 보이지 않는다.

그래서 가까이 다가오지 말라고 경고하고 싶어진다.

하긴 내가 무슨 짓을 저지르기라도 한 것처럼 멜론헤드가 얼른 아이를 낚아채긴 했지만.

인상을 쓰며 서 있는데 비품 창고 안에서 나를 부르는 소리가 들린다. 잔디 깎는 기계를 꺼낼 수 있게 그가 창고 문을 올린다. "일할 거냐, 말 거냐?"

"일할 준비는 삼십 분 전부터 되어 있었어요."

그 말을 듣고 그가 뭐라고 쏘아붙일 줄 알았더니 아니다. 내게 작업용 장갑을 던져 주고는 그만이다. "알아. 미안하다. 카르멘의 퇴근이 늦어져서 내가 마리솔을 데리러 가야 했어. 늦지 않게 돌아올 수 있을 줄 알았는데."

그에게 사과를 받을 줄은 몰랐기에 짜증으로 부글거리던 속에 구멍이 뚫린다. 나는 장갑을 끼고 오늘 저녁에 수거되는 잡다한 유품을 담을 쓰레기봉투를 챙긴다.

멜론헤드는 잔디 깎는 기계에 올라타 자기 딸에게 외친다. "태워 줄까, 우리 공주님?"

"네!" 아이는 흙무더기에 꽃인지 괴물인지 모를 막대 모양의 뭔가를 그리다 말고 내팽개친다. 살짝 도움을 받아 가며 잔디 깎는 기계에 올라타 아빠 앞에 자리를 잡고 고사리손으로 운전대를 감싸 쥔다.

나는 순간 어린아이로 돌아가 아빠의 운전을 '돕겠다'고 끙끙대며 트럭으로 올라타는 케리를 지켜본다. 우리는 누가 아빠 옆에 앉을 차례인지를 두고 다투곤 했다.

나는 얼른 시선을 돌린다. 내 잔디 깎는 기계에 올라탄다. 어쩌면 이런 편지를 쓰기 시작한 게 실수였을지 모른다. 나는 이미 너무 많은 걸 털어놓았고 종이에 연필을 갖다 댈 때마다 묻어 두고 싶은 기억을 굴착기로 파내는 느낌이다.

멜론헤드의 엔진이 굉음을 내며 돌아가다가 캑캑거린다. 그러다 잠시 후에 꺼진다. 그는 스페인어로 뭐라고 중얼거리며 시동을 다시 건다. 이번에는 부드럽게 돌아가는 것 같더니 다시 캑캑거린다.

그러다 곧바로 꺼진다.

그는 세 번째로 시동을 건다. 잠시 후 네 번째로 건다.

같은 과정을 반복하며 다른 결과를 기대하면 그게 바로 미친 짓이라는 말이 있지 않나?

"저기요." 나는 부른다. 멜론헤드는 못 들은 척하고 다시 열쇠를 돌린다. 이번에는 아예 시동이 걸리지도 않는다.

나는 시동을 끄고 내 기계에서 내린다. "저기요!"

멜론헤드가 열쇠를 놓고 짜증 섞인 표정으로 올려다본다. "왜?"

"연료관 문제인 것 같은데요."

"네가 뭘 안다고 그래?"

나는 이런 반응이 싫다. 사람들이 나를 시계도 볼 줄 모르는 바보 취급하면 싫다. "연료관 문제라는 걸 알 정도는 돼요. 필터를 마지막으로 체크한 게 언제예요?"

"기계 관리는 내 소관이 아니야, 머프. 따로 용역을 맡기지."

"그럼 그 용역 업체가 쓰레기네요."

"용역 업체가 쓰레기네요." 마리솔이 말한다. 아이는 자리에 앉은 채로 깡충거린다. "뭐 해요, 파피. 트랙터야, 가자. 출발."

"아주 고맙다, 친구." 멜론헤드는 괴로워하는 표정이다. 그는 기계 앞자리에 앉아 있던 아이를 안아서 땅바닥에 내려놓는다. "좀 전에는 늦은 줄만 알았는데. 이제 보니 내가 토요일에 출근하게 생겼네."

"공구 있어요? 제가 고칠 수 있을지도 모르는데."

"괜히 건드리면 안 될 것 같다만."

"네. 그럼." 될 대로 돼라지. 내가 알 게 뭐야. 나는 다시 내 기계에 올라타 시동을 건다.

내가 기계를 운전해 창고에서 빠져나오는데 뒤에서 그가 부른다. "좋아! 네가 고칠 수 있겠는지 와서 봐라."

트랙터가 개판이다. 힌지에 녹이 슬어서 보닛을 여는 데까지 시간이 걸린다. 어느 업체에서 돈을 받아 가는지 몰라도 이 물건은 전혀 관리가 되지 않았다. 이왕 일을 시작한 김에 오일 팬을 체크한다. 오일이 시커멓고 수프처럼 걸쭉하다. 나는 그에게 상황을 말한다.

"어떻게 트랙터 전문가가 됐어?" 그가 묻는다. 그의 딸은 트랙터 수리의 열쇠를 쥐고 있는 사람처럼 우리 둘 사이에 쭈그리고 앉아 있다.

"트랙터 전문가라고는 한 적 없어요. 이런 건 기본적인 사항이에요." 나는 땀이 눈으로 들어가기 전에 이마를 훔친다. "엔진은 다 똑같은 엔진이니까요."

"차에 대해서 잘 알아?"

나는 어깨를 으쓱하고 엔진에 시선을 고정한 채 오일 팬을 제자리에 넣는다. 내가 멜론헤드의 끊임없는 주절거림에 익숙해지긴 했지만 그가 나에게 **직접** 말을 건 적은 별로 없다. "외부보다 내부에 대해서 더 많이 알아요."

"오늘 저녁에 쓸 수 있게 고칠 수 있겠어?"

"아마도요. 연료 필터를 교체해야 하겠지만 깨끗하게 청소하면 될지 몰라요." 나는 필터를 꺼낸 후 하고 분다.

마리솔이 몸을 앞으로 숙이고 똑같이 따라 하려고 한다. 나는 필터를 아이 앞으로 내밀어 한번 불어 볼 수 있게 한다.

멜론헤드는 이걸 지켜보고 있다. 나는 그가 아이를 내게서 멀찌감치 떼어 놓으려고 했던 걸 기억하고 필터를 다시 넣는다.

"아이가 돕는다는 걸 받아 주기도 하고 고맙네." 그가 말한다.

나는 얼굴이 벌게지는 것을 느끼며 다시 엔진을 흘끗 쳐다본다. 아이들은 레브가 훨씬 잘 다룬다. 나는 경험이 별로 없다. "얘가 그걸 망가뜨리는 것도 아니니까요."

"나 망가뜨리지 않아!" 마리솔이 씩씩대며 말한다.

나는 미소를 짓는다. "게다가 나중에 설명서를 만들려고 받아 적기까지 할 기세잖아요."

그는 아이를 끌어안는다. "우리 공주님 대단하세요."

아이는 꿈틀거리며 빠져나온다. "나 돕고 있어!"

"맞아." 그가 말한다.

나는 필터 겉면을 닦고 다시 후 하고 분다. "저녁 내내 버텨 줄지는 모르겠지만 한두 구역은 끝낼 수 있을 거예요."

"아버지한테 배웠니?"

"네."

"정비 기사이신가?"

"예전에요."

그는 내 말투에서 이상한 낌새를 느꼈는지 머뭇거린다. 묻고 싶은 것이다. 그가 판사를 통해 나에 대한 모든 것을 파악해 놓지 않았다니 뜻밖이지만 아빠가 아니라 내가 저지른 범행에 대해서만 자세히 들을 수 있는 건지도 모른다.

그는 묻지 않기로 한 눈치다. "고맙다, 머프."

나는 필터를 다시 넣고 그를 쳐다본다. 말투에서 최대한 짜증기를 없애지만 그래도 조금은 스멀스멀 기어들어 온다. "제 이름은 디클랜이에요."

멜론헤드는 일말의 망설임도 없이 손을 내민다. "만나서 반갑다. 내 이름은 프랭크야."

나는 눈을 깜빡인다. "프랭크요?"

그는 어깨를 으쓱한다. "프란시스코라고 불러 달라고 하면 낫겠니?"

이번에는 내가 무안함에 시선을 돌린다. 내가 그를 페드로나 뭐 그런 이름으로 부른 것도 아니지 않은가.

그 이름이 멜론헤드보다는 낫긴 하지만.

그는 내 어깨를 철썩 때린다. "아버지가 악수하는 법은 안 가르쳐 주신 모양이네?"

나는 한쪽 장갑을 벗고 손을 내민다.

"너는 같이 지내기에 썩 나쁘지 않은 녀석이야, 디클랜." 그가 말한다.

나는 콧방귀를 뀐다. "저를 아직 몇 번 못 봐서 그렇게 생각하시는 거예요."

*

문을 열고 안으로 들어가 보니 새아빠가 거실에 앉아 있다. 대개는 들어가기 전에 체크하는 편인데, 지금은 탄산음료를 마시고 샤워를 하고 아무에게도 보이지 않게 내 방에 틀어박히고 싶은 마음뿐이다. 풋볼 경기가 사방을 쩌렁쩌렁 울리도록 틀어져 있다. 앨런과 엄마는 결혼 선물로 서로를 위해 대형 텔레비전을 샀다. 엄마는 시끄러운 소리를 견디지 못하니 앨런 옆에 앉아 있지 않는 것도 무리는 아니다. 하지만 엄마의 차가 집 앞 진입로에 세워져 있는 걸 보면 외출을 한 건 아니다.

나는 앨런에게 엄마도 텔레비전을 볼 수 있게 빌어먹을 볼륨 좀 줄이라고 얘기하고 싶다.

하지만 그러지 않는다. 나는 심지어 그를 쳐다보지도 않는다.

하지만 그는 내가 폭발하길 기다리기라도 하는 것처럼 나를 주시한다. 거실에 흐르는 긴장감이 손으로 만져질 것 같다.

"어디 갔다 왔니?" 앨런이 묻는다.

이런 왕재수. 내가 어디 다녀왔는지 알면서. 나는 성큼성큼 소파를 지나 부엌으로 향한다.

"내가 묻잖아." 앨런이 텔레비전 소리를 넘어 고함을 지르다시피 한다. "내 말 무시하지 마라."

나는 무시한다.

그가 나를 따라 부엌으로 들어올 줄 알았더니 아니다.

앨런은 보험을 판다. 나는 그가 본격적인 영업 사원 모드일 때 본 적이 있는데, 거짓말이 입에서 그야말로 줄줄 흘러나왔다. 보험을 팔 때가 아니면 터프한 스포츠광인 척한다. 스티로폼으로 만든 손가락과 펠트 천으로 만든 깃발을 들고 텔레비전 앞에 앉아 있지 않는 게 기적이다.

엄마가 그의 어디에 반했는지 전혀 모르겠다.

아니다, 그건 거짓말이다. 나는 엄마가 그의 어디에 반했는지 정확히 안다. 그는 엄마랑 같이 잘 방법을 알아낸 아첨꾼이다.

내가 보기에는 어떤 사람인 것 같으냐고? 차라리 절벽에서 떨어지는 편이 덜 아플 정도로 지독하게 엄마를 실망시킬 또 한 명의 등신이다.

내 의견을 묻는 사람은 없지만.

냉장고에 차가운 라자냐가 들어 있다. 나는 조금 떠서 접시에 담지만 귀찮아서 데우지는 않는다. 콜라와 포크를 챙겨 들고 다시 한 번 앨런의 집중 포화에 맞설 준비를 한다.

나가 보니 그가 부엌 입구를 노려보고 있다. 그의 뒤에서 텔레비전이 왕왕거린다.

"어디 다녀왔느냐고 물었다." 그가 말한다.

나는 계속 걸음을 옮긴다.

그가 자리에서 일어난다. 내 앞길을 막는다.

앨런은 덩치가 크지 않지만 작지도 않다. 그가 나를 한 대 치면 어떻게 될지 나도 모르겠다. 내 쪽에서 그에게 주먹을 날리지 않는 이유는 딱 하나, 그러면 엄마가 얼마나 속상해할지 알기 때문이다.

앨런도 마찬가지인지 궁금하다.

나는 그의 눈을 쳐다본다. 우리는 키가 똑같다. 대부분의 사람들은 내 앞에서 뒷걸음치지만 앨런은 그러지 않는다. 그는 내가 무슨 짓을 저질렀는지, 어떻게 해야 하는지 알고 있는 사람이다. 그래도 그걸 내 입으로 인정하는 건 여전히 굴욕적이다. "지역 사회봉사 다녀왔는데요."

"그건 8시에 끝나잖아. 지금은 9시가 넘었고."

"관리인이 늦었어요. 잔디 깎는 기계에 문제가 생겼고요." 내 손에 들린 접시가 무겁게 느껴지기 시작한다.

"거기 갔다가 끝나면 곧바로 집으로 와야지."

"그랬어요."

"거짓말하지 마라."

나는 접시를 내동댕이치지 않고 계속 들고 있는 데 온 신경을 집중한다. "거짓말 아니에요."

"내 생각대로 할 것 같으면 너는 아예 운전대를 잡지도 못해."

내 턱에 힘이 들어간다. 나는 그가 싸움을 걸지 못하게 밀치고 지나간다. "그럼 아저씨 생각대로 되지 않아서 다행이네요, 그죠?"

사실은 몸값 비싼 변호사를 쓸 수 있어서 다행이었다. 안 그랬다면 나는 운전대를 잡지도 못했을 것이다.

앨런은 나를 막지 않고 내가 계단을 올라가는 동안 아무 말도 하지 않는다. 내가 방문을 닫으려는데 그가 체념한 듯 씁쓸하게 말하는 소리가 들린다. "너도 네 아빠랑 똑같은 짝이 날 거다."

텔레비전 소리가 너무 커서 뭐라고 하는지 제대로 들리지 않았어야 할 테지만, 그가 조용히 중얼거리지도 않았다.

나는 서랍장 위로 콜라를 탁 하고 내려놓은 다음 문이 벽을 맞고 튕겨 나올 정도로 세게 열어젖힌다. 가슴에서 요란한 숨소리가 들리고 나는 계단 꼭대기에서 억지로 걸음을 멈추어야 한다.

"방금 뭐랬어요?" 나는 소리를 지른다.

이번에는 그가 내 말을 못 들은 척할 차례다.

나는 사진들이 흔들릴 정도로 세게 벽을 친다. "방금 뭐라고 했냐고요?"

"들었잖니."

나는 그를 증오한다.

나는 그를 증오한다.

그가 이 집에서 사는 게 싫다. 그가 우리 아빠가 아닌 게 싫다. 그가 엄마에게 행복을 선물하는 사람이라는 게 싫다. 그가 엄마에게 충분한 행복을 선물하지 못한다는 게 싫다.

그의 모든 것이 싫다.

복도 저편에서 문이 열리고 엄마가 문 앞으로 나온다. 검은 머리를 헐렁하게 하나로 묶었고 너무 무서운 일이 벌어지면 얼른 들어가려는 사람처럼 몰딩을 붙잡고 있다.

그걸 보고 내 안에서 분노가 어느 정도 빨려 나간다. 내 한쪽 손은 손톱이 손바닥을 파고들 정도로 세게 주먹을 쥐고 있고, 다른 쪽 손은 부들부들 떨리는 라자냐 접시를 움켜쥐고 있다. 어깨는 웅크려졌고 눈빛은 분명 사나울 것이다.

사과를 해야겠지만 할 수가 없다. 그 이면의 무게가 너무 크다. 나는 엄마에게 이보다 훨씬 심각한 일들에 대해서 사과해야 한다. 세미터리 걸이 편지에서 한 말이 맞았다. 정말이지 운명의 여신이 우리를 상대로 음모를 꾸미는 느낌이다. 죄책감이 내 어깨 위로 내려앉아 나를 꼼짝 못 할 지경으로 누른다.

엄마도 꼼짝하지 않는다.

앨런이 한 말을 엄마도 들었을까? 엄마도 그와 같은 생각인지 궁금하다.

나는 엄마를 등지고 방으로 들어간다. 문을 쾅 닫지는 않지만, 1층에서 왕왕대는 풋볼 경기 중계에도 불구하고 갑작스러운 정적이 귀청을 때린다.

엄마는 내 방으로 들어오지 않을 것이다. 엄마가 발을 끊은 지 몇 년 됐다.

어쩌면 ―

아니다, 달라지는 건 아무것도 없을 것이다.

나는 침대 모서리에 털썩 걸터앉는다. 라자냐를 먹고 싶은 생각이 사라졌다. 앨런이 한 말이 계속 머릿속에서 맴돈다.

너도 네 아빠랑 똑같은 짝이 날 거다.

그렇다. 아마 그럴 것이다.

8장

우리 아빠는 교도소에 있어.

나는 한 번도 면회를 가지 않았어. 엄마도 그랬을 것 같긴 하지만 우리 둘이 그 문제로 대화를 나누거나 하진 않아. 남들도 다 아는 우리 가족의 비밀 같은 거거든.

진짜 비밀은 뭔가 하면 가끔 아빠가 보고 싶다는 거야. 너한테조차 고백하려니 기분이 이상하다. 심지어 절친한테도 하지 않은 얘기거든. 아빠를 미워하면 문제가 간단할 텐데 미워지질 않아.

아빠가 그리워. 여동생을 그리워하는 거랑은 다르게. 그거랑은 절대 같을 수가 없겠지. 동생이랑 나는 세상을 끝장낼 듯이 싸우기도 했지만(이러니저러니 해도 어린 동생이었으니까) 결정적인 순간에는 똘똘 뭉쳤어. 가끔 사람들이 말하길 가족을 잃는 건 팔이나 다리를 잃는 것과 같다고 하잖아? 동생이 죽었을 때 나는 내 절반을 잃은 거나 다름없었어. 나는 동생이 보고 싶지만 그 아이를 절대 되살릴 수 없다는 건 알아. 과거를 되돌릴 방법은 없다는 건.

하지만 아빠를 그리워하는 마음은 그것과 종류가 달라.

그리고 교도소는 영원하지 않으니까. 적어도 아빠 입장에서는.

그러면 안 되는 거잖아, 안 그래? 내가 얼마나 엉망이면 동생을 죽인 사람을 그리워할까?

하마터면 '엉망' 말고 다른 단어를 쓸 뻔했는데, 네가 너희 어머니에 대해서 한 말이 생각났어. 내 절친도 그렇거든. 내가 욕을 쓰면 싫어해서 자제하려고 노력하는 편이야. 대개는.

하지만 너희 어머니의 생각에 동의하는 건 아니야. 단어는 단어일 뿐이지. 누가 길고 어려운 단어를 쓴다고 해서 지성인이 되는 건 아니듯 숫자로 된 욕을 한다고 해서 내가 바보가 되는 건 아니야.

어느 쪽이든 그런 단어를 쓰면 쉽게 밥맛으로 전락할 수 있긴 하지만.

이번에는 '밥맛'이라는 단어에 줄을 그어야 할 것 같은 기분이 든다. 너희 어머니는 나를 별로 좋아하지 않으셨겠어.

너희 어머니 사진을 찾아봤어. 내가 보기에 그 사진은 우울하지 않아. 희망적이지도 않고. 그게 인생이야. 주변 모든 게 미쳐 돌아갈 때 선택할 수 있는 방향은 전진뿐이야. 그네를 타는 아이들은 그걸 알아. 총을 든 남자들도 알고.

너 몇 살이야? 고급 사진 촬영 수업 어쩌고 한 걸 보니 고등학생인 것 같은데. 너도 해밀턴 다녀?

아니면, 우리 둘이 서로에 대해 전혀 모르는 편이 더 나을까?

네가 정해.

"너한테 의견을 묻고 싶은 게 있는데."

로언은 한쪽 손을 들고 손톱을 후후 분다. 흰색에 가까워 보일 정도로 옅은 분홍색 매니큐어를 바르고 있다. 불투명한 손톱이 밝은 금발, 하얀 얼굴과 만나 평소보다 더 이 세상 사람이 아닌 듯한 분위기를 풍긴다. 로언의 방은 가구가 전부 금테를 두른 하얀색이고 카펫은 연보라색이다. 이제 날개만 있으면 된다.

"너는 지금 숨고 있는 거야." 로언이 말한다.

나는 허리를 편다. 내가 물어보려고 했던 것과는 아무 상관 없는, 뜬금없는 발언이다.

하지만 어쩌면 정곡을 찌르는 발언일지도 모른다. "내가 숨고 있다고?"

"너희 아빠를 피해서."

아. 나는 인상을 쓴다. "아빠 얘기는 하고 싶지 않아."

로언은 매니큐어를 덧바르기 시작한다. "너에게 상처를 주려고 그러셨던 게 아니잖아."

나는 아무 말도 하지 않는다.

로언이 나를 흘끗 올려다본다. "네 입으로 그랬잖아, 너희 엄마 담당 편집자가 사겠다고 했다고. 너희 아빠가 그걸 끄집어내서 온라인 벼룩시장에 올린 것도 아니고."

그 말이 맞다. 나도 그 말이 맞다는 건 안다. 나는 짧고 둥그스름하고 아무것도 칠하지 않은 내 손톱을 들여다본다. "아빠가 엄마한테 벌을 주려는 것처럼 느껴져서 그래." 나는 나지막이 말한다.

"그럴지도 모르지." 로언은 머뭇거린다. "분노도 상심의 한 단계니까."

이런 대화에 내 신경이 곤두선다. 나는 원래 아빠 얘기를 꺼내고 싶지 않았다. 엄마 얘기도. "심리학 선생님이 그렇대?"

로언은 매니큐어를 내려놓고 의자를 돌려 나를 똑바로 쳐다본다. "엊저녁에 우리 엄마가 너희 아빠한테 전화해야 하겠느냐고 묻더라."

"뭐라고?" 내 목소리가 두 단계 낮아진다. 나는 당장이라도 뛰쳐나갈 준비를 하며 문을 흘끗 쳐다본다. "왜?"

"지난 나흘 동안 네가 우리 집에서 거의 12시까지 있다 갔으니까."

"알았어. 나 갈게."

"아니야! 줄스 — 그러지 마!" 내가 밖으로 나갈 겨를도 없이 로언이 내 앞을 막아선다. 매니큐어가 문대어지지 않게 내 어깨에 손을 조심스럽게 올린다. "기다려. 응? 기다려. 엄마는 너야 언제든 환영이라는 말씀도 하셨어. 언제든." 로언은 말을 하다 말고 잠깐 멈춘다. "우리는 네가 걱정돼서 그래."

로언과 로언의 어머니는 자매지간이라고 봐도 무방하다. 정말이지 주변에서도 노상 그렇게 얘기한다. 메리 앤은 스물두 살에 로언을 낳았고 자기 관리를 잘한다. 로언은 머리를 까맣게 염색한다거나 저녁 대신 스니커즈 초코바를 먹는 식으로 엄마에게 반항하지도 않는다. 두 사람은 서로에게 비밀이 없다.

그러니 둘이서 당연히 내 얘기를 했을 것이다.

하지만 내가 느끼는 질투심은 **뜻밖**이다. 그것이 벼락처럼 나를 덮친다.

"아빠가 나한테 상처 주려고 한 게 아니라는 건 나도 알아." 나는 로언이 이해하지 못한다는 사실을 지금에야 깨닫고 그녀를 노려본다. "바로 그게 문제야. 나한테 상처가 된다는 걸 몰랐다는 게."

로언은 머뭇거린다.

"말해." 나는 단호한 투로 말한다. "뭔지 모르겠지만 말해, 로."

"우리 엄마가 너희 아빠한테 전화하는 게 나을지 모르겠다."

"뭐? 왜?"

"너희 아빠를 조금…… 지원 사격할 필요가 있지 않나 싶어서. 너를 도우실 수 있게 말이야."

"아, 좋지." 나는 경멸하는 말투를 감추지 못한다. 나는 다시 문 쪽으로 몸을 돌린다.

"왜 그래." 로언이 복도로 나를 따라 나온다. "너는 내 절친이야, 줄스. 널 돕고 싶어."

"나도 알아. 다만 ─ 지금은 네 도움을 받고 싶지 않아서 그래."

"제발 멈춰 봐."

나는 현관에서 걸음을 멈춘다. 머리 위에 달린 전등이 환하게 비추자 로언의 머리칼은 금실처럼 변하고 파란 눈은 튀어나올 듯이 느껴진다. 내 까만 머리칼은 뻣뻣하게 늘어져 있고 내가 블러셔와 립글로스를 살짝 바른 이유는 딱 하나, 여기저기서 피곤해 보인다는 말을 듣는 것도 지긋지긋하기 때문이다.

"넌 계속 머리끝까지 화가 난 것처럼 보여." 로언이 조용히, 조심스럽게 얘기한다.

"화난 거 맞아."

어떤 식으로 받아들여질지 고민할 겨를도 없이 내 입에서 이 말이 튀어나온다. 어쩌면 로언의 말이 맞을지 모른다. 이것이 상심의 한 단계일지 모른다. 하지만 분노에 발목이 붙들린 지도 어느 정도 시간이 지났고 그사이 골이 너무 깊게 파여서 빠져나올 방법이 없는 것처럼 느껴진다.

여기 이렇게 계속 서 있으면 이 분노 때문에 내가 와르르 무너질까 봐 실은 겁이 난다.

"이제 그만 가야겠다." 나는 얼른 말하고 문손잡이를 잡는다.

"줄스—" 로언이 중간에 말을 뚝 끊고 한숨을 쉰다. "너를 내쫓으려고 꺼낸 얘기는 아니었는데."

"알아."

"나한테 뭐 물어보려고 했었어?"

원래 편지에 대해서 물어보려고 했지만 이제는 묻지 못하겠다. 로언은 이해하지 못할 것이다. 죽음과 자살과 절망에 대해 나눈 우리의 대화를 읽고 크게 오해할 것이다.

그러면 아빠가 **분명** 전화를 받게 될 것이다.

나는 로언을 쳐다본다. "아무것도 아니야. 바보 같은 질문이었어, 내일 아침에 보자."

로언이 나를 따라 나오려고 하지만 나는 손을 들어 보인다. "됐어, 로. 됐어. 나 그냥 잠깐 드라이브하고 싶어서 그래. 걱정할 필요 없어."

"묘지에 갈 거야?"

해가 떨어지고 한참이 지난 무렵이라 내가 그렇다고 하면 로언은 난리를 칠 것이다. "아니. 오늘 밤에는 안 갈 거야." 나는 계단을 가볍게 달려 내려간다. 로언이 나를 내쫓은 건 아니지만 그 집이 이제는 피난처로 느껴지지 않는다. 로언의 엄마가 내 상심을 분석하려고 호

시탐탐 기회를 엿보고 있는 한 그럴 수밖에 없다.

"그럼 잘 가." 로언이 외친다.

"잘 있어." 나도 마주 외친다.

못된 친구로 전락한 기분이 들지만 어쩔 도리가 없다. 사랑하던 사람의 죽음을 설명하는 어떤 책의 2장과 6장 사이에 끼워 맞추려고 내 감정을 조작할 수는 없지 않은가.

방과 후에 생일 파티를 하는 집이 있어서 이 블록 맨 끝에 내 차를 주차해 놓았다. 이제는 도로변이 텅 비었고 내 차 혼자 덩그러니 느릅나무 그늘에 남아 있다. 로언이 따라 나와 주길 기대하는 마음도 있지만 그녀는 따라 나오지 않는다. 인도는 칠흑같이 어둡고 걸음을 내디딜 때마다 운동화가 보도에 부딪히며 서걱거린다. 밤이 되자 기온이 떨어져서 이제는 산들바람이 내 머리칼을 들썩이고 목덜미를 식힌다.

나는 깎은 잔디와 나무껍질과 축축한 공기 냄새를 들이마신다.

옆에서 어떤 남자의 기침 소리가 들린다. 나는 놀라서 살짝 움찔한다. 좌우를 두리번거리지만 남자는 보이지 않는다.

내 뒷덜미 털이 곤두선다. 내 손은 더듬더듬 열쇠를 찾는다.

문이 열리고 나는 운전석에 털썩 주저앉는다. 살짝 퀴퀴한 커피 냄새와 너무 달구어진 가죽 시트 냄새가 뒤섞여 내 살갗에 들러붙는다. 분노와 불안이 엎치락뒤치락하는 가운데 나는 열쇠를 꽂고 돌린다.

아무런 반응이 없다.

나는 다시 열쇠를 돌린다.

역시 아무 반응이 없다. 부속 조명만 깜빡이다가 꺼진다.

나는 계기판을 때린다. "망할."

좁은 공간 안에서 내 목소리가 쩌렁쩌렁 울리고 나는 움찔한다. 죄송해요, 엄마.

아무리 생각해도 편지를 쓴 남자의 말이 맞는 것 같다. 단어는 단어일 뿐이다.

내가 엄마에 얽힌 추억을 배신하기라도 한 듯 죄책감이 잠깐 내 폐부를 찌른다.

누군가가 차창을 두드리자 나는 놀라서 그야말로 펄쩍 뛴다. 어떤 남자가 그 앞에 서 있는데, 시커먼 후드에 가려 얼굴이 보이지 않는다. 턱선과 살짝 긴 머리카락만 한 뭉텅이 보일 뿐이다.

"뒤로 물러나!" 나도 모르는 새 내 손이 전화기를 잡는다.

숫자 9를 누르려고 하는데, 남자가 두 손을 들고 뒤로 한 발짝 물러난다. 얼굴이 아주 선명하게 보이는 건 아니어도 안경이 불빛을 받고 반짝인다. 남자는 키가 크고 어깨가 넓다. '떡대가 좋다'는 표현이 떠오른다. 내 혼다 시빅을 번쩍 들어 올릴 수 있을지도 모른다.

남자가 다시 기침을 한다. "미안." 그는 차창을 넘어 내 귀에 들리게 필요 이상으로 조금 크게 말한다. "혹시 도움이 필요한지 물어보려고 그랬어."

"괜찮아요!" 여성 안전 어쩌고 하는 그 어이없는 폭탄 이메일에서, 자동차 시동이 걸리지 않도록 조작해 덫을 놓는 폭력 집단도 있다고 하지 않았던가? 나는 열쇠를 다시 돌린다. 깜빡-깜빡-꺼짐.

"너 줄리엣 영 아니야?"

나는 동작을 멈추고 남자를 다시 쳐다본다. 이 남자가 내 이름을 알다니 좋은 징조일까, 나쁜 징조일까?

그는 스웨트 셔츠 후드를 젖힌다. "작년에 영어 수업 같이 들은 걸로 아는데."

순간 나는 그를 전혀 기억하지 못한다. 하지만 잠시 후 내 머리가 돌아가기 시작한다. 그는 모든 수업마다 맨 뒷자리에 앉고 어느 누구와도 말을 섞지 않는 그 외돌토리 별종이다. 이름은 레드인가 래즈인가 그렇다. 쪄 죽을 것 같은 한여름에도 항상 후드 스웨터나 긴팔 셔츠를 입는다.

분위기가 꼭 연쇄 살인범이다.

"점프 스타트 필요해?" 그가 묻는다.

나는 한참 동안 그를 빤히 쳐다본다. "뭐가 필요하냐고?"

"네 차 말이야." 그가 말한다. "배터리 방전됐어?"

"모르겠어. 나 괜찮아." 로언의 집으로 다시 들어가면 되지만 차에서 내려도 될지 아직 잘 모르겠다. 그가 나쁜 짓을 저지른 건 아니어도 이 어두컴컴한 길거리에 우리 두 사람뿐이다. 이게 만약 영화라면 이 부분에서 관객들은 차 안에 그대로 있으라고 소리를 지를 것이다.

잠시 후 깨달음이 찾아온다. "아빠한테 전화해서 데리러 와 달라고 하면 돼."

"내 친구한테 케이블 있어. 걔네 집이 바로 저기야." 그는 맞은편 대로를 가리키더니 주머니에서 전화기를 꺼내 문자를 입력하기 시작한다. 잠시 후 그가 내 쪽을 다시 흘끗 돌아본다. "보닛 열어 봐."

나는 그가 진짜 나를 도우려는 건지 내가 바보처럼 속고 있는 건지 분간이 되지 않는 중간 지대에 갇혀 버렸다. 나는 내 전화기를 흘끗 쳐다본다. 솔직히 아빠에게 연락하고 싶지는 않다. 그러면 대화가 시작될 텐데 카메라 사건 이후로 나는 대화에 임할 자세가 전혀 되어 있지 않다.

대신 나는 얼른 로언에게 문자를 보낸다.

줄리엣: 차에 시동이 걸리지 않는데 나랑 같은 학교 다닌다는 남자애가 점프 스타트를 해 주겠대. 잠깐 나와 줄 수 있어?

그런 다음 전화기를 주머니에 넣고 레버를 당겨 보닛을 연다.

그는 내가 차에서 내릴 때까지 기다리지 않는다. 자동차 앞쪽으로 걸어가 보닛을 열고 덮개를 괼 막대를 찾는다. 그가 막대를 딱 하고 구멍에 끼우는 소리가 들린다.

차 안의 공기가 어찌나 숨이 막히는지 창문만이라도 내릴 수 있으면 좋겠다는 생각이 든다. 해는 진작에 졌지만 차 안에는 아직 열기가 남아서 이마에 땀이 맺힌다.

보닛 아래에서 금속끼리 서로 부딪치는 소리가 들리고 나는 그가 뭘 하는지 궁금해진다. 아빠가 기본적인 차량 관리법을 가르쳐 주겠다고 여러 번 말했던 것과 그때마다 내가 "나중에."라고 했던 게 생각난다.

하지만 오일을 교체하거나 공기압을 체크한다고 해서 시동이 걸리는 건 아니지 않은가.

조수석 창문 너머로 달빛을 받고 머리칼을 반짝이며 우리 쪽을 향해 인도를 걸어오는 로언이 보인다. 다행이다.

나는 열림 버튼을 누르고 문을 활짝 연다. 문이 무언가에 부딪힌다. 그것도 세게.

"으악!" 이렇게 외치는 어떤 남자의 목소리가 들린다.

나는 위를 올려다본다. 점프 케이블을 들고 내 문 앞에 서 있는 남자는 우리 학교에서 내 차 보닛 아래를 쑤시고 있는 고스족 지망생보다 무서운 유일한 사람, 디클랜 머피다.

그는 학교 경비가 막힌 변기를 보고 극도로 흥분하듯 나를 보고 극도로 흥분한 눈치다. 손으로 차체를 붙잡고 차에서 내리지 못하게 내 앞을 막고 있다.

내 쪽에서 사과를 해야겠지만 심술궂은 말투로 나올 것이다. 혓바닥 저 뒤편에서 대기 중인 단어들이 느껴진다. 내 차 문짝에 맞은 그와는 무관하게 내 자존심을 보호하는 게 목적인 재수 없는 사과.

내 시선이 그의 손에 들린 점프 케이블에 닿는다.

나는 사과와 **동시에** 고맙다는 인사도 해야 한다.

지난주 학교 복도에서 그랬던 것처럼 나를 내려다보는 동안 그의 얼굴에서 짜증기가 조금 가신다. 어딘가에서 새어 나온 불빛이 그의 얼굴을 가로지르며 양쪽 눈만 한 줄기로 비추고 얼굴의 나머지 부분은 어두컴컴하게 남겨 놓는다. 슈퍼 히어로의 가면 비슷하지만 정반대다.

"배터리 방전됐어?" 디클랜이 묻는다.

위에서 나를 내려다보는 그가 거대하게 느껴진다. 나는 침을 삼키고 그가 학교 복도에서 잽싸게 움직였던 순간을 떠올린다. 어떤 공격적인 행동을 저지르려나 보다 하고 오해했더니 자기 배낭을 집으려고 했을 뿐이었던 그때를 말이다. "모르겠어."

"증상이 어떤데?"

"음." 나는 헛기침을 한다. 계기판 쪽을 흘끗 쳐다본다. "아무 반응이 없어. 시동이 걸리지 않아."

"시동 장치 문제는 아닌 것 같아." 보닛 아래를 들여다보고 있던 남자애가 외친다.

"고맙다, 레브." 디클랜은 고개를 들고 눈을 부라리더니 내 차 쪽으로 몸을 숙이며 이 비슷한 말을 중얼거린다. "세 가지를 가르쳐 줬더니 자기가 전문가인 줄 아네."

무슨 소리인지 파악할 겨를도 없이 디클랜이 내 앞에서 차 안쪽으로 몸을 숙인다. 나는 몸을 웅크리고 다시 자리에 앉지만 그가 열쇠를 돌리는 걸 보고 내 쪽으로 몸을 움직인 게 아니었음을 깨닫는다. 나는 그에게서 담배와 땀과 빨지 않은 청바지 같은, 역겨운 냄새가 날 거라고 넘겨짚는다.

하지만 아니다. 깎은 잔디와 방금 전에 한 빨래와 스포츠를 좋아하는 남자용 보디 워시 비슷한 냄새가 난다. 디클랜이 열쇠를 돌리자 계기판에서 불빛이 깜빡이다 바로 꺼지고, 그는 내 공간에서 사라진다.

"별일 없는 거지?"

로언이 바로 옆 가로등 불빛을 받아 금발을 반짝이며 디클랜 뒤편 인도에 서 있다. 디클랜이 고개를 돌린다. 로언을 보고 놀라지 않는 눈치다. "점프 스타트를 해야겠는데. 네 차 있으면 여기로 몰고 나와 줄래?"

로언의 시선이 디클랜을 지나 보닛 아래로 고개를 숙이고 있는 아이—레브라고 했던가?—를 거쳐 내 쪽으로 움직인다. "그래." 로언은 말꼬리를 길게 늘인다. "나랑 같이 갈래, 줄스?"

이 블록 저쪽 끝에 불과하기는 하지만 그들에게 내 차를 맡기고 가려니 기분이 이상하다. 가뜩이나 디클랜이 "열쇠는 두고 가."라고 하니 더욱 그렇다.

하지만 그러지 않으면 이 둘과 여기 남아 있어야 한다.

나는 핸드백을 챙겨 들고 로언과 걷는 속도를 맞춘다.

"쟤네들 못된 꿍꿍이는 없어 보인다." 로언이 조용히 말한다. "멀리서 봤을 때는 디클랜 머피가 못된 짓을 하려는 줄 알았지 뭐야."

나는 얼굴이 화끈거리는 동시에 오싹해진다. "내 몸에 손을 대지도 않았어."

"다행이네." 로언의 목소리는 흔들림이 없다. "나한테 문자 보내길 잘했어."

내 생각도 그렇다. 거의 그렇다. 하지만 로언이 바로 그 순간이 아닌 다른 때 등장해 주었으면 어땠을까 하는 마음도 눈곱만큼 있긴 하다.

나는 어깨 너머를 흘끗 돌아본다. 레브가 계속 내 차 엔진 위로 허리를 숙이고 있다. 디클랜은 거기서 1, 2미터 떨어진 곳에 서 있다. 뭔가로 맞은편 손바닥을 툭툭 치다가 얼굴 쪽으로 손을 든다. 시뻘건 불똥이 갑작스럽게 그의 얼굴을 비춘다.

담배다. 나는 담배라면 질색인데.

"쟤 말고 다른 친구 누군지 알아?" 나는 묻는다.

"레브 플레처." 로언이 대답한다. "이 길모퉁이에 살아. 우리 엄마는 걔를 뱀파이어라고 불러. 낮에는 거의 본 적이 없거든."

"걔 때문에 간 떨어질 뻔했지 뭐야."

"그럴 만도 하지. 전 세계를 통틀어 사회성이 제일 떨어지는 두 사람이 네 차 점프 스타트를 해 주겠다고 출동했네." 이번에는 로언이 자기 어깨 너머를 흘끗 쳐다본다. "이따가 엄마한테 같이 가 달라고 해야 할지 모르겠다."

좀 전에 로언이 자기 엄마가 우리 아빠를 '돕고' 싶어서 전화를 해야 하나 고민 중이라고 하지 않았나? 나는 그 얘기를 떠올리며 신경을 곤두세운다. "우리가 유치원생도 아니잖아, 로."

우리는 이제 로언의 집 앞 진입로에 도착했다. 로언이 주머니에서 열쇠를 꺼내 열림 버튼을 누른다. "저녁 뉴스에 등장하고 싶지는 않거든."

그건 나도 마찬가지다. 어쩌면 내 차 배터리가 방전된 게 다행일지 모른다. 안 그랬다면 디클랜 머피가 전과 기록에 차량 절도를 추가해 가며 그 차를 몰고 벌써 10킬로미터쯤 도망쳤을지 모른다. 나는 차에서 내리기 전에 핸드백을 챙기길 잘했다는 생각을 한다.

로언은 자기 차가 내 차와 마주 보도록 진입로에서 차를 돌린다. 로언의 차 전조등이 디클랜과 레브를 비춘다. 사진을 찍었다면 노출 과다와 음영의 대조가 도드라지는 근사한 작품이 됐을 것이다.

로언이 시동과 전조등을 끈다. 우리는 차에서 내리려고 한다.

디클랜이 손을 흔들고 담배를 한 모금 빤다. "시동 켜 봐." 그가 외친다. "전조등도."

로언은 그가 시키는 대로 하고, 10초 뒤에 우리는 인도에 서서 케이블로 두 차를 연결하는 것을 구경한다. 디클랜이 내 차 운전석에 올라타 시동을 건다. 곧장 제대로 걸린다.

"이걸로 끝이야?" 나는 묻는다.

"이걸로 끝이야." 이제 차에서 내릴 줄 알았더니 내 예상과 달리 디클랜은 담배를 한 모금 빨고 다이얼을 이리저리 돌리기 시작한다.

"뭐 하는 거야?"

디클랜은 내 쪽을 쳐다보지도 않고 내 질문에 대답하지도 않는다. "집이 어디야?"

"그건 네가 알 바 아니라고 생각하는데."

그 말에 디클랜이 관심을 보인다. 그는 차에서 우악스럽게 내려 위에서 나를 내려다본다. 온몸으로 자기를 건드리지 말라고 외친다. 나는 나도 모르게 얼른 뒤로 한 발짝 물러난다.

"디클랜!"

나는 움찔한다. 우렁찬 남자 목소리이고 내 왼쪽에서 들려온다. 머리숱이 점점 없어져 가는 중년의 남자가 성큼성큼 도로를 가로지르며 성난 음성으로 외친다. "여기서 뭐 하는 거냐? 그 애들 괴롭히지 마."

나더러 조심하길 잘했다고 은근히 칭찬하는 말투다.

디클랜은 내 앞에서 꼼짝하지 않는다. "얘 차 시동이 안 걸려서 도와주고 있던 참이에요." 그의 목소리에 짜증이 섞이면서 귀에 거슬리는 소리를 낸다.

"그래, 픽이나 도와주고 있는 것처럼 보인다."

디클랜은 몸을 홱 돌려서 내 차 배터리에 물려 있던 점프 케이블 집게를 푼다. 케이블끼리 서로 부딪치며 불똥이 튄다. "이게 뭐로 보여요, 앨런?"

레브가 옆으로 다가가 나지막이 중얼거린다. "진정해, 디크."

앨런은 나보다 용감하다. 그는 뒷걸음치지 않는다. "아무 때나 네 마음대로 집 밖을 들락거리면 안 되지. 너 지금 통금 시간이잖아. 그게 무슨 뜻인지 모르는 건 아니겠지?"

통금 시간? 디클랜 머피에게 통금 시간이 정해져 있다고?

디클랜이 로언의 차에서 케이블을 잡아 빼고 요란하게 보닛을 닫는다. "통금 어긴 게 아니에요. **도와주고 있던 ──**"

"집으로 들어가라. 네 엄마를 이런 식으로 계속 괴롭히다니 믿기지가 않네."

디클랜의 얼굴이 온통 먹구름으로 덮인다. 그는 케이블을 아스팔트 바닥에 떨어뜨리고 앞으로 몸을 움직인다.

레브가 잽싸게 디클랜을 막아서고는 한 손을 그의 어깨 위에 얹는다. "야. 야. 정신 차려."

디클랜이 걸음을 멈춘다. 그가 턱에 단단히 힘을 주고 앨런을 노려본다. 양손 모두 주먹을 쥐고 있다.

앨런도 그를 마주 노려본다. 그는 이런 표정을 짓고 있다. 어디 한 대 쳐 봐, **깡패 새끼야.**

로언이 이제 내 바로 옆에 서 있다. 로언의 거친 숨소리가 밤공기를 가른다. 로언의 갑작스러운 불안감이 나까지 전염시키려고 하고 있다. 그 갈등을 싫어하는데, 이건 복도에서 충돌이 벌어졌을 때보다 상황이 심각하다. 중재할 선생님도 없지 않은가.

나는 한편으로는 숨고 싶다. 또 한편으로는 로언의 엄마를 부르지 않은 게 후회된다.

둘 중 한 사람이라도 움직이면 싸움이 벌어질 것이다. 당장이라도 주먹이 오갈 것 같은 분위기가 공기를 무겁게 짓누른다. 양쪽 모두 물러설 기미를 보이지 않는다. 워낙 단단하게 꼬인 긴장 상태라 두 사람 모두 풀 방법이 없겠다는 생각이 든다.

엄마가 예전에 서아프리카에서 맞닥뜨린 위기일발 상황을 편지에서 소개한 적이 있다. 엄마는 그때 조그만 마을들을 쑥대밭으로 만들고 다니던 극렬분자들이 남긴 흔적을 촬영하고 있었다. 그런데 가이드를 따라 정글을 지나다 그들의 주둔지와 그야말로 정면으로 맞닥뜨렸다. 엄마는 이대로 죽는 줄 알았다고 했다. 행간에서 엄마가 느꼈을 공포를 느낄 수 있었다. 그들은 엄마의 장비를 압수하고 카메라를 박살 내다가, 그들의 승전보를 기록으로 남기는 중이었다는 엄마의 말을 듣고 멈추었다. 그들은 엄마를 살려 주었을 뿐 아니라 하루 동안 동행을 허락했다. 엄마의 사진은 『뉴욕 타임스』에 실렸지만 더 강력했던 한 방은 엄마의 편지, 엄마가 내 앞으로 남긴 그 글이었다. 엄마는 식은땀과 총과 공포를 생생하게 묘사하고는 내 웃음보를 터뜨렸던 것이다.

남자들은 어린애 같은 구석이 있어, 줄리엣. 가끔은 반짝이는 걸로 주의를 돌리기만 하면 될 때도 있다니까?

나는 허리를 숙여서 땅바닥에 떨어진 점프 케이블을 줍는다. 그걸 디클랜에게 내밀고는 최대한 달달한 목소리로 말한다. "나와 줘서 정말 고마웠어. 너를 곤란하게 만들 생각은 없었는데." 나는 미안해하는 눈빛으로 앨런 쪽을 흘끗 쳐다보지만 속으로는 사시나무처럼 벌벌 떨고 있다. "정말 죄송해요. 디클랜한테 통금 시간이 있는 줄 몰랐어요. 차에 시동이 걸리지 않는데, 집으로 갈 생각에 걱정이 앞서서……."

앨런은 내가 거기 있다는 걸 잊어버리기라도 했던 듯 눈을 깜빡인다. 디클랜과 차 두 대를 거쳐 마침내 나에게로 시선을 옮긴다. "미안해할 것 없다." 그는 다시 디클랜에게로 휙 시선을 옮긴다. "다음번에 또 누굴 도울 일이 생기면 한마디 얘기라도 하고 나가라. 또다시 몰래 빠져나가면 경찰 부를 거야. 그럼 첼트넘에서 도망칠 궁리를 해야 할 거다. 알아들어?"

디클랜의 턱이 꿈틀거린다. 뭐라고 맞받아칠 작정인 것이다. 나는 그에게 점프 케이블을 들이민다. "배터리를 갈아야 할까? 아니면 그냥 둬도 될까?"

잠깐 시간이 걸리기는 했지만 디클랜은 노려보던 시선을 거두고 내게서 점프 케이블을 건네받는다. "엄청 오래된 것 같아 보이던데." 그의 목소리는 거칠지만 그 험상궂은 말투 아래 딱 꼬집어 말할 수 없는 뭔가가 있다. "얼마나 가야 하냐고 물었는데 내 질문에 대답을 하지 않았지?"

질문? 그가 질문을 했었나?

나더러 집이 어디냐고 물어본 게 그 때문이었나?

무안함에 얼굴이 화끈거린다. "아. 몇 킬로미터만 가면 돼."

그는 고개를 끄덕인다. "잠깐 공회전시키고 시동 꺼. 너 시간 괜찮을 때 배터리 갈아 줄게."

나는 고개를 끄덕인다.

디클랜이 몸을 돌려 저쪽으로 걸음을 옮긴다.

앨런은 꼼짝하지 않는다. 그는 자리를 옮겨 로언의 차에 기대고 선 레브를 쳐다보고 있다. "그 아이 싸움에 끼어들지 마라, 레브."

레브의 표정에는 변함이 없다. 기침을 하더니 후드를 뒤집어쓴다. 그러자 온 얼굴이 그림자로 덮인다. "저 녀석의 새아버지가 싸움을 걸지 말았으면 좋겠다고 생각하는지도 모르죠."

앨런은 가슴을 똑바로 펴지만 그럴 만한 가치가 없다고 생각했는지 삭막하게 웃음을 터뜨리고 고개를 젓더니 몸을 돌린다. "너희는 항상 자기가 모르는 게 없다고 생각하지."

그가 사라지자 길거리에 죽음 같은 정적이 깔린다.

"우어." 로언이 속삭인다. 두 눈이 접시만 하다.

레브가 로언을 쳐다본다. "별거 아니야."

"디클랜 막아 줘서 고마웠어. 하마터면—" 로언이 말끝을 흐린다. "하마터면…… 큰일 날 뻔했는데."

"내가 막은 거 아니야. 걔 스스로 참은 거지."

그랬던 것 같진 않지만 나는 아무 말도 하지 않는다. 레브의 차분한 목소리와 디클랜의 새아버지에게 그런 식으로 맞섰던 게 마음에 든다. 그런 아이를 연쇄 살인범 같다고 생각했다니 미안해진다.

레브가 내 쪽을 흘끗 쳐다보며 이렇게 물으니 더욱더 미안해진다.

"너도 아까 고마웠어. 집까지 갈 수 있겠어?"

나는 아직까지도 심장이 쿵쾅거리지만 고개를 끄덕인다. 헛기침을 한다. "첼트넘이 뭐야?"

레브가 미간을 찌푸린다. "응?"

"아까 앨런이라는 사람이 디클랜한테 첼트넘에서 도망칠 궁리를 해야 할 거라고 그랬잖아."

레브의 얼굴이 어두워지면서 표정이 알 수 없게 변한다. 그는 다시 기침을 하고 어깨를 살짝 옹송그린다. "소년원이야." 그는 로언의 차에서 몸을 떼어 낸다. "배터리 꼭 갈아. 걔가 그래야 한다고 하면 그런 거야."

이 말을 끝으로 레브는 우리 둘만 남겨 둔 채 어둠 속으로 스르르 사라진다.

9장

지금까지 편지를 서른다섯 장 썼다가 버렸는데, 전부 "나는 열일곱 살이야."로 시작됐고 그 뒤로 아무것도 쓰지 못했어. 나는 이걸 망치고 싶지 않아. 이걸 잃고 싶지 않아.

나 정말 한심하다. 차라리 여기 앉아서 어둠을 향해 편지를 쓰고 답장을 기다리는 편이 낫겠어.

나는 네가 누군지조차 모르지만 너를 이해할 수 있을 것 같아.

너도 나를 이해하는 것 같고.

그래서 나는 이게 정말 좋아.

나와 동갑이다.

나하고 나이가 비슷하지 않을까 의심은 했지만 이로써 확실해진다. 왜 그게 중요한지는 모르겠지만, 중요하다.

그녀는 이게 좋다고 한다.

그녀는 이게 좋다고 한다.

이 편지를 적어도 예순일곱 번쯤 읽었는데 여전히 은밀한 전율이 느껴진다. 나는 다른 아이들도 느낄 수밖에 없다는 듯, 이 짧은 편지가 내게 선사한 짜릿함이 주변으로도 전파됐는지 확인하기 위해 교실 안을 흘끗거린다.

걱정할 필요가 전혀 없다. 영어 수업 시간에 시를 배우는 중이라, 에스프레소를 들이부어도 이 교실을 깨우진 못할 것이다. 앞줄에 앉은 여자애가 딜런 토머스의 시를 낭송하고 있지만, 꺼져 가는 빛에 대한 분노에는 눈곱만큼도 관심이 없는지 쇼핑 리스트라도 되는 듯 읊고 있다. 마지막 행을 읽을 때는 손가락으로 머리칼을 배배 꼬며 의자에 털썩 기댄다.

나는 구겨진 부분을 손가락으로 펴 가며 편지를 다시 한번 읽는다. 교과서 모서리 밑에 편지를 끼워 놓았다.

너를 이해할 수 있을 것 같아. 너를 이해할 수 있을 것 같아.

마음속 한구석에서 이 아이를 찾아내고 싶다는 어이없고 황당한 생각이 든다. 찾아내 그렇다고, 맞는다고, 나는 이해한다고 말해 주고 싶다.

권태에 겨운 정적이 교실을 삼킨다. 나는 세 사람이 문자 입력하는 소리를 들었다고 장담할 수 있다. 힐러드 선생님은 우리 모두가 이 시에 압도됐길 바란다. 선생님이 교과서를 가슴에 끌어안으며 책상에 몸을 기댄다. "이 시의 주제가 뭔지 얘기할 사람?"

충격적으로 느껴질지 모르겠지만 아무도 대답을 하지 않는다.

힐러드 선생님은 허리를 펴고 손끝으로 책상을 하나씩 가볍게 건드려 가며 책상 사이를 걷는다. 걸음을 내디딜 때마다 긴 치마가 살랑거린다. 선생님은 중년의 고등학교 교사들만 입는, 무늬 있는 카디건을 걸치고 있다.

나는 선생님이 내 앞에 다다르기 전에 편지를 더욱 깊숙이 밀어 넣는다.

"딜런 토머스는 뭐에 대해 분노하고 있을까?" 선생님이 묻는다. "'꺼져 가는 빛'은 뭘까?"

"어둠이요." 드루 케네디가 큰소리로 외친다.

힐러드 선생님은 고개를 끄덕이지만 이렇게 얘기한다. "표면상으로는 그렇지." 선생님의 하이힐 소리가 책상 사이로 또각또각 이어진다. "또 뭘 얘기하고 있을까?"

"밤이요?" 다른 여자애가 끝을 살짝 올려 가며 외친다. 그냥 넘겨짚은 것이다.

지독히 흐리멍덩하고 지독히 김빠진 말투다. 나는 세미터리 걸과 사진 분석을 했던 일을 떠올리며 그 애도 이 수업이 지긋지긋하기 짝이 없을까 궁금해한다.

잠깐. 그 애가 지금 이 수업을 듣고 있을지도 모르잖아? 나는 좌우를 두리번거린다.

전혀 알 도리가 없다. 여기 없을 것 같긴 하지만 전혀 알 도리가 없다. 어떤 여자애를 보고 한눈에 어머니가 돌아가셨는지 알 수 있는 것도 아니지 않은가. 내 머리 위에서 '여동생 사망'이라고 적힌 네온사인이 반짝이는 것도 아니듯이 말이다.

"속으로 다시 한번 읽어 봐." 힐러드 선생님이 이렇게 말하곤 일라이자 워커의 교과서를 톡톡 두드리며 속삭인다. "휴대 전화 치우고."

일라이자는 한숨을 쉬며 전화기를 가방에 쑤셔 넣는다.

"다시 한번 읽어 봐라." 선생님은 내 책상 옆에서 걸음을 멈추고 나를 거의 쳐다보지도 않은 채 멍하니 손끝으로 교과서를 두드리고는 다시 걸음을 옮긴다. 선생님들은 내게 기대하는 것이 거의 없다. "다시 한번 읽어 보고 이 시의 진짜 주제가 뭔지 얘기해 봐."

누군가 기침하는 소리, 누군가 자리에서 부스럭거리는 소리가 들린다.

그 뒤로 정적이 이어진다.

힐러드 선생님이 교실 맨 뒤편에서 몸을 돌리는데, 이때 처음으로 선생님의 평정심에 금이 간다. "아무라도 생각나는 게 있을 거 아냐. 누가 됐든. 아무라도. 여기에 오답은 없어."

방금 전에 두 아이에게 틀렸다고 하지 않으셨던가요?

"이 시의 주제는 뭘까?" 선생님이 따져 묻는다.

나는 왜 그렇게 난리인가 싶어 교과서를 들여다본다. 그 어두운 밤 속으로 순순히 들어가지 마세요.

나는 생각하고 말고 할 겨를도 없이 단숨에 끝까지 읽어 버린다. 이건 밤이나 어둠을 다룬 시가 아니다.

힐러드 선생님은 계속 책상 사이를 왔다 갔다 걷고 있다. "시인은 '꺼져 가는 빛을 향해 분노하고 또 분노하세요.'라고 하잖아. 딜런 토머스가 느낀 **감정**이 뭘까?"

"절망이요."

나도 모르는 새 이 말이 내 입에서 불쑥 튀어나온다. 하루 종일 입을 다물고 있던 터라 목소리가 거칠다. 세 시간 전 구내식당에서 레브와 베이글 하나를 나눠 먹은 뒤로 어느 누구에게도 말을 건 적이 없다. 이로써 내게 이목이 집중된다. 반 아이들 가운데 절반은 아마 내 목소리를 들어 본 적이 없을 것이다.

선생님이 되돌아와 내 책상 옆에서 걸음을 멈춘다.

나는 선생님을 쳐다보지 않는다. 입을 다물고 있었어야 하는 건데. 나는 다른 아이가 한 말인 것처럼 공책에 낙서를 하지만 선생님은 바보가 아니다.

"절망이라." 선생님이 조용히 말한다. "왜?"

"그냥 찍었어요."

"그게 아니라는 거 알아. 왜 절망일까?"

내 손이 동작을 멈추고 이제 나는 선생님을 노려본다. 교실 안이 쥐 죽은 듯 고요하다. 나는 내게 관심이 집중되면 불편하다. 선생님이 다른 데로 자리를 옮겨 줬으면 좋겠다. "찍었다니까요."

"좋아, 그러면 다시 한번 찍어 봐." 선생님이 차분하게 말한다. "왜 절망일까?"

내가 책장을 요란하게 덮자 근처에 앉아 있던 아이 둘이 화들짝 놀란다. "빌어먹을 어둠이 무서웠나 보죠."

선생님은 피하지 않는다. "그럴지도 모르지. 어떤 종류의 어둠이 무서운 걸까?"

잘못된 종류의 어둠. 갑작스럽게 치밀어 오른 감정이 내 옆통수를 강타한다. 내 어깨에 힘이 들어가고 이 교과서를 갈기갈기 찢어 버리고 싶은 충동이 인다. 내 숨소리가 어찌나 큰지 꼭 덫에 걸린 야생마 같다.

"한번 생각해 봐." 선생님이 말한다. "어떤 종류의 어둠일까?"

나를 격려하는 말투다. 나는 산산이 무너지기 직전인데 선생님은 내 마음의 갑옷을 뚫어 보겠다고, 녹슨 얼룩 아래에서 반짝이는 은빛을 찾아 보겠다고 생각한다. 나는 이런 눈빛을 전에도 본 적 있다. 사회 복지사들에게서, 학교 상담 심리사에게서, 다른 선생님들에게서.

그들이 이해하지 못하는 게 있다면 시도해 봐야 소용없다는 것이다.

키스 메이슨이 몇 줄 앞에서 조용히 콧방귀를 뀐다. "소년원에서는 시를 별로 읽지 않는 모양이네."

나는 바닥에 긁히는 소리가 날 정도로 세게 의자를 뒤로 민다.

힐러드 선생님은 생각했던 것보다 더 날렵하다. 그리고 더 용감하다. 나보다 키가 15센티미터 작은데도 내 앞을 막아선다.

"저 아이의 생각이 틀렸다는 걸 입증해 버려." 선생님이 얼른 말한다. "내 질문에 대답해 봐. 어떤 종류의 어둠일까?"

이성적인 생각의 조각들만 골라서 걸러 내느라 시간이 걸린다. 나는 키스에게서 시선을 거두고 선생님을 내려다본다. 세미터리 걸이 남긴 편지를 읽고 느낀 감정과 시 때문에 소환된 예전 기억과 나의 현재 상태, 사람들이 나를 바라보는 시선을 또다시 상기하게 됐다는 굴욕감 때문에 정신이 하나도 없다.

"저 아이의 생각은 틀리지 않았어요." 나는 말한다. 또다시 갈라진 목소리가 나온다. 나는 의자에 털썩 앉아 교과서에 시선을 고정한다. 연필을 집어서 똑같은 낙서를 반복한다.

선생님은 다른 말을 덧붙이려고 숨을 들이마신다. 내 손에 쥐어진

연필이 부러지려 한다. 나는 의도치 않게 책에 구멍을 내고 있다.

종이 울리자 사방에서 아이들이 정신없이 움직이기 시작한다. 선생님이 숙제가 뭔지 큰 소리로 알린다. 나는 아마도 쉬는 시간에 글을 몇 줄 써야 할 것이다.

나는 세미터리 걸이 남긴 편지를 교과서 안쪽으로 밀어 넣고 책을 가방에 쑤셔 넣는다. 문까지 가는 길이 뻥 뚫려 있다. 다들 나를 피한다.

힐러드 선생님만 예외다. 선생님은 다시 내 앞을 가로막는다. "잠깐 시간 있니?"

나는 못 들은 척하고 싶은 충동을 느낀다. 아이들이 우리를 가운데 두고 줄줄이 교실 밖으로 나가고 있으니 그냥 시선을 돌려 그 행렬 속에 몸을 실으면 된다. 만약 선생님이 방과 후에 남는 벌을 내리거나 다른 식으로 나를 귀찮게 하려는 것처럼 보였다면 나는 망설임 없이 그렇게 했을 것이다.

하지만 그렇지가 않았기에 나는 걸음을 멈춘다.

"다음 수업 시간에 늦는 거 아니야?" 선생님이 묻는다.

나는 고개를 젓는다. "점심시간이에요." 말을 뱉고 나서야 그냥 거짓말을 하고 선생님에게서 손쉽게 벗어날 수도 있었다는 깨달음이 찾아온다.

선생님이 앞줄 책상을 턱으로 가리킨다. "저기 잠깐 앉아 봐."

나는 숨을 들이마시고 망설이다가 ─ 한숨을 내뱉고는 슬그머니 의자에 앉는다. 이 학교에서 어느 교실이 됐건 앞줄에 앉는 건 이번이 처음이다.

"아까 네가 한 말에 대해 얘기하고 싶어서." 선생님이 진지한 표정으로 말문을 연다.

아. 그거였구나. 이런 바보 같으니라고. 나는 자리에서 일어나기 시작한다. 익숙한 씁쓸함이 내 가슴 속에 무겁게 내려앉는다. "관심 없는데요. 저 이만 여기서 나가고 싶으니까 그냥 방과 후에 남으라고 하세요."

선생님은 놀란 표정으로 눈을 깜빡인다. "방과 후에 남으라고 할 생각 없는데."

나는 미간을 찌푸린다. "그럼 뭣 때문에 절 잡으신 거예요?"

"네가 절망이라고 말한 이유가 궁금해서."

"그냥 넘겨짚은 거였어요! 다른 사람 붙잡고 물어 ―"

"너 정말 똑똑해 보이는 게 그렇게 무섭니?" 선생님은 자기 책상에 뒤로 기대며 가슴 위로 팔짱을 낀다.

나는 인상을 쓰지만 아무 말도 하지 않는다.

선생님도 아무 말 하지 않는다.

선생님이 한 말의 무게가 나를 의자에 붙잡아 놓는다. 내 자존심이 선생님의 말을 이리저리 분해한다. 무섭니? 너 정말 그렇게 무섭니? 똑똑해 보이는 게?

나는 공부를 못하지 않는다. 공부를 못하면 골치 아파지기 딱 좋은데, 이들에게 나를 손가락질할 또 다른 이유를 제공할 필요가 없지 않은가. 내가 공부를 잘했던 시절, 엄마가 내 성적표를 냉장고에 붙여 놓던 시절도 있다. 요즘은 F가 뜨지 않을 정도로만 하며 근근이 때우고 있지만.

힐러드 선생님의 말은 도전장이다.

우리는 그 자리에 한참 동안 앉아 있는다.

"저 이러다 점심 못 먹겠어요." 마침내 내가 입을 연다.

선생님의 어깨가 처진다. 아주 살짝이지만, 그 정도면 충분하다. "알았다." 선생님이 한숨을 쉰다. 문을 향해 고개를 끄덕인다. "나가 보렴."

내가 복도를 반쯤 지났을 때 선생님 목소리가 나를 붙잡는다. "디클랜. 잠깐. 네 숙제."

내가 몸을 돌려 보니 선생님이 손가락 사이에 종이를 접어 끼우고는 복도를 걸어오고 있다. "수업 시간에 들었는데요."

"아니. 너는 다른 걸 써 왔으면 해서." 선생님이 종이를 내민다. "답을 네가 원하는 만큼 적어 와. 아주 적어도 되고 아주 많아도 돼."

내가 종이를 받자 선생님은 눈을 반짝인다.

나는 주먹을 쥐어서 종이를 구기고 몸을 돌린다.

레브가 한 부대는 먹일 수 있을 만큼 음식을 들고 올 테니 나는 구내식당에서 줄을 서지 않는다. 크리스틴이 항상 내가 먹을 것까지 싸 준다.

엄마가 마지막으로 점심을 싸 준 게 언제였는지 기억이 나지 않는다. 내가 그걸 요구할 자격이 있는 건 아니지만.

나는 쭈글쭈글한 종이를 테이블 위에 떨어뜨리고 레브 맞은편의 긴 의자에 앉는다. 우리 둘이서 테이블을 독차지하고 있다. 빗방울이 창문을 두드리고 식당 안은 발 디딜 틈이 없지만 아무도 우리를 건드리지 않는다.

"너 무슨 낫 들고 다니는 사신 같다." 내가 말한다. 레브가 가슴팍과 양팔에 해골 무늬가 찍힌 스웨터를 입고 늘 그렇듯 후드를 뒤집어쓰고 있기 때문이다.

"내가 노리는 효과가 바로 그걸 거야." 레브는 종이를 펴서 읽는다. "'딜런 토머스는 왜 절망할까?' 이게 뭐야?"

"영어 수업 숙제. 너한테 보여 주려고 한 쪽지는 그게 아니야."

레브는 도시락 가방에서 샌드위치 봉지를 꺼내 내 쪽으로 민다. "네 여친이 또 쪽지를 보냈어?"

내 여친. 이 말을 듣고 좋아하면 안 되는데, 좋다.

우리 둘이서 계속 편지를 주고받고 있다는 건 레브도 알지만 나는 그 여자애 이야기를 꺼냈던 그날 밤 이후로 편지를 보여 준 적이 없다. 우리의 대화가 너무 내밀해졌기 때문인데, 나도 상대가 내 비밀을 다른 사람들과 공유한다고 생각하면 싫다. 그래도 이 쪽지는 짧고 모호해서 레브에게 보여 주어야 한다.

내가 바나나 빵 두 조각을 꺼내는 동안 레브는 편지에 적힌 글을 빤히 들여다본다. 크림치즈를 바르고 건포도와 호두를 얹은 빵이다. 나는 당장 배가 고파진다. 이걸 전부 한입에 욱여넣고 싶다.

"우리랑 동갑이네?" 레브가 말한다.

"응."

레브는 그 여자애가 우리를 지켜보고 있을지도 모른다는 듯 좌우를 홀끗거린다. 희열을 느꼈던 나와 다르게 레브의 표정은 심각하다. "아무도 너한테 장난치지 않는 거 확실해?"

"나한테 장난치지 않는다니?"

"얘는 너를 만나고 싶지 않다잖아. 너는 얘가 열일곱 살이 맞는지 어쩐지도 모르고. 이런 데서 흥분을 느끼는 쉰 살짜리 남자일 수도 있어."

나는 레브의 손에서 편지를 낚아채 배낭에 다시 쑤셔 넣는다. "입 닥쳐, 레브."

레브는 빵을 먹는 나를 잠깐 지켜본다. "다시 한번 보자."

"안 돼."

"알았어." 레브는 배낭에서 탄산수 캔을 꺼내 뚜껑을 딴다.

가끔 녀석을 한 대 때리고 싶을 때가 있다. 나는 편지를 찾아서 그 쪽으로 민다.

레브가 편지를 다시 읽는다. 그 모습을 보고 있자니 나는 조마조 마해진다.

레브가 나를 흘끗 올려다본다. "얘가 너 좋아하네."

나는 어깨를 으쓱하고 그의 물을 뺏어 마신다. 누가 페리에 병에 오렌지를 빠뜨린 맛이라 나는 기침을 한다.

레브는 미소를 짓는다. "너도 얘를 좋아하고."

"너 어떻게 이런 쓰레기를 마시냐?"

레브의 미소가 함박웃음으로 번진다. "얘가 자기 정체를 밝히지 않겠다고 하니까 미치겠어?"

"레브, 장난치지 말고, 그냥 물 없어?"

그는 속아 넘어가지 않는다. "너는 어떻게 하고 싶어?"

나는 길게 숨을 들이마셨다가 내뱉는다. 머리칼을 손으로 쓸어넘긴다. "모르겠어."

"알면서."

"묘지에서 보초를 서고 싶어. 편지 기다리다가 죽을 것 같아."

"이메일로 하자고 얘기해 봐."

"자기 나이 말고는 아무것도 공개하지 않으려고 해. 이메일 주소도 알려 주지 않을 거야."

"진짜 이메일 주소는 안 알려 줄지 모르지. 하지만 네가 전용 계정을 만들어서 걔한테 주소를 알려 주고 거기로 이메일을 보내는지 두고 보면 되잖아."

이렇게 간단하고 완벽한 방법이라니. 내가 먼저 생각하지 못한 게 원망스럽다. "레브, 너한테 뽀뽀해 달래도 해 줄 수 있겠다."

"먼저 이부터 닦아." 레브가 그 해괴망측한 물을 도로 빼앗아 간다.

"걔가 이메일을 안 보내면 어떻게 하지?"

레브는 편지를 내려놓고 '그래서 나는 이게 정말 좋아.'라고 적힌 부분을 톡톡 두드린다. "보낼 거야, 디크. 보낼 거야."

10장

나도 이걸 읽고 싶지 않아.

하지만 비바람 걱정할 필요 없게 이제는 온라인으로 자리를 옮기면 어떨까? 나는 익명 계정을 하나 만들었어. TheDark@freemail.com이야.

이제 너한테로 공을 넘긴다, 세미터리 걸.

우아.

쌀쌀한 아침 바람에 종이가 흔들린다. 나는 편지를 다시 읽는다.

우아. 우아.

갑자기 여기 있으면 안 되겠다는 생각이 든다.

나는 손바닥에 입을 맞추고 묘비에 찰싹 갖다 댄다. "미안해요, 엄마. 이제 그만 가야겠어요."

11장

보낸 사람: 세미터리 걸 <cemeterygirl@freemail.com>

받는 사람: 더 다크 <TheDark@freemail.com>

날짜: 10월 2일 수요일 7:17:00 AM

제목: 온라인으로 자리 옮기기

'더 다크'라고? 좀 엽기적인 것 같지 않아?

정말로 이메일을 보냈다.

세미터리 걸이 이메일을 보냈다.

나는 학교 도서관에 앉아서 얼뜨기처럼 웃고 있다. 진짜로 답장을 받을 줄은 몰랐기에 이 계정을 아직 휴대 전화와 연결하지 않았다. 어제저녁 나는 편지를 거의 손에서 놓지 못했다. 멜론헤드—프랭크—는 왜 그렇게 안절부절못하느냐고 계속 물었다.

내가 약을 해서 그렇다고 하자 그는 나를 밀치며 그런 걸로 농담하는 거 아니라고 했다.

나는 눈을 들어 시간을 확인한다. 수요일. 오늘이다.

그냥 오늘이 아니라 이십 분 전이다. 내 심장 박동이 두 배로 빨라진다. 세미터리 걸이 여기 있을 수도 있다. 지금 이 순간 여기 이 도서관에 있을 수도 있다. 나는 티가 나지 않도록 애를 쓰며 좌우를 몰래 확인한다. 대부분의 컴퓨터가 사용 중이지만 다들 뭘 하고 있는지 알 방법이 없다. 모니터마다 화면 보호기가 장착돼 있어 정면에서 쳐다보지 않는 한 화면을 읽을 수가 없다. 여드름에서 고름이 줄줄 흐르는 1학년 남학생부터 머리를 핑크색 줄무늬로 염색해 잠옷을 입고 있는 것처럼 보이는 아시아계 여학생까지 학생들 모습이 제각각이다.

레브의 목소리가 내 머릿속에서 메아리친다. 이런 데서 흥분을 느끼는 쉰 살짜리 남자일 수도 있어.

나는 그 생각을 떨쳐 버리고 다시 좌우를 확인한다. 다들 자판을 두드리거나 마우스를 클릭하거나 화면을 읽으며 열심히 뭔가를 하는 눈치다. 나처럼 몰래 흘끗거리는 사람은 없다.

나는 바보 멍청이다. 그녀가 뭐 하러 몰래 흘끗거리겠는가? 집에서 이메일을 보냈을 수도 있다. 이메일에 해밀턴 고등학교 도서관에서 발송, 이런 딱지가 붙은 것도 아니다.

사서가 컴퓨터 코너 쪽으로 걸어간다. 이름이 뭔진 모르겠지만 나이가 일흔이 다 돼 보인다. "종 울리기 삼 분 전이다. 지금까지 작업한 거 저장하지 않았으면 얼른 해."

삼 분 안에 답장을 쓸 수는 없다. 내 이메일 주소에 대해 트집을 잡는 경우는 더군다나 그렇다.

나는 컴퓨터를 끄고 배낭을 어깨에 둘러멘다. 수업을 들으러 가는 학생들로 복도가 북적거리고 나는 그 행렬에 몸을 맡긴다. 휴대 전화를 꺼내 세미터리 걸이 다시 이메일을 보내면 알림이 울리도록 이메일 계정을 연결하려고 한다.

그러다 말고 멈춘다. 그녀의 이메일이 법원 출두 명령서나 학교 방과 후 처벌 통지서와 같은 편지함으로 분류되는 게 싫다. 나의 정체와 현재 상황이 너무 뼈저리게 느껴질 것이다.

나는 프리메일 자체 앱이 있는지 알아본다.

빙고. 자체 앱이 있을 뿐 아니라 채팅과 자기 입맛에 맞는 알림 설정까지 가능하다.

채팅 기능이 있다고 이렇게 신나할 일은 아니다. 나는 그녀에 대해 알지도 못하지 않는가.

그래도 못 참고 그녀가 접속 중인지 확인해 본다. 접속 중이 아니다. 어쩌면 그녀는 앱을 깔지 않았을지 모른다.

교실로 들어가 보니 담임 선생님이 아이들을 자리에 앉히려 하고 있다. 교실 안이 퀼기 대회보다 더 시끄럽다.

다들 나를 못 본 체한다. 상관없다. 나는 뒷자리에 구부정하니 앉아서 자판을 두드리기 시작한다.

12장

보낸 사람: 더 다크 <TheDark@freemail.com>

받는 사람: 세미터리 걸 <cemeterygirl@freemail.com>

날짜: 10월 2일 수요일 7:17:00 AM

제목: 엽기적

묘지에서 편지를 주고받으며 만난 처지에 너나 나나 상대방을 엽기적이라고 표현할 상황은 아니라고 보는데.

네가 말한 너희 아버지 행동에 대해 곰곰이 생각해 봤어. 어머니의 사진 장비를 처분하려고 하셨다는 거 말이야. 내 동생이 죽었을 때 우리 엄마는 아무것도 처분하지 않으려고 했어. 케리가 건드렸던 건 뭐가 됐든 손대지 않으려고 했지. 케리는 집을 나서기 전에 치즈 토스트 샌드위치를 먹고는 부스러기가 남은 접시째로 개수대 옆에 두었거든. 치즈 토스트 샌드위치를 워낙 좋아해서 거의 날마다 만들어 먹었으니까 그 바보 같은 접시를 날마다 거기 둔 셈이야. 엄마는 그걸 가지고 잔소리를 하곤 했지.

"식기세척기가 **바로 옆에** 있잖아, 케리! 평생 누가 널 따라다니면서 치워 줄 수는 없어!"

동생이 죽은 뒤에 엄마는 그 접시에 손을 대지 못했어. 빵 부스러기에서 곰팡이가 필 때까지 접시는 몇 주 동안 그 자리를 지켰지. 개미도 꼬였고. 얼마나 구역질 났는지 몰라. 한번은 내가 치우려고 한 적이 있어. 돕고 싶은 마음에 그랬던 것 같아. 엄마가 신경 쓰지 않아도 되게 말이야.

그랬더니 엄마가 나한테 소리를 지르면서 게리 물건은 두 번 다시 건드리지 말라고 하더라. 얼마나 노발대발하는지 이해가 안 될 정도였어.

나는 도망쳤어. 숨었어.

그걸 이렇게 글로 적으니까 쪽팔리네. 지워 버릴까 생각도 했지만 비밀 편지의 묘미가 그거잖아, 그치?

나는 엄마를 진심으로 무서워한 적이 없지만 그날은 무서웠어. 엄마한테 맞을까 봐 그게 무서웠던 건 아니야, 물론 그런 두려움도 있긴 했지만. 엄마는 체구가 별로 크지 않은데 그날은 거대해 보였거든.

내가 무서워했던 건 엄마의 상심이었어. 내가 느끼는 상심보다 너무 커서 나를 잡아먹을까 봐 겁이 나더라. 아빠는 교도소에 갇히고 동생은 죽고 엄마는 자기만의 고통의 감옥에 갇히고.

그게 전부 나 때문이었어.

엄마가 돌이킬 수 없는 짓을 저지를까 봐 무서웠어.

엄마를 잃게 될까 봐 무서웠어.

한참 동안 숨어 있지는 않았어. 엄마가 찾으러 왔고 딱히 갈 데도 없었거든. 열세 살이었으니까. 엄마가 찾으러 왔을 때 나는 벽장 속에 있었지. 엄마는 눈이 충혈됐지만 울고 있지는 않았고 목소리가 아주, 아주 부드러웠어. 내가 벽장에서 나가니까 엄마는 내 뺨을 손으로 감싸고 사과했어. 내 머리를 계속 쓰다듬으면서 이제는 우리 둘밖에 없다고, 우리가 서로 도와야 한다고 했지. 그러면서 맨 먼저 부엌일부터 도와달라고 했어.

빵 부스러기가 담겨 있던 접시가 보이지 않았고 조리대에서는 세제 냄새가 났어. 엄마는 나더러 접시를 모두 상자에 넣어 달라고 했어. 엄마는 더 이상 만질 수가 없다면서. 엄마를 다시 터뜨리고 싶지 않아서 아주 조심스럽게 접시를 한 장씩 상자에 담은 기억이 나.

괜히 그랬지 뭐야. 전부 쓰레기장으로 들고 갔거든.

엄마는 나더러 그걸 쓰레기통에 던져 달라 하고 옆에 서서 담배를 피웠어. 내 평생 엄마가 담배를 피우는 건 본 적이 없었는데, 벌벌 떨리는 손가락 사이에 담배를 끼우고서는 산산조각 난 접시가 담긴 상자를 내려다보지 뭐야.

나는 누가 그러는 것도 본 적이 없었어. 엄마가 정신을 잃어 가나 보다 하는 생각이 들더라. 다시 도망치고 싶은 마음도 있었지만 엄마 혼자 남겨 두기에는 무서운 마음이 더 컸어.

엄마는 담배를 두 모금 빨고 발로 비벼서 끄며 말했어. "이제 가서 그릇 좀 사자. 네가 골라도 돼."

이 얘기의 요지가 뭔지 모르겠다. 가끔 너무 고통스러운 지경에 이르면 그 고통을 없애려고 모든 수단을 강구할 때도 있다는 말을 하고 싶을 뿐.

그게 남에게 고통을 안기는 일이 될지라도 말이야.

나도 담배를 피우고 싶은 기분이다.

아니다. 그건 아니다. 나는 담배를 싫어한다. 담배는 혐오스럽다.

하지만. 그래도 **뭔가가** 필요하다.

그가 쓴 문장의 느낌이 좋다. 나는 지금 로언을 만나서 점심을 먹으러 가야 하는데 걸음이 더디다. 복도는 필사적으로 교실에서 벗어나려는 아이들로 북적거리고 나는 이리저리 치인다. 내 머릿속에 떠오르는 생각들은 정처가 없다. 이성을 잃어 가는 엄마를 지켜보는 열세 살짜리 남자아이의 시간 속에 갇혀 버렸다.

"줄리엣! 타이밍 끝내준다."

제라디 선생님이 교실 문에 기댄 채 내 앞에 서 있다.

내가 어쩌자고 여기 왔는지 모르겠다. 엄마가 돌아가신 뒤로 예술관 쪽으로는 발길을 끊었는데. 보드지 액자에 넣은 흑백 사진이 선생님 맞은편에 줄줄이 걸려 있다. 시야를 가릴 정도로 모자를 깊이 눌러쓰고 공원 벤치에 앉아 있는, 피부가 쭈글쭈글한 남자를 찍은 사진은 훌륭하다. 절망이 사진 밖으로 흘러나온다. 다른 두 작품은 그럭저럭 괜찮지만 특별하지는 않다. 나머지는 쓰레기다.

과일 접시라니, 이러기야?

나는 제라디 선생님을 다시 쳐다본다. "점심 먹으러 가는 길이었어요. 이쪽으로 올 생각은 없었는데."

선생님이 나를 보며 우스꽝스러운 표정을 짓는다. "진짜?"

예술관은 본관에 증축된 건물이라 다른 데 가다가 '들를 수' 있는 곳이 아니다. 그 덕분에 엄마가 돌아가신 뒤 나는 사진과 연관 있는 모든 것을 쉽게 피할 수 있었다. 나를 고급 사진 촬영 수업에 다시 등록시키려는 제라디 선생님의 시도는 갑절로 쉽게 피할 수 있었다.

"아직 시간표를 변경할 기회는 있어." 선생님이 말한다. "여유롭진 않지만."

보라.

나는 잽싸게 고개를 젓는다. "아뇨. 괜찮아요."

"진짜? 브랜던을 대적할 상대가 없어서 말이지."

브랜던 조. 공원 벤치에 앉아 있는 남자 사진이 아마 그 애 작품일 것이다. 우리는 교지와 졸업 앨범에 누구 사진이 더 많이 실리는지를 두고 선의의 경쟁을 펼쳤다. 로언은 우리가 사귀면 둘 다 카메라도 있고 해서 멋진 커플이 될 거라고 입버릇처럼 말했지만, 그는 내 취향이라고 하기에는 자뻑이 조금 심하다.

나는 눈을 부라리다시피 한다. "브랜던은 분명 아무 문제 없이 잘 지내고 있을 거예요." 그러다 선생님이 나를 보았을 때 한 말이 생각난다. "타이밍 끝내준다니 뭐가요?"

"내가 부탁할 게 하나 있는데 네가 적임자라서."

제라디 선생님은 이 학교의 한 명뿐인 사진 담당이라, 부탁할 게 있다고 하면 대개 뭔가의 사진을 찍어 달라는 것일 때가 많다.

"싫어요." 나는 말한다.

선생님이 미간을 찌푸린다. "무슨 부탁을 하려는 건지 말도 못 꺼내게 하네."

"카메라가 필요한 일인가요?"

선생님이 머뭇거린다. "응."

"그럼 싫어요." 나는 몸을 돌려 걸음을 옮긴다. "원래 이쪽으로 올 마음이 없었어요. 딴생각하느라 그렇게 된 거예요."

"다시 카메라를 드는 게 너를 위해 좋을 수도 있어." 선생님이 말한다. "해 보지 않으면 모르잖니."

나는 계속 걸음을 옮긴다.

선생님이 내 뒤에 대고 외친다. "한 시간이면 돼. 봉사 점수도 받을 수 있고."

나는 계속 걸음을 옮긴다. 뭐라는지 잘 들리지도 않는다. 내가 지금 봉사 점수에 눈곱만큼이나마 관심이 있는 줄 알고?

선생님이 외친다. "내 라이카 빌려줄게."

어쩔 수가 없다. 순간 발걸음이 멈추어진다. 자동 반사적인 반응이다. 제라디 선생님에게는 끝내주는 라이카 M 디지털카메라가 있다. 우리 모두 그걸 보며 군침을 흘리곤 했다. 학생에게 빌려주는 경우가 거의 없지만 나는 작년 댄스파티 촬영 때 선생님의 조수로 활약했기 때문에 사용법을 숙지하고 있다. 엄마가 현장에서 쓰던 카메라만큼이나 훌륭한데, 엄마는 그 카메라에 손도 대지 못하게 했다. 일을 하지 않을 때는 제단에 모셔 놓다시피 했다.

지금은 얼룩진 가방에 담겨 내 방 한쪽 구석에 놓여 있지만.

내 손바닥에서 갑자기 땀이 난다. 이건 내가 할 수 있는 일이 아니다. 나는 다시 발걸음을 옮겨 최대한 빨리 모퉁이를 돈다.

늦게 가는 바람에 식당 줄이 어마어마하다. 어차피 입맛도 없다. 로언이 우리 지정석인 뒤쪽 구석 테이블 한쪽 끝에 앉아 있다.

나는 테이블 아래로 가방을 던지고 로언 맞은편에 털썩 주저앉다시피 한다.

로언은 샌드위치를 씹다 말고 한쪽 눈썹을 추켜세운다. "점심 안 먹어?"

"응." 하지만 테이블 아래에서 뒤적뒤적 물병을 찾는다.

"왜?"

나는 로언의 시선을 피한다. "그건 중요한 문제가 아니야."

"중요한 문제 같아 보이는데."

내가 한숨을 토하자 짜증기가 섞여서 나온다. "로ㅡ"

하지만 나는 문득 말을 멈춘다.

가끔 너무 고통스러운 지경에 이르면 그 고통을 없애려고 모든 수단을 강구할 때도 있다는 말을 하고 싶을 뿐. 그게 남에게 고통을 안기는 일이 될지라도 말이야.

그는 우리 아빠를 두고 한 말이지만 나는 로언을 떠올린다. 내가 로언에게 그래 왔을까?

나는 물병을 만지작거리면서 고민에 잠긴다. 어째 예감이 좋지 않다.

로언이 감자칩 봉지를 연다. "제라디 선생님하고 연관 있는 일이야?"

내 시선이 로언 쪽으로 잽싸게 움직인다. "뭐라고?"

로언은 통로 쪽을 턱으로 가리킨다. "선생님이 이쪽으로 오고 계시거든."

나는 그 말이 맞는지 확인하려고 몸을 휙 돌리다 하마터면 의자에서 굴러떨어질 뻔한다. 선생님이 나를 따라왔다고?

나는 제라디 선생님이 탄산음료를 사거나 다른 사람을 괴롭히러 왔을지 모른다는 순진한 희망을 버리지 않는다. 하지만 아니다. 선생님은 곧장 우리 쪽으로 걸어와 나를 내려다본다. "뭘 부탁하고 싶은지 말이라도 꺼내 보자."

지금까지 내가 로언을 어떤 식으로 대해 왔는지 고민하느라 내 머릿속은 이미 꼬일 대로 꼬여 있다. 모진 대답이 나오려다 사그라든다. 나는 어깨를 으쓱하고 테이블에 묻은 얼룩을 손가락으로 쑤신다.

"졸업 앨범에 실을 가을 축제 사진이 필요하거든." 선생님이 말한다. "한 시간 동안 사진 몇 장 찍기만 하면 돼."

"가을 축제면 내일이잖아요."

"맞아."

야외 기온이 아직 26도가 넘는데 가을 축제라니 어이없게 느껴진다. 10월이 본격적으로 시작되지도 않았다. 하지만 학교 전통이 그렇다. 가을 축제와 홈 커밍 경기는 목요일, 성대한 댄스파티는 금요일.

"저는 참석할 생각 없어요." 내가 말한다. 나는 어떤 행사에도 참석할 생각이 없다.

로언은 탄산음료를 한 모금 마실 뿐 아무 말도 하지 않는다.

제라디 선생님은 내 옆으로 와 긴 의자에 세로로 걸터앉는다. "네가 3학년이잖아." 선생님이 조용히 말한다. "고등학교 3학년은 다시 오지 않아."

나는 코웃음을 친다. "얼굴에 휘핑크림 바른 미식축구 선수 사진을 못 찍는다고 제가 아쉬워할 것 같으세요?"

"글쎄." 선생님이 말을 하다 말고 잠깐 멈춘다. "카메라를 다시 잡을 생각을 한 번도 안 한 건 아니지?"

디클랜 머피가 머릿속에 떠오른다. 디클랜이 내 차를 살피는 동안 눈 위로 한 줄기 빛이 드리워지자 슈퍼 히어로 가면을 거꾸로 뒤집은 모습처럼 보였던 것. 내가 복도에서 커피를 엎지르자, 처음에는 사납고 화가 난 표정을 지었다가 거의 말랑말랑하게 보일 만한 표정을 지었던 것.

"했지?" 제라디 선생님이 묻는다. "그런 생각 했다는 거 알아. 네 재능은 평생 방치하기에는 너무 아깝다, 줄리엣."

나는 아무 대꾸도 하지 않는다.

"엄마는 네가 그러길 바라실까?"

"우리 엄마 얘기는 하지 마세요." 내가 손바닥으로 테이블을 세게 내리치자 주변 아이들이 입을 다물고 우리 대화에 귀 기울인다.

선생님은 꿈쩍하지 않는다. "그러길 바라실까?"

아니다. 엄마는 내가 이러길 바라지 않을 거다. 아마 나를 부끄럽게 여길 거다.

아니, 줄리엣. 엄마는 고개를 저으며 이렇게 얘기할 거다. 내가 너를 용감한 아이로 키우지 않았니?

그 말은 내게 자극이 되지 않는다. 오히려 나를 내 안으로 더욱 움츠러들고 싶게 만든다.

"1학년생한테 맡기면 되지 않을까요?" 로언이 말한다.

"졸업 앨범이잖아." 나는 아무 생각 없이 쏘아붙인다. "인스타그램이 아니라."

로언이 웃으며 탄산음료를 한 모금 마신다. "그럼 네가 해야겠네."

손바닥에서 다시 땀이 난다. 나는 물병을 두 손에 끼워서 돌린다. 내가 뭣 때문에 이러는지 모르겠다. 그냥 카메라일 뿐인데. 한 시간만 찍으면 되는데. 다들 한두 번 보고 나면 더 이상 신경 쓰지도 않을 사진인데.

나는 쓰레기통 바닥에 부딪혀 박살 난 접시에 대해 생각한다.

제라디 선생님은 끈질기게 기다린다. 나는 그를 쳐다본다. "선생님 카메라 써도 돼요?" 엄마의 카메라는 쓸 수 없을 게 분명하다.

선생님의 표정은 달라지지 않는다. 그래서 좋다. "응."

"한 시간만 찍으면 되죠?"

"응. 전부 스냅 사진으로. 네가 찍고 싶은 거 아무거나."

나는 숨을 크게 마신다. 내가 낭떠러지 끝에 서 있는데, 우리 엄마를 비롯해 모든 사람이 뛰어내리리라며 나를 다그치는 듯한 심정이다. 다들 안심해도 된다고 말하지만 내 눈에 보이는 것은 입을 떡 벌리고 있는 협곡뿐이다.

"생각해 볼게요."

나는 선생님이 좀 더 밀어붙이겠거니 생각하지만 아니다. 선생님은 자리에서 일어난다. "내일까지 고민해 봐." 선생님이 말한다. "홈룸 시간 전에 와서 어떻게 하기로 결정했는지 알려 줘."

고민이라.

그건 잘할 수 있다.

*

아빠가 저녁으로 켄터키 프라이드 치킨을 사 온다. 나는 원래 패스트푸드를 좋아하지 않지만 점심을 굶은 뒤라 뱃속에서 어떻게 좀 해 보라고 아우성이다. 치킨 냄새가 어찌나 끝내주는지 나는 아빠가 봉지를 식탁에 내려놓기도 전에 찬장에서 접시를 꺼낸다.

나는 봉지를 찢어 비스킷 하나를 입 안에 욱여넣으며 사이드 메뉴를 분리한다. 매시트포테이토. 그레이비. 마카로니와 치즈. 모든 게 톤이 다른 베이지 색이다. 심지어 껍질 콩조차 색이 쨍하지 않다.

그러거나 말거나 상관없다. 나는 웨지 감자가 든 상자를 열고 몇 조각을 양쪽 접시에 던다.

그러다 나를 쳐다보는 아빠의 시선을 느낀다.

"왜요?" 나는 비스킷을 입에 문 채 묻는다.

"첫째, 네가 집에 있어서." 아빠가 헛기침을 한다. "그리고 둘째, 저녁을 먹어서."

"저 항상 잘 먹고 다니는데요."

"아냐, 줄리엣. 먹지 않았어."

나는 아빠를 쳐다본다. 엄마가 이토록 평범한 아빠에게 어떤 매력을 느꼈는지 궁금해진다. 엄마는 모든 면에서 강렬했다. 엄마가 방 안에 들어오면 그 휘광에 영향을 받지 않을 수 없었다.

아빠는 특징이 전혀 없다. 피부색은 평범하고 머리와 눈은 갈색이며 체구가 다부지다. 이 음식처럼 많은 면이 베이지 색이다. 아마 아주 괜찮은 분이기는 할 거다. 내가 어렸을 때는 우리 둘이 가까운 사이였지만, 내가 초경을 치르고 그 뒤로 감정의 기복을 보이자 아빠가 어쩔 줄 몰라 하며 그 뒤로 거리를 유지하기로 마음먹은 게 아닐까 싶다.

"어쩐 일로 달라진 거냐?" 아빠가 묻는다.

"달라진 건 없어요." 나는 차분한 목소리로 말한다. "점심을 굶었더니 배가 고파서 그래요."

"그렇구나." 아빠는 머뭇거린다. "마실 것 좀 갖다 줄까?"

"네."

아빠는 자기 몫으로 맥주를 챙기고 우유를 잔에 따라서 내 앞에 놓는다. 그걸 보고 나는 눈을 부라린다. 우유라니. 내가 여섯 살짜리도 아니고. 빨대가 없는 게 놀라울 따름이다.

나는 아빠가 어떤 반응을 보일지 궁금해서 맥주를 한 모금 마시고 싶은 충동을 느낀다. 하지만 오늘은 그럴 기운이 없다.

우리는 가만히 앉아서 잠깐 동안 아무 말 없이 저녁을 먹는다. 치킨 냄새는 좋았는데 집어 보니 껍질이 끈적끈적하게 느껴져서 전부 벗겨 내고 살을 자른다.

"숙제는 다 했니?" 아빠가 묻는다.

학기가 시작한 이래 아빠가 숙제에 대해서 묻는 건 처음이다. 나는 아빠를 흘끗 쳐다본다. "조금 남았어요."

"어려운 건 없고?"

나는 치킨을 한 조각 또 자른다. "학교생활은 문제없어요."

아빠는 다시 침묵을 지키지만 아빠의 시선이 느껴진다. 접시를 들고 내 방으로 들어가고 싶어지지만 아빠가 엄마의 촬영 장비를 처분하려고 했을 때 내가 어떤 식으로 퍼부었는지 생각이 난다. 어쩌면 아빠로서는 모든 걸 끌어안고 있기가 괴로울지 모른다.

어쩌면 나도 괴로운데 느끼지 못하는 것일지 모른다.

나는 헛기침을 하고 저녁거리에 시선을 고정한다. 의도했던 것보다 작은 목소리로 말한다. "엄마 유품 파셔도 돼요."

아빠는 훅 하고 숨을 들이마신다. "그거 팔지 않아도 돼, 줄리엣―"

"괜찮아요. 제가 오버했어요. 그냥 여기 방치하는 건 바보 같은 짓이잖아요."

아빠는 식탁 너머로 손을 내밀어 내 손 위에 자기 손을 얹는다. "바보 같은 짓 아니야."

아빠가 마지막으로 나와 스킨십을 한 게 언제였는지 기억이 나지 않는다. 마음의 준비를 할 겨를도 없이 내 눈에 눈물이 고인다. 아빠의 손에서 느껴지는 감촉과 유대감과 온기가 좋다. 아빠가 붙잡아주기 전까진 내가 그렇게 멀리서 표류하고 있는 줄도 몰랐다.

나는 손을 잡아 뺀다. 아빠는 내 손을 놓아주지만 아빠 손은 그 자리를 지키고 있다.

나는 손끝으로 눈물을 찍는다. "제가 바보 같았어요. 아빠, 제가 미웠죠?"

"그럴 리가." 아빠는 조용히 말한다.

내 어깨가 떨린다. 아빠를 쳐다볼 수가 없다. 그랬다가는 완전히 무너질 거다. 내가 어찌나 심하게 몸을 웅크리고 있는지 팔꿈치가 배를 찌를 정도다.

아빠가 팔로 나를 감싸 안는다. 아빠가 식탁을 돌아 오는 소리도 듣지 못했는데. 바위에 매달리는 기분이 이런 느낌일까.

내 입에서 가쁜 숨소리가 거칠게 새어 나온다.

"내가 널 미워할 리가 있니." 아빠가 내 머리칼을 쓰다듬으며 말한다.

"엄마가 너무 보고 싶어요." 나는 말한다. 엄마라는 단어 때문에 목소리가 갈라진다. "엄마가 집으로 돌아와 주길 바랐을 뿐인데."

"그러게 말이다."

아빠에게 덥석 안기고 싶다. 잠깐이나마 이 짐을 다른 사람에게 넘기고 싶다. 하지만 너무 오랜 시간이 흘렀다. 아빠는 그동안 너무 멀어졌다. 내가 안기려 하면 아빠가 뒤로 물러나, 나는 땅바닥으로 넘어질 것이다.

나는 그 자리에 가만히 앉아서 몸만 부들부들 떤다. 아빠는 그 자리에 가만히 앉아서 내 머리를 쓰다듬는다.

갈라지지 않은 목소리로 말을 할 수 있게 되자 나는 축축하게 엉킨 머리칼을 얼굴에서 떼어 낸다. "진심이에요. 엄마 유품을 이언한테 파셔도 돼요."

"글쎄." 아빠는 뒤로 몸을 기대지만 아주 멀리 떨어지지는 않는다. "그 문제는 천천히 생각해 보자."

"제 방에서 자리만 차지하고 있는걸요."

"그러면 안 될 것도 없잖니."

나는 아무 말도 하지 않는다. 잠시 후에 아빠가 얘기한다. "그걸 네 방에 두기 싫으면……." 아빠의 목소리가 살짝 흔들린다. "내 방으로 옮겨도 돼." 아빠는 말을 맺는다. "더는 지하실에 두지 말자. 네가 싫으면 내가 잘 간수할게."

아빠는 그걸 아빠 방에 두고 싶어 하지 않는다. 목소리를 들으면 알 수 있다. 아빠는 엄마가 살아 있었을 때도 엄마의 직업을 마뜩잖게 여겼다. 이제 와 두 손 들고 환영할 이유가 없다.

나는 허리를 펴고 아빠에게서 완전히 몸을 떼어 낸다. "아니에요. 제가 가지고 있을게요."

문득 입맛이 사라진다. 부재중이었던 아빠와 딸 바보 아빠는 서로 어우러지지 않는다.

나는 접시를 옆으로 치운다. 치킨은 반밖에 먹지 않았고 매시트포테이토에는 거의 손도 대지 않았다. "저 다 먹었어요."

"너 정말—"

"네." 나는 계단을 향해 잽싸게 뛰어가며 아빠가 따라올 거라고 생각한다.

하지만 아니다. 방문이 스르르 닫히고 나는 방 안에 혼자 남겨진다.

엄마의 가방과 기기와 장비가 한쪽 구석에 놓여 있다. 나는 그 유품에 손도 대고 싶지 않다. 하지만 아빠도 그걸 처분하고 싶어 하지 않는다는 데 기쁜 마음도 든다.

더 다크가 이메일에도 썼듯이 아빠는 접시를 깨뜨릴 태세였는데, 이제는 아니다.

궁금하다. 무슨 일이 벌어졌을까. 뭐가 달라졌을까.

그리고 그게 나랑 무슨 연관이 있을까.

13장

보낸 사람: 세미터리 걸 <cemeterygirl@freemail.com>

받는 사람: 더 다크 <TheDark@freemail.com>

날짜: 10월 3일 목요일 3:28:00 AM

제목: 잠이 안 와

아빠한테 엄마의 유품을 팔아도 된다고 말씀드렸어.

아빠는 팔지 않겠다지만 그래도.

사진 장비가 아빠에게는 치즈 묻은 빵가루와 개미로 뒤덮인 접시 같다는 걸 몰랐던 거야.

어쩌면 내게도 그 접시와 같을지 모르지. 나는 그걸 네가 말한 그 쓰레기통에 버릴 마음의 준비가 돼 있지 않아.

하지만.

너는 운명을 믿니? 나는 가끔 믿고 싶어져. 우리 모두가…… **뭔가**를 향해 어떤 길을 걷고 있다고, 우리의 길이 만나는 데에는 이유가 있다고 믿고 싶어져. 내가 간절하게 듣고 싶었던 얘기를 네가 해 주었던 것처럼 말이야.

하지만 그렇다면 우리 엄마의 길은 공항에서 집으로 오던 그 택시 안에서 끝나기로 예정돼 있었다는 뜻이 되겠지. 네 동생의 길은 네 아버지와 함께 끝나기로 예정돼 있었고. 방향을 한 번 살짝 바꾸기만 했어도 전혀 다른 길로 이어질 수 있었는데.

아니면 한 번 살짝 바꾸는 바람에 그 길로 가게 됐을 수도 있고.

내가 엄마한테 일찍 귀국해 달라고 했어. 엄마는 내 부탁을 들어줬고. 내가 그 차를 들이받은 건 아니지만 내가 아니었다면 엄마는 그 차에 타고 있지 않았을 거야.

내가 엄마를 그 길로 내몰았어. 내가.

내가 운명을 원망할 수 없다면 누굴 원망해야 할까?

나는 잠기운을 몰아내느라 눈을 깜빡이다가 어느 정도 시간이 지난 다음에야 이 이메일이 이렇게 끝났다는 걸 알아차린다. 나는 바보처럼 거기 앉아서 글이 계속 이어지길 바라며 화면을 움직이지만, 그게 다다.

내가 운명을 원망할 수 없다면 누굴 원망해야 할까?

자책이라면 나도 아는 게 많다.

나는 지난 5월에 더 이상 감당할 수 없게 됐을 때 내가 무슨 짓을 저질렀는지 안다.

나는 어디 갈 데라도 있는 것처럼 침대 밖으로 발을 내딛는다. 나는 그녀의 이름을 모른다. 전화를 걸 수도 없다. 적어도 한 시간 반은 기다려야 그녀를 어디에서 찾으면 되는지나마 알 수 있다. 하지만 내가 이걸 학교에서 읽었다 한들 후보가 이천 명이 넘는다. 지금은 어차피 6시 10분밖에 안 됐긴 하지만.

나는 이런 식의 절망을 안다. 그녀에게서 그게 감지되다니 겁이 난다.

그녀는 내게 사람들을 뿔뿔이 흩어 놓는 운명의 장난에 대해 묻고 있는데, 지금 운명이 바로 그런 장난을 치고 있는 게 아닐까 하는 생각이 든다.

나는 화면을 계속 두드려 앱의 메인 화면으로 돌아간다.

'세미터리 걸'이라는 이름 옆에 초록색 조그만 동그라미가 찍혀 있다. 지금 접속 중이라는 표시다. 살아 있는 것이다.

허파에서 훅 하고 바람이 빠져나가고, 나는 털썩 베개 위로 드러눕는다.

그러다 잠시 후 몸을 옆으로 돌려 자판을 두드리기 시작한다.

14장

보낸 사람: 더 다크 <TheDark@freemail.com>

받는 사람: 세미터리 걸 <cemeterygirl@freemail.com>

날짜: 10월 3일 목요일 6:16:48 AM

제목: 그러지 마

새벽 3시 30분에 이메일 보내면서 그런 식으로 끝을 맺으면 안 되지.

나는 운명의 장난이 **이걸** 갈가리 찢어 버린다면 받아들일 마음의 준비가 돼 있지 않다고, 알겠어?

아무 일 없다고 바로 답장 보내 줘.

내 심장이 빠르게 두근거린다. 평소와 다른 가벼운 떨림이 어찌나 낯선지 고통스럽게 느껴질 지경이다. 내가 새벽에 보낸 이메일이 얼마나 심각한 분위기로 치달았는지 미처 몰랐다.

마지막 문장에서 눈을 뗄 수가 없다.

아무 일 없다고 바로 답장 보내 줘.

그가 걱정하고 있다. 나를.

오므린 손안에 갇힌 나비처럼 심장이 계속 퍼덕거린다. 이제 생각해 보니 그게 조금도 언짢게 느껴지지 않는다.

사실 이런 변화가 제법 마음에 든다.

15장

보낸 사람: 세미터리 걸 <cemeterygirl@freemail.com>

받는 사람: 더 다크 <TheDark@freemail.com>

날짜: 10월 3일 목요일 6:20:10 AM

제목: 나 아무 일 없어

공포 분위기를 조성할 생각은 없었는데. 어제 내가 좀 우울했거든.

다들 내가 엄마의 죽음을 잊어 주길 바라는 느낌이야. 내 절친도 지난주에 상심의 단계에 대해 다룬 책의 한 구절을 인용하기 시작했어. 마치 내가 무슨 스케줄에 따라 움직여야 하는 것처럼 말이야.

어떻게 보면 그 친구 말이 맞는다는 걸 나도 알아. 나는 분노와 고통과 상실감의 덫에 갇혀 있지. 하지만 사람들이 나를 거기에서 끌어내리려고 하면 할수록 나는 빠져 나가지 않으려고 다리에 점점 더 힘을 주는 느낌이야.

운명에 관한 내 질문에 답을 하지 않았네? 가끔 우리 둘은 서로 다른 방향에서 이 지점에 다다른 게 아닐까 하는 생각이 들어. 너는 동생의 죽음을 막을 수 있었고 반면에 나는 엄마의 죽음에 일조했으니까.

어느 쪽이 더 끔찍한지 계속 고민 중이야.

그녀의 말이 내 정곡을 찌른다. 나는 베개 위로 전화기를 던지고 요란하게 욕실로 들어간다. 삐걱대는 소리가 날 정도로 세게 샤워기 수도꼭지를 돌리고, 샤워기 어딘가가 부서져서 온 사방으로 물이 뿜어져 나오진 않을지 0.5초 동안 걱정한다.

아무 데도 부서지지 않았고 사방으로 물이 뿜어져 나오지도 않는다. 거의 곧바로 수증기가 욕실을 가득 채운다.

씩씩대며 치약을 짜서 칫솔질을 하다 이내 이가 아파 분노의 수위를 낮춰 보려 한다.

잘되지 않는다. 어느 쪽이 더 **끔찍한지** 계속 고민 중이라고? 이게 무슨 경기라도 된다는 건가?

나는 세면대에 칫솔을 내동댕이치고 치약을 뱉고 수건으로 얼굴을 닦는다. 거울에 비친 내 눈이 분노의 먹구름으로 덮여 있다. 유리를 주먹으로 치고 싶다.

저 이메일을 읽고 나니 내가 실패작이 된 기분이 든다.

너는 동생의 죽음을 막을 수 있었고.

지난 사 년 동안 나 스스로 똑같은 말을 반복했다. 그러니까 그 말이 아무렇지 않게 들려야 한다. 이제는 그래야 한다. 하지만 그 말을 한 사람이 그녀라면…… 문득 너무나 안전하게 느껴졌던 무언가가 실망에 이르는 또 다른 계기가 될 수 있을 것 같다는 생각이 든다.

쏟아지는 물줄기 아래로 들어가자 살이 익을 것 같지만 나는 그 고통이 등줄기를 타고 흐르도록 한다. 꽤 오랫동안 뜨거운 물을 틀어 놓고 억지로 참는다. 살갗이 화끈거리자 분노가 조금 무뎌진다.

마침내 욕실을 나와보니 베이컨 냄새가 나지만 있을 수 없는 일이다. 내가 1층으로 내려갈 무렵이면 앨런은 대개 나가고 없고 엄마는 항상 늦잠을 잔다. 옆집에서 나는 냄새일 것이다.

그 냄새에 내 위장이 깨어나고 갑자기 걸신들린 듯 배가 고파진다. 짜증을 달래는 데 전혀 도움이 되지 않는다. 나는 침대 발치에 서서 휴대 전화를 노려본다.

허기부터 먼저 해결해야겠다.

휴대 전화는 그대로 둔 채 닌자처럼 움직인다. 아침에 엄마를 깨우지 않고 조용히 움직이는 데에는 도가 텄다. 그래놀라 바를 하나 먹으려고 부엌으로 살그머니 들어간다.

엄마가 앨런과 함께 식탁에 앉아 있다. 나는 그 자리에서 걸음을 멈춘다.

둘이서 대화를 나누고 있던 걸까. 그랬다면 소곤소곤 말하고 있었나 보다. 두 사람이 일제히 동작을 멈추고 놀란 표정으로 나를 쳐다본다.

둘 다 가운을 입고 있다.

샤워를 하면서 조금이나마 가라앉았던 분노가 있는 대로 되살아난다.

두 사람 앞에 커피 머그잔이 놓여 있다. 전기레인지 위에는 쓰던 프라이팬이 있고, 개수대에는 음식물 찌꺼기가 말라붙은 접시들이 쌓여 있다. 달걀 냄새도 나고 키친타월을 기름으로 물들인 베이컨 몇 조각이 보인다.

126

둘이서 아침 식사를 한 것이다. 나 없이.

나는 두 사람에게 아무 말도 하지 않는다. 커피 메이커 위편 찬장에서 여행용 머그잔을 꺼내 커피를 따른다.

엄마가 먼저 말문을 연다. 목소리가 평온하다. "잘 잤니, 디클랜?"

나는 커피에 설탕을 넣는다. "안녕히 주무셨어요."

앨런은 나를 지켜본다. 나는 그를 못 본 체한다.

"배고프니?" 잠시 후에 엄마가 묻는다. "아침 차려 줄까?"

꼭 뒤늦게 생각난 듯한 말투다. 문 앞에 등장하기 전에는 내가 이 집에 살고 있다는 걸 까맣게 잊어버리기라도 했던 걸까. "아뇨."

커피에 크림을 넣고 젓자 숟가락이 머그잔에 부딪히며 쨍그랑거리고 뒤에서 흐르는 정적이 내 등을 무겁게 짓누른다.

배가 고파 쓰러질 것 같기에 자제심을 총동원해야 남은 베이컨을 입 안에 욱여넣고 싶은 걸 참을 수 있다.

몸을 돌려 보니 앨런이 엄마의 귀에 대고 속삭이고 있다. 뭐라고 했는지 몰라도 엄마가 피식 웃는다.

이성적으로는 두 사람이 나를 두고 피식대는 게 아니라는 걸 알지만 불안한 마음에 그를 한 대 치고 싶어진다. 나는 머그잔 너머로 앨런을 노려보는 것으로 합의를 본다. "웬일로 이 시간에 집에 있어요?"

앨런이 내 시선을 똑바로 맞받아친다. "네 엄마한테 깜짝 선물 삼아 하루 휴가를 냈지."

"집안일을 좀 할 생각이야." 엄마가 말한다. "그런 다음 오후 시간을 같이 보내려고. 영화라도 보면서."

나는 그 자리에 서서 머그잔 뚜껑을 만지작거린다. 내 방으로 올라가 학교 갈 준비를 해야 하지만 오갈 데 없는 신세가 된 느낌이다. 지금 부엌에서 나가면 두 사람은 나를 영영 잊을 것만 같다. "어떤 집안일이요?"

"덱을 아주 깨끗하게 청소하려고." 앨런이 말한다.

그건 나도 할 수 있는 일이다. 엄마가 해 달라고 했으면 내가 했을 거다. 엄마는 이제 내게 아무런 부탁도 하지 않는다. 앨런이 집안일을 도맡고 있고 내가 도우려고 하면 난리를 친다. 번번이 나를 드라이버도 제대로 쥘 줄 모르는 문제아 취급한다.

나는 이를 악문다. "낭만적이네요."

"그게 낭만적이라면 차량 점검을 받고 오겠다는 이이의 말을 들었을 때 내 심정이 어땠겠니?" 엄마가 묻는다.

머그잔을 쥔 내 손에 힘이 들어간다. "엄마 차에 무슨 문제가 생겼길래요?"

"내 차야." 앨런이 말한다. "오일을 교환할 때가 돼서." 그의 말투에서 시비를 거는 기미가 느껴진다.

그 정도는 내가 할 수 있다는 걸 그도 안다. 그건 항상 내가 해 왔던 일이다. 지난 5월 두 사람이 결혼식을 올리기 직전에 했던 일이기도 하다.

내가 아빠의 트럭을 몰고 실패와 낙담으로 이루어진 이 정해진 길로 내달리기 직전에. 그들에게는 내가 필요가 없다. 앨런이 바로 지금 그걸 입증하고 있다.

잘난 체하는 그 얼굴을 후려치고 싶다.

하지만 엄마 앞에서 싸움을 걸지는 않을 것이다.

그것만큼은 할 수 있다. 가뜩이나 남은 게 그 일 하나뿐이지 않은가.

16장

보낸 사람: 더 다크 <TheDark@freemail.com>

받는 사람: 세미터리 걸 <cemeterygirl@freemail.com>

날짜: 10월 3일 목요일 6:48:57 AM

제목: 운명

내가 뭘 믿는지 궁금해? 나는 운명을 믿지만 자유 의지도 믿어. 그러니까 길이 있긴 하지만 우리 마음대로 거기서 벗어날 수 있다는 말이지. 딱 한 가지 문제가 있다면 우리가 어느 길을 따라가고 있는지 어떤 순간에도 알 수 없다는 거야. 우리가 선택한 길일까? 운명이 정한 길일까? 다른 사람들도 나름의 길을 가고 있지. 우리의 길이 서로 만나면 어떻게 될까? 누군가가 우리 길을 깨끗이 지워 버려서 따라갈 길이 없어져 버리면 어떻게 될까? 그게 운명일까? 그게 자유 의지가 발동되는 시점일까? 길은 있지만 보이지 않는다면?

누가 알 수 있겠어?

나 지금 이런 대화를 주고받을 기분이 아니야. 아니면 피곤한 건지도 모르겠다. 오전 7시 이전에는 실존주의를 주제로 토론을 벌이면 안 되는 거 아니야?

하지만 한 가지. 네가 너희 어머니를 그 차에 태운 건 아니잖아. 그건 너희 어머니의 선택이었지. 아니면 운명의 선택이었거나.

중요한 건 너의 선택은 아니었다는 거야.

내 말이 별로 도움이 안 된다는 건 알아. 나도 분노에 대해서, 자책에 대해서 아는 게 많거든. 손가락이 떨어질 때까지 우리 둘이 서로 토닥여 줄 수도 있겠지.

그건 중요하지 않아. 우리 둘 다 우리가 무슨 짓을 저질렀는지 아니까.

죄책감은 경쟁거리가 아니야. 아니, 경쟁거리가 되면 안 돼.

제라디 선생님은 선택 과목을 가르치기 때문에 홈룸 수업이 없지만, 나는 1교시 종이 울리기 전에 그의 교실로 찾아가면 대개는 만날 수 있다는 걸 경험상 알고 있다. 본관에서는 아이들이 복도를 메우고서 사물함 문을 쾅쾅 닫고, 고래고래 인사를 나누느라 난리 법석이지만 이쪽 복도는 좀 더 조용하다.

학교에 이렇게 일찍 등교하기는 아주 오랜만이다. 대개는 종이 울리기 직전에 정문을 통과하는데, 오늘은 임무가 있기에 젖은 머리를 꼬아서 핀으로 고정하고 집을 뛰쳐나왔다.

다른 때 같았으면 예술관의 고요하고 고적한 분위기에서 위안을 느꼈겠지만 오늘은 다른 학생들이 연출하는 격한 불협화음이 그립다. 정적 때문에 생각이 제멋대로 흘러가는데 그 방향이 바람직하지가 않다. 그 이메일 내용이 내 머릿속에서 덜거덕거린다.

나한테 화가 났나? 그런 것 같았다. 나는 삼십 분 동안 그의 말투를 분석했다. 한 이메일 안에서 용기를 북돋워 주었다가 공감했다가 성을 내는 것이 가능할 줄 몰랐는데 그가 해냈다.

교실 문이 열려 있고 나는 노크 없이 슬그머니 안으로 들어간다. 내 불안에 걸려 넘어지기 전에 서둘러야 한다.

제라디 선생님이 놀라서 고개를 든다. 학생 하나가 선생님 옆에 서서 공책에 적힌 뭔가를 보여 주고 있다. 어려 보인다. 내가 모르는 아이다.

나는 얼굴을 붉힌다. 다른 사람이 있을 가능성은 생각해 보지도 않았던 거다.

이건 전부 틀렸다. 내가 할 수 있는 일이 아니다.

"죄송해요." 나는 문 쪽으로 주춤주춤 다가간다. "저는— 나중에 다시 올게요."

제라디 선생님이 자리에서 일어난다. "줄리엣. 기다려."

"아뇨— 바보 같은 생각이었어요. 이러다 1교시 수업 늦겠어요."

"내가 허가증 써 줄게. 기다려."

나는 기다리지 않는다. 문밖으로 나와 아수라장을 향해 성큼성큼 걸어간다.

엄마의 목소리가 내 수치심을 자극한다. 좀 담대해져 봐, 줄리엣.

그게 문제다. 나는 엄마처럼 담대하지 않다는 것. 원래부터 그랬다는 것. 엄마가 밤하늘을 환하게 수놓는 폭죽이었다면 나는 뭘 제대로 해 보기도 전에 꺼져 버리는 성냥불이다.

그런 생각이 들자 걷는 속도가 느려진다. 나는 지금 예정된 길을 걷고 있을까? 아니면 상심 뒤로 숨는 쪽을 택했을까?

어느 쪽도 마음에 들지 않는다. 나는 몸을 돌린다.

제라디 선생님이 문 앞에 서 있다. 나를 따라오려던 참이었는지 아니면 포기하려던 참이었는지 궁금해진다. 선생님의 표정을 읽을 수가 없다. 실망과 희망이 한데 뒤엉켜 있다.

내가 나 자신에 대해 느끼는 감정이 딱 그렇다. 내 손가락이 배낭 끈을 만지작거린다. 나는 가냘픈 목소리로 묻는다. "딱 한 시간이면 되죠?"

선생님은 가을 축제 때 사진 찍는 문제를 놓고 대화를 나눈 것이 어제가 아니라 몇 분 전이라도 되는 듯 고개를 끄덕인다. 내 입으로 굳이 부연 설명을 하지 않게 하려는 것이다.

나는 헛기침을 한다. "그리고 선생님 라이카 써도 되고요?"

"안 그래도 지금 충전하는 중이야."

나는 고개를 끄덕이고 뺨 안쪽 살을 씹는다. 통증이 정신을 집중하는 데 도움이 된다. "마지막 수업 끝나면 다시 올게요."

17장

보낸 사람: 세미터리 걸 <cemeterygirl@freemail.com>

받는 사람: 더 다크 <TheDark@freemail.com>

날짜: 10월 3일 목요일 8:23:05 AM

제목: 새로운 길을 선택하는 것

너를 열 받게 할 의도는 없었어. 오늘 아침 이메일을 보면 너는 모든 걸 완전히 파악한 사람 같고 나는 정신 줄을 놓고 다니는 폐인 같네.

하지만 네 말이 맞아. 죄책감은 경쟁거리가 아니지. 그런 뜻에서 꺼낸 얘기가 전혀 아니었어. 내가 엄마의 죽음에 좀 더 적극적으로 가담했다면 이 죄책감이 좀 더 또렷하게 느껴졌을까 궁금했던 건데— 그게 어떤 식을 말하는 건지 잘 모르겠긴 하다. 그렇다고 내가 엄마를 차 앞으로 떠밀었을 것도 아니고. 너도 동생한테 그러진 않았을 거잖아, 그치?

나 때문에 상처받았다면 미안해.

이 얘기는 하고 싶었는데, 네가 운명에 대해서 한 말이 내게 자극제가 됐어. 덕분에 내가 뜻밖의 짓을 저질렀거든. 내 주변 사람들이 보기에 뜻밖의 일은 아니지만 — 요

134

즘은 내가 제때 등교하는 게 오히려 뜻밖의 일이 아닐까 싶어 — 내 기준에서는 뜻밖의 일이야. 남들은 이걸 일종의 전환점으로 받아들이겠지. **아, 저것 봐. 쟤가 예전으로 돌아가고 있어.**

하지만 남들이 모르는 게 있다면 내가 겁이 난다는 거야.

그렇다면 내가 운명의 손아귀에서 벗어나고 있다는 뜻이지 않을까? 내 스스로 길을 개척하고 있다는 뜻이지 않을까? 왜냐하면 지금까지 걸었던 다른 길은 이렇게 미치도록 무섭지 않았거든.

힐러드 선생님이 화요일에 낸 숙제를 낭독할 사람을 찾고 있다. 각자 딜런 토머스의 시를 해석해 한 문단씩 써 왔다. 누구는 어둠에 대해. 누구는 밤에 대해. 누구는 치매에 대해.

이제 이들이 실마리를 찾을 때도 됐다.

나는 공책에 낙서하며 귀를 닫는다.

네가 운명에 대해서 한 말이 내게 자극제가 됐어.

이 말을 떠올리면 가슴속이 조금 따뜻해진다.

"디클랜, 네 생각을 들어 볼까?"

나는 선생님 말을 못 들은 체하고 계속 낙서를 한다. 힐러드 선생님은 기대에 찬 눈빛으로 나를 쳐다보고 있다. 그러고 있는 게 곁눈으로 언뜻 보인다.

"디클랜?" 선생님이 다시 내 이름을 부른다. 경고하는 투가 전혀 아니다. 선생님은 내게 무죄 추정의 시혜를 베풀고 있다. 자기가 부르는 소리를 내가 못 들었을 수도 있다는 투다.

그래서 나는 대답한다. "숙제 안 했는데요." 내 목소리는 낮고 거칠다. 오전 수업 시간 동안 내가 호명된 건 이번이 처음이다.

"그럼 화요일 수업의 연장선에서 생각나는 대로 대답해 볼래? 딜런 토머스는 왜 절망하고 있을까?"

도전적인 선생님 말투에 나는 눈을 든다. 나를 도발한다는 점에서 앨런을 닮았다. 내 연필이 공책 위에서 멈춘다. 선생님은 평온한 표정으로 내 눈을 쳐다본다.

나는 아무 말도 하지 않는다. 이 게임이라면 하루 종일도 할 수 있다.

다른 아이들이 긴장을 감지하자 교실 안에 정적이 내려앉는다.

꼬박 일 분이 지났을 때 나는 선생님도 이 게임의 고수임을 깨닫는다. 상관없다. 다 같이 조용히 앉아 있는 거다. 딜런 토머스가 빛을 보지 못하는 시각 장애인에 대해 애통해하는 시라는 앤디 색스의 발표를 못 듣게 됐다고 아쉬워할 사람도 없다.

내 왼쪽에서 누군가가 짜증 섞인 한숨을 토한다. 남학생인데 누군지는 모르겠다. 내 오른쪽 어딘가에서는 여학생 하나가 불편하게 꼼지락거리다 역시 한숨을 토한다.

사람들이 노려보기 시작한다. 긴장감이 점점 적의로 바뀐다.

나를 향한 적의로.

새로울 건 없는 일이다.

힐러드 선생님은 자기 책상으로 돌아가 포스트잇을 집는다. 얼른 뭐라고 적더니 내 책상 앞으로 걸어와 내 낙서 위에 붙인다.

거기엔 이렇게 적혀 있다. 애들한테 너에 대해 새롭게 생각할 기회를 주지 그러니?

그걸 보는데 심장이 두근거린다. 우리가 선택한 길에 대해 생각한다. 세미터리 걸의 말이 맞는다. 이 길은 무섭다.

이제 더는 힐러드 선생님을 쳐다볼 수가 없다. 나는 공책에서 포스트잇을 떼어 내 주먹 안에 넣고 조그맣게 뭉친다. 하지만 차마 던지지는 못한다. 나는 뾰족한 가장자리를 뜯는다. 가슴이 조이는 것처럼 느껴진다. 혀가 말을 듣지 않는다.

잠시 후 힐러드 선생님이 교실 앞쪽으로 돌아간다. 작게 한숨을 쉬고 자기 책상 위에 다이어리를 내려놓는다. 이제 더는 나를 쳐다보지 않는다. 아이들은 우리 둘 중 아무라도 이 정적을 깨 주길 기다리며 계속 침묵을 지킨다.

정적을 깨는 쪽은 선생님이 될 것이다. 나는 느낄 수 있다.

"두렵기 때문이에요." 내 목소리는 갈라지기 일보 직전이다. 나는 똘똘 뭉친 포스트잇을 계속 움켜쥔 채 시선을 공책에 고정하고 있다. "두렵기 때문이에요. 그래서 절망하는 거예요."

선생님은 잽싸게 몸을 돌리지 않는다. 그냥 천천히 고개를 돌리고 처음에 그 질문을 했을 때처럼 평온한 목소리로 묻는다. "뭘 두려워하는 걸까?"

"아버지를 잃는 거요." 내 손에서는 땀이 나고 내 눈은 계속 낙서를 쳐다보고 있다. "시인은 아버지가 돌아가시지 않길 바라요. 그래서 —"

선생님은 내게 숨 돌릴 틈을 주고 조용히 묻는다. "그래서?"

"그래서 아버지가 싸워 주길 바라요."

"아버지의 죽음이 불가피하다고 생각할까? 아니면 막을 수 있다고 생각할까?"

나는 마침내 선생님을 쳐다본다. 손이 벌벌 떨리지만 선생님의 표정이 워낙 평온해 생명 줄처럼 느껴진다. 그 교실 안에 우리 둘밖에 없는 것 같다.

"불가피하다고요." 나는 머뭇거린다.

선생님은 기다리지만, 나는 그 뒤로 무슨 말을 하려고 했던 건지 잘 모르겠다.

종이 울리고 나는 자리에서 벌떡 일어선다. 거의 곧바로 공책을 배낭에 쑤셔 넣는다.

교실 밖으로 나가기 전 힐러드 선생님이 뒤에서 부른다. 하지만 이미 온 신경이 너덜너덜하다. 나는 복도로 나서는 아이들의 행렬에 몸을 맡기고 다시 익숙한 길로 돌아간다.

18장

보낸 사람: 더 다크 <TheDark@freemail.com>

받는 사람: 세미터리 걸 <cemeterygirl@freemail.com>

날짜: 10월 3일 목요일 2:38:17 PM

제목: 뜻밖의 일

사과할 필요 없어. 내가 너한테 고마워해야 하니까. 너를 따라서 나도 뜻밖의 일을 저질렀거든.

네 말이 맞아. 무섭더라.

우리 또다시 저질러 보자.

제라디 선생님의 카메라는 내 니콘보다 작고 가벼워서 들었을 때 느낌이 낯설다. 엄마는 라이카가 아닌 니콘 추종자였고 나도 그런 성향을 물려받았다. 그렇긴 하지만 둘 다 훌륭한 카메라다. 엄마는 퓰리처상을 타면 나한테 한 대 사주겠다고 입버릇처럼 말했다.

그럴 일은 앞으로 없겠지만.

음악 소리가 안마당으로 쏟아지고 요란한 베이스 소리가 지축을 뒤흔든다. 온 사방에서 아이들이 삼삼오오 춤을 추고, 빨간색 플라스틱 잔에 담긴 펀치와 탄산음료를 마시고 있다. 안뜰 여기저기 놓인 카드 테이블에서 애교심을 고취하는 게임과 활동이 진행되고 있다. 페이스 페인팅. 파이 먹기 시합. 쿠키 장식하기. 남들이 보면 유치원생이냐고 하겠지만 다들 재밌어하는 눈치다.

나는 플라스틱 카메라 상자를 잡은 손에 땀을 흘려 가며 나무 그늘로만 피해 다닌다.

양쪽 뺨에 파란색과 하얀색 소용돌이무늬를 그린 로언이 내 옆에 등장한다. 누군가가 머리를 양 갈래로 땋아서 끝에 파란색 방울을 달아 주었다. 로언은 눈을 반짝인다. 내가 사진을 찍고 있다는 사실에 흥분한다. 이메일에도 적었듯이 로언은 누군가가 스위치를 올려서 나를 자기 기억 속 절친으로 되돌려 주길 바라고 있을지 모른다. "지금까지 뭐 찍었는지 보여 줘."

"아무것도 없어." 거친 목소리가 나오자 나는 헛기침을 한다. "아직 안 찍었어."

"아무것도 없다고?" 로언의 얼굴에서 서글서글한 미소가 서서히 지워진다. "축제 시작한 지 이십 분이 지났는데?"

나는 발을 꼼지락거린다. "알아."

"그런데 왜 그래?"

"나도 모르겠어."

로언은 내 쪽으로 바짝 다가온다. "내가 제라디 선생님 모셔 올까? 너 못 할 것 같다고 내가 선생님께 말씀드려도 되고."

나는 침을 삼킨다. "아냐. 하고 싶어."

"영감이 필요해?" 로언은 눈동자를 위로 굴리고 혀를 옆으로 내밀어 섬뜩한 얼굴을 만든다. "이거 사진 찍을래?"

참을 겨를도 없이 내 입에서 웃음이 터져 나온다.

그러다 웃음이 목에 걸리자 흐느낌으로 바뀐다. 나는 손가락을 눈에 대고 누른다.

"줄스." 로언이 속삭인다. 깃털처럼 가벼운 로언의 손가락이 내 팔을 스치고 지나간다.

"어떻게 하면 되는지 기억이 나지 않아." 나는 말한다.

"무슨 소리. 기억날 거야."

"아냐." 나는 잠깐 말을 멈추고 숨을 고른다. 울음을 터뜨리고 싶지 않기 때문이다. 지금 여기서 그럴 수는 없다. "모든 게 어긋난 느낌이야. 전부 하나도 의미가 없어."

로언은 나를 잠깐 살피더니 내 손에 들린 카메라를 가져간다. 로언의 손이 내 목에 걸린 줄을 가만히 들어 올리자 이내 나는 숨쉬기가 좀 더 편안해진다.

잠시 후 놀랍게도 로언이 줄을 자기 목에 건다. "치즈 해 봐."

"안 돼! 로—"

"이미 늦었어." 로언은 어떻게 찍혔는지 보려고 카메라를 들었다가 일반 카메라와 다르게 이미지가 뜨는 게 아니라 암호가 잔뜩 있는 걸 보고 미간을 찌푸린다. "사진이 어디 있지?"

"카메라 안에. 이제 그만 돌려줄래?"

"싫어." 로언은 이렇게 말하고, 로켓 무용단처럼 한 줄로 서서 캉

캉을 추며 미친 듯이 깔깔대는 3학년 여학생들을 향해 다시 카메라를 든다. 웃음소리가 하도 커서 셔터 소리가 거의 들리지도 않는다.

"로."

로언이 다시 사진을 찍는다. 이번에는 휘핑크림이 잔뜩 담긴 파이 접시 안에 얼굴을 박는 남자아이가 모델이다. 세팅이 잘못돼 있다는 걸 알기 때문에 로언에게서 카메라를 낚아채고 싶어 내 손이 근질거린다. 이게 미끼라는 걸 나도 알지만 로언은 분명 그중 몇 장이라도 졸업 앨범에 실리길 바라고 있을 것이다. 큼지막하고 흐릿한 형체만 남기고 있다는 걸 모르고서 말이다.

"네가 그걸 쓰고 있는 걸 보면 제라디 선생님이 노발대발할 거야." 나는 말한다. "그거 1만 달러짜리 카메라거든."

"웃기시네." 로언은 페이스 페인팅을 하는 여자아이들 몇 명을 찍는다.

"진짜야."

로언은 카메라를 내리고 휘둥그레 뜬 눈으로 내 쪽을 쳐다본다. "선생님이 내 차보다 비싼 카메라를 너한테 빌려주셨단 말이야?"

"응." 나는 손을 내민다. "그러니까 장난 그만 쳐."

로언이 뒤로 한 걸음 물러난다. "뭐라도 찍겠다고 약속하지 않으면 돌려주지 않을 거야."

"찍을게."

로언은 목에 걸었던 줄을 풀고 조심스럽게 카메라를 내민다. 나는 카메라를 손에 다시 쥐는데 아까보다 더 무겁게 느껴진다.

나는 그늘 속으로 슬금슬금 다시 들어가려고 하지만 로언이 자기 가슴 위로 팔짱을 낀다. "약속했잖아."

"알아." 입 안이 다시 말라서 나는 입술을 적신다. "고민하느라 그 래." 나는 손을 흔든다. "너는 가서 놀아. 여기서 이러고 있지 말고."

로언은 나를 빤히 쳐다보다가 머리 위로 두 손을 내던진다. "그래 봐야 카메라일 뿐이야, 줄스! 버튼을 눌러!"

이건 그냥 카메라가 아니다. 내가 엄마 없이 사진을 찍을 수 있다 는 선언이 담긴 카메라다. 가쁜 숨이 허파에서 나왔다 들어갔다 하 고, 이러다 정신을 잃는 게 아닐까 하는 공포가 잠깐 스치고 지나간 다. 나는 카메라를 들어 뷰파인더에 눈을 갖다 댄다. 파란색 아이싱 으로 쿠키를 장식 중인 치어리더들이 프레임을 가득 채운다.

아니다, 엄마가 돌아가신 뒤에 처음 찍는 사진인데 이 장면을 담 을 수는 없다. 나는 버튼에 손가락을 댄 채 고개를 돌린다.

남학생 몇 명이 뒤쪽 벽 앞에서 농구를 하고 있다. 나는 그 앞에서 망설인다. 색감도 마음에 들고, 포장이 갈라지고 깨진 곳에서 펼쳐 지는 경기의 거친 면도 좋다.

하지만 그것 역시 알맞은 후보가 아니다.

나는 이러면서 처음 이십 분을 흘려 보낸다.

축제와 어느 정도 거리를 두고 앉아 있는 두 남자 위에서 내 카메 라가 멈춘다. 한 명은 짙은 파란색 후드 스웨터를 입고 차량 진입을 막는 콘크리트 장애물에 기대고 있다. 후드를 쓰고 있어서 옆얼굴의 맨 가장자리 말고는 거의 보이지 않는다.

그런데 그와 함께 있는 남자를 확인한 순간 내 심장이 철렁 내려 앉는다. 디클랜 머피다.

더 이상 고민하지 않는다. 렌즈를 돌려 초점을 맞추고 버튼을 누른다.

카메라에서 조그맣게 윙 하는 소리에 이어 찰칵 하는 소리가 나고 그것으로 끝이다. 내가 사진을 찍었다.

마치 달리기 시합이라도 한 느낌이다. 손가락이 땀으로 뒤덮였고 나는 몸을 떨고 있을지 모른다.

카메라에 달린 버튼을 몇 개 눌러 찍은 사진을 화면에 띄운다. 디클랜과 그의 친구 레브를 왼쪽에 따로 떼어 놓고 오른쪽에서는 축제가 펼쳐지도록 와이드 숏으로 찍었다.

고립된 십 대의 위험성이나 뭐 그런 걸 경고하는 책자에 실려야 하는 사진 같다. 내 실력이 이 정도는 아니다. 나는 줌을 더 당겨서 디테일을 찾는다. 후드 사이로 고개를 내민 턱선. 흙바닥에 놓인 두 사람의 배낭. 레브에게 뭘 물어보려고 고개를 돌린 디클랜.

마지막 설정이 마음에 든다. 나는 카메라를 들어 그걸 화면으로 확인한다. 디클랜의 표정에서 신뢰를 느낄 수 있다. 나는 디클랜과 그의 새아버지의 충돌을 목격한 이후에 그가 신뢰하는 사람이 많지 않다는 사실을 감지했다.

"축제의 현장을 찍어야 하는 거 아니야?" 로언이 말한다.

"알아." 나는 얼른 대답한다. 세팅을 몇 가지 조정하고 다시 디클랜과 레브에게 카메라 초점을 맞춘다. "그건 좀 있다 찍을 거야."

해가 저 두 사람 바로 왼쪽에 있다. 나는 나무 그늘 밖으로 나와 해가 좀 더 그들의 등 뒤에서 똑바로 비추도록 자리를 옮긴다. 이런 테크닉을 '콩트르 주르', 즉 역광이라고 한다. 대다수의 사람들은 실루

엣을 추구하겠지만 나는 디테일을 좀 더 가미하고 싶다.

카메라를 든다. 그들 뒤편에서 무한한 후광처럼 빛나는 햇살이 그들의 반항적인 분위기와 대조를 이룬다. 셔터에서 철컥하는 소리가 나고, 나는 고개를 숙이고 어떻게 찍혔는지 확인하려고 세팅을 만지작거린다.

"음." 로언이 말한다. "줄스."

"잠깐만." 나는 버튼을 몇 개 눌러서 앵글을 넓히고 카메라를 든다. 디클랜의 얼굴이 뷰파인더를 가득 채운다.

나는 움찔하고 비명을 삼킨다. 그가 그림자 격인 레브와 함께 내 바로 앞에 서 있다.

디클랜이 나를 조금 빤히 쳐다보며 미간을 찌푸린다. "지금 내 사진 찍는 거야?"

"응. 미안." 목에 줄을 걸고 있었기 망정이지 하마터면 카메라를 떨어뜨릴 뻔했다. "가을 축제 사진을 찍는 중이야."

"너 사진작가야?"

디클랜이 비난조에 가까운 험상궂은 말투로 묻는다. 나는 얼른 고개를 젓고 횡설수설한다. "아—아니야. 나는 그냥— 사진을 찍기로 돼 있던 애가 못 하게 돼서 제라디 선생님이 대신 나한테 맡기셨어."

디클랜의 표정이 부드러워진다. "아."

"내가 좀 봐도 될까?" 레브가 특유의 차분한 목소리로 묻는다.

나는 망설이다가 버튼을 몇 개 눌러 마지막 사진을 디스플레이에 띄운다. 레브의 옆으로 몸을 돌린다. "자."

레브는 카메라를 내려다보고 한참 동안, 아주 한참 동안 아무 말도 하지 않는다. 그게 무슨 뜻인지 나는 잘 모르겠다.

이윽고 레브가 말한다. "멋지다. 해가 그렇게 비춰서."

"고마워." 연습 부족이지만 잘 찍혔다는 데에는 나도 동의하는 바다. 디클랜의 머리칼은 햇빛 아래에서 황금빛으로 반짝이고 그의 옆모습은 깔끔하고 노출이 거의 없다. 레브는 빛을 등지고 있기 때문에 까맣게 보이는 감색 스웨트 셔츠 후드에 가려서 이목구비가 거의 보이지 않는다. 꼭 누가 고등학교 안마당 한복판에 선한 천사와 암흑의 천사를 떨어뜨린 것 같다.

암흑의 천사, 다크 에인절. 나는 카메라를 내리고 레브를 잠깐 동안 제대로 쳐다본다.

"너는 왜 항상 후드를 쓰고 다녀?" 로언이 묻는다.

레브가 돌아보는데, 표정에는 아무 변화가 없다. 그 질문에 기분 나빠하는지 어쩐지 알 수가 없다. "편해서."

"지금 바깥 기온이 26도가 넘는데."

레브는 어깨를 으쓱한다. 그의 어깨가 내 어깨를 스치자 나는 스웨트 셔츠 아래 엄청난 근육이 숨겨져 있다는 것을 알아차린다.

디클랜이 허리를 숙이고 사진을 거꾸로 들여다본다. "지워."

나는 카메라를 가슴 쪽으로 끌어당긴다. "안 돼."

"왜?" 로언이 묻는다.

"내 마음이야." 디클랜은 내 쪽으로 다가와 손을 내민다.

나는 뒤로 한 걸음 물러난다. 로언에게 카메라를 잠깐 빌려주었을 때는 머뭇거리는 정도에 그쳤지만 디클랜 머피만큼은 절대 카메라에 손을 대지 못하게 할 테다.

"지워." 디클랜이 딱딱거린다.

로언이 내 쪽으로 바짝 다가온다. "얘는 지금 연감에 실을 사진을 찍는 중이야. 그러니까 지우지 않아도 돼." 로언은 필요 이상으로 언성을 높인다. 아무 선생님이나 자기 목소리를 듣고 중재해주길 바라는 것이다.

"내가 그 사진에 들어 있잖아." 디클랜이 사납게 으르렁거린다. "그러니까 내가 지우라고 하면 지워야지."

"무슨 일이야?"

선생님 목소리가 아니다. 예전에 나와 사진을 두고 경쟁을 벌였던 브랜던 조다. 고급 사진 촬영 수업을 취소한 이후 올해 들어 그와 거의 마주친 적이 없었는데, 여름 방학을 잘 보냈는지 키가 족히 10센티미터는 자랐고 어깨가 넓어졌다. 예전에는 군살 없이 마른 편이라 사진을 찍고 다니는 힙스터로 완벽한 이미지였다면 지금은 뒤늦게 호르몬에 발동이 걸렸는지 또렷한 광대뼈와 날카로운 턱선 대신 이목구비가 부드러워졌고, 머리카락은 짧고 조금 뾰족하게 잘랐다.

브랜던의 목에 걸려 있는 충복과 같은 카메라 줄에는 얄궂은 배지가 몇 개 꽂혀 있다. 내가 제일 좋아했던 배지는 "이게 내 아주 옛날 사진이죠."라는 문구와 함께 정자가 그려진 것이었는데, 선생님이 달고 다니지 못하게 했다.

"얘가 널 괴롭혀?" 브랜던이 내게 묻는다.

"네가 상관할 바 아니다, 찌질아." 디클랜이 말한다.

브랜던은 물러서지 않고 내 옆으로 와서 선다. "심심하면 다른 데

가서 알아보지 그러냐."

"그 망할 사진을 찍은 애는 쟤야—"

"디크." 레브가 천천히 말한다. "괜찮아. 그냥 둬."

"괜찮지 않아."

"괜찮아야 할 거야." 브랜던이 말한다. "아니면 내가 선생님을 모셔 와서 괜찮게 만들어 줄게."

디클랜은 허공에 대고 손가락을 빙글빙글 돌린다. "오호. 터프한 녀석일세."

브랜던은 눈을 가늘게 뜬다. "너 법원 심리에 참석하거나 지역 사회봉사 활동 하러 가야 되지 않냐?"

디클랜은 앞으로 걸음을 내디디려고 하지만 레브가 그의 소매를 잡고 뒤로 당긴다. "됐어. 가자."

"레브, 하느님에게 맹세코—"

"그런 맹세는 하지 않으면 좋겠다." 레브가 계속 디클랜을 잡아끈다. "그리고 안타깝지만 너 이러다 정말 지역 사회봉사 활동 늦겠어. 가자."

디클랜은 순순히 끌려가면서 어깨 너머로 나를 쳐다본다. "그 사진 지워. 알았지? 꼭 지워."

나는 그가 멀어져 가는 것을 지켜본다.

나는 사진을 지우지 않는다.

아무리 머리를 싸매도 디클랜이 그 사진에 그렇게 연연하는 이유를 도무지 알 수가 없다.

브랜던이 고개를 돌려서 나를 본다. "괜찮아?"

나는 입 안이 마르고 심장이 쿵쾅거리지만 따지고 보면 이렇게 흥분할 이유가 없다. "어. 응. 괜찮아." 브랜던에게 고맙다고 해야 하는 걸까?

브랜던은 나를 살피고, 나는 그의 시선이 카메라에 닿는 것을 지켜본다. "네가 포기한 줄 알았는데."

나는 살짝 어깨를 으쓱한다. "제라디 선생님이 부탁하시길래."

"그래서 찍었어?"

나는 카메라를 들어 보인다. "선생님이 뇌물을 쓰셨거든."

브랜던이 눈을 반짝인다. "짱이다."

내가 예전에 그를 항상 신경에 거슬리는 아이로 간주했던 이유는 딱 하나, 나만큼 실력이 좋기 때문이었다. 어쩌면 나보다 더 좋을 수도 있었다. 브랜던의 할아버지는 베트남 전쟁을 담은 사진으로 **진짜 퓰리처상**을 수상했고 그런 인맥 덕분에 브랜던은 지난여름 『워싱턴 포스트』에서 엘리트 인턴으로 근무할 수 있었다. 나도 엄마에게 백을 좀 써 달라고 했지만 엄마는 거부하며 내 능력으로 기회를 잡으면 더 의미 있을 거라고 했다.

이제 와 생각해 보면 인턴 신청을 하지 않은 게 다행이었다. 나는 지난여름 내내 카메라와 관련 있는 모든 걸 거부하고 무덤가에 웅크리고 앉아 편지를 쓰며 시간을 보냈다.

경쟁심의 굴레에서 벗어나 보니 브랜던은 좋은 아이다. "고마워." 나는 그를 쳐다보며 말한다. "그럴 필요 없었는데."

"걔가 너를 괴롭히지 말았어야지."

"걔가 왜 그렇게 노발대발했을까?" 로언이 궁금해한다.

나는 어깨를 으쓱하고 사진을 다시 본다. 누가 봐도 불쾌하게 여길 만한 구석이 전혀 없다. 내가 로커 룸에서 몰카를 찍은 것도 아니지 않은가. "나도 모르겠어."

브랜던은 콧방귀를 뀐다. "걔 속을 누가 알겠니?"

브랜던의 말투를 듣고 나는 왠지 모르게 그의 표정을 살핀다. "너 걔 알아?"

브랜던은 제정신이냐고 묻는 듯한 표정으로 나를 쳐다본다. "디클랜 머피? 아니. 남들처럼 소문이야 익히 들었지." 브랜던은 잠깐 말을 멈추고 어깨를 으쓱한다. "어쩌면 남들보다 아는 게 좀 더 많을 수도 있겠다. 우리 아빠는 저녁을 먹을 때 경찰 조서를 큰 소리로 읽으시거든."

"걔가 정말 차를 훔쳤어?" 로언이 살짝 언성을 낮추며 묻는다.

"응. 약에 취해서 차를 훔쳐 타고 사무용 건물을 들이받았어."

우아. 우리 셋 다 그 뒤로 아무 말도 하지 않는다.

한참 만에 브랜던이 내 카메라를 향해 손짓한다. "아직 사진 못 찍었어?"

"응." 나는 실토하고 머뭇거린다. "사실 이제 막 시작한 참이야."

"너희 둘이 다시 나온 거 보니까 좋다." 그는 뺨을 살짝 붉히며 딴데를 쳐다본다. "아니 내 말은, 감을 잃지 않아서 다행이라고."

"그냥 선생님 도와 드리는 거야."

브랜던은 다시 나를 쳐다본다. "네가 그렇다면야." 그는 잠깐 하던 얘기를 멈춘다. "내일 저녁에 열리는 댄스파티도 찍을 거야?"

"아니, 그냥 오늘 행사만이야."

"나는 찍을 건데."

"아." 나는 딱히 할 말이 생각나지 않는다.

"참석할 거야?" 브랜던이 묻는다.

"파티에?" 나는 실눈을 뜨고 그를 쳐다본다. "아마 안 하지 싶은데."

"아." 그는 머뭇거리며 자기 카메라를 잠깐 만지작거린다. "생각 있으면 와서 나랑 같이 시간 보내도 되는데."

나는 로언의 숨이 멎었다고 장담할 수 있다. 로언이 엉덩이로 나를 민다.

"지금 나한테 데이트 신청하는 거야?" 나는 미간을 찌푸리며 묻는다.

"뭐 —" 브랜던이 나를 흘끗 쳐다본다. "—그 비슷하다고 할 수 있지. 그러니까, 엄밀히 따지면 나는 일을 해야 할 테지만 재밌을지 몰라." 그는 로언에게로 얼른 시선을 옮긴다. "꼭 데이트가 아니어도 돼. 너희 둘 다 와도 돼. 괜찮으면."

나는 뒤로 한 걸음 물러난다. 이건 전혀 예기치 않은 전개다. 카메라를 들고 있다는 데 따르는 복잡한 감정, 디클랜과의 충돌, 갑작스럽게 끼어든 브랜던. 뭐라고 대답하면 좋을지 모르겠다.

대답은 당연히 "싫어."일 것이다. 그는 심지어 내가 자신의 제안을 받아들일 거라고 생각하지도 않는다. 이미 새로 앵글을 잡고 있는 걸 보면 알 수 있다.

댄스파티? 내가 댄스파티에서 도대체 뭘 할 수 있을까?

나는 사양하려고 입을 벌렸다가 더 다크의 이메일을 떠올린다.

너를 따라서 나도 뜻밖의 일을 저질렀거든.

네 말이 맞아. 무섭더라.

우리 또다시 저질러 보자.

"좋아." 나는 말한다.

브랜던은 카메라를 내리고 나를 쳐다본다. "진짜?"

"응." 나는 침을 삼킨다. "하지만 로언이 같이 가야 나도 갈 거야."

로언이 내 허리를 감싸 안고 조그맣게 비명을 지른다.

나는 손가락으로 로언을 가리킨다. "그럼 가는 거다?"

하지만 솔직히 말하자면 나도 비명을 지르고 싶은 심정이다.

많이는 아니고.

조금.

19장

보낸 사람: 세미터리 걸 <cemeterygirl@freemail.com>

받는 사람: 더 다크 <TheDark@freemail.com>

날짜: 10월 4일 금요일 10:23:05 AM

제목: 뜻밖의 일

오늘 저녁 홈 커밍 파티에 갈 거야?

나는 갈 거야.

이 소식이 네게 충격적이었으면 좋겠다. **내게는** 충격적이거든. 게다가 결정을 내린 사람이 나야. 누가 같이 가자길래 좋다고 했어.

너 때문이야. 네가 뜻밖의 일을 저질러 보라고 도발하지 않았다면 내가 좋다고 했을 리가 없는데. 이제 방과 후에 드레스를 사러 가야 하는데, 같이 가기로 한 애를 내가 좋아하는지조차 알 수 없는 상황이야. 솔직히 지난 삼 년 동안은 걔를 볼 때마다 짜증 나는 스타일이라고 생각했거든.

이런 식으로 뜻밖의 일을 저지르려니 갈피를 못 잡겠다.

아빠한테 홈 커밍 파티에 간다고 얘기했더니 아빠는 심장마비를 일으키려는 반응을 보이더라. 그러더니 카드를 주면서 사고 싶은 게 있으면 다 사라고 하셨어. '비용을 아끼지 말라'고 콕 집어서 말씀하셨던 것 같아. 우리가 갑부도 아닌데 말이지.

아빠는 내가 평범한 십 대다운 경험을 하려는 걸 보고 안심하는 눈치야. 하지만 나는 아빠를 속이는 느낌이야. 나는 누가 와서 핀으로 터뜨려 주길 기다리는 풍선이야. 터지면 찢어진 고무만 바닥에 나뒹굴겠지. 드레스를 사고 머리를 하게 됐으니 신이 나야 하는데 사실은 아무 관심이 없어. 내 절친은 엄마가 우리랑 같이 쇼핑을 하러 가지 못해서 속상하냐고 물었지만(걔랑 걔네 엄마랑 같이 가기로 했거든) 그것 때문은 아니야. 이건 엄마가 집에 있었더라도 하지 않았을 일이거든. 엄마는 내가 2학년 때 입은 드레스를 내가 이메일로 보낸 사진을 보고 일주일 뒤에 알았어. 보고 난 뒤에도 일언반구 말이 없었고.

엄마의 인생을 생각하면 내가 걱정하는 이런 사소한 일들이 너무 하찮게 느껴져. 엄마는 실제 **현실**을 기록하고 있었는데. 할리우드에서 어떤 일이 벌어지고 있는지 궁금해하며 잡지를 넘기는 데 만족하는 사람들에게 전쟁의 참상을 보여 주고 있었는데. **차이**를 만들고 있었는데.

그런데 나는 뭘 하고 있지? 드레스를 사고 있어?

엄마가 나를 보면 실망할 거라는 생각이 머릿속에서 떠나질 않아. 댄스파티에 갔다가 신경쇠약에 걸릴까 봐 불안해.

너도 참석할 거라고 얘기해 줘. 우리 서로 누군지 모르는 사이라는 건 나도 알지만, 속이 엉망진창으로 문드러진 사람이 댄스 플로어 위에 나 말고도 또 있다는 걸 알면 조금 안심이 될 것 같거든.

게다가 나도 정상적인 생활을 할 수 있다고 가르쳐 준 사람이 너잖아.

잠깐 동안은 그럴 수 있다고 말이야.

내 입 안에서 불이 났다. 레브의 어머니 크리스틴은 다른 나라 음식을 만들어 보는 것을 좋아하는데, 이번 달은 태국에 꽂혔다. 식탁 위에 매콤한 땅콩 소스로 볶은 국수, 카레를 넣은 쇠고기 스튜, 마사만* 치킨, 구워서 향신료를 뿌린 여러 가지 채소가 차려져 있다. 나는 모든 음식을 한 그릇씩 더 먹고 싶지만 미뢰가 마비될까 싶어 자제한다.

나는 매주 금요일마다 여기서 저녁을 먹는다. 앨런이 금요일 저녁은 온 가족이 함께 먹어야 한다고 선포했지만 나는 그 자리에 끼고 싶지 않았을 때부터 시작된 일이다. 이제 금요일은 엄마와 앨런은 집에서 저녁을 먹고 나는 여기서 저녁을 먹는 날이 되었다.

내 입장에서는 윈윈이다.

레브에게는 세미터리 걸에게 받은 이메일에 대해 아직 얘기하지 않았다.

하도 여러 번 읽어서 고스란히 외울 수 있을 정도다. 답장은 쓰지 않았다. 아직은.

나도 정상적인 생활을 할 수 있다고 가르쳐준 사람이 너잖아. 오늘 아침에도 그랬듯이 그녀의 메일이 내 마음속을 은은하게 밝힌다.

내가 교도소로 옮겨지기 전까지 자리만 차지하고 있는 게 아니라 쓸모 있는 인간이 된 기분을 느낀 게 얼마 만인지 모르겠다.

레브의 부모님은 어린애를 계속 위탁 양육하고 있다. 그 꼬맹이가 아기 의자에 앉아서 잘게 자른 닭고기와 국수를 집어 먹고 있다. 아

* 태국식 카레.

이의 이름은 베이비돌이다. 그게 본명이다. 나는 거기에 대해 왈가왈부할 정도로 멍청하지 않다. 크리스틴은 이름은 아이들 스스로 선택할 수 없는 문제라고 하며, 자신이 키우는 아이에 대해서 누구든함부로 말하지 못하게 한다. 문제의 그 아이가 우리 얘기를 알아들을 만한 나이가 아니더라도 말이다.

"오늘 저녁에는 조용하네, 디클랜." 크리스틴이 말한다.

"생각할 게 있어서요."

홈 커밍 파티에 갈까 말까 고민하느라 머리에서 쥐가 날 것 같다. 나는 학기가 시작한 이래 댄스파티에 한 번도 참석한 적이 없었고 오늘 아침 10시 23분까지만 해도 그 입장을 고수할 작정이었다.

"뭐 재밌는 생각해?"

나는 어깨를 으쓱하고 좀 더 안전한 주제에서 벗어나지 않도록 머릿속을 단속한다. "아기한테 태국 음식 먹여도 돼요?"

베이비돌은 잘게 자른 음식을 입에 한 움큼 욱여넣고 즐겁게 다리를 흔든다. 입 안에 음식을 넣은 채로 말을 하다 보니 반을 흘린다. "아-다-다-다-다-다." 머리칼에 국수가 매달리자 크리스틴이 손을 뻗어 치워 준다.

제프는 코코넛 라이스를 자기 접시에 덜고 그 위에 쇠고기 스튜를 세 번째로 얹는다. "태국에서는 아기들한테 뭘 먹일까?"

나는 젓가락을 그가 있는 쪽으로 겨눈다. "일리가 있네요."

레브는 미소를 짓는다. "방콕에서는 어떤 애가 자기 엄마가 햄버거 자르는 거 보고 '아기한테 미국 음식 먹여도 돼요?' 할지 모르겠다."

"흠." 제프가 말한다. "문화적인 관점에서는—"

"웃자고 한 얘기예요." 레브는 나를 보며 눈을 부라린다. 제프는 대학교수지만 누가 보면 백과사전을 손에 들고 태어난 줄 알 거다. 한번은 크리스틴이 초봄에 개똥지빠귀를 봤다고 했다가 우리 모두 철새들의 이동 경로를 주제로 제프에게 삼십 분 동안 강의를 들은 적도 있다.

"트위드 재킷은 학교에 벗어 놓고 와." 크리스틴이 놀린다. "지금은 식사 시간이잖아."

"먹으면서 공부도 같이 하면 안 되는 거야?"

"어머님은 좀 어떠시니?" 크리스틴은 제프의 말을 못 들은 체하고 아기에게 닭고기를 좀 더 찢어 주며 내게 묻는다.

나는 크리스틴을 보며 눈을 깜빡인다. "잘 지내세요. 아마도."

"지난 주말에 어머님을 가게에서 우연히 만났는데 요즘 기운이 없다고 하시더라. 무슨 병에 걸린 거 아닌가 싶다고."

"아니에요." 나는 젓가락으로 밥을 떠서 입 안에 넣는다. "어제 앨런이랑 덱을 깨끗하게 청소하면서 즐거운 시간을 보내셨어요."

"아, 다행이다." 크리스틴이 말한다.

"우리도 덱 청소해야 하는데." 제프가 혼잣말처럼 중얼거린다. "아무래도—"

"오늘 저녁에 댄스파티 갈래?" 나는 레브에게 묻는다.

크리스틴과 제프가 모든 동작을 멈추고 나를 빤히 쳐다본다.

레브는 젓가락으로 닭고기를 한 조각 집는다. "내가 좋아하는 그 빨간색 스팽글 달린 옷을 네가 입고 가 준다면."

"시끄러워. 나 지금 장난치는 거 아니야."

레브는 나를 모로 쳐다본다. "홈 커밍 댄스파티에 가고 싶다고?"

"레브랑?" 제프가 묻는다. 그가 집은 음식이 접시와 그의 입 사이에 머무르고 있다. 그의 머릿속에서 톱니바퀴가 돌아가는 게 보이는 듯하다. 이건 거의 코미디다. 제프는 동성애를 전혀 혐오하지 않는다. 그게 아니라 자기가 못 보고 놓친 징조가 있는지 파악하려는 중일 것이다.

"레브랑은 아니고요." 나는 웃음이 나오려는 걸 가리려고 기침을 하고 젓가락으로 음식을 헤집는다. "제가 아는 여자아이가 갈 거냐고 묻길래요."

레브가 한쪽 눈썹을 추켜세운다. "누가?"

나는 머뭇거리다 주머니에서 휴대 전화를 꺼낸다. 잠금장치를 해제하고 그에게 건넨다.

레브는 잠깐 들여다보더니 전화기를 내게 돌려준다. "좋아."

망설임이 없다. 내가 녀석을 사랑하는 이유 가운데 하나가 그거다.

"이게 무슨 일이야?" 크리스틴이 묻는다. 그녀가 밥을 한 숟가락 떠서 아기용 의자 쟁반에 담아주자 베이비돌이 당장 한 주먹 집어서 입 안에 넣는다.

"너 댄스파티 가도 되니?" 제프가 묻는다.

아무 편견 없는 말투긴 하지만 내 앞에 놓인 길이 얼마나 험난한지 다시금 실감이 난다. "네." 나는 다시 접시 위로 시선을 돌리고 젓가락으로 닭고기 조각을 찌른다. "학교 활동이면요."

"이 여자아이는 누군데?" 크리스틴이 묻는다.

나는 머뭇거리다 내 얼굴이 벌게지고 있다는 사실을 깨닫고는 경악한다. "그냥 요즘 대화를 나누는 아이예요." 나는 베이비돌을 따라서 입 안에 음식을 좀 더 욱여넣는다. "특별한 사이는 아니에요."

"맞아요." 레브가 눈을 부라리며 말한다. "고등학교에 입학한 이래 처음으로 저를 데리고 댄스파티에 가려고 할 정도니 절대 특별한 사이 아니죠."

놀리는 말투에 숨은 불안의 기미를 내가 못 알아채고 있나 싶어 레브의 표정을 살피다가 진지한 목소리로 말한다. "레브, 싫으면 안 가도 돼."

레브는 생각에 잠긴 표정으로 음식을 씹어서 삼킨다. "가고 싶어." 레브가 내 전화기를 흘끗 쳐다보며 미소를 짓는다. "나도 뜻밖의 일을 저지르고 싶은 걸지도 모르지."

20장

보낸 사람: 더 다크 <TheDark@freemail.com>

받는 사람: 세미터리 걸 <cemeterygirl@freemail.com>

날짜: 10월 4일 금요일 6:36:47 PM

제목: 홈커밍

걱정 마, 세미터리 걸. 나도 갈게.

파란색과 은색으로 이루어진 파티 장식이 학교 체육관에 만개한다. 풍선 부케가 여기저기 매달려 있고 주름 종이로 만든 장미꽃과 색 테이프가 온 사방을 엑스자로 교차한다. 미러볼이 여기 매달려 있던 기억이 없는데, 어디 보관해 두었다가 댄스파티 때만 꺼내는 걸까? 너무 싸구려 같지만, 조그만 거울들이 어둑어둑한 체육관을 점점이 비추는 것이 은근히 마음에 든다.

브랜던이 여기서 쓸 만한 사진을 건지려면 엄청난 시간을 투자해야 하게 생겼다.

우리는 차를 따로 타고 왔다. 브랜던은 미안해서 어쩔 줄 몰라했지만, 댄스파티 준비 위원회가 최종 준비하는 과정을 스냅 숏으로 찍기로 이미 얘기가 되어 있었기 때문에 한 시간 반 먼저 와 있어야했다. 브랜던은 나더러 그때부터 같이 있겠느냐고 했지만 그건 조금 도가 지나쳤다.

게다가 나는 드레스도 사야 했다.

아직 브랜던은 보이지 않는다. 나는 그 대신 로언에게 매달리고 있다.

뭐, 겉보기에는 로언 옆에서 걷고 있다. 하지만 정신적으로는 로언의 팔을 붙잡고 있다.

나는 모인 아이들을 죽 훑어본다. 맨 처음 들어왔을 때는 음악 때문에 귀청이 찢어지는 줄 알았는데, 이제는 적응이 됐다. 폭주하는 베이스와 번쩍이는 조명이 한데 어우러져 감각을 자극하자 평소처럼 불안해할 겨를이 없다. 눈부신 조명이 모르는 얼굴들 위로 포물선을 그리고, 나는 어느덧 그 안에서 더 다크를 찾는다. 그중 누구라도 그일 수 있다.

로언이 내 쪽으로 몸을 기울인다. "브랜던 찾아?"

그럴 리가. "응. 봤어?"

"아니. 걔가 널 찾을 수 있게 음식 테이블 옆으로 가서 있자."

음식 테이블. 완벽해.

뒤쪽 벽을 따라 긴 테이블이 여섯 개 설치돼 있다. 파란색과 흰색의 줄무늬 식탁보가 씌워져 있고 전면에 포인트로 색 테이프가 추가되어 있다. 누가 테이블 뒤편의 트랙 조명을 켜 놓은 덕분에 음식이 보이기는 하지만 잘 보이지는 않는다. 한 테이블에는 두 개의 펀치 그릇 앞에서 선생님 한 분이 보초를 서고 있고 쿠키가 담긴 대형 접시 세 개가 듬성듬성 놓여 있다.

다른 테이블에는 생수, 초코바, 봉지에 든 감자칩이 있지만 전부 파는 거라 나는 펀치를 한 잔 집는다. 잔을 입술 쪽에 갖다 대며 모인 아이들을 다시 살피기 위해 몸을 돌린다.

그러다 사레가 드는 바람에 하마터면 디클랜 머피 위로 전부 뿜을 뻔한다.

맥박이 일 초 만에 앉아 있는 상태에서 유산소 운동을 하는 상태로 바뀐다. 나는 어제 디클랜이 사진을 두고 보인 반응 때문에 아직 긴장한 상태라 그의 면전에 대고 쏘아붙이거나 도망치고 싶은 충동을 참는 게 고작이다.

디클랜이 전혀 멀끔하지 않다고 말할 수 있으면 좋겠는데 그럴 수가 없게 생겼다. 비누와 면도칼을 들고 시간을 제법 투자했는지 상큼하고 깨끗한 냄새가 나고, 얼굴이 내가 지금까지 본 중에서 가장 매끈하다. 댄스파티에는 드레스 코드가 있는데, 내 예상과 다르게 그는 이런 진부한 규정을 수용했다. 흰색 셔츠와 카키색 바지에 파란색과 초록색 줄무늬 넥타이를 매고 있다. 소매를 이미 걷어붙였고 맨 위 단추를 풀었고 스타일리시하다고 표현하기에는 머리가 살짝 길지만 그래도 잘 빗었다. 꼭 사진을 찍으려고 엄마가 번듯하게 입혀 놓았지만 아랑곳하지 않는, 비뚤어진 아이 같다.

나는 최선을 다해 두근거리는 심장을 달랜다. "스토커인가 봐?"

"응." 디클랜이 말한다. 목소리가 거칠고 낮고 조용하며 빈정거리는 기미가 역력하다. "음식 테이블까지 너를 스토킹하는 중이야." 그는 지나가려고 움직인다.

"펀치에 술 타려고?" 나는 묻는다.

디클랜은 개가 공격하기 직전에 그러듯 모든 동작을 멈춘다. 으르렁거리지는 않지만 입술이 뒤로 당겨졌고 펄쩍 튀어 오르려고 근육에 힘이 들어갔다.

나는 아무 말도 하면 안 되는 거였다. 특히 그런 말은 하면 안 되는 거였다. 벌써부터 후회가 된다. 디클랜을 보고 하도 당황하는 바람에 그에게 공격을 당해 만신창이가 되기 전에 내 쪽에서 먼저 선공을 날려야 할 것 같은 위기감을 느낀 게 패착이다.

디클랜은 뒤로 물러나 나를 다시 쳐다본다. 눈빛은 얼음장 같지만 목소리는 좀 전과 다름이 없다. "그렇다면 어쩔 건데? 못하게 막을 거야?"

"아니." 로언이 내 옆에서 큰 소리로 말한다. "선생님한테 말씀드릴 거야."

"말씀드려라." 그는 다시 내 옆을 지나 왼쪽 테이블 위에 2달러를 던지고 물 두 병을 들고 간다.

로언이 내 옆으로 다가오고 우리는 성큼성큼 멀어져가는 디클랜을 지켜본다. "쟤 왜 저러는 거니?" 로언은 영문을 몰라 하는 투로 묻는다. "꼭 저렇게 재수 없게 굴어야 해?"

나는 펀치를 다시 한 모금 마신다. 너무 달다. 내 입맛이 너무 쓴 것일 수도 있겠지만. "나도 뭐 그리 다정하지는 않았잖아, 로."

"어제 그렇게 당한 거 잊었어? 쟤가 그래도 된다고 생각해?"

나는 멀어져 가는 디클랜을 계속 지켜본다. 그는 어두컴컴한 구석으로 가서 걸음을 멈추고 누군가에게 물을 건네는데, 나는 잠시 후에야 그 누군가의 정체를 파악한다.

내 눈썹이 위로 솟구친다. "쟤 친구가 후드 스웨터 말고 다른 걸 입고 있네?"

"그러게." 로언이 말한다. "레브 플레처도 평범해 보일 수가 있네." 로언이 말을 하다 말고 잠깐 멈추었다가 감탄하는 듯한 투로 다시 말문을 연다. "평범한 정도가 아니야. 외모가 준수하잖아? 그런데 폭탄 테러범처럼 옷을 입고 다니는 이유가 뭘까?"

"누가 폭탄 테러범처럼 옷을 입고 다니는데?" 로언 뒤에서 누군가가 묻는다.

나는 고개를 돌린다. 브랜던이 카메라를 들고 로언의 뒤에 서 있다. 브랜던은 조끼까지 갖춘 짙은 회색 스리피스 정장에 형광 파란색 컨버스 운동화를 신고 검은색 버튼다운 셔츠에 빨간색 나비넥타이를 맸다. 다른 사람 같았으면 우스꽝스러워 보였겠지만 그는 잘 소화하고 있다. 특이하게 섹시해 보인다.

브랜던이 우리 차림새를 훑어보더니 인정하는 눈빛을 지으며 눈을 반짝인다. "너희 둘 다 멋지다."

나는 얼굴을 붉힌다. 그래서 창피하지만 어쩔 도리가 없다. 내가 입은 옷은 무릎 바로 위에서 끊기고 어깨끈이 없는 검은색의 평범한 시스 드레스*지만, 브랜던의 알록달록한 복장을 감안했을 때 나는

● 체형이 드러나도록 타이트하게 디자인한 드레스.

기본적인 스타일을 선택하길 잘했다는 생각이 든다.

"너도 멋져." 나는 말한다.

"너 혹시 회중시계까지 차고 있니?" 로언이 묻는다.

"그럼, 당연하지." 브랜던은 카메라를 들어서 자기 얼굴에 갖다 댄다. "둘이 좀 더 가깝게 서 봐."

"싫어." 나는 찍히지 않게 빠져나가려고 하지만 로언이 내 팔을 잡아서 앵글 안으로 다시 끌어당긴다.

"이 순간을 기념해야지." 로언이 말한다.

"뭘 기념할 건데?" 나는 묻는다. "음식 테이블?"

"3학년이라는 시간을." 브랜던이 말한다. "고등학교에서 보내는 마지막 홈 커밍이잖아. 그러니까 절친이랑 사진 찍고 싶지 않아?"

"찍고 싶어." 로언이 말한다.

그렇다면 그걸로 충분하다. 로언을 위해서라면 못할 것도 없다. 나는 억지로 미소를 짓는다.

브랜던은 몇 걸음 뒤로 물러난다. "누가 보면 살인범이 너를 죽이려고 달려오는 줄 알겠어, 줄리엣."

브랜던에게 손가락 욕을 날리고 싶지만 그는 가볍게 놀리는 말투다. 이 안에서는 다들 재밌는 시간을 보내고 있다. 나도 그래야 한다.

어쩌면 그런 척할 수 있을지 모른다. 나는 로언의 허리를 한 팔로 감싸 안고 그녀에게 기댄다.

로언이 나와 머리를 맞댄다. "네가 자랑스러워." 로언이 속삭인다. "여기 오고 싶지 않았던 거 알아."

만감이 교차하고 마음의 준비를 할 겨를도 없이 내 눈에 눈물이

고인다.

브랜던이 카메라를 내린다. "괜찮아?"

눈물이 나온다. 나는 화장이 뭉개지지 않게 얼른 냅킨을 집어 눈물이 더 이상 흐르지 않도록 막는다. "괜찮아. 내가 바보 같아서 그래."

"너 바보 아니야." 로언도 덩달아 냅킨을 집어 내가 미처 알아차리지 못한 뭔가를 가볍게 꾹꾹 누른다. "너는 멋지고 용감하고 그리고—"

나는 로언의 손을 치우고 두 팔로 그녀의 목을 감싸며 끌어안는다. "그만해." 내 목소리가 갈라진다. "그만해, 로. 나는 그런 사람 아니라는 거 알아. 친구라며 못되게 굴어서 미안해."

"너 못되게 군 적 없어." 로언이 말한다. "단 한 번도."

카메라 플래시가 터지고 나는 훌쩍이며 몸을 뒤로 뺀다. "잘했어." 나는 브랜던에게 말한다. "이거야말로 내가 영원히 간직하고 싶은 순간이거든. 홈 커밍에서 화장이 줄줄 흘러 내리는 순간 말이지."

브랜던이 버튼을 몇 번 누르더니 카메라를 돌려서 내게 보여 준다. "두 친구가 서로를 응원하는 순간은 어때?"

로언과 나는 화면에 뜬 이미지를 본다. 브랜던은 우리 둘이 눈을 감고 포옹하던 순간을 사진에 담았고 속눈썹에 달린 희미한 눈물은 거의 보이지 않는다. 조그만 미리 보기 화면상에서도 감정이 카메라 밖으로 흘러넘친다. 잘 찍은 사진이다.

"너 정말 재능 있다." 나는 진심을 담아서 말한다. 브랜던은 작년에도 실력이 좋았지만 지금은 지난봄보다 엄청나게 발전했다. "연감에 쓰기 아까울 정도야."

"고마워." 브랜던이 콧방귀를 뀐다. "그리고 네 말이 맞아. 우리 반 남자애들 중에 절반은 너희 둘의 가슴이 맞닿았다는 데에만 집착할걸?"

"너는 어떤데?" 나는 묻는다. "너는 거기 집착하지 않아?"

브랜던은 삐딱한 미소를 짓는다. "아마도."

그는 추파를 던지고 있다. 나도 똑같이 맞받아칠 수 있으면 얼마나 좋을까. 나는 웃고 있지만, 좀 전에 누가 보면 살인범이 나를 죽이러 달려오는 줄 알겠다고 했을 때와 표정이 비슷할 것이다. 속이 더할 나위 없이 텅 빈 느낌이다.

계속 연극을 하다 보면 결국에는 그렇다고 믿게 될까? 나는 계속 연극을 하다 보면 진짜가 뭔지 까맣게 잊어버릴까 봐 두려운 마음도 있다.

"저녁 내내 사진 찍어야 해?" 나는 브랜던에게 묻는다.

"짬짬이 쉴 수 있어."

"같이 춤출래?" 나도 모르게 이 말이 내 입에서 튀어나온다. 대화를 나누거나 사진을 찍는 것 말고 다른 할 일을 찾다가 나온 말이다.

브랜던은 눈을 동그랗게 떴다가 미소를 짓는다. "좋지."

나는 로언의 손을 잡는다. "로언도 같이 데려가야 해."

"아니야, 그건 아니지." 로언은 나지막이 쏘아붙인다. "너 지금 데이트하는 중이야, 줄스—"

하지만 로언은 내 표정을 보더니 순순히 끌려온다. "네가 3인 플레이를 좋아해야 할 텐데." 로언이 브랜던에게 장난스럽게 말한다.

"내가 싫다고 한 적 있어?"

우리는 인파 속으로 들어간다. 댄스파티의 주제가 '시대가 지나도 변함없는 노래'인가 뭔가 하는 아주 설득력 없는 문구라, 바닥을 울리는 요즘 히트곡에서부터 1960년대의 십 대용 대중가요에 이르기까지 다양한 노래가 나온다. 하지만 괜찮은 디제이를 섭외했는지 옛날 노래에도 기본적으로 베이스가 깔려 있고, 모든 곡의 템포를 바꿔서 요즘 바이브를 느낄 수 있다. 지금 나오는 곡은 「잇츠 마이 파티」다.

나는 춤을 잘 추진 않지만 그럭저럭 시늉은 할 수 있다. 빠른 노래라 브랜던에게 몸을 바짝 댈 필요가 없어 다행이다. 올림머리를 했는데 실핀을 덜 꽂았는지 일부분이 흘러내렸다. 상관없다. 이제는 헤어스타일이 화장과 잘 어울릴 것이다.

시끄러운 음악에 카타르시스 효과가 있어서 나는 비트에 몸을 맡기기 시작한다. 브랜던이 몇 번 내 손을 잡지만 내 쪽에서 계속 손을 놓는다. 브랜던은 강요하지 않고, 그래서 고맙다. 그는 로언에게도 똑같이 신경을 쓰고 있는데, 로언은 그 손을 피하지 않는다. 브랜던이 로언을 잡고서, 그녀가 깔깔대며 웃을 때까지 빙글빙글 돌린다. 로언의 드레스는 어깨끈이 없는 하얀색이고 보디스에 은색 구슬이 달려 있다. 치마는 시폰이고 무릎 아래까지 내려오지만 몸의 움직임에 따라 펄럭거린다.

브랜던은 착한 아이다. 나도 아무 감정이나마 느낄 수 있으면 좋겠다.

뭐, 느끼기는 한다. 고마움. 브랜던이 데이트 신청을 해 주었기에 내가 수락할 수 있었다.

그걸 수락하도록 **용기를** 준 사람은 브랜던이 아니었지만.

나는 다시 좌우를 흘끗흘끗 살핀다. 그는 오겠다고 했다. 나는 수백 명에게 둘러싸였지만 외로움의 세계에 갇혀 있다. 그나마 더 다크가 여기 있다는 것을 알기에 사방이 무너지는 것을 막을 수 있다.

그도 춤을 추고 있을까? 그렇지는 않을 것 같지만— 잘은 모르겠다. 어떤 면에서는 그를 아주 잘 아는 것처럼 느껴지지만 사실 나는 그를 전혀 알지 못한다.

노래가 끝나가고 있다. 이번 노래는 정말 신나는 요즘 곡이다. 로언과 브랜던은 바보 같은 동작으로 춤을 추고 있고, 노래가 끝나자 로언이 깔깔대며 브랜던 품 안으로 쓰러지다시피 한다. 브랜던은 함박웃음을 지으며 로언을 잡아 똑바로 일으켜 준다.

그 둘을 보고 있으려니 브랜던이 엉뚱한 상대에게 댄스파티에 같이 가자고 했다는 생각이 든다.

나는 얼굴에 대고 손으로 부채질을 한다. "가서 펀치 좀 마셔야겠다. 너희 둘은 계속 놀고 있어."

브랜던의 얼굴에서 웃음기가 가신다. "괜찮아?"

"응! 그냥 목이 말라서 그래."

로언이 나를 따라온다. "미안. 내가 너무 정신을 못 차렸어. 내가 네 데이트를 완전 망치고 있네."

"아니야!" 나는 두 손을 로언의 팔에 얹는다. "내가 보기에 걔는 너한테 푹 **빠졌어.** 나는 너희 둘의 자기장에서 잠깐 벗어나고 싶어서 나온 거야."

"하지만 걔는 **너한테**—"

"로, 내 말 믿어. 나는 브랜던한테 관심 없어. 작년에 네가 계속 개랑 만나 보라고 말했을 때도—" 나는 말을 하다 말고 딱 멈춘다. "오 마이 갓. 로, 개한테 반했어? 그런 거야?"

로언의 뺨이 발그스레해졌고 돌아가는 불빛에 두 눈이 반짝거린다. "뭐? 아니야. 어. 그런가? 그냥— 같이 노니까 재밌어. 재 정말 웃겨."

나는 로언을 돌려세우고 등을 힘껏 떠민다. "가. 가서 같이 춤춰. 너희 둘, 사실 좀 잘 어울려."

로언이 불안해하는 눈빛으로 어깨 너머를 흘끗거리며 브랜던에게로 간다.

가! 나는 입 모양으로 벙긋거리고 두 손으로 내쫓는 시늉을 한다. 브랜던은 걱정스러워하고 있다가 로언의 말을 듣더니 받아들이는 쪽으로 표정이 바뀐다.

나는 댄스 플로어에서 나와 관람석 그림자 안으로 들어간다. 이쪽 계단 벽면엔 틈이 있고 그 사이로 들어가면 비상구가 나온다. 체육관에는 조명이 닿지 않는 구석이 몇 군데 있는데, 여기가 그중 하나다. 이 안으로 들어오니 동굴에 숨어서 바깥세상을 몰래 내다보는 듯한 기분이 든다.

"놀라지 않았으면 좋겠는데……." 내 뒤에서 누군가의 목소리가 들린다.

나는 헉하고 숨을 들이마시며 획 몸을 돌린다.

누군가가 어둠 속에서 움직인다. 몸집과 반짝거리지 않는 차림새를 보면 남자라는 걸 알 수 있지만 내 쪽에서는 보이는 게 그게 전부다. 그가 부드럽게 웃음을 터뜨린다. "그러니까, 너를 놀랠 생각은 없었다는 말이야." 그는 말을 하다 말고 조명이 얼굴을 비추는 쪽으로 움직인다. 이제 보니 디클랜의 친구 레브다. "이 어두운 데 너 혼자 서 있는 줄 알까 봐 말을 건 거야."

"안 놀랐어." 나는 침을 삼키며 놀란 가슴을 애써 진정시킨다. 학교 안마당에서 레브와 디클랜이 서로 대척점에 있는 천사처럼 보였던 그 순간이 다시금 생각난다. "왜 숨어 있어?"

"숨어 있는 거 아니야." 레브는 인파를 흘끗 쳐다보다가 내 쪽으로 다시 시선을 옮긴다. "너무 시끄럽고 번쩍거려서 잠깐 피해 있고 싶었을 뿐이야."

"나도 그런데."

"그래?"

"응." 외풍이 느껴지면서 내 몸이 와들와들 떨린다.

레브는 미간을 찌푸린다. "추워?"

"조금." 나는 말을 하다 말고 멈춘다. "오늘 저녁은 좀 이상하다."

레브의 한쪽 입꼬리가 올라간다. "어떤 식으로 이상한데?"

레브는 정말이지 조용하고 침착한 분위기를 풍긴다. 좀 전에 로언이 그를 보고 왜 항상 폭탄 테러범 같은 옷을 입고 다니는지 모르겠다고 했던 게 생각난다. 레브는 어두운 데 숨어 있었던 게 아니라지만 어쩌면 날마다 다른 방식으로 숨어 지내는지 모른다. 머리가 너무 길어서 얼굴의 반을 덮지만 그래도 윤기가 흐른다. 디클랜과 다르게 면도를 하지 않아서 턱이 가뭇가뭇하다. 셔츠 단추는 끝까지 채웠고 넥타이를 깔끔하게 매고 있다. 면접을 보러 가려는 록 스타

같다.

레브가 진심으로 궁금해한 건 아니었겠지만 나는 그래도 얘기한다. "절친한테 내 데이트 상대랑 춤을 추라고 했어. 둘이 깜찍한 커플이 될 거라고 구체적으로 설명해 가며."

내 말투에 악의는 전혀 없고 레브는 만면에 미소를 짓는다. "네 데이트 상대는 그걸 어떻게 받아들였는데?"

"별문제 없이 받아들인 것 같아. 둘이 계속 춤을 추고 있는 걸 보면." 나는 말을 하다 말고 멈춘다. "너는 혼자 왔어?"

레브가 머뭇거린다. "나는 데이트 상대 없어." 레브는 자기 뒤편의 어둠 속을 흘끗 쳐다본다. "지금은 호위병 역할을 수행하는 중이야."

"누굴 호위하는데? 어둠?"

이 말을 듣고 레브가 씩 웃는다. "아니. 디크. 지금 밖에서 담배 피우고 있거든."

나는 레브의 뒤편을 다시 흘끗 쳐다본다. 어쩐지 외풍이 느껴지더라니. 비상구를 살짝 열고 뭘로 받쳐놓았다. 희미한 한 줄기 불빛이 문 틈새로 빼꼼 고개를 내밀고 있다.

나는 레브를 다시 돌아본다. "몰래 나간 거야?"

"안마당에서 담배 피워도 좋다고 학교 측에서 허락하겠니?"

나는 이런 식의 노골적인 반항에 경악한다.

그리고 또 한편으로는 질투한다.

나는 레브를 지나쳐 비상구 앞으로 가서 문을 연다. 디클랜이 비상구 불빛 너머에 서 있다가 펄쩍 뛴다. 담배를 발로 비벼서 *끄*다가 나라는 걸 알아차린다.

디클랜의 눈빛이 다시 싸늘해진다. "스토커인가 봐?"

그는 내가 했던 말을 면전에 대고 고스란히 돌려준다. 나는 얼굴을 붉히지 않으려고 애를 쓴다. 하지만 잘되지 않는다. "담배 피우면 일찍 죽는다는 얘기 못 들어 봤어?"

"설마. 그게 진짜라면 담뱃갑에 써 놨겠지." 디클랜은 담배를 다시 한 대 꺼내 입에 문다.

"여기로 어떻게 빠져나왔어? 문이 열리면 경보가 울리지 않아?"

"아니. 리키 앨러버드가 삼 년 전에 여기 선을 잘랐는데 수리하지 않았거든." 디클랜은 담배를 한 모금 빨더니 하늘 위로 깃털 같은 연기를 뱉는다. "학교에 일러바칠까 고민 중인지 몰라도 그러면 범인이 너라는 걸 내가 단박에 알아차리겠지?"

이 말 자체는 위협적이지 않을지언정 그 냉랭한 말투에 내 등골이 다시 오싹해진다. 나는 가슴 위로 팔짱을 낀다. "일러바치지 않을 거야. 나 그런 사람 아니야."

디클랜은 웃음을 터뜨리지만 재밌어서 터뜨리는 웃음이 아니다. "어련하시겠어."

화끈거리는 내 얼굴이 가라앉을 줄 모른다. 내가 문밖으로 나온 이유도 잘 모르겠다. 쿵쾅거리는 체육관을 등지고 흐르는 학교 뒤편의 정적 때문에 우리의 대화가 필요 이상으로 친밀한 분위기를 풍긴다.

"너는 뭐 하려고 여기로 나왔냐?" 디클랜이 묻는다.

"시끄러운 데서 벗어나고 싶어서."

디클랜이 숨을 마시자 담배 끝쪽이 빨갛게 이글거린다. "네 친구는 어디 있는데?"

"춤추고 있어."

"그 카메라 목에 건 찌질이하고?"

나는 발끈한다. "브랜던은 찌질이 아니야."

디클랜이 웃음을 터뜨린다. "그래, 알았어."

"사돈 남 말 하고 있네."

디클랜은 이 사이로 연기를 내뱉고, 강렬한 눈빛으로 나를 그 자리에서 옴짝달싹할 수가 없게 붙잡아 놓는다. 그러곤 갑자기 내 쪽으로 다가와 거친 목소리로 나지막이 말한다. "네가 나에 대해서 뭘 안다고 그래?"

나는 입 안이 바짝 마르지만 디클랜과의 거리가 가까워지자 내 안에서 뭔가가 화르륵 일어나 앞뒤 잴 것 없이 이런 말을 내뱉고 만다. "네가 전과가 있는 루저라는 건 알아."

디클랜의 얼굴에서 장난기가 모두 가신다. 나는 당장 후회한다. 그는 바닥에 담배를 떨어뜨리고 이번에도 발로 비벼서 끈다. 나를 쳐다보지도 않은 채 문 쪽으로 걸음을 옮긴다.

어떻게 한마디도 하지 않고서 내게 그런 엄청난 죄책감을 안길 수 있을까? 무슨 수로 그럴 수 있을까?

나는 삽시간에 문지방을 넘는 그를 보고, 내 면전에 대고 문을 닫아 버릴 작정이라는 것을 알아차린다. 나는 얼른 문을 붙잡고 빙글빙글 돌아가는 불빛과 쿵쾅대는 음악 속으로 다시 떠밀려 들어간다. 이제 단절된 곳은 우리가 서 있는 네모난 어둠뿐이다. 노래가 1980년대 메탈 발라드로 바뀌어서 기타 줄이 튕겨질 때마다 내 신경을 긁는다. 디클랜과 레브가 불빛이 비추는 곳으로 걸어가고 있다.

"잠깐." 나는 외친다.

디클랜은 못 들은 체한다.

"기다려." 나는 숨을 헐떡이며 불안한 목소리로 말한다. "내가—"

"네가 뭐?" 디클랜이 몸을 돌린다. 표정이 험악하다.

그 표정에 내 용기가 모두 날아가 버린다. 사과의 말이 목에 걸려 나오지 않는다.

"다시 댄스 플로어로 돌아가는 게 좋겠네요, 공주님." 디클랜의 말투는 싸늘한 경멸로 가득하다. "남들 보는 앞에서 루저들과 어울리면 되겠어요?"

눈이 화끈거린다. 모든 게 이상해져 가고 있다.

여길 오면 안 되는 거였다.

나는 몸을 돌려 비상구 문을 벌컥 열고 밤 속으로 달려 나간다.

21장

보낸 사람: 더 다크 <TheDark@freemail.com>

받는 사람: 세미터리 걸 <cemeterygirl@freemail.com>

날짜: 10월 4일 금요일 10:06:47 PM

제목: 오늘 빚진 건 나중에 갚아, 세미터리 걸

너는 오늘 밤에 나보다 즐거운 시간을 보내고 있길 바라.

묘지는 정적의 우물이다. 우중충한 하늘 덕분에 무덤 사이 골짜기에 어둠이 고여 있다. 나는 한 시간 전에 어둠을 뚫고 엄마의 묘비까지 찾아왔다. 별 어려움은 없었다. 하도 자주 와서 눈을 감아도 찾아올 수 있을 정도다.

처음에는 추운 걸 참을 수 있을 줄 알았는데, 얼어 죽을 것 같다. 공기가 싸늘한 습기를 머금고 있고 금방이라도 비가 내릴 기세다. 스웨터를 얻을 수만 있다면 누굴 죽일 수도 있겠다.

그 아이러니에 미소가 절로 나온다. 나는 지금 묘지 한복판에 있

고 주변에 사람이라고는 **죽은** 사람들뿐이지 않은가.

그러다 내 얼굴에서 미소가 사라진다. 사실 별로 재밌는 상황이 아니다.

대부분의 사람들은 이렇게 늦은 밤에 묘지에 나와 있으면 기겁할 것이다. 요즘도 블러디 메리˙가 무서워서 화장실에 불이 꺼져 있으면 들어가지 못하는 3학년 여학생들이 있다.

나는 여기서 보낸 시간이 워낙 많기 때문에 그런 생각이 들지 않는다. 땅속에서 아무도 기어 나오지 않을 것이다. 특히 이 시기에는 벌레가 기어 나올 일도 없다. 내일 아침에는 땅이 서리로 덮여 있을지 모른다.

한참 더 여기 앉아 있다가는 **내 몸**이 서리로 뒤덮일 것이다.

그런데 일어서질 못하겠다.

엄마한테 말을 건네지도 못하겠다. 핸드백 안에 들어 있는 게 휴대 전화, 운전 면허증 그리고 열쇠뿐이라 엄마한테 편지를 쓸 수도 없다. 몇 주 동안, 그러니까 더 다크에게 편지를 쓰기 시작한 이후로 엄마한테 편지를 쓰지 않았다는 데 생각이 미치자 죄책감이 파도처럼 밀려든다.

나는 그 죄책감에게 꺼지라고 말한다. 엄마가 살아 있어서 내 손 글씨를 그리워하는 것도 아니지 않은가.

내가 여기서 뭘 하고 있는 건지도 잘 모르겠다. 차를 몰다가 내린 곳이 여기다. 로언이 걱정할까 봐 여기 도착했을 때 문자를 보냈다.

˙ 한밤중에 거울 앞에서 불러내면 나온다는 귀신.

로언이 걱정하면 금세 부모님이 호출되고 경찰이 동원될 수 있었다. 나는 로언에게 몸이 안 좋다고 말하고 집으로 돌아갈 때는 브랜던 차를 타고 가달라고 부탁했다.

로언이 집이냐고 묻자 그렇다고 했다.

아니, 언젠가는 집에 들어갈 것이지 않은가.

나는 묘비에 새겨진 엄마 이름을 손끝으로 더듬는다. 조이 리베카 손. 그 성이 엄마에게는 소중했다는 걸 알지만, 엄마를 떠나보낸 지금은 우리 둘이 성까지 같았으면 얼마나 좋았을까 하는 생각이 든다. 이 무덤을 보고 나를 연상할 사람은 없을 것이다.

엄마가 살아 계셨을 때에도 우리 둘을 연결 지은 사람은 없었다. 나는 엄마의 재능을 몇 조각이나마 물려받을 수 있어 다행이라는 생각을 했다.

문득 고통이 내 숨통을 조이고 나는 숨이 막힌다. 엄마가 너무 보고 싶다. 딱 한 번만이라도 대화를 나눌 수 있다면, 단 일 분만이라도 다시 만날 수 있다면 나는 뭐든 포기할 수 있을 것이다.

나는 방금 전에 읽은 이메일을 떠올린다. 너는 오늘 밤에 나보다 즐거운 시간을 보내고 있길 바라.

흠. 더 다크가 어떤 시간을 보내고 있을지 몰라도 나는 지금 아무도 없는 묘지의 묘비 위로 흐느끼며 쓰러지게 생겼다. 그가 어떤 밤을 보냈는지 나와 견줄 수 있는 기회를 주어야겠다.

나는 눈물을 삼키고 핸드백에서 휴대 전화를 꺼낸다. 그의 주소를 띄우고 자판을 두드리기 시작한다.

빗방울이 화면 위로 내려앉아 글자를 일그러뜨린다. 고스란히 드러난 내 어깨를 때리기도 한다. 나는 다시 몸을 부르르 떨며 드레스에 대고 전화기를 닦은 다음 다시 시도한다.

요란한 천둥소리와 함께 하늘이 갈라진다. 어둠을 뚫고 찬 기운이 쏟아진다.

나는 비명을 지르며, 핸드백이 뭐라도 되는 것처럼 그걸로 머리를 덮고 달린다. 더듬더듬 차 열쇠를 찾다가 풀밭 사이로 떨어뜨린다. 그럼 그렇지. 열쇠를 주웠을 즈음에는 드레스가 흠뻑 젖었다. 머리칼은 목에 들러붙었다.

좀 전에 이러다 얼어 죽겠다 싶었던가. 지금은 몸이 너무 심하게 떨려서 세 번을 시도한 다음에서야 열쇠를 구멍에 꽂을 수 있다.

그런데 시동이 걸리지 않는다.

디클랜 머피가 배터리를 교체하라고 했는데 하지 않은 게 생각난다. 그의 판단이 맞았다니 싫다. **정말 싫다.** 다시금 눈물이 나며 눈시울이 뜨거워진다. 아빠에게 전화해 로언의 집에서 자고 가기로 한 시각에 묘지에서 오도 가도 못 하게 됐다고 하면 아빠는 뇌출혈을 일으킬지 모른다.

댄스파티에 간다는 내 말을 듣고 뛸 듯이 기뻐하셨는데. 그걸 내가 산산이 박살 낸다니.

내 숨소리가 부들부들 떨린다.

진정해, 줄리엣. 나는 속으로 중얼거린다. 머리를 써.

디클랜은 점프 스타트를 시도하기 전에 모든 걸 껐다. 그러면 도움이 될지 모른다. 나는 눈에 띄는 대로 모든 다이얼을 돌려서 끈다. 그런 다음 열쇠를 꽂고 다시 돌려 본다.

차에서 턱-턱-턱 하는 애처로운 소리가 들리다 요란하게 시동이 걸린다. 성공이다!

히터를 껐더니 몸이 다 아플 지경이지만 전조등과 와이퍼를 켜야 하는 상황에서 다른 걸로 배터리를 소모하는 위험 부담을 감수할 수는 없다. 나는 기어를 넣고 큰길로 나선다.

제정신이 박힌 사람들은 비가 와서 외출을 자제하는 중인지 도로에 차가 거의 없다시피 하다. 나는 이 도시를 관통하는 2차로 고속도로로 진입해, 오한으로 이 드레스가 찢어지는 사태가 발생하기 전에 담요를 두를 수 있게 힘차게 액셀러레이터를 밟는다. 양손을 핸들에 얹고 어둠 속을 응시한다.

차 아래에서 쾅 하는 요란한 소리가 난다. 차가 옆으로 휘청거린다.

나는 본능적으로 브레이크를 밟는다. 차가 돌기 시작한다. 쇠가 아스팔트를 긁는 소리가 정적을 가른다. 보이는 것이라고는 어둠뿐이고, 전조등 불빛이 반짝이는 빗방울들을 기둥 모양으로 가르고 있다. 내가 빛의 속도로 움직이고 있는데 시간의 흐름은 느려졌다.

아무 생각도 할 수가 없다. 아무 생각도 할 수가 없다. 아무 생각도 할 수가 없다.

도와주세요, 엄마.

어딘가에서 들리는 운전 강사의 목소리가 내 머릿속을 비집고 들어온다. **미끄러지는 쪽으로 핸들을 틀어.** 나는 핸들을 오른쪽으로 홱 틀고 싶은 것을 온 힘을 다해 참는다. 그 대신 살살 돌린다. 차가 도로에서 벗어나 덜덜거리며 반대편 갓길로 들어간다. 내가 살그머니 브레이크를 밟자 차가 스르르 멈추어 선다.

내가 바지에 오줌을 싸지 않은 게 기적이다. 바지가 아니라 드레스라고 해야 하나? 아무튼. 심장이 이렇게 쿵쾅거린 적은 처음이다. 나는 핸들을 움켜쥔 채 이마를 거기에 갖다 댄다. 고무 탄내가 사방에 자욱하다. 나는 마라톤을 뛴 것처럼 숨을 헐떡인다.

아드레날린은 훌륭한 아군이다. 이제 **전혀** 춥지가 않다.

내가 뭘 쳤나? 사슴이었을까?

그보다 끔찍한 거였을까?

어느 정도 시간이 지난 다음에서야 핸들에서 손가락을 떼어 낼 수 있다. 차에서 어둠 속으로 내려 내가 뭘 쳤는지 확인하기가 겁이 난다.

마침내 나는 용기를 낸다. 시동을 쓰고 데미지를 점검하기 위해 차에서 내린다.

놀랍게도 차 앞면이 멀쩡하다.

다만 왼쪽 타이어가 통째로 사라졌을 뿐이다. 반짝이는 철제 휠이 보도 위에 얹혀 있다.

어떻게 타이어가 통째로 없어질 수가 있지? 그런 일이 벌어지기도 하나?

나는 다시 차 안으로 들어가 휴대 전화를 찾는다. 타이어 가는 법을 안다 한들 ─ 모르기도 하지만 ─ 뇌우가 퍼붓는 와중에 끈 없는 드레스 차림으로 노변에서 갈 수는 없다. 최소한 묘지에서는 나왔으니 아빠에게 댄스파티를 마치고 집으로 가던 길이었다고 할 수는 있다.

아니, 아빠가 전화를 받아야 그렇게 얘기할 수 있을 텐데 벨이 울리고 울리다 음성 사서함으로 넘어간다. 두 번씩이나.

나는 다시 시계를 확인한다. 10시가 넘었고 아빠는 내가 로언의 집에서 자고 오는 줄 안다. 그러니까 벌써 잠자리에 들었을 수 있다.

나는 세 번째로 시도해본다. 응답이 없다.

이번에는 로언에게 전화해본다. 곧장 음성 사서함으로 넘어간다. 문자를 보내지만 그녀는 곧바로 답장을 보내지 않는다. 다시 댄스 플로어로 돌아가 브랜던과 시시덕거리고 있을지 모를 일이다.

이제는 다시 시동을 걸어서 히터를 켜도 될지 모른다. 오도 가도 못 하게 됐다면 와이퍼와 전조등이 필요 없지 않은가.

차에 시동이 다시 걸리지 않는다. 별 방법을 동원해도 소용없다.

이렇게 개떡 같을 수가.

나는 휴대 전화를 돌아본다. 프리메일 앱을 켠다.

그의 메시지가 있다.

네가 지금 끔찍한 시간을 보내고 있다고? 나는 생각한다. 나랑 비교해 볼래?

22장

보낸 사람: 세미터리 걸 <cemeterygirl@freemail.com>

받는 사람: 더 다크 <TheDark@freemail.com>

날짜: 10월 4일 금요일 10:22:03 PM

제목: 받고 더블

내 오늘 밤은 어땠는지 대강 소개해 볼까?

시작부터 내 주변에서 가장 무례하고 가장 신경에 거슬리는 인간과 부딪쳤다가 내가 나쁜 인간이 된 것 같은 기분을 느끼며 그 자리를 피했어.

그러다 이 세상에는 그보다 중요한 일들도 많은데 댄스파티처럼 한심하고 하찮은 일에 시간을 보내는 나를 보고 엄마가 실망할지 모른다는 생각이 들어서 절친의 어깨를 적셔 가며 펑펑 울었어.

그러고 잠시 후에는 내 데이트 상대가 나보다 절친에게 더 관심이 많다는 걸 알게 돼서(걔보다 나무토막이 더 재밌을 것 같아서 상관없긴 하지만 **그래도**) 그 둘을 댄스 플로어에 남겨 두고 나는 혼자 어두컴컴한 구석으로 가서 부루퉁하게 서 있었지.

그리고 지금은? 시동이 걸리지 않는 차를 길가에 세워 놓고 그 안에 앉아 있어.

옷이 다 젖었어.

추워 죽겠어.

차는 타이어 하나가 날아갔어.

아빠는 전화해도 받질 않아.

어떻게 하면 좋을지 모르겠어.

이걸 이겨 보시지, 더 다크.

맙소사. 나는 하마터면 전화기를 떨어뜨릴 뻔한다.

언제 발송된 이메일인지 확인한다. 오 분 전이다.

앱의 메인 화면으로 돌아간다. '세미터리 걸'이라는 이름 옆에 초록색으로 조그만 점이 찍혀 있다.

나는 고민하고 말고 할 겨를도 없이 채팅을 건다.

더 다크: 괜찮아?

세미터리 걸: 괜찮다는 것의 범위를 얼마나 넓게 설정하느냐에 따라 달라.

더 다크: 농담하지 말고. 안전한 데 있어? 도로 밖이야?

세미터리 걸: 제너럴스 고속도로 갓길이야. 비가 많이 오긴 하지만 전조등 켜 놨어.

더 다크: 차 안에 있어? 제발 길가에 서 있는 건 아니라고 해 줘.

세미터리 걸: 차 안에 있어. 문 잠가 놓고.

"누구한테 문자 보내는 중이야?"

나는 레브를 흘끗 올려다본다. 그는 11시 통금 시각까지 얼마 남

184

지 않았다고 삼십 분째 내게 경고하는 중이다. 우리는 십 분도 안 되는 거리에 살고 있으니 늦을까 봐 걱정할 필요가 없다. 하지만 레브는 규칙에 관한 한 희한하다. 규칙을 어기면 불안해한다.

"세미터리 걸." 나는 알려 준다.

"아직 여기 있대? 그래서 우리가 여태 여길 지키고 있는 거야?"

"아니." 나는 그녀의 메시지를 보여 준다.

그는 모든 메시지를 찬찬히 읽는다. "어디다 연락해야 하나?"

"어디로? 나는 얘가 누군지도 모르는데."

"걔한테 물어보면 되잖아."

내 손가락이 버튼 위에서 머문다. 그녀에게 물어보고 싶지가 않다. 나는 익명인 지금 상태가 좋다. 서로 누군지 알아 버리면 그게 사라져 버리지 않겠는가.

레브는 내 망설임을 감지했는지 나를 가만히 지켜본다.

"네가 도와줬으면 좋겠느냐고 물어봐." 레브가 조용히 말한다.

더 다크: 나 아직 학교야. 내가 도와줄까? 지금 갈 수 있는데.

한참 동안 아무 일도 벌어지지 않는다. 답장도 없고 심지어 상대가 답장을 입력 중임을 알리는 불빛이 깜빡이지도 않는다.

누가 지나가다가 도와주려고 차를 세웠을까? 그녀의 아버지에게 연락이 왔을까?

잠시 후 내 휴대 전화가 반짝거린다.

세미터리 걸: 응. 제발 도와줘. 어떻게 하면 좋을지 모르겠어.

*

도로 위로 장대비가 쏟아진다. 레브와 나는 차를 타러 가는 동안 몸이 반쯤 젖었고 빗방울이 마치 고드름처럼 느껴졌다. 나는 시동을 걸자마자 히터를 세게 틀었다. 메릴랜드주의 가장 큰 단점 중 하나가 이런 날씨다. 날이 따뜻하다가도 폭우와 함께 기온이 영하로 떨어질 수 있다.

"앨런한테 연락해야 하지 않을까?" 레브가 묻는다.

그러느니 차라니 내 손목을 긋겠다. "도대체 왜?"

"통금 때문에."

"아, 레브, 그만 좀 해라. 통금 어길 일 없어. 아직 10시 반도 안 됐잖아."

"이게 함정일 가능성도 있을까?"

나는 도로에서 잠깐 눈을 떼고 레브를 흘끗 쳐다본다. 어둠 사이로 보이는 그의 눈은 그늘이 드리워져 있고 진지하다.

"모르겠어." 나는 솔직히 말한다. 나는 한참 동안 모든 각도에서 이리저리 살피며 생각해 본다. 내가 인기 있는 사람은 절대 아니지만 그렇다고 미움을 받는 사람도 아니다. 적어도 내가 생각하기에는 그렇다.

잠시 후에 나는 어깨를 으쓱한다. "그런 짓을 저지를 만한 사람이 있을까 싶은데. 이유도 모르겠고."

"사람들이 어떤 짓을 저지를 때 항상 논리적인 이유가 있는 건 아니야." 레브가 말을 하다 말고 잠깐 멈춘다. "어느 누구보다 네가 더 잘 알겠지만."

나는 거기에 대해 뭐라고 할 말이 없다.

그 말이 맞기 때문이다.

"무섭냐?" 나는 낯선 분위기를 해소하기 위해 레브를 놀린다.

그는 미끼를 물지 않는다. "준비 완료야." 레브가 진지하게 답한다.

우리는 아나폴리스까지 2차로가 길게 이어지는 제너럴스 고속도로로 진입한다. 이 도로변은 인가가 듬성듬성하니 별로 없고 제한속도가 높다. 이메일에 따르면 타이어 하나가 날아갔다고 했다. 펑크가 났다는 걸까 아니면 누가 훔쳐 간 걸까?

커브를 돌자 갓길에 주차된 차량이 멀리서 보인다. 고무 조각이 도로 위에 흩뿌려져 있어 그 위를 지날 때마다 내 차가 살짝 꿀렁거린다. 나는 액셀러레이터에서 발을 떼고 그녀 뒤편에 차를 댈 준비를 한다. 심장이 뛰는 속도가 점점 빨라져서 이제는 스타카토가 되었다. 설렌다. 겁이 난다. 내 차에서 뛰어내려 그 차 안으로 달려들며 이렇게 외치고 싶다. "너. 너는 나를 이해해 주는 사람이야."

그런 다음 그녀와 차 안에 나란히 앉아 같은 공기를 마시고, 나를 이해해 주는 사람과 그저 함께 있고 싶다.

바로 그때 갓길에 주차된 차량의 색상이 내 눈에 들어온다. 밝은 노란색 측면이 내 전조등 불빛을 받고 횃불처럼 반짝인다.

내 심장이 멈춘다. 그대로 얼어붙는다.

나는 계속 갓길 쪽으로 천천히 차를 움직이며 잠깐 망설인다.

그러다 도로 쪽으로 홱 하니 핸들을 틀고 3단으로 기어를 바꿔 고장 난 그녀의 차 옆을 쌩하니 지나간다.

레브가 눈을 동그랗게 뜨고 나를 돌아본다. "너 지금 뭐 해?"

가슴 속에서 점점 커져 가는 얼음 덩어리 때문에 목소리가 제대로 나오지 않는다. "집으로 가려고."

"왜? 왜 그러는데?"

"네 말이 맞았어. 함정이었어."

"뭐? 누가? 그걸 어떻게 알아?"

나는 대답하지 않는다. 도로에, 그리고 절친이 내 옆자리에 앉아 있다는 데 집중해야 하기 때문이다. 그렇지 않으면 낭떠러지로 떨어질지 모른다.

"디크." 레브가 조용히 말을 건넨다. "대답해."

"걔 차야."

레브가 머뭇거린다. "그래······?"

나는 그를 흘끗 돌아본다. "줄리엣 영 말이야. 기억 안 나? 우리가 배터리 점프 해 줬잖아."

"맞아. 하지만 — 어떻게 걔 차라고 확신해?"

"왜냐하면 내가 **봤**으니까."

그는 다시 아무 말도 하지 않고 나를 살핀다. "진심으로 걔가 함정을 팠다고 생각해?"

"응. 아니." 나는 한 손으로 머리칼을 쓸어 올리고 주먹으로 핸들을 때린다. 이렇게 소리를 지르다시피 할 게 아니라 감정을 추슬러야 한다. 곧 앨런과 대면해야 할 테니 더더욱 그렇다. 나는 이를 악물고 그 사이로 내뱉는다. "모르겠어, 레브. 그냥— 모르겠어. 신경 쓰지 마."

네가 전과가 있는 루저라는 건 알아.

내가 느낀 모든 게 착각이었다. 모든 게. 줄리엣 영은 나에 대해 아무것도 모른다. 줄리엣 눈에 비친 나는 남들 눈에 비친 나와 다를 게 없다. 정해진 시간에 자고 정해진 시간에 식사하며 세금으로 놀고먹는 날이 올 때까지 시간을 때우는 아이.

목이 너무 메어서 아무것도 삼킬 수 없을 것 같다. 가슴속이 점점 뜨거워지며 얼음 덩어리가 녹는다. 이건 분노의 느낌이다. 배신의 느낌이다.

내가 줄리엣에게 우리 아빠에 대해 이야기했다니 믿기지가 않는다. 케리에 대해 이야기했다니 믿기지가 않는다.

계속 익명을 유지하길 잘했다.

나는 짜증 난 택시 기사처럼 레브의 집 앞에서 급브레이크를 밟는다. 나는 레브를 보지 않는다. 움직이지도 않는다. 앞 유리창에 계속 시선을 고정한다.

"다시 가도 돼." 레브가 말한다.

"됐어." 내 목소리가 거칠다.

"디크. 걔는 거기서 오도 가도 못 하게 됐어. 아무라도 지나가다가—"

"쌤통이지."

"하지만 어디 연락이라도—"

"레브." 나는 홱 하니 고개를 돌려 그를 노려본다. "안 내릴 거야?"

레브가 나를 마주 쳐다본다. 비난하는 그 눈빛에 숨이 막힌다.

나는 다시 어둠을 향해 시선을 돌린다. 내 손가락은 핸들을 움켜쥐고 있다. "내려, 레브."

레브는 내리지만 그대로 서서 나를 쳐다본다.

"어디 갈 건데?" 레브가 묻는다.

"집." 나는 쏘아붙인다. 팔을 뻗어 조수석 문을 잡고 세게 닫는다. 그런 다음 기어를 넣고 출발한다.

23장

받은 편지함: 세미터리 걸

새로 수신된 메시지 없음.

지금까지 받은 편지함을 아무리 못해도 백 번은 새로 고침 했을 거다. 이백 번쯤 했을지도 모른다.

그가 출발했다고 한 지 이십 분이 지났다. 이십 분이면 내가 학교까지 걸어가고도 남았을 시간이다. 빗줄기가 잦아들어 이제는 차 지붕을 일정하게 **톡-톡-톡-톡** 두드리는 수준이다. 전조등은 몇 분 전에 희미해졌다. 배터리가 항복 선언을 앞두고 있다는 징조일 것이다. 나는 전조등을 끄지만 주차등은 켜둔다. 알딸딸하게 취한 아이가 내가 여기 앉아 있는 걸 보지 못하고 주차된 차를 들이받는 사태만큼은 피하고 싶다. 나는 좀 전에 차 한 대가 갓길로 진입하려다 확하니 방향을 틀어 쏜살같이 내 옆을 지나갔을 때 이미 공황 발작을 일으킬 뻔했다.

드레스가 마르기 시작했고 왠지 모르겠지만 그 때문에 더 한기가 느껴진다. 간헐적으로 몸이 와들와들 떨린다.

나는 다시 아빠에게 전화를 건다. 응답이 없다.

나는 다시 로언에게 전화를 건다. 곧바로 음성 사서함으로 넘어간다. 휴대 전화가 꺼진 모양이다.

나는 화면을 쳐다보며 더 다크에게 메시지를 보내 달라고, 뭐라도 보내 달라고 텔레파시를 보낸다. 조만간 911에 연락해야 할 것이다. 달리 뾰족한 수가 생각나지 않는다.

내 차에 삼십 분 동안 앉아 있으면서 사태 해결에 도움이 될 만한 일은 하나도 하지 않았다. 엄마라면 이런 상황에서 어떻게 했겠는지 열심히 상상해 본다. 엄마라면 내려서 비를 맞으며 아무라도 불러 세웠을 것이다. 마침 그게 오스트레일리아 주재 대사의 차라 대사 부인에게 숄을 건네받고 대사관으로 저녁 초대를 받았을 것이다.

내가 내려서 손을 흔들다가는 어떤 바보의 타이어 아래에 깔릴 것이다.

내 뜻과 상관없이 눈에 눈물이 고인다. 정신을 차리고 보니 내가 두 손에 얼굴을 묻고 흐느껴 울고 있다. 치밀어 오른 감정으로 가슴 속이 뜨거워지지만 바람직한 방향으로 뜨거워진 게 아니다. 그 기세로 어깨가 흔들리는데, 나는 자제하려 애쓰지 않는다. 옆에서 지켜보는 사람도 없는데 굳이 그럴 필요가 뭐가 있을까?

누가 차창을 두드린다.

나는 헉 하고 숨을 마시며 얼른 손을 내린다. 어떤 남자가 비를 맞으며 내 차 옆에 서 있다.

걔가 왔어! 아, 걔가 왔어! 나는 눈물을 닦는다. 심장이 벌렁거리고 깡충거리고 방방 뛴다.

하지만 잠시 후에 내 눈이 입수된 정보를 처리한다. 뒤에서 쏟아지는 전조등이 그의 얼굴 절반을 비추고 내 차를 환하게 밝힌다.

더 다크가 아니다. 디클랜 머피다.

오늘 밤에 이만큼 개떡 같은 걸로는 부족하다는 건가.

"차 고장 났어?" 디클랜이 큰소리로 묻는다.

아니, 멀쩡해. 나는 마주 외치고 싶다. 그러니까 신경 끄고 네 갈 길이나 가.

나는 창문을 내리려고 버튼을 누르지만, 애처롭고 가냘픈 소리가 나는가 싶더니 아무 일도 벌어지지 않는다. 차 문을 열려고 해도 수동으로 잠금장치를 해제해야 한다.

디클랜은 내가 문을 열 수 있게 뒤로 물러났다가 한 손으로 문을 붙잡는다. 차가운 공기가 차 안으로 쏟아져 들어온다.

"타이어 날아갔어?" 디클랜이 묻는다. "찢어진 고무가 길바닥에 나뒹굴던데."

"아는 친구한테 여-여-연락했어." 나는 말한다. 이제는 몸이 부들부들 떨리는 걸 어쩔 수 없는 게 너무 싫어서 두 팔로 배를 감싸 안는다. "걔가 그-금방 오-올 거야."

디클랜의 눈빛은 험상궂은 데다 무슨 생각을 하는지 알 수가 없다. "그러니까 도움이 필요 없다는 뜻이야?"

"응." 나는 이를 악문 채 떨리는 숨을 들이마신다. "괜찮아."

그가 비를 맞으며 선 채로 한참 동안 나를 쳐다보는데, 학교 뒤편에서 그랬던 것처럼 눈빛이 차갑기 그지없다.

"마음대로 해." 마침내 디클랜이 말한다. 그는 차 문을 닫고 몸을 돌린다.

밤새 여기 앉아 있든지 디클랜에게 도움을 청하든지 둘 중 하나를 선택해야 하다니 믿기지가 않는다.

디클랜이 막 자기 차로 다시 들어가려고 한다. 백미러로 그의 모습이 보인다.

망할.

나는 문을 열고 밖으로 나간다. "잠깐!"

그는 동작을 멈추고 빗줄기와 어둠을 뚫고 6미터 멀리에서 나를 쳐다본다. 자기 차 문을 열지 않았고 진작부터 내 쪽을 바라보고 있었다. 내 차로 다시 오려고 했던 걸까? 이 생각이 들자 나는 당혹스러워진다.

우리는 그렇게 서서 서로 빤히 쳐다본다. 빗방울이 내 드레스 속으로 흘러 들어온다.

"배터리가 나갔어?" 한참 만에 디클랜이 묻는다.

나는 고개를 끄덕인다. "응." 나는 머뭇거린다. "교체하질 않았어."

"이럴 수가." 그는 자기 차를 향해 고개를 까딱인다. "추우니까 내 차에 앉아서 몸 좀 데우고 있어."

나는 그의 차까지 반쯤 걸어가다 이게 함정일지 모른다는 생각을 한다. **몸 좀 데우**라는 말이 이중적인 의미가 담긴 최악의 문구처럼 들린다. 본능이 고개를 들자 내 걸음걸이가 느려지지만 밖이 너무 추워서 뉘앙스고 뭐고 알 게 뭔가 싶다.

디클랜의 차는 검은색 — 아니면 회색이다. 잘 모르겠다. 전혀 광택이 나지 않아서 무광 페인트로 칠한 건지 아니면 도색이 다 벗겨진 건지 헷갈린다. 차체를 보아하니 옛날 차다. 길고 납작한 보닛을 지나면 투도어의 차체와 짧은 트렁크가 나온다. 조수석으로 들어가 앉아보니 연식이 오래된 게 맞지만 내부는 상태가 좀 더 낫다. 가죽 시트는 요즘 것이라고 하기에는 너무 넓고 헤드 레스트가 없다. 기어는 수동이다. 라디오는 은색 다이얼과 흰색의 큼지막한 숫자가 달린 구식이다. 창문은 핸들을 돌려서 열어야 한다.

썩은 고무 패딩과 수북이 쌓인 담배꽁초 때문에 퀴퀴한 냄새가 날 줄 알았더니 차에서는 담배를 피우지 않는 모양이다. 오래된 가죽 냄새 아래로 무슨 남성 브랜드의 오드콜로뉴 향기가 희미하게 풍긴다.

디클랜이 운전석으로 올라타 시동을 건다. 핑음과 함께 시동이 걸리자 그는 다이얼을 몇 개 돌린다. 중간 송풍구에서 내 쪽으로 당장 뜨거운 바람이 뿜어져 나온다.

나는 문에 최대한 가깝게 앉아 있었지만 열기가 느껴지자 앞으로 몸을 움직여 구멍에 손을 갖다 댄다.

디클랜이 내 쪽으로 몸을 움직여 내 손을 향해 자기 손을 내민다. 나는 움찔하며 손을 거둬 배 위에 얹고 시트에 다시 몸을 묻는다.

그는 나를 쳐다보더니 다이얼을 돌려 문에서 제일 가까운 쪽 송풍구를 연다. "저쪽은 고장 나서." 그가 말한다.

아.

그래도 나는 그가 자기 쪽 공간으로 다시 넘어간 다음에서야 손을 다시 송풍구 앞에 갖다 댄다. 우리는 엔진 돌아가는 소리를 들으며 아주 한참 동안 아무 말 없이 앉아 있는다. 송풍구에서 요란하게 쉭 쉭거리며 뿜어져 나오는 바람 소리에 엔진 돌아가는 소리가 묻힌다.

"너, 내가 무서워?" 디클랜이 느닷없이 묻는다.

내 입장에서는 그 말투를 해석할 수가 없고 뭐라고 대답하면 좋을 지 모르겠다. 그 질문을 듣고 어처구니없다는 생각이 들지만— 디 클랜은 거드름을 피우는 게 아니라 진심으로 궁금해하는 것처럼 들 린다.

나는 기회를 틈타 그를 흘끗 쳐다본다. 그는 송풍구를 연 뒤로 꼼 짝하지 않았고 지금은 계기반 불빛만이 비추는 운전석에 비스듬히 기대고 앉아 있다.

나는 헛기침을 한다. "내가 그렇다고 하면 그걸로 약점 잡을 거야?"

"아니." 그의 목소리에는 아무 감정이 없다. 어디 한번 대답할 테 면 해 보라는 식이다.

나는 그를 쳐다본다. "그럼 응. 조금."

뒤에서 다가오는 차량의 전조등 불빛이 이 안을 가득 채운다. 나 는 앉은 채로 몸을 돌려 쳐다본다. 그 차는 속도를 늦추지도 않고 제 너럴스 고속도로를 따라 쌩하니 지나쳐 달린다.

나는 한숨을 쉬며 팔을 문지르고 손을 다시 송풍구 앞에 갖다 댄다.

디클랜은 히터 다이얼을 오른쪽으로 좀 더 돌린다. "여기서 기다 린 지 얼마나 됐어?"

"몰라. 좀 됐어."

"왜 그렇게 비를 맞았어? 타이어를 갈아 보려고 했어?"

나는 콧방귀를 뀐다. "나는 타이어 갈 줄 몰라. 그냥 무슨 일인지 알아보려다 비를 맞았어."

"네 차 타이어 상태를 보니 네 개가 다 날아가지 않은 게 천만다행이더라."

"무슨 소리야. 내가 홈 커밍 댄스파티에 가기 전까지 『카 앤드 드라이버』 잡지를 얼마나 열심히 정독했다고."

디클랜은 재밌어 한다. "나는 지금 기본적인 관리에 대해서 짚고 넘어가는 거야. 도로변에서 오도 가도 못 하게 된 사람은 너야. 저 차 오일은 간 적 있는지 겁이 나서 묻지도 못하겠다."

나는 인상을 쓰지만 — 그의 말이 맞는다. 오일을 간 적은 없는 것 같다. 다시 전조등 불빛이 차 안을 가득 채우고 나는 목을 길게 빼고 돌아본다. 또 한 대의 차량이 쌩하니 지나간다.

디클랜은 앞 유리창 너머를 응시한다. "지금 어떤 차를 기다리고 있는 거야?"

나는 머뭇거린다. "우리 학교 친군데. 어떤 차를 타고 다니는지는 몰라."

나는 이제 디클랜에게 핀잔을 듣겠구나 생각하지만 내 예상과 달리 그는 아무 말도 하지 않는다. 턱에 힘을 주고서 앞 유리창 너머를 계속 바라볼 따름이다.

나는 더 다크가 메시지를 보냈길 바라며 휴대 전화 화면을 밀어서 연다.

아무것도 없다. 나는 한숨을 쉰다.

"뭐가 무서운데?"

나는 디클랜을 쳐다보지만 그는 계속 빗속을 응시할 뿐이다. 디클랜의 목소리가 조용해졌고 아까에 비하면 덜 무섭다.

"모르겠어." 내가 말한다.

그는 냉랭하게 비판하는 눈빛으로 나를 흘끗 쳐다본다. "거짓말."

분위기가 너무 묘하다. 그는 학교 뒤편에서 만났을 때처럼 발끈하지는 않지만 나로서는 이런 질문에 어떤 식으로 대처하면 좋을지 알 수가 없다. 나는 송풍구 앞에서 손을 거두고 배 위로 팔짱을 낀다. "네 평판이 아주 좋지는 않잖아. 놀랄 일이 아니긴 하지만."

"아, 그래? 내 평판이 어떤데?"

나는 머뭇거린다. 뭐라고 대답하면 좋을지 모르겠다. 브랜던이 뭐라고 했는지도 알고 소문도 들어서 알지만, 어디까지가 사실인지 알 수가 없다. 엄밀히 따지면 그렇다. "너는 전과가 있지."

"그래서?" 그가 나를 쳐다본다. "그건 너랑 아무 상관 없잖아."

나는 침을 꿀꺽 삼킨다. "브랜던한테 듣기로는 네가 약에 취해서 차를 훔쳐 타고 가다가 그걸 박살 냈다던데." 나는 말을 하다 말고 잠깐 멈춘다. "학교에서는 싸움을 벌이고." 나는 다시 잠깐 멈추고 그의 눈을 쳐다본다. "너는 상당히 공격적이야."

"내가 공격적이라고?"

디클랜은 차를 훔쳤다거나 싸움을 벌인다는 비난에는 눈 한 번 깜빡하지 않더니 공격적이라는 평가에는 반응을 보인다. "나한테 막 뭐라고 하면서 별로 중요하지도 않은 사진 지우라고 했던 거 기억 못 하는 모양이네?"

그의 눈썹이 위로 솟구친다. "너는 나더러 펀치 그릇에 술 탈 거냐고 몰아세웠던 거 기억 못 하는 모양이다?"

나는 뺨이 화끈거려서 고개를 돌린다. "맞아. 미안. 그런 말은 하면 안 되는 거였는데."

"네가 처음으로 그런 것도 아니야." 그의 말투는 달라지지 않았지만 계기판에 달린 레버 하나를 아주 세게 탁 하고 움직인다. "개떡 같은 게 뭔지 알아? 학교에서 약한 애를 괴롭히면 정학을 당하잖아."

"그런데 그게 나쁜 거야?"

"아니. 하지만 평판이 안 좋은 사람한테는 아무 말이나 해도 되고 거기에 대해서 아무도 신경 쓰지 않아. 오히려 그걸 응원하지."

그 말이 맞다. 체육관에서 그랬던 것처럼 죄책감이 내 폐부를 찌른다. "너도 네 상황을 개선하려고 별다른 노력을 기울이지 않잖아. 나한테 사진 지워달라고 부탁할 생각 해봤어? 브랜던을 찌질이라고 부르지 않을 생각은?"

디클랜이 나를 노려본다. "걔는 고민해 가면서 나에 대해 왈가왈부했을 것 같아?"

아니다. 아닐 것이다. 나는 뭐라고 하면 좋을지 모르겠다.

우리는 빗방울이 지붕을 두드리는 소리를 들으며 아무 말 없이 앉아 있는다.

마침내 디클랜이 고개를 돌린다. "다들 그렇게 알고 있어?" 그가 묻는다. "내가 약에 취해서 차를 훔쳤다고?"

"그럼 아니야?"

그는 고개를 끄덕인다. 그는 이제 내 쪽을 보지 않는다. "술에 취했어, 약에 취한 게 아니라."

누가 들으면 그 둘이 엄청난 차이라도 있는 줄 알겠다. "그게 다야?"

"아니." 그는 말을 하다 말고 잠깐 멈춘다. "사실은 차를 훔친 것도 아닌데, 꼴통 같은 새아빠가 경찰에 고발했어."

"그분 차였어?"

"아니. 친아빠 트럭이었어."

"그런데 왜 ―"

"그게 무슨 상관인데?" 디클랜은 격앙된 표정으로 뒤 유리창을 흘끗 내다본다. "이 친구를 얼마나 더 기다려야 해?"

나는 그의 갑작스러운 변화에 당혹스러워진다. "아…… 나도 잘 몰라."

"네 차 열쇠 줘."

"응?"

"네 차 열쇠 달라고. 기다리는 동안 타이어나 갈게."

나는 핸드백 안에서 열쇠를 한 움큼 꺼낸다. "너 ―"

"여기 그냥 있어." 그는 열쇠를 쥐고 말 그대로 낚아챈다. 그런 다음 내 면전에 대고 문을 쾅 닫는다.

나는 그의 차 전조등 불빛을 따라 멍하니 그를 쳐다본다. 그는 내차 트렁크를 열고 잠시 후에 스페어 타이어를 꺼낸다. 그걸 차 옆에 내려놓은 다음 어둑어둑한 공간에서 다른 뭔가를 꺼낸다. 나는 타이어를 교체해 본 적이 없기에 그가 뭘 하는 건지 전혀 알 수가 없다. 그의 움직임이 빠르고 효율적이기는 하다.

여기 이렇게 앉아서 구경만 하고 있으면 안 되겠지만 어쩔 도리가 없다. 그에게는 눈을 뗄 수 없게 만드는 뭔가가 있다. 수십 대의 차량

200

이 지나갔지만 차를 멈춘 사람은 그 하나뿐이었고 내가 오늘 밤 내내 별로 싹싹하지 못하게 굴었음에도 이렇게 도와주고 있다.

디클랜은 비가 내리는 젖은 보도 위에 주저앉아서 차 아래로 뭔가를 밀어 넣는다. 얼굴에 들러붙은 젖은 머리칼을 쓸어 넘긴다.

이렇게 앉아서 그를 구경하고 있을 수만은 없다.

내가 다가가도 그는 나를 쳐다보지 않는다. "차 안에 그냥 있으랬잖아."

"너도 그런 남자들 중 한 명이야? '꼬마 숙녀'는 차에서 기다려야 한다고 생각하는?"

"그 꼬마 숙녀가 타이어는 마모가 심하고 배터리는 스톱워치를 켤 수 있을까 말까 한 상태라는 걸 모르는 여자애라면?" 디클랜이 철제 막대를…… 뭔가에 연결하고…… 돌리기 시작한다. "응. 맞아."

내 자존심에 금이 간다. "그러니까 뭐야?" 나는 짐짓 심각한 척 묻는다. "내 도움이 필요 없다는 거야?"

디클랜이 씁쓸한 미소를 짓는다. "너는 이러쿵저러쿵하느라 정신 사납게 굴지만 않으면 재밌는 구석이 있는데."

"거기 앉아 있는 동안 내가 발로 차지 않으면 다행인 줄 알아."

그는 미소를 거두지만 하고 있는 일에서 시선을 떼지는 않는다. "어디 한번 차 보시지."

나는 유혹을 느낀다. 이런 식의 티격태격이 왠지 모르게 즐겁다. 누군가와 대화를 나누며 안개 속을 걷는 것처럼 느껴지지 않은 게 몇 달 만에 처음이다.

"내가 사진을 지워 주길 바란 이유가 뭐야?" 나는 대신 이렇게 묻는다.

돌리고 있던 뭔가가 차와 부딪치며 날카롭게 텅 하는 소리를 내자 디클랜이 동작을 멈추고 나를 올려다본다. "주차 브레이크 걸려 있어?"

"음……."

"가서 확인해 봐."

나는 가서 확인한다. 걸려 있지 않다. 나는 레버를 당기고 다시 비가 내리는 밖으로 나간다. 그는 그 막대로 바퀴를 차에 고정하는 볼트를 풀고 있다.

"고마워." 디클랜이 말한다. 힘을 쓰느라 쥐어짜는 듯한 목소리가 나온다.

나는 좀 더 기다리지만 그걸로 끝이다. 그는 내 질문에 대답을 하지 않는다.

"지금 일부러 대답하지 않는 거야?"

디클랜이 고개를 끄덕인다.

"바퀴 떼어 내기 전에 잭으로 차를 올려야 하는 거 아니야?"

"먼저 볼트부터 풀어야 해. 안 그러면 헛돌아서 풀 수가 없거든."

"그럼 난감해지는 거지?"

"응. 그럼 난감해지지." 볼트를 푸느라 그의 팔뚝 근육이 불끈거린다. 디클랜은 얼굴에 들러붙은 젖은 머리칼을 다시 한번 쓸어 넘긴다. 막대를 차량 아래에 있는 어떤 금속 부품에 연결하고 계속 돌린다.

"그게 잭이야?" 나는 바보가 된 기분을 느끼며 묻는다.

그가 나를 흘끗 올려다본다. 그 표정을 보고 나는 차 안에서 기다리지 않은 걸 후회한다.

나는 디클랜의 시선이 다시 잭으로 옮겨질 때까지 기다렸다가 묻는다. "배터리는 어떻게 할 거야?"

"다시 점프 스타트 할 수 있나 알아볼 거야. 그런 다음 집까지 너를 따라갈 거야. 너는 내일 당장 배터리를 새 걸로 교체할 거고." 그는 나를 다시 흘끗 올려다본다. "맞지?"

나는 잽싸게 고개를 끄덕인다. "맞아."

디클랜은 모든 면에서 예측을 거부한다. 까칠하게 굴다가 나를 걱정하나 싶은 위험한 착각을 유발하는 말들로 내 허를 찌른다.

나는 그가 예전 바퀴를 떼어 내고 스페어 타이어를 끼우는 동안 말없이 지켜본다. 한참 동안 차가 한 대도 지나가지 않고, 나무 위로 보슬비가 내리는 희미한 속삭임만 들릴 뿐 사방이 아주 고요하다.

"그거 지웠어?" 디클랜이 나지막이 묻는다.

나는 망설인다. 그에게 거짓말은 하고 싶지 않지만 어떤 반응을 보일지 두렵긴 하다. "아니."

디클랜은 하던 일에서 시선을 떼지 않는다. "왜?"

"네가 하도 재수 없게 굴면서 그거 지우라고 해서."

그는 나지막이 웃음을 터뜨리고 나서 정색한다. "나 때문이 아니었어."

"그게 무슨 소리야?"

그는 너트인지 볼트인지 모를 것을 바닥에서 집어 들고는 나를 올려다본다. "그 사진, 나 때문에 지워 달라고 한 거 아니었다고. 레브 때문이었지."

"그럼 걔가 나더러 지워 달라고 해야 하는 거 아니야?"

"레브는 그런 성격이 아니라."

그렇다, 레브는 그런 성격이 아니다. 나는 레브 플레처를 잘 모르지만 그가 남에게 많은 걸 요구하는 성격이 아니라는 건 이미 간파하고 있다. 이제 생각해보니 디클랜 머피도 마찬가지다. 이런 깨달음이 찾아오자 양심에 찔리면서 지금 당장 학교로 돌아가 제라디 선생님의 메모리 카드에서 사진들을 지우고 싶어진다.

"레브가 사진 찍히는 걸 좋아하지 않아?"

"응. 옛날 연감 찾아보면 걔 사진이 한 장도 없어."

나는 눈을 깜빡인다. "진짜?"

"응. 진짜."

"왜?"

디클랜의 손은 동작을 멈추지만 시선은 계속 바퀴에 고정돼 있다. "왜냐하면 예전에 아빠가 걔를 폭행하고 그걸 사진으로 찍어서 남겼거든."

내 짐작과 너무 거리가 멀어서 제대로 들은 게 맞는지 의심스러울 정도다. 내가 상상했던 이유가 그의 친구에게 실제로 벌어졌던 일에 비해 더 양호했는지 끔찍했는지 그것조차 잘 모르겠다. 좀 더 자세한 내막이 궁금하지만 ── 알고 싶지 않은 마음도 있다. 뭐라고 하면 좋을지 모르겠다. "왜?" 나는 속삭인다.

"남을 괴롭히면서 즐거워하는 개자식이었으니까. 만약 레브한테 물으면 걔는 사진으로 찍혀서 다행이라고 할 거야. 덕분에 걔가 당한 모든 일이 기록으로 남았으니까."

머리 위에서 천둥이 치고 나는 빗발이 굵어지려나 보다 생각하지만 그건 아니다. "그걸 다행으로…… 여겼다고?"

디클랜은 고개를 젓는다. "그렇다고 스크랩북을 보관하고 있는 건 아니야. 구조됐을 때 레브는 예전 집으로 돌아갈 가망이 전혀 없었으니까." 그는 볼트를 끼워서 돌리기 시작한다. "레브는 아직도 사진 찍히는 걸 좋아하지 않아."

나는 침을 삼킨다. 목이 멘다. 나를 옥죈 죄책감에서 당분간 헤어나오지 못할 것 같다. "네가 나한테 이 얘기를 했다는 걸 알면 걔가 어떻게 생각할까?"

"괜찮을 거야." 디클랜은 내 눈을 똑바로 쳐다본다. "얘기를 꺼낼 만한 이유가 있었다는 걸 알 테니까."

나는 몸을 부르르 떤다. "소문내고 다니지 않을게."

"안 그럴 거 나도 알아." 전혀 가시가 돋치지 않은 목소리다. 그가 잭을 내리기 시작하고 나는 그를 지켜본다.

안 그럴 거 나도 알아. "내 차를 네 차 앞에 대고 케이블로 연결할게. 내가 시동 걸라고 할 때까지 걸지 마, 알았지?"

"알았어." 나는 날이 내 손바닥을 파고들도록 열쇠를 꼭 쥐고서 머뭇거린다. "고마워."

디클랜의 차 배터리와 연결하자 내 차에 당장 시동이 걸린다. 그는 자기 차에, 나는 내 차에 앉아 있는데, 놀랍게도 대화가 그런 식으로 끝난 데 아쉬운 마음이 든다. 할 말이 아주 많이 남은 것처럼 느껴진다. 디클랜을 전혀 알지도 못하는데 그런 생각이 들다니 말도 안 되는 일이지만.

잠시 후 디클랜이 점퍼 케이블을 떼어 내고 내 차창 쪽으로 다가온다. "운전할 수 있겠어?" 그가 묻는다.

나는 고개를 끄덕인다.

"배터리 교체하라는 거 빈말 아니야." 그가 말한다.

내 입 안이 마른다. "알아."

"그래. 그럼 내가 너희 집까지 뒤에서 따라갈게." 디클랜은 대답을 기다리지 않는다. 그대로 몸을 돌려서 자기 차 쪽으로 걸어간다.

나는 백미러에 비치는 그의 차 전조등 불빛에 감사하며 조심스럽게 차를 몬다. 벌써 11시가 훌쩍 지났다. 지난 삼십 분 동안 무슨 일이 벌어졌는지 기운이 하나도 없다. 나는 사진을 두고 그와 나눈 대화를 되새김질한다. 이제는 레브가 머뭇거렸던 게 이해가 간다. 디클랜이 당장 지우라고 길길이 날뛰었던 것도.

그러자 브랜던이 했던 말이 더욱 도가 지나친 모욕처럼 느껴진다. 디클랜의 말이 맞았다. 심한 말도 중범죄나 다름없는데, 우리는 그와 같은 사람들을 대할 때는 후환에 대한 걱정 없이 마구 짓밟지 않는가. 복도에서 우리가 처음 맞닥뜨린 순간을 다시금 떠올려 본다. 그때도 그에게 부딪혀 커피를 엎지른 사람은 나였는데 그가 교무실로 불려갔다. 심지어 선생님들조차 그에게서는 최악의 경우를 예상한다. 나도 그랬다. 누가 내게 우리 학교 남학생들 중에서 비가 오는 날 땅바닥에 앉아서 여학생이 타고 가던 차 타이어를 교체해 줄 만한 아이가 누가 있겠느냐고 물었다면 그 명단에 디클랜의 이름은 없었을 것이다.

그런데 오늘 밤에 지나가다가 차를 세운 사람이 그 하나였다.

문득 우리의 대화가 전부 그런 식으로 이루어졌던 것에 대해 사과하고 싶어진다. 오해가 전적으로 내 탓은 아니었지만 그도 그렇다는 걸 알 것이다. 디클랜도 나처럼 신중한 성격이다. 이제 나도 경계를 조금 해제해도 될지 모른다. 더군다나 디클랜이 아무런 대가도 요구하지 않고 내게 속내를 살짝 드러내지 않았던가. 정말이지 뜻밖의 일이었다.

나도 뜻밖의 일을 저지르기로 되어 있었다는 게 생각이 난다.

미안해. 우리 집에 도착하면 나는 이렇게 얘기할 것이다. 우리, 처음부터 다시 잘해 보자.

나는 집 앞 진입로로 들어서며 백미러를 흘끗 쳐다본다. 디클랜이 차를 세우고 내가 차에서 내릴 때까지 기다리겠거니 생각한다.

하지만 아니다. 그는 속도를 늦추지도 않고 그대로 밤거리 속으로 쌩하니 사라진다.

24장

보낸 사람: 세미터리 걸 <cemeterygirl@freemail.com>

받는 사람: 더 다크 <TheDark@freemail.com>

날짜: 10월 4일 금요일 11:32:53 PM

제목: 집이야

무사히 집으로 돌아왔다고 알려 주려고.

너도 별일 생긴 게 아니었으면 좋겠다.

집에 도착해 보니 놀랍게도 어두컴컴하다. 앨런이 득달같이 달려나와서 통금과 첼트넘과 아무짝에도 쓸모없는 깡패 운운하며 소리를 지를 줄 알았건만.

그런데 아무도 뛰쳐나오지 않는다. 나는 차 시동을 끄고 잠깐 조용히 앉아서 이메일을 다시 읽는다.

내가 얘기를 했어야 하는데.

이제는 꼬인 실타래를 어떤 식으로 풀어야 할지 도무지 모르겠다.

나는 줄리엣의 차창을 두드렸을 때 그녀가 당장 진상을 파악할 줄 알았다. 그녀가 세미터리 걸이라는 걸 알았을 때 내가 그랬던 것처럼 나를 보고 버럭 화를 낼 줄 알았다.

그녀가 두 손에 얼굴을 묻고 울고 있을 줄은 몰랐다.

지금도 그 광경을 떠올리면 내 안 어딘가가 뭉클해지는데, 편지와 이메일 속의 여자애와 담배를 핀다고 경멸하고 펀치에 술을 탈 작정이냐고 몰아붙였던 그녀가 동일 인물이라는 사실을 받아들이려니 머릿속이 복잡하다.

다시 댄스 플로어로 돌아가는 게 좋겠네요, 공주님. 남들 보는 앞에서 루저들과 어울리면 되겠어요?

내가 했던 말이 떠오르자 몸이 오그라든다. 이 댄스파티에 참석하는 것이 그녀에게는 의미가 있는 일이었는데.

내가 거기다 똥칠을 하고 말았다.

전화기에서 **땡** 하는 소리가 들리자 나는 움찔하며 세미터리 걸이 메시지를 보냈나 보다고 생각한다.

줄리엣. 나는 생각한다. 이제는 그녀가 정체 모를 어떤 여학생이 아니라는 걸 기억해야 한다. 그녀는 **줄리엣**이다.

아무튼 그녀가 아니다. 레브가 보낸 문자다.

레브: 다시 가서 걔 도와줬어?

디클랜: 응.

레브: 그럴 줄 알았다.

나는 휴대 전화를 끄고 주머니에 넣는다. 레브는 내게 전말을 모두 들을 때까지 문자를 계속 보낼 테지만 나부터 먼저 그걸 분석할 시간이 필요하다.

집이 어찌나 고요해 보이는지 앨런이 망치를 들고 안에서 기다리고 있나 싶을 정도다. 불안해서 운전대를 잡은 손을 놓지 못하겠다. 그가 도발하면, 그가 작정하고 덤비면 나도 망설이지 않을 것이다. 하지만 앨런의 무기는 주먹과 분노가 아니다. 법원 출두 명령과 경찰이다.

지난 5월에 유치장에서 며칠 밤을 보냈을 때에도 충분히 공포스러웠다. 그 경험을 반복하고 싶지는 않다. 가뜩이나 이번에는 종점이 없을 수도 있다.

마침내 정면충돌에 대한 불안보다 아무것도 하지 않는 것에 대한 공포, 이러지도 못하고 저러지도 못한 채 집 앞 진입로에서 발견되는 것에 대한 공포가 더 커진다. 나는 차에서 내려 현관문을 향해 걸어간다.

열쇠가 속삭이며 구멍을 찾아 들어가고 현관은 어두컴컴하다. 운명의 여신이 몇 년 만에 처음으로 내게 행운을 허락하는 건가 싶다. 계단 맨 아래에 달린 조그만 전등과 2층 복도의 야간등만 불을 밝히고 있다. 나는 꼬박 일 분 동안 완벽한 정적 속에 서 있다. 집이 숨을 죽이고 있다. 두 사람 다 잠을 자고 있는 모양이다.

내 몸에서 긴장이 풀리자 살짝 현기증이 난다. 나는 어둠 속에서 미소를 짓는다. 짱이다.

하지만 잠시 후 기침 소리가 들린다. 두 번이다. 그리고 잠시 후 누군가가 속을 게워 내는 소리가 또렷하게 들린다. 뭘 근거로 여자라는 느낌을 받았는지 모르겠지만 앨런은 아니다.

나는 소리가 나는 곳을 따라 부엌 뒤편의 뒷문 입구에 딸린 화장실로 간다. 심지어 문이 닫혀 있지도 않은데, 엄마가 거기서 바닥에 무릎을 꿇고 앉아 변기에 대고 저녁에 먹은 걸 게워 내고 있다. 앨런의 티셔츠에 고무줄 바지를 입었고 한 손에 휴지를 움켜쥐고 있다.

"엄마?" 나는 걱정이 섞인 목소리로 묻는다. 어쩔 도리가 없다. 나는 순식간에, 아빠가 그러는 걸 지켜보았던 열 살 때로 돌아간다. 하지만 엄마는 변기에서 스르르 미끄러지지 않는다. 술 냄새가 사방에 진동하지도 않는다. "엄마, 괜찮으세요?"

엄마는 눈을 감은 채 고개를 끄덕이고는 휴지로 입가를 닦는다. 그 자리에 한참 동안 무릎 꿇고 앉아 변기에 기대고서 숨을 몰아쉰다.

엄마는 얼굴이 그 옆으로 보이는 사기 변기처럼 새하얗다. 나는 그 옆으로 가서 서지만 뭘 어찌해야 할지 모르겠다. "가서 앨런 불러 올까요?"

"아니야." 엄마는 거친 목소리로 말한다. "아니야, 괜찮아. 저녁에 먹은 게 소화가 안 됐나 봐."

"휴지 더 갖다 드려요?"

처음에 엄마는 고개를 젓다가 잠시 후에 고개를 끄덕인다. 나는 부엌 싱크대에서 갑 티슈를 들고와서 엄마 옆에 내려놓는다. 그런 다음 잔에 물을 따라서 들고 간다.

엄마는 변기 물을 내리고 일어나 뚜껑 위에 앉는다.

"물 드릴까요?" 나는 잔을 내민다.

엄마는 내가 사약이라도 권한 것처럼 얼굴을 찡그린다.

"입 헹구세요." 나는 권한다.

"그래." 엄마는 입을 헹구고 세면기에 물을 뱉는다. 다시 길게 숨을 쉰 다음 얼굴과 손을 씻는다.

나는 아무짝에도 쓸모없는 인간이 된 듯한 기분을 느끼며 문간에 어정쩡하게 서 있는다. "2층까지 부축해 드릴까요?"

엄마는 고개를 젓는다. "좀 괜찮아질 때까지 소파에 앉아 있는 게 좋겠어."

"알겠어요." 이제 그만 가 보라는 말처럼 들리긴 하지만 엄마를 두고 가야 하는 건지 잘 모르겠다.

엄마는 허리를 펴고 나를 좀 더 제대로 쳐다본다. 눈이 동그래진다. "너 엄청 근사하다, 디클랜. 제대로 옷을 갖춰 입는 댄스파티인 줄 몰랐네." 엄마는 정성스럽게 내 셔츠의 어깨 부분을 반듯하게 펴고 넥타이를 바로잡아 준다.

나는 엄마의 손길 아래에서 얼어붙는다.

엄마가 나를 올려다본다. "오다가 비 맞았니?"

"친구 타이어 가는 걸 도와줬어요." 나는 머뭇거린다. "그래서 조금 늦었어요."

"지금 늦었니? 너 기다리다가 깜빡 잠이 들었다가……." 엄마는 인상을 쓰며 변기를 흘끗 쳐다본다. "우리, 소파로 자리 옮기자. 나 좀 앉아야겠어."

우리는 소파로 가서 앉는다. 엄마가 불을 켜지 말자기에 그림자와 다를 게 없는 어둠 속에 앉는다.

"앨런은 벌써 자러 들어갔어요?" 나는 묻는다.

"응. 그이는 아침에 출근해야 하는 사람이고 너도 알다시피 나는 밤늦게까지 깨어 있어도 멀쩡하잖니."

깨어 있는 사람이 엄마라 좋지만, 엄마가 집 뒤편 화장실에서 속을 게워 내고 있던 건 여전히 마음에 걸린다. "진짜 괜찮은 거 맞아요?"

"아, 그럼." 엄마는 한 손을 내 팔 위에 얹고 꼭 잡는다. "시장에서 찐 새우를 몇 개 먹었거든. 그게 조금이라도 상하면 어떻게 되는지 알잖아."

엄마가 나와 마지막으로 스킨십을 한 게 언제인지 기억도 나지 않는데 오늘은 삼 분 동안 두 번째다. 나는 꿈을 꾸는 듯한 기분이 든다. "크리스틴 말로는 엄마가 지난주에도 속이 안 좋았다던데요."

"아!" 엄마는 놀란 표정을 짓는다. "그땐 여름 감기에 걸려서 그랬지."

"지금 10월인데요?"

엄마는 짜증이 치민 눈빛으로 나를 쳐다본다. "디클랜."

"왜요?" 나는 뿌루퉁하게 되묻는다. "그냥 궁금해서 그래요."

"댄스파티 얘기나 들어보자. 재미있었니?"

"아뇨."

엄마는 한숨을 쉰다.

홈 커밍을 사후 분석하기에는 엄마와 나 사이에 쌓인 역사가 너무 길다. "재미없었어요."

엄마는 내 얼굴에 손을 얹고 머리칼을 이마 뒤로 쓸어넘긴다. 나는 머리를 잘라야겠다고 한소리 듣겠구나 생각하지만, 엄마는 그대로 손을 얹은 채 엄지손가락으로 내 관자놀이를 문지른다. 그런 채로 내 눈을 똑바로 쳐다본다.

나는 꼼짝하지 않는다.

"엄마가 이러니까 좀 무서운데요." 나는 속삭인다.

엄마는 웃지 않는다. "네가 나를 쏙 빼놓고 혼자서 점점 어른이 되어 가는 느낌이야."

나는 아니라고 하지 않는다. 나도 똑같은 느낌이다.

나는 홱 하니 눈을 돌리고 엄마의 손을 내 이마에서 떼어 낸다. "이 젖은 옷 좀 벗어야겠어요."

엄마는 아무 말 없이 나를 놓아준다. 나는 엄마가 붙잡아 주었으면 하는 마음이 눈곱만큼 있지만 계단을 반쯤 올라가고 난 다음에서야 엄마를 흘끗 쳐다본다.

리모컨을 만지작거리고 있겠거니 했던 내 예상과 달리 엄마는 나를 지켜보고 있다.

나는 헛기침을 하고 언성을 낮춘다. 앨런을 깨우는 건 절대 안 될일이다. "담요 가져다 드릴까요?"

엄마는 미소를 짓지만 왠지 모르게 망설이는 분위기를 풍긴다. "그거 아주 좋은 생각이네. 고마워."

내가 손님방에 있던 흰색 플리스 담요를 들고 1층으로 다시 내려가 보니 엄마는 소파에 누워서 케이블 방송을 보고 있다.

"이거 기억나?" 엄마가 묻는다. "예전에 여름 방학 때 우리 둘이서 온갖 인테리어 프로그램을 같이 봤잖아."

기억이 난다. 항상 빨래를 개면서 그랬다. 사상 최악의 고문이었다.

나는 엄마가 내 이마에 손을 얹었던 것을 생각한다. 어쩌면 그게 사상 최악의 고문은 아니었을지 모르겠다.

나는 담요를 펴서 엄마에게 덮어준다. "또 필요한 거 있으세요?"

"아니. 고맙다, 디클랜."

내가 망설이자 엄마는 나를 올려다본다. "나 괜찮아." 엄마는 팔을 뻗어 그 작은 손으로 내 손을 잡고 살짝 흔든다. "내 걱정은 하지 마."

25장

보낸 사람: 더 다크 <TheDark@freemail.com>

받는 사람: 세미터리 걸 <cemeterygirl@freemail.com>

날짜: 10월 5일 토요일 01:06:47 AM

제목: 오늘 밤

오늘 밤에 늦어서 미안해. 친구를 먼저 내려 줬어야 했거든. 통금 시간 다 돼 간다고 난리를 부리길래. 네 차가 있는 곳에 도착해 보니 다른 사람이 있더라고. 분위기 어색해질까 봐 그냥 왔어.

무사히 들어갔다니 다행이다.

그리고 솔직히 말하면 우리가 아직까지 모르는 사이라서 좋아.

아침이 되자 비는 그치고 기온이 훨씬 떨어진다. 나는 서랍장에서 스웨터를 꺼내 입고 청바지 위로 무릎까지 오는 부츠를 신는다. 디클랜 머피와 간밤에 그런 일이 있고 난 뒤라 편안한 옷이 그 어느 때보다 절실하게 필요하다. 어젯밤의 여파가 아직 조금 남아 있다.

아빠는 부엌에서 시리얼을 먹고 있는 나를 보고 문 앞에서 우뚝 걸음을 멈춘다. "너…… 일찍 일어났구나."

나는 항상 아빠보다 먼저 일어나지만 토요일 아침에는 대개 집에 없다. 나는 잡지를 훑어보다 말고 고개를 든다. "그래도 되는 거죠?"

"당연하지." 아빠는 조리대로 가다 말고 또 걸음을 멈춘다. "커피까지 끓였어?"

"한 잔 마시고 싶어서요."

아빠는 찬장에서 머그잔을 꺼내 커피를 따른다. 나는 잡지를 다시 한 페이지 넘긴다.

"댄스파티는 어땠어?" 아빠가 묻는다. "집으로 올 줄 알았으면 자지 말고 기다릴 걸 그랬네."

나는 콘플레이크를 한 숟가락 떠서 입 쪽으로 움직이며 어깨를 으쓱한다. "괜찮았어요. 로언이 브랜던 조하고 재밌게 잘 놀길래 들러리 서기 싫어서 왔어요."

로언은 12시쯤에 전화기를 충전했는지 걱정하는 문자를 연속으로 보냈다. 나는 지나가던 사람이 도와주었다고, 아무 문제 없이 집에 들어왔다고 전했다.

디클랜 머피 얘기는 아직 하지 않았다. 우선 나부터 그 부분에 대해 입장 정리를 해야 한다.

아빠는 내 맞은편 의자에 앉는다. 깨끗하게 샤워와 면도를 했고 폴로 셔츠에 청바지를 입고 있다. 지난 몇 주 동안 이렇게 정신을 바짝 차린 아빠의 모습은 처음이다.

"어디 가세요?" 나는 묻는다.

"홈디포에 가서 커버 사다가 야외에 내놓은 가구에 씌우려고. 그런 다음 낙엽과 한판 승부를 벌일 작정이다." 아빠는 말을 하다 말고 잠깐 멈춘다. "나 좀 도와줄래?"

"낙엽 치우는 거요?"

아빠는 미소를 짓지만 자신 없어 보이는 미소다. "싫다는 뜻으로 해석하마."

나는 고개를 젓고 콘플레이크를 다시 한 숟가락 먹는다. "도울게요. 그런 일을 아빠 혼자 하면 안 되죠."

"그래."

"그래요."

우리는 한참 동안 아무 말도 하지 않는다. 아빠는 조간신문을 펼쳐 경제 섹션을 읽기 시작한다. 내 쪽을 몇 번 흘끗거리다 내게 들키지만 말은 한마디도 하지 않는다. 나는 잡지에 실린 향수 광고 때문에 머리가 지끈거리지만, 잡지를 덮으면 아빠에게 말을 걸어야 할 텐데 할 말이 전혀 없다.

아빠는 커피를 한 잔 더 따르러 자리에서 일어나며 헛기침을 한다. 아주 조심스럽게 묻는다. "오늘 아침에는 묘지 다녀오고 싶지 않았어?"

"못 가요." 나는 시리얼을 한 숟가락 더 먹는다. "차 배터리 갈아야 해서."

아빠는 몸을 돌려서 나를 쳐다본다. "언제부터 말썽이었는데?"

"어…… 모르겠어요. 몇 주 됐어요. 맛이 간 건 어젯밤이고요."

"어젯밤에 맛이 갔다고?" 아빠는 깜짝 놀란 표정을 짓는다. "그런데 연락도 하지 않았어?"

"했어요. 아빠 벌써 주무시러 들어갔더라고요."

"줄스, 미안하다." 아빠는 다시 식탁으로 돌아와서 앉는다. "얘기를 해 주지 그랬니."

아빠는 엄마가 돌아가시기 전부터 나를 애칭으로 부르지 않았다. 나는 순간 당황하고 내 입술은 얼어 버린다. 침을 삼켜야 말을 할 수가 있다. "별일 아니에요. 학교 친구가 점프 스타트 하고 집까지 따라와 줬어요. 그 배터리로 다시 운전하고 싶지 않을 뿐이에요."

"수리점에 전화해서 오늘 해결해 줄 수 있는지 알아볼게. 배터리 문제인 거 확실해?"

"음. 아뇨." 내 얼굴이 벌게지는 게 느껴진다. 이유가 뭔지 모르겠다. "친구가 그러는데 타이어도 마모가 심하대요. 그래서 걔가 하나 갈아 줬어요."

"지금 연락해야겠다. 홈디포는 나중에 가고."

아빠는 수리점에 전화해 오늘 오전으로 예약을 잡는다. 나는 불편해하며 의자에서 꼼지락거린다. 차를 받았을 때 전제 조건이 내가 수리비와 기름값을 충당하는 것이었다. 그때만 해도 나는 여름 동안 아르바이트를 할 작정이었다. 묘지와 학교를 왔다 갔다 하느라 모아 놓은 얼마 안 되는 돈을 탕진할 줄은 몰랐다.

"비용이 얼마가 들지 아세요?" 아빠가 전화를 끊자 나는 묻는다.

아빠는 머뭇거린다. "배터리하고 타이어 네 개 다 교체하는 거? 아주 많이 들지."

나는 심장이 철렁 내려앉는다. "타이어 상태가 정말 그렇게 안 좋은지 물어보는 게 좋겠어요."

"필요하면 교체해야지. 네가 위험한 차를 몰고 다니는 건 싫다."

"알겠어요." 나는 암산을 하며 통장에 얼마가 남았는지 애써 기억을 더듬는다. 몇 푼 되지 않는다. "얼마나 들지 대충이라도 알려 주실수 있어요?"

"최소한 오후에 낙엽 치우는 값은 넘어. 어쩌면 잔디까지 깎아야할 수도 있고."

나는 아빠를 쳐다보며 진심인지 확인한다. "하지만 어젯밤에 입고간 드레스도 아빠가 사 주셨잖아요."

"괜찮아." 아빠는 조용히 말한다. "내가 도와주면 되지." 아빠는 말을 하다 말고 잠깐 멈춘다. "그래도 되지?"

"네." 나는 코를 훌쩍이며 감정이 북받치기 전에 시리얼을 입 안으로 쑤셔 넣는다. "감사합니다."

"천만의 말씀." 아빠는 멍하니 커피를 젓다가 신문을 다시 한 장넘긴다. "이언이 또 전화했더라."

엄마의 편집자다. 나는 그대로 얼어붙는다. "왜요?"

"니콘 F6을 사고 싶어 하는 사람이 있는데 그거 혹시 팔 생각 있느냐고."

F6은 엄마가 쓰던 필름 카메라다. 본체만 수천 달러니 가벼운 제안이 아니다. 엄마는 모든 걸 어디에서든 금세 업로드할 수 있고 필름을 못 쓰게 될까 봐 걱정할 필요가 없었기 때문에 현장에서는 대개 디지털카메라를 썼다. 하지만 필름 카메라의 영구성과 그냥 지우고 다시 찍을 수 없다는 것을 사랑했다.

딱 한 방. 엄마는 내게 이렇게 얘기하곤 했다. 가끔은 그게 전부일 때도 있어.

"안 돼요." 나는 목소리가 잠겨서 다시 한번 말한다. "아직은 안 돼요."

아빠는 고개를 끄덕인다. "그렇게 얘기할게."

"고마워요, 아빠." 나는 즉흥적으로 자리에서 일어나 아빠를 끌어안는다. 마지막으로 이랬던 게 언제인지 기억이 나지 않지만 지금 당장 유대감을 느끼고 싶다.

아빠도 놀랐을지 모르지만 티를 내지 않는다. 우리가 항상 이렇게 포옹하고 그랬던 가족이었던 양 나를 마주 안는다.

"절대 안 된다고 해도 돼." 아빠가 중얼거린다.

나는 몸을 살짝 뒤로 뺀다. "네?"

"아까 '아직은'이라고 했잖아." 아빠는 나를 쳐다본다. "그 문제는 너한테 맡길게. 하지만 '절대' 안 된다고 해도 된다, 줄스. 언제든 절대 안 된다고 해도 돼."

*

로언과 나는 그 애 집 현관 맞은편에 설치된 그네 위에 대자로 누워 있다. 늦은 오후의 햇살이 길거리를 금빛으로 물들였고, 스웨터를 입고 나오길 잘했다는 생각이 들 정도로 센 바람이 분다.

내 그네는 가만히 있고, 끝에 달린 팔걸이에 내 발이 얹혀 있다. 아빠랑 같이 낙엽을 치워서 피곤하지만 새 배터리와 반짝이는 타이어

네 개를 장착해서 기쁘다. 로언은 한쪽 발로 땅바닥을 디디고 몇 초에 한 번씩 그네를 힘껏 민다. 그럴 때마다 그네에서 삐걱거리는 소리가 난다.

로언의 몸에 뚫린 모든 숨구멍에서 만화에 나오는 하트와 꽃이 피어오른다. 놀러 온 나를 붙잡고 계속 브랜던 얘기만 하고 있다.

하지만 나는 기쁘게 생각한다. 로언이 이 정도로 남자아이에게 홀딱 반한 건…… 처음 있는 일이다.

"걔가 어떤 식으로 키스를 했는지 다시 얘기해 봐." 나는 말한다. "아무래도 디테일을 좀 빠뜨린 것 같단 말이지."

로언이 키득대며 작은 쿠션 하나를 내 쪽으로 던진다. "시끄러."

나는 쿠션을 받아서 가슴에 끌어안으며 그 안에 담긴 온기를 느낀다. 나는 엄마가 돌아가신 뒤로 거의 매일 로언을 만나고 있지만 엄마의 죽음이 절친과 나 사이에 보이지 않는 벽을 만든 느낌이었다. 우리는 그걸 무너뜨릴 방법을 찾으려고 무던히 노력하는 중이다. 어젯밤의 일로 그 벽이 무너지지는 않았지만—— 벽돌 몇 개가 빠지기는 했다.

그 벽을 완전히 무너뜨릴 방법을 찾을 수 있으면 좋겠다. 이 틈새는 워낙 작아서 서로 손을 간신히 맞잡을 수 있을 정도밖에 안 되지만 어쩌면 그걸로 충분할지 모른다.

나는 불쑥 말을 꺼낸다. "너한테 할 말이 있어."

내 말투가 의도했던 것보다 더 심각하게 나온 모양이다. 로언이 그네 위에서 허리를 펴고 똑바로 앉는다. "뭔데?"

나는 고개를 돌려서 로언을 쳐다본다. "별건 아니야."

"아니. 별거 아닐 리 없어. 뭔가가 있을 줄 알았다. 얼른 말해."

나는 미간을 찌푸린다. "뭔가가 있을 줄 알았다고? 뭔가가 뭔데?"

"줄스! 아, 진짜! 얼른 말해!"

이제 나는 겸연쩍어진다. 그리고 자신감도 사라진다. "어이없는 얘기야. 한심한 얘기기도 하고."

"브랜던하고 연관 있는 얘기야?"

나는 웃음을 터뜨린다. "이 정도면 **집착**인데?" 나는 말을 하다 말고 잠깐 멈춘다. "아냐. 브랜던 얘기 아니야. 다른 남자애 얘기야."

"계속해 봐."

나는 주머니에서 휴대 전화를 꺼낸다. "걔 이름은 몰라. 이메일만 주고받는 중이라." 좀 더 계획을 잘 세워 놓고 얘기를 꺼냈어야 하는 건데. "어이없게 들릴 거야."

로언의 미간에 주름이 잡힌다. "온라인에서 만난 거야?"

"아니. 그건 아니야." 나는 머뭇거린다. "묘지에서 만났어. 그런 셈이야. 내 편지에 걔가 답장을 썼거든."

주름이 한층 깊어진다. "네 편지?"

나는 뺨이 화끈거려서 눈을 돌린다. "내가 엄마한테 편지를 쓰고 있었거든. 걔가 그중 한 편지에 답장을 썼어. 그걸 보고 내가 열 받아서 걔한테 답장을 썼고. 그런데…… 이후에 묘한 일이 벌어졌어." 나는 어깨를 살짝 으쓱한다. "걔도 떠나보낸 사람이 있더라고. 내가 보기에…… 내가 보기에 우리는 서로를 이해하는 것 같아. 조금. 어젯밤에 대로변에서 오도 가도 못 하게 됐을 때 걔가 와서 도와주겠다고 했는데 다른 사람이 먼저 등장했어."

"걔 이름이 뭐야?"

"나도 몰라." 나는 앱으로 들어가 그가 너무 늦게 가서 미안하다고 사과했던, 가장 최근에 받은 이메일을 찾는다. "이메일 주소상으로는 자칭 더 다크야. 그래서 나도 더 다크로 여기고 있어."

로언은 이메일을 쓱 읽는다. "내가 지금까지 들어본 적 없을 만큼 낭만적인 사건이라고 해야 할지, 미치도록 섬뜩한 사건이라고 해야 할지 판단이 서질 않는다."

나는 로언에게서 전화기를 빼앗는다. "**섬뜩한 사건 아니야!**"

로언이 나를 쳐다본다. "어젯밤에 걔가 오지 않아서 실망스러워 아니면 다행이다 싶어?"

흠, 이렇게 단도직입적인 질문이라니. "둘 다인 것 같아." 나는 말을 하다 말고 고민한다. "하지만 다행으로 여기는 마음이 더 커. 왜냐하면 걔가 누군지 알면…… 예전만큼 솔직해질 수 없을 것 같아서." 나는 전화기 가장자리를 만지작거린다. "걔한테 엄마 얘기를 많이 했거든. 걔도 나한테 자기 가족 얘기를 많이 했고. 여동생이 몇 년 전에 죽었다는데…… 아빠하고 연관이 있나 봐. 자세한 내막은 나도 아직 모르겠지만."

로언은 냉정한 눈빛으로 나를 쳐다본다. "이 남자애 만나게 되거든 공공장소에서 만나, 알았지?"

"나 바보 아니야, 로."

"너 대로변에서 차가 고장 났을 때 누군지 전혀 모르는 사람한테 도와 달라고 했잖아, 줄스."

맞는다. 내가 그랬다.

나는 얼굴을 찡그린다. "맞네. 내가 아무 생각이 없었다."

"그런데 누가 도와줬어? 그건 얘기하지 않았잖아."

내가 전혀 모르는 사람에게 한밤중에 아무도 없는 어두컴컴한 도로로 달려와 달라고 했던 것보다 나은 대답을 줄 수 있을지 잘 모르겠다. "디클랜 머피."

"아니, 장난치지 말고."

"진짜야."

로언이 몸을 던지자 그네가 격하게 흔들린다. "다시는 너를 혼자 두지 말아야겠다."

나는 디클랜을 떠올리며 내가 그를 무서워한다고 했을 때 그가 분하게 여기는 듯한 표정을 지었던 것을 생각한다. 내 뺨이 다시 화끈거린다. "걔…… 괜찮았어."

"네가 도로변의 도랑에 쓰러져 있는 게 아니라 지금 여기서 어젯밤 얘기를 할 수 있어서 다행이다." 로언은 도로 쪽을 돌아보더니 얼굴을 찡그린다. "뭐야. 특이한 개 친구가 저기 가네."

로언의 시선을 따라가 보니 레브 플레처가 분홍색과 하얀색으로 된 유모차를 밀며 맞은편 인도를 걸어가고 있다. 다시 후드로 얼굴을 덮고 있지만 훤한 대낮이라 우뚝한 키와 넓은 어깨는 가릴 방법이 없다. 쿼터백처럼 몸이 좋고 실제로 얼굴을 들여다보면 눈빛이 그다지 딱딱하지 않은데, 계속 숨어 지내려고만 하다니 안타까운 노릇이다.

나는 디클랜이 사진을 두고 했던 말을 떠올린다. "쟤 특이하지 않아." 나는 들릴락 말락 하게 중얼거린다.

"뭐라고?" 로언이 묻는다.

"쟤 특이하지 않다고. 사실 제법 괜찮은 애야." 로언이 바닥까지 떡 벌어졌던 턱을 주섬주섬 끌어올리는 동안 나는 손을 들고 그에게 외친다. "안녕, 레브!"

레브는 놀라서 고개를 들고 안으로 몸을 움츠리려는 기미를 보이다가 자기를 향해 손을 흔드는 나를 발견한다. 온몸에서 긴장이 풀리고 그는 유모차를 밀던 방향을 바꿔 도로를 건너 로언의 집 앞 진입로로 들어온다.

"안녕." 레브가 말한다.

유모차에 타고 있는 아이가 깍깍대며 다리를 흔든다. 한 손에 쿠키를 쥐고 있지만 짧고 통통한 손가락에 부스러기가 들러붙는 지경에 이를 때까지 잇몸으로 갈아 놓았다.

"아이 돌보는 거야?" 나는 묻는다. 왠지 몰라도 뜻밖인 동시에 별로 놀랍지가 않다.

"그런 셈이야. 엄마가 고객이랑 통화를 하는데 베이비돌이 낮잠을 자려고 하지 않아서 한 삼십 분쯤 산책시켜 주려고 데리고 나왔어."

"아이 이름이…… 베이비돌이야?" 로언이 묻는다.

"응." 레브는 대수롭지 않은 일이라는 듯 대답한다.

로언은 눈썹을 추켜올리지만 더 이상 아무 말도 하지 않는다. 나는 레브와 피부가 까만 아이를 번갈아 쳐다본다. "얘가 네…… 동생이야?"

레브가 미소를 짓는다. "그건 아니고. 위탁 양육 중인 아이야."

"그리고 너희 엄마에게 고객이 있다고?" 로언이 묻는다. 레브의 어머니가 불미스러운 일이라도 하는 듯한 말투다. 나는 동네북 취급을 당하는 사람이 정해져 있는 것 같다고 했던 디클랜의 말을 떠올린다.

레브는 로언을 보며 눈을 깜빡인다. "응. 엄마가 회계사거든."

"아." 로언은 그 말을 듣고 놀란 눈치다.

나는 그렇게 예의 없게 구는 로언을 팔꿈치로 찌르고 싶어진다. 일주일 전에는 나도 이런 식이었을까?

"안아 봐도 돼?" 내가 레브에게 묻는다.

"당연하지." 그는 신속하고 능숙하게, 숙련된 솜씨를 발휘해 가며 유모차에서 아이를 안아 올린다. 아이는 처음에는 버둥거리다가 내 셔츠 칼라에 정신이 팔린다. 한쪽 손가락으로 칼라를 만지작거리며 다른 손에 쥔 쿠키를 오물오물 먹는다. 눈이 커다랗고 까맣고 천진난만하다.

"진짜 귀엽다." 나는 말한다.

"너를 좋아하네." 레브가 말한다.

"나를 잘 알지도 못하는데?"

"얘가 사람 보는 눈이 있거든." 레브는 말을 하다 말고 잠깐 멈추었다가 다시 묻는다. "차는 어때?"

디클랜에게 들은 모양이다. "별문제 없어. 아빠가 마당일을 돕는 대가로 타이어랑 배터리를 교체해 주셨어."

레브의 눈썹이 위로 솟구친다. "좋은 분이네."

듣고 보니 그렇다는 생각이 든다. 몇 달 동안 그런 면모가 묻혀 있었을지 몰라도 아빠는 기본적으로 생각이 깊다. 정도 많다. 어쩌다

보니 내가 잊고 있었다.

"너 만나서 잘됐다." 나는 말한다. 옆에서 로언은 아무 말도 하지 않지만 계속 꼼지락거린다.

"그래?"

"응. 하고 싶은 말이 있었거든." 나는 머뭇거리지만 레브는 재촉하지 않는다. 그의 표정은 느긋하기 짝이 없다. 나는 살짝 어깨를 으쓱한다. "그 사진 월요일에 가서 지울게. 가을 축제 때 찍은 사진 말이야."

레브의 표정이 순간 정지 화면처럼 바뀌는데, 나는 거기에 담긴 의미를 온전히 이해하지는 못한다. 아무튼 레브가 불편해지는 건 싫다. "디클랜한테 얘기 전해 줄래?" 나는 얼른 덧붙인다. "걔한테 중요한 문제라는 걸 알거든."

레브는 고개를 끄덕이지만— 이내 머뭇거린다. "그 정도로 신경 쓰지는 않을 거야. 지우지 않아도 돼."

"그래?"

"응…… 괜찮아."

아이가 우리 사이에 흐르는 긴장감을 느꼈는지 칭얼대기 시작한다. 내가 위아래로 살짝 흔들어 주자 아이는 잠잠해진다. "진짜야?"

"응." 레브는 손을 내밀어 나에게서 베이비돌을 받아 간다. "얘 걸음마 연습 계속 시켜야겠다. 까딱하다가는 걸음마를 잊어버리겠어."

나는 레브가 아이를 유모차에 앉히고 버클을 채우는 것을 지켜본다. 아이는 조금도 반항하지 않는다. 아이가 살짝 키득거리는 걸 보면 그가 아이 앞에서 웃긴 표정을 짓고 있는 게 아닐까 싶다.

"너 정말 애들 잘 본다." 나는 말한다.

레브는 미소를 짓지만, 삼십 초 전에 우리 둘이 나눈 대화에서 아직까지 벗어나지 못하는 사람처럼 표정이 살짝 공허하다. "경험이 엄청 많거든."

"그런데 말이야." 로언이 말한다. "너 만날 후드 쓰고 다니는 이유가 뭐야?"

레브가 허리를 편다. "응?"

"그걸로 뭔가를 세상에 선포하려는 거야?"

로언의 말투는 해석이 잘 되지 않는다. 못된 말투는 아니다. 진심으로 궁금해하는 것 같다. 궁금하기는 나 역시 마찬가지다.

"응. 날이 춥다는 선포야." 레브는 유모차를 밀며 진입로를 내려가기 시작한다. 잠시 후에 그가 우리 쪽을 돌아보며 말한다. "차 고쳐서 다행이다. 디클랜한테 들었거든, 상당히 심각한 상태였다고."

"맞아." 나는 머뭇거린다. "걔한테 고마웠다고 전해 줘. 혹시 만나거든 말이야. 지나가다 차를 세운 사람이 걔 하나였거든."

레브의 표정에서 약간의 긴장이 사라진다. 그는 고개를 한 번 끄덕인다. "그럴게."

이후로 그는 더 이상 아무 말도 하지 않는다. 나도 달리 뭐라고 하면 좋을지 알지 못한다. 우리 둘은 남들은 모르는 비극을 경험했고, 더 다크와 레브가 내 머릿속에서 다시금 같은 공간에 놓인다.

"너 불편하게 만들 생각은 없었는데."

"안 그랬어." 하지만 레브는 할 말이 남은 사람처럼 머뭇거린다.

"가자, 줄스." 로언이 말한다. "들어가서 저녁 먹을 시간이야."

"잠깐만." 나는 말한다.

하지만 내가 고개를 돌려 보니 레브는 인도에서 자기 집 쪽으로
점점 멀어져 가고 있다.

26장

보낸 사람: 세미터리 걸 <cemeterygirl@freemail.com>

받는 사람: 더 다크 <TheDark@freemail.com>

날짜: 10월 6일 일요일 11:22:03 AM

제목: 지나가다 차를 세운 아이

댄스파티에서 어떤 애 때문에 기분 잡쳤다고 했던 거 기억해? 걔가 엄청 재수 없게 굴었다고 했던 거?

내 차가 고장 났을 때 도와준 애가 걔야. 네가 본 애가.

걔 이름은 디클랜 머피야. 아는 애야? 대답은 하지 마. 그러면 서로의 정체를 파악하기 직전까지 갈 수도 있으니까. 하지만 걔를 모르더라도 이름은 들어 봤을 거야.

좀 악명이 높은 애라.

걔가 쏟아지는 비를 맞으면서 내 차창을 두드렸을 때 나는 무서웠어. 내 차를 훔치거나 나를 죽이거나 나를 이용해서 약을 거래하거나 상상하고 싶지도 않은 일을 저지르려고 그러는 줄 알았거든.

저 위 마지막 문장은 지워 버릴까 막판까지 고민했어. 그런 상상을 했다니 너무 양심에 찔려서. 이제 와 생각해 보니 아이가 없지 뭐야. 걔가 내 차창을 두드린 다음에 어떤 엄청난 범행을 저질렀는지 알아? 나를 자기 차로 데려가서 히터를 틀어 주고 자기는 비가 내리는 땅바닥에 쭈그리고 앉아서 내 차를 고쳐 줬어. 그러더니 우리 집까지 뒤에서 따라왔어. 내가 무사히 들어가는지 확인하느라.

엄마는 예전에 나한테 이런 얘길 하셨거든. 사진을 찍을 때 목표가 모든 이야기를 한 장의 사진에 담는 거라고. 엄마가 그 목표를 이루었다고 생각한 적이 과연 있을까? 근접하기는 했을 거야. 나도 알다시피 엄마는 당신 작품에 자부심을 느꼈고, 엄마의 사진을 보면 벌어지는 상황이 다층적으로 담겨 있거든. 시리아에서 찍은 사진처럼 모든 게 디테일 속에서 살아 숨 쉬어. 아이들에게서 느껴지는 환희, 남자들에게서 느껴지는 공포. 땀자국과 핏자국, 그네의 움직임. 뭔가 끔찍한 일이 벌어졌지만 그래도 재밌는 놀 거리를 찾을 줄 아는 아이들. 하지만 그게 전부일까? 물론 아니지.

생각하면 할수록 그건 말도 안 되는 목표가 아닐까 싶어. 사진 한 장이 **모든** 이야기를 전달할 수 있을까?

나는 디클랜 옆에 앉아 있었을 때 걔가 한 얘기를 주말 내내 곱씹고 있어. 걔가 약한 사람들은 규정과 지침을 통해 보호를 받지만 자기 같은 사람들은 당해도 싸다는 이유로 가차 없이 공격을 당하기 십상이라고 했거든.

일리가 있다고 생각해? 부잣집 아이가 물려받은 옷을 입는다고 가난한 집 아이를 놀리면 그건 누가 봐도 잔인한 일이잖아. 그런데 가난한 집 아이가 시험에 떨어졌다고 부잣집 아이를 놀리면 각자의 사회적 위치상 덜 잔인한 일이 될까? 어떻게 보면 우리 **모두**가 일차원적인 타깃일까?

그리고 만약 그게 현실이라면 우리 자신을 좀 더 드러낼 방법이 있을까? 아니면 우리 모두는 모든 이야기를 전달하지 않는 한 장의 사진 속에 갇힌 운명일까?

악명이 높다. 그녀의 이메일이 내 자존심에 일격을 가하는 동시에 심금을 울린다.

그때 얘기하지 않은 게 후회가 된다.

아니다, 얘기하지 않길 잘했다. 어쩌면.

둘 중 어느 한쪽만 아는 지금의 이런 상황이 불편하게 느껴진다. 줄리엣을 속이고 있는 것만 같아서 마음이 불편하다. 전에는 우리 둘이 서로 대등한 입장이었다. 지금은 서로 어떤 입장인지 잘 모르겠다.

내가 어떤 입장인지 잘 모르겠다.

나는 비가 내리던 어젯밤, 고장 난 차량의 핸들 뒤에 앉아서 울고 있었던 줄리엣의 모습을 기억한다. 댄스파티에서 만난 줄리엣은 반짝반짝 빛나는 자신의 존재를 더럽힐 거지 같은 인간이라고 나를 비웃는 것 말고는 할 일이 없었던 또 한 명의 예쁘고 싸가지 없는 아이였다. 편지에서는 화려한 겉모습으로 고통을 감추며 그 아래에서 밖을 훔쳐보는 아이다. 그렇다는 데 적응이 잘 되지 않는다. 잘 받아들여지질 않는다.

선제공격을 하지 않고서는 못 배기는 심정이라면 나도 아는 바다. 내가 펀치 그릇 앞에서 줄리엣의 허세를 간파했더라면 얼마나 좋았을까. 그게 겉모습에 불과하다는 걸 알았더라면 얼마나 좋았을까.

레브가 좋아하는 말 중에 부드러운 혀는 뼈도 꺾을 수 있다는 말이 있다. 두말하면 잔소리지만 성경에 나오는 말이다. 그 말뜻이 이해가 되기는 처음이다.

어젯밤에 차 안에서 줄리엣이 뭐라고 했더라? 너는 상당히 공격적이야.

줄리엣 앞에서는 좀 더 인내심을 발휘했더라면 얼마나 좋았을까. 어떻게 표면 바로 아래에서 부글거리는 번민을 못 보고 지나쳤을까?

어떻게 줄리엣은 나의 번민을 못 보고 지나쳤을까?

점심 때쯤 1층으로 내려가 보니 부엌에 앨런 혼자 있다. 태블릿으로 뭔가를 읽으며 샌드위치를 먹고 있다. 그의 뒤편 창문에서 햇살이 쏟아지고, 그가 아닌 다른 사람이었다면 나는 근교에 사는 평범한 아버지처럼 보인다고 했을 것이다.

우리는 둘 다 하던 동작을 멈추고 서로를 바라본다. 우리가 늑대였다면 마주칠 때마다 목덜미 털을 세우고 조심스럽게 빙글빙글 돌았겠지만 인간답게 서로 노려보는 데 그친다.

앨런이 먼저 눈을 돌린다. 원래 대개 그렇다. 하지만 나에게 위압감을 느껴서 그런 건 아니다. 그러면 너무 만만하지 않겠는가. 그게 아니라 시간 아깝다는 듯이 눈을 돌린다.

우리가 예전부터 이랬던 건 아니다. 그랬다면 엄마가 그와 결혼했을 리 없을 것이다. 그는 아버지 역할을 하려고 처음에 몇 번 시도했지만 우리의 주파수가 서로 달랐는지 내가 신호를 놓쳤다. 아니, 무시했다고 보는 편이 맞을 것이다. 그는 학교와 책임감과 — 뭔지 모르겠는 기타 등등을 놓고 남자 대 남자로 대화를 시도하곤 했다. 그러면 나는 헤드폰을 쓰고 그의 말을 차단했다. 조만간 짐을 싸서 떠날 일시적인 남자친구인데, 뭐 하러 시간 아깝게 그 얘기를 듣고 있느냐고 생각했다.

이제는 앨런이 새아빠 단계를 건너뛰고 교도관 역할로 직행한 것처럼 느껴진다.

솔직히 어느 쪽이 더 기분 나쁜지도 모르겠다. 거만하게 구는 그인지, 그걸 방치하는 엄마인지.

나는 찬장 앞으로 다가가 시리얼을 찾는다. 엄마가 요즘 건강한 생활 습관에 꽂혀서 모든 게 유기농이고 식이섬유로 충만하다. 식이섬유가 아니라 단백질인가? 프루트 룹스가 있으면 여한이 없겠지만 나는 대신 딸기맛 파워 오스를 집는다.

우유를 찾느라 냉장고 문을 열다가 앨런이 계속 나를 쳐다보고 있다는 사실을 깨닫는다.

나는 그가 나를 쳐다보고 있는 게 싫다.

세미터리 걸 — 세미터리 걸이 아니라 **줄리엣**이지 — 이 사진 한 장에 갇혀 있는 것에 대해 했던 말이 생각난다. 내가 지금 그런 심정이다. 앨런은 나의 일면, 내 삶의 한순간을 보고 그걸로 나를 재단한다. 모두 마찬가지다. 디클랜 머피, 음주 운전자, 가정 파괴범. 그것이 시간 속에 영원히 박제된 나의 스냅 숏이다.

이런 우울한 생각을 하다 보니 성질이 죽는다. "엄마는 어딨어요?"

"낮잠 잔다."

나는 우유를 따르려다 말고 머뭇거린다. "대낮에요?"

"낮잠이 원래 이 시간에 자는 거지." 말투가 필요 이상으로 날카롭고 신랄하다.

나는 다시 발끈하지만 — 뒤편 화장실에서 속을 게우던 엄마의 모습이 아직 기억에 생생하다. 그는 엄마가 그랬던 걸 알고 있을까? 그가 엄마를 챙겼어야 하는 거 아닌가? 지금 그가 엄마를 걱정해야 하는 거 아닌가? "그렇게 재수 없게 굴 필요 없지 않아요, 앨런?"

"말조심해라." 그는 내게 손가락질한다.

나는 냉장고 안에 우유를 던져 넣고 결전의 준비를 하며 몸을 홱 돌린다.

그는 나를 쳐다보고 있지도 않다. 다시 태블릿을 들여다보고 있을 뿐이다.

나는 식탁을 뒤집어서 모든 걸 온 사방으로 날려 버리고 싶다. 그의 면전에 대고 소리 지르고 싶다. 나를 봐! 당장! 나를 보라고!

휴대 전화 진동이 허벅지를 타고 전해지자 나는 주머니에서 전화기를 홱 꺼낸다. 화면을 쳐다보지도 않고 귀에 갖다 댄다. 어차피 전화하는 사람도 레브밖에 없다.

"여보세요." 나는 말한다.

"안녕, 머프."

심한 억양을 쓰는 사람이고 나는 상대가 누구인지 파악하기까지 잠깐 시간이 걸린다. 멜론헤드다. 나는 별명을 부르는 그의 습관을 고치지 못하고 있지만, 너무 또박또박한 '디-클린'보다는 '머프'가 낫다는 걸 깨달았다. 그가 내게 전화를 한 건 이번이 처음이다. 나는 순간 지금 지역 사회봉사 활동을 해야 하는 시간인가 싶어 공포를 느끼지만 생각해 보니 오늘은 일요일이다. 심장이 털털거리며 원래의 리듬을 되찾는다.

하지만 그가 전화한 이유는 여전히 알 수 없다. "어쩐 일이세요?"

"오늘 오후에 시간이 되는지 궁금해서. 네 도움을 빌리고 싶은 일이 있거든. 내가 아니라 우리 동네 주민이."

나는 너무 당황한 나머지 우리 둘이 화요일과 목요일에 하는 일 말고 다른 가능성에 대해서는 생각하지도 못한다. "오늘 잔디 깎아 달라는 말씀이세요?"

그는 정말 재밌는 농담이라도 들은 사람처럼 폭소를 터뜨린다. "아니. 내 친구가 차를 살펴봐 줄 사람을 찾고 있어서. 너, 엔진에 대해 잘 안다며?"

나는 미간을 찌푸린다. "어떤 경우에는요. 그러니까…… 요즘 차면 수리점에 맡기는 게 나을지 몰라요. 새로 나온 차에는 컴퓨터가 설치돼 있어서—"

"요즘 차 아니야. 올드 카를 복원하려는 중인데. 차종이—" 그는 말을 하다 말고 멈추고 다른 누군가에게 물어보려고 전화기를 손으로 덮지만 "차종이 뭐랬더라?" 하고 묻는 소리가 다 들린다. 뒤에서 개가 짖는다.

다시 정적이 흐른 뒤에 그의 목소리가 들린다. "1972년형 셰빌이래. 카뷰레터 문제인 것 같다고 하고."

나는 애매하게 구시렁거리며 시리얼을 한 숟가락 뜬다.

사람들은 뭐가 됐든 항상 카뷰레터 문제라고 생각한다.

"카뷰레터에 대해서 아는 거 있니?" 프랭크가 묻는다.

"조금요."

"그럼 와서 고칠 수 있겠는지 봐줄 테냐, 어쩔 테냐?"

지난 몇 달 동안 줄리엣의 구식 혼다보다 더 복잡한 건 만져 본 적 없지만 좀 더 도전 정신을 불태우고 싶어서 손이 근질거린다. 나는 부엌을 가로질러 앨런을 흘끗 쳐다본다. 확실하게 하지 않고 그냥 나가면 그가 사법 기관에 연락할 테고 그러면 나는 십오 분 만에 수갑을 차게 될 것이다.

앨런은 계속 그 자리에 앉아서 태블릿을 들여다보며 나를 못 본체하지만 내가 하는 한 마디, 한 마디에 귀를 기울이고 있다. 긴장감이 아직까지 부엌을 맴돌며 그와 나 사이를 덮는 안개 비슷한 걸로바뀌었다.

엄마한테 물어볼 수 있으면 얼마나 좋을까.

낮잠 잔다.

공포가 내 가슴을 후벼판다. 거기에 대해서 너무 열심히 생각하고싶지도 않고, 쉬어야 하는 엄마를 괴롭히고 싶지도 않다. 나는 손으로 스피커를 덮는다. "저기, 앨런. 지역 사회봉사 활동 감독관이 오늘자기를 도와줄 수 있겠느냐고 하는데요."

앨런이 눈을 치뜨고 알 수 없는 표정으로 한참 동안 나를 쳐다본다. 나는 그가 단순히 족쇄를 확인하는 차원에서 안 된다고 할 게 분명하다는 생각이 든다.

이윽고 그가 화면을 옆으로 넘긴다. "다녀와라. 저녁 먹기 전까지들어오고."

나는 하마터면 숟가락을 떨어뜨릴 뻔한다.

*

프랭크 멜렌데스가 그리 멀지 않은 곳에 살긴 하지만, 그의 동네가 우리 동네와 비슷한 걸 보고 나는 놀라워한다. 짧은 진입로가 갖추어져 있고 가끔 인도가 등장하며 마당에는 울타리가 쳐진, 중산층이 거주하는 또 다른 오래된 근교다. 이유는 모르겠지만 그가 저소득층 주택 단지에서 사는 줄 알았던 것이다. 줄리엣의 이메일이 나를 쿡쿡 찌르며 나도 똑같이 삶의 일면으로 사람들을 판단하는 죄를 저지르고 있다고 일깨운다.

집은 쉽게 찾을 수 있다. 한 블록 멀리서도 반짝이는 주황색 셰빌이 눈에 들어온다. 거금을 들여서 도색을 했는지 그냥 주황색이 아니라 맞춤형 주황색이다. 두 남자가 진입로에 서서 엔진 블록을 내려다보고 있다. 거대한 저먼 셰퍼드가 귀를 쫑긋 세우고서 둘 사이 인도 위에 대자로 엎드려 있다. 내가 주차하자 그 개가 꼬리를 흔들며 터벅터벅 다가온다.

나는 손목이 잘려 나가지 않기만을 바라며 손을 내밀고 기다린다.

"걱정 마." 멜론헤드 옆에 서 있는 남자가 큰 소리로 외친다. "스카이는 뉴 페이스 환영단이니까."

그 개는 내 손 아래에 자기 얼굴을 갖다 대는 것으로 이 말을 증명한다. 나는 녀석의 귀 뒤편을 쓰다듬어주고 진입로를 걸어 올라간다.

"왔냐, 머프." 멜론헤드가 말한다. "이쪽은 같은 동네 사는 존 킹."

그는 머리가 희끗희끗해져 가는 중년의 남자다. 라임 그린 색 폴로 셔츠를 입었고 앨런과 같이 골프를 치러 다니는 부류일 듯한 분위기를 풍긴다. 그 이유 하나만으로도 존 킹이라는 사람을 싫어하기에 충분하지만 그는 따뜻하게 미소를 지으며 내게 손을 내민다. 대부분의 사람들과 다른 반응을 보인다. "머프 맞지? 프랭크 말로는 네가 엔진 전문가라던데."

"디클랜 머피예요." 나는 존과 악수한다. 그는 손아귀 힘이 좋지만 위협적일 정도는 아니다. "그리고 '전문가'인지는 잘 모르겠어요. 프랭크는 제가 잔디 깎는 기계 고치는 걸 본 게 전부인데요."

존의 미소가 보일락 말락 하게 흔들리지만 잠시 후 그가 내 차를 흘끗 쳐다본다. "저 차 개조할 때 너도 거들었니?"

"거의 제가 다 했어요."

존이 나지막이 휘파람을 분다. 함박 미소가 다시 돌아온다. "너 운이 좋구나. 저런 차 가지고 싶어서 안달하는 친구가 내 주변에 몇 명 있는데."

내 주변도 마찬가지다. 나는 어깨를 으쓱한다. "아빠가 운 좋게 차체랑 엔진 절반을 폐차장에서 주웠어요. 제가 어렸을 때 아빠가 개조를 시작했고 제가 마무리를 했죠." 나는 분사기로 칠한 차체를 떠올리며 움찔한다. "음, 도색은 예외지만요. 그건 아직이에요."

"맞춤 도색 하려고 돈을 모으는 중이니?"

"그런 셈이에요." 예전에는 모았다. 앨런이 엄마에게 내가 모은 돈을 전부 변호사 선임비로 써야 한다고 얘기하기 전까지는. 나는 이런 식의 추궁이 향하는 방향이 마음에 들지 않기에 존의 셰빌을 턱으로 가리킨다. "이 녀석 끝내주는데요. 뭐가 문제예요?"

존은 뒷덜미를 문지르며 한숨을 쉰다. "새로 산 할리 카뷰레터를 장착했는데 내가 길을 잘 못 들이고 있는 것 같아."

나는 허리를 숙이고 좀 더 자세히 들여다본다. 엔진에 먼지 한 톨 없다. 이 남자는 분명 자기 부인보다 이 차에 더 많은 애정을 쏟고 있을 것이다. "그래요? 어떤 식인데요?"

"공회전을 해 보면 영 이상하고 속도가 빨라지길 기대했는데 오히려 느려졌어. 이 주 동안 어설프게 만져 보다가 프랭크한테 이제 그만 포기하고 수리점에 맡길까 보다고 얘기는 했는데 꼭 치트키를 쓰는 것 같은 느낌이란 말이지." 존이 씩 웃는다.

나는 문제가 뭔지 이미 파악했지만 확인차 소리를 들어 보아야 한다. "시동 켜 봐도 될까요?"

존이 머뭇거린다. 내게 열쇠를 맡기는 것이 좋은 생각인지 고민 중이라는 걸 알겠다. "물론이지. 열쇠 꽂혀 있어."

내부도 외부만큼 으리으리하다. 가죽 시트 냄새가 풍긴다. 시동을 켜자 굉음과 함께 엔진이 살아나고 나는 보닛 아래에서 들리는 소리를 하나씩 분류해 가며 귀를 기울인다. 공회전에 대해서 그가 했던 말이 맞는다. 잠시 후에 연료 타는 냄새가 나자 나는 시동을 끈다.

존은 도발하듯 눈을 반짝이며 기대하는 표정으로 나를 쳐다본다. "어떻게 생각하니?"

"홀리 엔진이 너무 큰 것 같아요."

그는 다시 씩 웃지만 어색해 보인다. "그게 무슨 소리야?"

"저거 750이죠? 제가 생각하기에는 너무 커요. 좀 전에 설명을 들었을 때는 초크 때문인가 했는데, 소리를 들어보니까 650을 쓰는 게 낫겠어요. 제가 **조금** 괜찮아지게 손을 쓸 수는 있을지 모르겠지만—"

"잠깐." 미소가 완전히 사라지고 보이지 않는다. "얼마 전에 장착한 거야. 튜닝만 살짝 하면 된다고."

존은 시시각각으로 점점 더 앨런과 비슷해진다. "제 생각을 물으셨잖아요. 그래서 알려드린 거고요."

"그러니까 카뷰레터를 아예 새로 사라는 거냐?" 그는 내가 모래를
한 줌 먹으라고 얘기한 것 같은 표정을 짓고 있다.

"뭐. 네. 카뷰레터가 엔진을 삼키고 있어요. 말씀드린 것처럼 살짝
손을 볼 수는 있지만—"

"아니. 됐다." 존은 짜증 난 표정이지만 짜증 난 대상이 자기 자신
인지, 나인지는 잘 모르겠다. "내일 정비 기사한테 봐달라고 해야지."

나는 발끈한다. 익숙한 긴장이 스멀스멀 어깨를 지나고 목을 타고
올라와 턱에 똬리를 튼다.

우리의 대화를 지켜보고 있던 프랭크의 얼굴에서도 웃음기가 사
라진다. "다른 사람의 생각을 들어 봐도 되겠지, 머프?"

"그럼요." 나는 어깨를 으쓱하지만 억지로 그러는 것처럼 느껴진다.

어디에선가 양철 깨지는 듯한 어린 여자아이 목소리가 들린다.
"파피? 파피? 나도 구경해도 돼요?"

멜론헤드가 주머니에서 베이비 모니터를 꺼낸다. "나 안에 들어가
봐야겠어, 존." 그는 친구의 어깨를 토닥인다. "그래도 내일 수리점
에 전화해서 뭘 물어보면 되는지는 알게 됐지?"

"응. 그렇지." 존의 턱에도 힘이 들어간 것처럼 보인다. "도와줘서
고맙네, 젊은 친구."

말은 그렇게 하지만 하나도 **고맙지 않은** 표정이다.

내가 뭐라 대꾸할 겨를도 없이 멜론헤드가 따라오라고 손짓한다.
"들어가자, 머프. 레모네이드 한 잔 줄게."

그의 집 안에 들어가다니 기분이 묘하다. 해묵은 벽돌로 된 전면

과 베이지색 옆면은 이 동네의 다른 집과 다를 게 없지만 안으로 들어가 보니 벽이 거의 없이 탁 트여 있고 아주 깨끗하고 깔끔하다.

"가서 마리솔 데려올게." 그는 거실에 나를 남겨 두고 간다.

벽난로에 선반은 없지만 그 대신 여러 색조의 회색 돌이 주변에 놓여 있다. 그 위로 은색 액자에 담긴 사진들이 콜라주처럼 걸려 있다. 대부분 마리솔의 어린 시절 사진이지만, 미모의 여자가 젊은 시절 멜론헤드의 목을 두 팔로 감싸 안은 사진도 한 장 있다.

사진 속의 표정으로 보건대 둘이 서로를 바라볼 때는 시간도 멈춘다는 걸 알 수 있겠다.

"디클랜!" 여자아이가 좋아서 비명을 지르더니 거의 사전 경고도 없이 내 다리를 향해 달려든다. "나랑 놀아 주려고 왔구나!"

내가 교실로 들어설 때 내 또래 여학생들도 이런 반응을 보이면 얼마나 좋을까. "그럼." 나는 말한다. "우리 레모네이드 게임하자."

마리솔은 콧잔등을 찡그린다. "레모네이드 게임?"

"응. 내가 한 모금 마시고 네가 한 모금 마시면 네가 이기는 게임이야."

마리솔은 키득키득 웃는다. "그 게임 좋다."

멜론헤드는 우리를 지켜보고 있다. "너 얘한테 엄청 잘해 주네?"

"쓸데없는 업그레이드에 500달러를 날렸다는 말로 얘를 열 받게 만들 수 없기 때문인가 봐요."

"나를 열 받게 만든다고?" 마리솔은 앵무새처럼 따라한다. "'열 받게 만든다'는 게 무슨 뜻이야?"

마리솔 아버지의 표정이 어두워지고 나는 움찔하며 당혹스러워한다. "죄송해요."

"괜찮아. 와서 앉아라."

마리솔은 크레용을 잡고 우리는 물방울이 맺힌 유리잔을 사이에 두고 식탁 앞에 앉았을 때 멜론헤드가 침착한 눈빛으로 나를 쳐다본다. "정말로 카뷰레터를 바꿔야 한다고 생각하니?"

나는 어깨를 으쓱하고 레모네이드를 한 모금 마신다. "제가 보기에는요."

멜론헤드는 고개를 끄덕인다. "그 친구도 네가 오기 전에 자기가 선택을 잘못했을지 모르겠다고 했거든. 아마 너한테 잘못하지 않았다는 말을 듣고 싶었나 봐."

내 눈썹이 위로 솟구친다. "그럼 그분도 알고 있었던 거네요?"

"인정하고 싶지 않았나 봐. 그 친구는 그 차를 매주 주말마다 만지작거리는데 그냥 아마추어 애호가 수준이야." 멜론헤드가 말을 하다 말고 잠깐 멈춘다. "정말로 들어 보니까 뭐가 문젠지 알겠든?"

나는 유리잔을 따라 물방울들을 선으로 연결한다. "익숙해지면 뭐 그리 대단한 일도 아니에요. 제가 요즘 손을 놓고 있긴 했지만 그분 차는 아주 분명했어요."

"너희 아버님이 정비 기사였다고 했지?"

나는 고개를 끄덕인다. "실력이 좋으셨어요. 커스텀 숍을 운영하면서 복원, 개조한 자동차 업그레이드, 그런 일을 하셨고요. 저는 거의 매일 아빠의 가게로 출근했어요. 걸어 다니기 전부터 트랜스미션을 조립하다시피 했고요." 아빠 생각을 하긴 싫지만 내 머리는 기억을 소환하며 행복해한다. 쉐보레 임팔라의 정확한 점화 타이밍을 놓고 나와 한 직원 사이에서 열띤 논쟁이 벌어졌을 때 아빠가 웃음을 멈추지 못하며 그 직원에게 내 말이 맞는다고 했던 때가 기억난다. 나는 그때 여덟 살이었다. "저는 클러치를 밟는 동시에 핸들 위를 볼 수 있을 만큼 키가 자라자마자 아빠에게 운전을 배웠어요. 눈 감고도 가게에 차를 넣었다 뺐다 할 수 있었죠."

좀 더 암울한 기억들도 덩달아 떠오른다. 뒷마당에서 차고 전면까지보다 더 먼 거리를 운전해야 했을 때. 경찰이 나를 보고 아이가 운전하는 줄 알아차릴까 봐 야구 모자를 쓰고 최대한 허리를 꼿꼿하게 세워야 했을 때.

이제 와 생각해 보면 경찰에 붙잡히는 편이 나을 걸 그랬다. 그랬더라면 케리가 아직 살아 있을지 모른다.

"아버님은 지금 어디 계시니?" 멜론헤드가 묻는다.

그의 말투가 조금 조심스럽다. 나는 원래 이런 질문을 받으면 피한다. 기억을 떠올리면 너무 엄청난 고통과 죄책감이 수반되기 때문이다. 하지만 멜론헤드는 나를 함부로 판단하지 않는다. 만약 그랬다면 자기 동네 사람을 도와 달라며 나를 부르지도 않았을 것이다. 자기 딸을 내 옆에 두지도 않았을 것이다. 피난처에 온 듯한 이런 느낌은 생소하다. 대개는 레브의 집에서만 느낄 수 있는 건데.

"교도소에 계세요." 나는 유리잔에 시선을 고정하고 조용히 말한다. "음주 운전으로 차를 박살 내셨거든요. 그 사고로 여동생이 죽었어요."

멜론헤드가 자기 손을 내 손 위에 얹는다. "아, 머프. 안타깝다."

그 손길에 나는 화들짝 놀란다. 너무 낯설어서 불편하게 느껴질 지경이다. 나는 손을 잡아 빼고 뒷덜미를 문지른다. "괜찮아요. 오래전 일이에요."

"그 뒤로 아버지를 만난 적 있니?"

나는 고개를 젓는다. "엄마가 면회를 가지 않아서 저도 안 가요."

"어머님은 재혼을 하셨지?"

"네."

"재혼 생활은 어떠니?"

나는 그를 보며 희미하게 미소를 짓는다. "뭐예요, 이제는 법정 심리 상담사예요?"

"아니, 그냥 네가 어떤 아인지 이해해 보려고."

나는 레모네이드를 한 모금 마신다. "이해하고 말고 할 것도 별로 없어요."

"너는 열심히 일해. 별로 골치를 썩이지도 않고. 똑똑해. 이 프로그램을 통해서 너 같은 아이는 만날 기회가 많지 않지."

"저는 그냥 잔소리 듣기 싫어서 그러는 거예요."

"그게 다가 아니라고 본다만." 그는 말을 하다 말고 잠깐 멈춘다. "너 음주 문제가 있니?"

"당연하죠." 나는 코웃음을 치고 레모네이드를 좀 더 마신다. "제 전과를 아시잖아요."

"그래. 알지. 너 음주 문제가 있니?"

나는 어깨를 으쓱하고 나서 고개를 젓는다. 위스키가 얼마나 화끈거렸는지 어제 일처럼 생생하게 기억이 난다. 그다음은 기억하는 게 거의 없지만 그 화끈거렸던 느낌만큼은 생생하게 기억한다. "아뇨."

"예전에는?"

나는 다시 고개를 젓는다. "그날 딱 하루였어요. 한심했던 그날 하루." 여러 면에서 내 인생을 통틀어 두 번째로 마가 낀 날이었다.

"그날에 대해서 얘기하고 싶니?"

부엌이 점점 오그라들고 내 견갑골 사이로 땀이 모이기 시작한다. 그는 캐물을 테고 그러면 나는 석고 벽에 내 몸집만 한 구멍을 남겨가며 여기서 뛰쳐나갈 것이다. "아뇨, 싫어요."

"어이." 그는 내 어깨에 손을 얹고 가볍게 흔든다. "긴장할 것 없어. 너를 자극하려고 꺼낸 얘기 아니야."

나는 숨을 마시고 유리잔을 내려놓는다. 내가 그걸 얼마나 세게 쥐고 있었는지, 놓은 다음에서야 알아차린다. "죄송해요."

마리솔이 손에 종이를 들고 부엌으로 들이닥친다. "디클랜! 내가 오빠를 그렸어!"

마리솔이 종이를 내 앞으로 내민다. 머리가 갈색이고 알록달록한 막대 인간이다.

"멋지다." 나는 마리솔에게 말한다. 웬일로 목소리가 차분하다. "하나 더 그려 줄 수 있어?"

"웅!" 마리솔이 달려 나간다.

부엌이 다시 잠잠해진다. 내 시선은 유리잔에 고정돼 있다.

"내가 뭐 하나 얘기해도 될까?" 멜론헤드가 말한다.

나는 침을 삼킨다. "그럼요."

"하루가 네 인생의 전부는 아니다, 머프." 그는 내가 자기를 쳐다볼 때까지 기다린다. "하루는 그냥 하루야."

나는 비웃으며 의자에 구부정하니 기대고 앉는다. "무슨 말씀을 하고 싶으신 건데요? 한 번의 실수로 저를 평가하면 안 된다고요? 오로로스 판사님한테 그렇게 말씀해 보시죠."

그는 식탁에 기대고서 몸을 숙인다. "아니. 그걸로 네가 네 자신을 평가하지 말라고." 그는 말을 하다 말고 잠깐 멈춘다. "법정 심리 상담사가 있니?"

나는 그를 쳐다본다. 수갑을 차고 끌려가지 않는 이상 내가 상담을 받을 일은 없다. "아뇨."

그의 눈썹이 위로 솟구친다. "속마음을 털어놓을 사람이 있다는 게 뭐가 문제야?"

"그런 사람 필요 없어요. 없어도 괜찮아요."

"인간은 누구나 속마음을 털어놓을 사람이 필요해." 그는 머뭇거린다. "정말 아무도 없니?"

나는 유리잔에 맺힌 물방울을 손가락으로 잇다가 눈을 들어 그의 눈을 바라본다. "아뇨. 있어요."

27장

보낸 사람: 더 다크 <TheDark@freemail.com>

받는 사람: 세미터리 걸 <cemeterygirl@freemail.com>

날짜: 10월 6일 일요일 11:58:35 PM

제목: 사건의 전말

너희 어머니에 얽힌 온갖 기억을 상자에 담아서 묻었는데 누가 하나를 건드리면 모든 게 풀려나는 기분을 느낀 적 있어? 오늘 내게 그런 일이 벌어졌어. 어떤 사람이 우리 아빠에 대해 물었고 나는 지금 아빠 생각을 멈출 수가 없어.

우리 엄마는 예전에 아빠가 하늘의 별도 따다 줄 수 있을 거라고 생각했어. 엄마뿐만이 아니었지. 내가 보기에도, 다른 사람들이 보기에도 아빠는 흠잡을 데가 없는 분이었거든. 다정했고 항상 웃는 얼굴이었지. 모든 사람과 잘 지냈고. 스포츠면 스포츠, 정치면 정치, 모르는 게 없는 데다 뚱하니 저녁을 먹던 여동생의 웃음보를 터뜨릴 수 있었어. 뒷마당에서 여동생이나 나를 업고 전속력으로 달려서 업히지 않은 아이를 잡으러 다니는 놀이를 할 수도 있었지. 사업을 했고 돈도 많이 벌었어. 다들 우리를 완벽한 가족이라고 생각했어.

아빠가 술을 물처럼 마시는 걸 모르고서.

술을 분노나 폭력과 결부하는 사람들이 많잖아? 행복한 술꾼도 이성이 마비된 폭력적인 술꾼 못지않게 위험할 수 있다는 걸 모르고서 그러는 거야. 이제 와 생각해 보면 사실 더 위험한 것 같다. 사람들은 엄마에게 물어. 왜 진작 아빠 곁을 떠나지 않았느냐고. 아빠가 주말마다 엄마를 죽도록 패기라도 한 것처럼. 아빠는 엄마에게 손을 댄 적이 한 번도 없었어. 그런 식의 술꾼이 아니었어. 아빠는 우리 엄마를 사랑했어. 우리를 사랑했어. 그게 문제가 된 적은 없었어.

우리도 아빠를 그만큼 사랑했어. 어쩌면 **그게** 문제였을지 몰라.

나는 아주 어렸을 때 아빠가 행복하니까 모두가 행복한 거라고 생각했거든. 아빠가 술에 취해 들어오면 엄마가 긴장한 표정을 짓는 이유를 이해하기까지 어느 정도 시간이 걸렸지. 아홉 살이 됐을 무렵부터 나는 알아차리기 시작했어. 술을 마시면 아빠의 목소리가 달라진다는 걸. 너무 너그러워지고, 너무 잘 잊어버린다는 걸. 아빠가 학교로 나를 데리러 오는 걸 깜빡한 게 몇 번이었는지 몰라. 결국 나는 선생님들의 질문 공세를 피하려고 집까지 걸어가기 시작했지. 나는 주말에 아빠랑 같이 출근하곤 했는데, 가끔 아빠가 나를 데리고 퇴근하는 걸 잊어버린 적도 있었어. 엄마가 나중에 데리러 와서는 고개를 저으며 다른 직원들에게 '덜렁이' 남편을 운운했지.

직원들은 모두 상황을 알았던 게 분명하지만 아무 조치도 취하지 않았어. 엄마도 마찬가지였고.

내가 말했잖아, 행복한 술꾼이었다고. 모두가 그를 사랑했거든. 그럼 괜찮은 거 아니야?

이 이야기의 결말이 뭔지는 너도 알고 있지? 내가 아빠 손에 동생이 죽었다고 얘기했으니까.

나는 열세 살 때부터 주말에 아빠를 태우고 퇴근하기 시작했어. 정신 나간 소리처

250

럼 들릴 거 알지만 일찌감치 아빠한테 운전을 배웠거든. 농장에서는 아이들이 일곱 살 때부터 밭을 갈고, 사냥을 하며 자란 아이들은 엽총을 들 만큼 힘이 세지면 곧바로 총을 쏘고 다니는 것과 비슷하다고 보면 돼. 우리는 항상 맨 마지막에 가게 문을 잠그 고 퇴근했기 때문에 어려울 것 없었어.

나는 들킬까 봐 항상 벌벌 떨었지만 달리 방법이 없었어. 아빠가 갈지자로 운전하 는 건 재밌는 장난이 아니었어. 위협이었지. 한번은 아빠가 뭔가를 치고 그대로 간 적 도 있었어. 그게 뭐였을지 아직도 전혀 모르겠지만 나는 가끔 우리가 사람을 치는 악 몽을 꿔. 아빠한테 돌아가서 확인해 봐야 하지 않느냐고 여러 번 물었던 기억이 나는 데 아빠는 우리가 뭔가를 치고 지나간 것조차 알지 못했어. 엄마한테 그 얘기를 했더 니 엄마는 고개를 저으면서 나더러 오버한다고 했지.

그래서 어느 토요일 오후에 나는 결단을 내렸어. 차 열쇠를 숨기기로.

아빠는 문을 쾅쾅 여닫고 주머니를 뒤지며 사무실을 왔다 갔다 했고 점점 흥분했 지. 나는 열쇠를 주머니에 넣고 한쪽 구석에서 꾸물거리며 긴장감에 몸을 떨다시피 했고.

"엄마한테 전화할까요?" 내가 물었지.

아빠는 툴툴거렸어. "엄마는 일하는 중이잖아."

"열쇠 못 찾으면 어떻게 하실 거예요?"

나는 아빠가 택시를 부를 거라고, 아니면 직원한테 태워다 달라고 연락할 거라고 대답하길 바랐어.

하지만 아니었어. 아빠는 책상 위에 있던 걸 전부 바닥으로 쓸어내 난장판으로 만 들고는 고함을 질렀어. "빌어먹을 인간들. 내 열쇠를 훔친 놈을 찾으면 갈기갈기 찢어 버릴 테다."

나는 그때 처음으로 아빠가 성질 더러운 술꾼으로 선을 넘어가는 것을 보았어.

나는 아빠를 '돕기' 시작했지. 순식간에 아빠의 열쇠를 '찾아' 드렸지. 온몸이 벌벌 떨렸고 특히 지금은 아빠가 운전하지 않길 바랐어. 그래서 농담하듯 명랑한 목소리로 말했어. '제가 집까지 운전할까요? 들킬지 안 들킬지 우리 한번 시험해 봐요."

나는 0.5초 정도 아빠가 내 손에서 열쇠를 낚아채 갈 거라고 생각했어. 그런데 아니었어. 껄껄 웃으면서 내 등을 두드리고는 '역시 내 아들'이라고 하셨지.

그게 시작이었어.

그 당시에는 아무한테도 얘기하지 않았어. 제일 친한 친구한테도. 나는 아빠를 사랑했고 아빠를 문제에 휘말리지 않게 하려면 이 방법밖에 없다는 걸 알았거든. 나는 나이에 비해 키가 컸고 아무도 두 번 쳐다보지 않게 야구 모자를 썼어. 사람들이 대수롭지 않게 보이는 일에는 얼마나 신경을 쓰지 않는지 알아?

여동생은 전혀 아무것도 몰랐고 우리는 그 상태를 그냥 유지했어. 어차피 걔는 절대 알아차리지 못했을 거야. 아빠는 케리한테 기계에 대해 가르쳐 주는 걸 일찌감치 포기했거든. 모든 면에서 소녀소녀했던 아이라. 내 눈에는 아기였고. 나는 8학년이었고 멍청하게도 나는 남들과 다르다고 생각했어. 법을 어기고 있는 게 아니라고! 남자답게 가족을 책임지고 있는 거라고. **돕고** 있는 거라고.

엄마도 나한테 운전을 맡기면 된다고 생각했던 것 같아.

나는 알아, 그랬다는 걸.

동생이 죽던 날 엄마는 나한테 아빠를 부탁한다고 했어. 그게 우리의 암호였지. 아빠를 부탁한다는 건 '아빠가 어디 가야 할 일이 있으면 차로 모셔다 드려라.'라는 뜻이었지.

나는 그 주 주말에 1박 2일로 스카우트 캠핑을 가기로 되어 있었어. 몇 주 전부터 손꼽아 기다리던 행사였는데 엄마가 회사로 불려갔어. 아빠는 아침 9시에 이미 맥주 여섯 캔을 비웠고. 엄마는 아빠가 양조장 냄새를 풍기면서 나랑 같이 캠핑장에 등장하는 걸 싫어했어. 그래서 내 캠핑은 취소가 됐지.

나는 몇 시간 동안 문을 세게 닫고 씩씩대며 뚱한 얼굴로 집 안을 돌아다녔어. 어떤 그림이었을지 상상이 되지? 아빠가 가게까지 태워다 달라기에 아빠 면전에 대고 문을 쾅 닫으면서 그렇게 가고 싶으면 혼자 가시라고 했지.

그러면 아빠가 집에 있을 줄 알았거든. 그 짧은 기간 동안 아빠의 기사 노릇을 하는 데 익숙해져서 내가 태워다 드리지 않으면 아빠가 집에 있을 거라고 생각하게 된 거야.

그건 내 착각이었어. 아빠가 나갔거든.

케리를 데리고.

살아 돌아온 사람은 둘 중 한 명뿐이었어.

금요일 밤의 비바람이 다시금 찾아와 모두 수업 시작 전까지 구내식당에 발목이 잡힌다. 아침 특식이 팬케이크와 해시 브라운이라 식당이 북적거린다. 로언은 팬케이크를 제치고 프루트 컵을 선택한다. 수업이 시작되기 전에 앉아서 뭘 **제대로** 먹은 게 얼마 만인지 모르겠다. 수백 명이 똑같은 생각을 하고 있으면 아침도 간단하게 해치울 수 없는 일이 된다.

하지만 오늘 아침에는 비 때문에 묘지에 갈 수가 없었고 나는 힐링 음식을 먹어야 할 필요성을 느끼고 있다. 손도 대지 않은 팬케이크가 내 접시에 쌓여 있다.

팬케이크를 마주하고 보니 한 입도 먹지 못하겠다.

"오늘 아침에 왜 그래?" 로언이 블루베리를 입 안에 던져 넣으며 묻는다.

더 다크의 이메일 생각이 머릿속에서 떠날 줄 모른다. 로언에게는 한 마디도 옮길 수 없다. 그는 비밀을 지켜 달라고 하지 않았지만 그건 할 필요가 없는 얘기였다.

나는 팬케이크를 포크로 찔러 보지만 큼지막하고 끈적끈적한 덩어리처럼 보인다. "그냥 생각 좀 하느라."

"그 미스터리 보이에 대해서?"

나는 로언을 향해 실눈을 뜬다. "놀리지 마."

로언은 태연하게 어깨를 으쓱한다. "놀리는 거 아니야. 걔가 누군지 한번 알아보지 그래?"

"나도 그럴까 생각해 봤는데." 나는 그의 이메일을 떠올리며 머뭇거린다. "우리는 그런 관계가 아닌 것 같아. 상대방이 누군지 **모르기** 때문에 유지되는 관계인 것 같아."

"둘이서 무슨 얘기를 해?"

나는 시선을 돌리고 다시 팬케이크를 포크로 쑤신다. 그가 누군지 궁금해서 미칠 것 같지 않다고 하면 거짓말일 것이다. 금요일 밤에 디클랜 머피가 등장하지 않았다면 무슨 일이 벌어졌을까. 나는 지금까지 누군가와 이렇게 속을 터놓고 얘기한 적이 없다. 더 다크 앞에서 나는 모든 걸 가지고 있다가 궤도에서 이탈한 아이가 아니다. 나는 그냥…… 나다. 그도 그냥…… 그다.

로언은 계속 대답을 기다리고 있다. 나는 팬케이크를 한 조각 찍어서 입 안에 넣는다. "별 얘기 안 해. 그냥…… 이런 거, 저런 거."

"오 마이 갓, 줄스. 너 지금 얼굴 빨개졌어!"

끔찍하다. 로언의 말이 맞는다. 나도 느껴진다. "아니야!"

로언은 내 쪽으로 몸을 숙이고 놀려 댄다. "거울 보여 줘? 얼굴이 시뻘게."

"그만해. 그런 거 아니야. 우리는…… 무거운 얘기를 해."'죽음'이라고 말하고 싶지는 않다. 그러기만 해도 비밀을 누설하는 느낌이다. "서로 집적대고 그런 사이 아니야."

"그러니까 그 애가 아직 자기 남자다움을 강조하는 사진을 보내지 않았다?"

나는 폭소를 터뜨린다. "브랜던은 그런 사진을 보낸 모양이네?"

"아니야!" 이번에는 로언이 얼굴을 붉힌다.

"걔를 잘 아는 사람으로서 장담하건대 인위적으로 세팅한 사진을 보낼 거야. 완벽한 조명에 특별히 배치한 그림자—"

"그만해!" 하지만 로언은 키득거리며 웃고 있다.

내가 이런 걸 얼마나 그리워하고 있었던가. 다시 해 보니 내가 이런 걸 얼마나 그리워하고 있었는지 알겠다.

로언이 웃음을 멈추고 내 뒤의 누군가에게 시선을 고정한다. "제라디 선생님이 너를 또 찾으시는 것 같은데."

나는 숨고 싶은 본능이 나를 덮치길 기다리지만 오늘 아침에는 그게 느껴지지 않는다. 나는 앉은 채로 몸을 돌려 예전 사진반 선생님을 찾는다. 선생님은 나를 보자 얼굴을 환히 빛내며 구내식당을 이리저리 가로질러 우리가 앉아 있는 쪽으로 다가온다.

"줄리엣." 선생님이 말한다. "오늘 아침에 널 만날 수 있어서 기쁘다. 어쩌다 시간이 돼서 목요일 오후에 찍은 사진을 다운로드했는데, 엄청난 작품이 몇 장 있던데? 빛을 정말 잘 썼더라."

"대부분 제가 찍은 걸 거예요." 로언이 말한다.

선생님의 눈썹이 가운데로 모인다. "응?"

"농담하는 거예요." 나는 머뭇거린다. 한참 만에 사진으로 칭찬을 들었더니 기분이 묘하다. "고맙습니다."

"연감에 넣을 사진을 편집하려는데 네가 좀 도와줄 수 있나 해서."

나는 그대로 얼어붙는다.

선생님이 정적에 대고, 다정하고 서글서글하게 말한다. "네가 시간이 되면. 내가 네 작품에 손을 대고 싶지 않아서 그래."

가슴이 조여 오는 익숙한 기분이 느껴지자 나는 선생님에게서 시선을 돌린다. 사진을 찍어서 기쁘지만 암실로 돌아간다는 건 그 세계에 다시 합류하는 단계로 한 발 더 다가간다는 뜻이다. "모르겠어요." 나는 선생님을 올려다본다. "생각 좀 해 봐도 돼요?"

"당연하지." 선생님은 몸을 돌리다 말고 멈춘다. "네가 직접 맡아 주었으면 하는 사진이 특별히 한 장 있거든. 연감을 아우르는 표지로 쓰면 완벽할 것 같아서."

내 심장이 멈췄다가 푸드덕거리며 되살아난다. 학교에서는 뒷면에서부터 앞면에 이르기까지 연감을 하나로 아우르는 사진을 촬영한다. 상당히 중요한 문제고 대개는 계획 아래 이루어진다. 학생이 찍은 사진이 표지로 쓰인 적이 있는지 잘 모르겠다. "진짜요?"

선생님은 고개를 끄덕인다. "응." 1교시 종이 울리고 그는 시계를 확인한다. "교실로 돌아가야겠네. 생각하고 알려 줘, 알았지?"

"네." 내 목소리가 학생들 사이를 뚫고 가는 선생님의 꽁무니를 쫓아간다.

"줄스!" 로언이 내 팔을 친다. "끝내준다!"

일 년 전만 해도 이건 꿈꾸던 일이었다. 지금은 어떻게 받아들여야 할지 모르겠다. 내가 사진과 거리를 두었던 데에는 이유가 있다. 나는 엄마처럼 재능 있는 작가가 되지 못할 것이다. 제라디 선생님의 칭찬을 듣고 느낀 전율은 엄마가 카메라로 담을 수 있었던 것에 비하면 사소하기 짝이 없다.

"홈룸 교실로 가야겠다." 나는 말한다. "방과 후에 남는 벌은 이제 지긋지긋해."

로언은 내 분위기가 달라진 걸 알아차린다. "너 괜찮아?"

"응. 괜찮아." 나는 로언 옆을 요란하게 지나서 남은 팬케이크를 쓰레기통에 버리고 교실로 가려고 몸을 홱 돌린다.

그러다 디클랜 머피를 정면으로 맞닥뜨린다. 빈 상자를 들고 있는 걸 보니 그도 쓰레기통으로 가는 길이었던 모양이다. 나는 얼른 도망쳐서 학생들 속으로 숨을까 고민하다가 디클랜도 똑같은 고민을 하고 있다는 사실을 깨닫는다.

순간 우리 둘 다 그 자리에서 얼어붙지만— 디클랜이 이내 하던 동작을 마무리 지으며 쓰레기통에 상자를 버리고 내 앞에서 걸음을 멈춘다. 여느 때처럼 키가 크고 우뚝하지만 비가 오는 날 그런 도움을 받고 난 뒤라 그렇게 무섭지는 않다. 나는 삶의 한 단면을 통해 평가당하는 것을 두고 우리가 했던 얘기를 떠올리며 의지를 동원해 그를 올려다본다.

"안녕." 내가 말한다.

"안녕." 디클랜의 목소리는 내 예상보다 조용하고, 그의 존재가 우리 둘 사이에 공간의 포켓을 만든다. 이러다 홈룸 시간에 늦겠지만 심장이 한 번 뛰는 순간 동안 움직이고 싶지 않다는 생각이 든다.

"타이어 교체했어." 나는 선언한다. "그리고 배터리도."

"봤어."

나는 눈을 깜빡인다. "봤다고?"

"뭐, 타이어는." 디클랜이 한쪽 어깨를 든다. "네 차는 못 보고 지나치기가 어렵지."

"아." 지금 나한테 무안을 주려는 건가? 나는 뭐라고 대꾸를 하면 좋을지 모르겠고 그의 표정을 읽지도 못하겠다.

디클랜은 내 앞으로 조금 더 다가와 처음으로 전보다 경계를 늦춘 모습을 보인다. 거의 머뭇거리는 것처럼 보일 정도다. "저기, 너한테 물어보고 싶은 게 있었는데."

나는 그의 눈을 들여다본다. 내가 그와 거리를 두느라 문에 몸을 갖다 대고 거의 누르다시피 했던 차 안에서와는 분위기가 전혀 다르다. 아이들이 밀려들자 나도 그들을 피하느라 디클랜에게로 좀 더 가까이 다가간다. 극과 극인 우리 둘이 이렇게 가까이서 대화를 주고받게 될 줄은 꿈에도 몰랐다.

로언이 숨을 헐떡이며 내 팔을 잡는다. "줄스, 여기서 뭐 해?" 로언은 무시하는 눈빛으로 디클랜을 흘끗 쳐다본다. "수업에 늦으면 안 된다고 하지 않았어?"

"잠깐만." 내가 로언에게 말할 때 두 번째 종이 울린다. 이제 삼 분 안으로 교실에 가서 앉아야 하는데, 나의 무의식은 대화를 끝내고 가라고 한다. 나는 디클랜을 다시 돌아보지만 그의 표정은 이미 마음의 문을 닫는 쪽으로 바뀌어 가고 있다. "묻고 싶은 게 뭔데?"

디클랜이 우리 둘을 내려다본다. "아무것도 아니야. 됐어." 그는 문을 향해 움직이는 아이들의 행렬 속으로 합류한다.

"잠깐!" 나는 디클랜의 등에 대고 외치지만 그는 이미 사라지고 보이지 않는다.

28장

보낸 사람: 세미터리 걸 <cemeterygirl@freemail.com>

받는 사람: 더 다크 <TheDark@freemail.com>

날짜: 10월 7일 월요일 9:12:53 AM

제목: 열 받는 생각들

아침에 눈을 뜬 이후로 계속 네가 보낸 이메일을 생각하는 중이야.

죄책감, 책임, 서로 엇갈리는 운명, 결정적인 한순간을 두고 너와 많은 시간 동안 얘기를 나누었지만 나는 지금 누굴 한 대 치고 싶어. 네가 동생에게 벌어진 일에 책임감을 느끼는 것 같아서 너무 화가 나. 너희 부모님을 찾아내서 정신을 잃을 때까지 두들겨 패고 싶어. 내가 이런 말을 한다고 나를 미워하지 않았으면 좋겠지만 너희 아버지가 교도소에 계셔서 기뻐. 너희 어머니도 죗값을 치러야 한다고 봐. 세상에 어떤 사람이 술꾼을 보호한다는 명목으로 열세 살짜리한테 운전을 맡기니? *어떤 사람이?*

방금 전에 나더러 휴대 전화 넣으라고 한 선생님한테 쏘아붙이고 말았어. 너무 화가 나서 방과 후에 남는 벌을 받게 생겼네.

너희 부모님이 너를 이런 상황으로 몰아넣었다니 믿기지가 않아.

너희 어머니가 그걸 계속 반복했다니 믿기지가 않아.

나는 네가 누군지 모른다는 게 믿기지가 않아. 지금 당장 교실 밖으로 뛰쳐나가서 너를 찾아내 붙잡고 흔들며 이건 **네 잘못이 아니라고** 얘기해 주고 싶거든. 알겠어?

이건 네 잘못이 아니라고.

이 일에 대해서 나 말고 또 아는 사람이 있어?

너는 내가 누군지 알잖아. 나를 찾아내 줘. 붙잡고 흔들어 줘. 제발.

이렇게 입력하고 싶은 마음이 간절하다. 사실은 내가 나를 흔들고 있다. 심지어 레브조차 모든 진실을 알지 못하는데, 아직까지도 진짜 나를 쓸데없이 자리나 차지하는 쓰레기라고 생각하고 있을지 모를 여자애한테 전부 토해 내고 말았다. 하마터면 오늘 아침에 줄리엣에게 얘기할 뻔했는데, 안 하길 잘했다는 생각이 든다. 상대가 나였다는 걸 알게 됐어도 그녀가 이런 반응을 보였을까?

하지만 또 다른 나를 위해 가슴 아파하는 그녀의 심정이 화면 밖에서도 느껴지고 그 무게감으로 내 가슴이 부풀어 오른다. 레브 아닌 다른 사람이 나를 변호하고 나선 게 얼마 만인지 모르겠다. 쌓이고 쌓인 감정으로 인해 머리에서 김이 나고 눈시울이 뜨겁게 느껴진다.

그렇다, 이제 그만 멈춰야겠다. 나는 앱을 닫고 전화기를 배낭 깊숙이 쑤셔 넣는다.

하지만 곧바로 다시 꺼내 이메일을 다시 읽고 싶어진다.

우리 부모님이 내게 계속 운전을 맡기면 안 됐었다는 건 나도 안다. 알고 있다.

하지만 내게도 대안이 있었다. 다른 사람에게 알린다든지. 그 맨 첫날 택시를 불렀다든지. 애초에 내가 자진해 나설 필요가 없는 일이었다.

케리가 죽은 날에도 내가 운전대를 잡을 수 있었다. 내가 이기적이고 어리석게 굴지 않았더라면 그 사태를 막을 수 있었다.

지난 5월 아빠의 트럭으로 그 건물을 들이받았을 때도 나는 어리석었고 이기적이었다. 그때도 내게 그러라고 시킨 사람은 없었다.

이 두 사건의 연관성을 파악하면 세미터리 걸이 어떤 반응을 보일까.

"디클랜, 처음 두 줄을 읽어 주겠니?"

기대감으로 공기가 묵직하다. 고개를 들어보니 다들 교과서를 펼치고 공책과 펜을 준비시켜 놓았다. 나만 교과서를 덮어놓고 펜도 종이도 없이 여기 이렇게 앉아 있다.

힐러드 선생님이 나를 지켜보고 있다. 선생님의 목소리는 변함이 없고 짜증의 기미도 전혀 감지되지 않는다. "74쪽. 처음 두 줄."

나는 어깨를 들썩이고 한숨을 쉬며 이게 엄청 부담스러운 일이라도 되는 척할 수 있겠지만 선생님이 나를 재촉하지 않고 있으니 호의에 보답하기로 한다. 나는 책장을 넘겨 74쪽을 찾고 뭐라고 적혀 있는지 관심을 두지 않고 그냥 낭독한다. 내 생각은 줄리엣이 나를 대신해 발끈한 그 이메일에 갇혀서 헤어나올 줄 모른다.

"'이 세상이 앗아 간 기쁨보다 더한 기쁨은 없나니 처음 생각의 선명한 빛이 감정의 무딘 쇠퇴 속에 희미해지면 그러하도다.'"

이 단어들을 기다리고 있기라도 했던 것처럼 내 머릿속에서 딸깍

하는 소리가 들린다. 뒤편 어딘가에서 종이가 부스럭거리지만 그것 말고는 온통 정적이다.

"그게 무슨 뜻인 것 같니?" 힐러드 선생님이 묻는다.

시구가 내 머릿속에서 몇 번이고 메아리치지만 예전에 들은 기억이 소환된 것이다. 나는 다른 날 이 시를 읽었던 기억을 떠올리는 중이다. 바로 그 구절을 낭독하던 어머니의 목소리가 내 머릿속에서 윙윙거린다.

선생님은 나를 유심히 들여다보며 대답을 기다리는 중이다. "속으로 다시 한번 읽어 보렴." 선생님이 제안한다. "다들 다시 한번 읽어 봐라. 의미가 스며들도록 천천히."

내 눈이 책장에 적힌 잉크 쪽으로 끌어당겨지기라도 한 듯 그 구절을 다시 읽는다.

심장이 한 번 뛰는 순간만큼 시간이 멈춘다. 머릿속이 죽음과 죄책감으로 뒤엉켜 있어 이 시를 더는 한 단어도 읽을 수가 없다. 가슴이 아니면 머리가 터질 것 같다. 피가 쏠려 귀가 먹먹해진다.

나는 요란하게 책을 덮고 배낭에 쑤셔 넣는다. 지금까지 수업 도중에 나간 적은 없는데 이번에 그럴 참이다.

힐러드 선생님이 나를 쫓아 나온다. "디클랜!"

"교무실로 갈게요." 거칠고 쉰 목소리가 나오지만 상관없다.

"잠깐. 왜 그러는지 얘기해 봐."

"이 수업이 싫어요!" 나는 성난 목소리로 고함을 지르며 복도에서 선생님에게 벌컥 화를 낸다. "저 그냥 내버려 두세요!"

선생님은 내 분노에 반응하지도, 나를 진정시키려고 하지도 않는다. "왜?"

복도 저쪽에서 문이 열리고 다른 선생님이 고개를 내민다. 그는 주먹을 불끈 쥐고 어깨를 올린 채 복도에 서 있는 나를 보더니 힐러드 선생님을 돌아본다.

"경비를 부를까요?" 그가 묻는다. 어련하실까.

"아뇨. 경비 필요 없어요." 힐러드 선생님은 내 바로 앞으로 한 걸음 다가온다. 다른 교실 선생님이 꼼짝 않고 지켜보지만 힐러드 선생님은 그를 무시한다. "교무실로 가." 힐러드 선생님이 내게 말한다. "가서 기다려, 알았지?"

나는 손톱이 손바닥을 파고들도록 주먹을 단단히 쥐는 것으로 온몸이 산산이 무너질 것처럼 느껴지는 것을 버티며 고개를 끄덕인다.

"그래." 힐러드 선생님이 말한다. "수업 끝나면 거기로 갈게."

*

해밀턴 고등학교는 삼십여 년 전에 지어진 건물이라 개보수를 별로 하지 않은 부분에서는 세월의 흔적이 느껴진다. 교무실이 그런 곳 가운데 하나다. 밝은 주황색 상판은 군데군데 벗겨졌고, 패널 벽은 번들거리는 하얀색으로 하도 여러 번 덧칠을 해서 페인트가 아직까지 마르지 않은 것처럼 보인다. 그래도 행정실은 한쪽 옆에 푹신한 의자와 원형 테이블, 대학 브로셔와 안내 책자를 갖추어 놓고 학생들이 드나들 만한 공간을 조성했다.

나는 문을 열고 안으로 들어가며 보건실로 가고 싶다는 생각을 하지만 선생님을 기다리는 것보다 더 끔찍한 일이 딱 하나 있다면 어머니를 기다리는 것이다. 행정 직원 한 명이 나를 흘끗 쳐다본다. 이은 베벌리 샌더스다. 올해는 머리를 금발로 염색했고 꽃무늬 스웨터 세트를 좋아한다. 현재 이혼을 진행 중이다.

이걸 보면 내가 교무실을 얼마나 자주 들락거리는지 알 수 있을 것이다.

오늘 아침에는 에어컨을 어찌나 빵빵하게 틀어놨는지 추워서 죽을 지경이다. 온몸이 안으로 오그라드는 느낌이다. 주변 모든 게 거대해 보인다. 숨소리가 내 귀에는 크게 들린다.

샌더스 씨는 타이핑을 멈추지 않는다. "디비글리오 선생님께 네가 왔다고 알릴게."

디비글리오 선생님은 교감이다. 학생과 관련된 문제를 담당한다. 우리는 친한 친구다.

그러니까 그와 함께 교감실에 앉아 있느니 내 손을 문에 찧는 편이 낫다는 말이다. 특히 지금은.

나는 헛기침을 하지만 쉰 목소리가 나아지지 않는다. "교감 선생님 뵐 필요 없어요. 힐러드 선생님이 여기서 기다리라고 하셨어요."

샌더스 씨는 손가락을 멈추고, 나를 좀 더 제대로 쳐다보더니 문 위에 달린 시계를 흘끗 확인한다. "이십 분은 지나야 종이 울릴 텐데."

"알아요."

"앉아서 기다려."

나는 의자에 털썩 주저앉아서 생각을 정리해 보려고 한다. 생각들이 정리를 거부한다. 나는 이메일을 다시 읽어 본다. 줄리엣이 이 말을 내 면전에서 하면 어떤 기분이 들지 궁금하다.

지금 당장 대화를 나눌 수 있으면 얼마나 좋을까.

부탁이야. 나는 이렇게 얘기하고 싶다. 제발 내가 누군지 알아맞혀 줘.

너였어? 줄리엣은 이렇게 말하겠지. 웩. 이런 변태.

"수업 시간에는 휴대 전화 사용 금지다." 샌더스 씨가 말한다.

나는 눈을 치켜뜬다. "저 지금 수업 시간 아닌데요."

샌더스 씨가 입술을 오므린다. "얼른 넣어."

나는 한숨을 쉬고 전화기를 배낭 안에 쑤셔 넣는다.

종이 울릴 무렵이 되자 분노는 소진되고 나는 좌불안석 상태로 진입한다. 점심시간을 알리는 첫 번째 종이라 아이들이 다양한 이유로 교무실을 찾는다. 아무도 나를 쳐다보지 않는다. 나는 팔꿈치를 무릎에 얹고 기다린다.

일 분 단위로 시간을 세는데, 선생님이 잊어버렸나 하는 생각이 들기 시작한다.

힐러드 선생님은 종이 울리고 오 분 뒤 가방을 어깨에 멘 채 괴로워하는 표정으로 황급히 들어온다.

선생님은 안락의자에 앉아 있는 나를 보더니 길게 한숨을 토한다. "기다렸구나."

"기다리라고 하셨잖아요." 기다린 내가 바보가 된 느낌이 든다.

"기다려 줘서 고마워." 선생님은 왼쪽에 달린 문을 턱으로 가리킨다. "우리, 회의실로 들어가자."

회의실은 학교 측에서 부모님을 호출하려고 할 때 아니면 심각한 대화를 나누려고 할 때, 그러니까 기록에 남을 만한 사안을 이야기하려고 할 때 들어가는 곳이다. 하지만 선생님이 행정 직원을 호출하지 않기에 나는 따라 들어가 같이 자리에 앉는다.

선생님은 목소리가 차분하지만 돌려 말하지 않는다. "수업 시간에는 왜 그랬니?"

나는 테이블 위에 묻은 얼룩을 문지른다. 회의실이 너무 밝고 경찰서 유치장을 연상시킨다. 어느 정도 거리가 생기자, 교실 문을 박차고 나오게 한 분노를 다시 소환할 수가 없다. "모르겠어요."

"뭐가 그렇게 심란했어?"

모두 다요. "심란한 거 없었어요."

"그냥 바이런 경이 널 화나게 만든 거야?"

건조한 말투가 나를 기습 공격한다. 다행히 나는 빈정거림이라면 자신이 있다. "네, 뭐, 그렇다고 보면 돼요."

선생님은 의자에 기대고 앉았더니 핸드백에서 책을 꺼낸다. "지금 읽어 볼래? 읽어 보고 감상평을 들려줄래?"

내 어깨뼈 사이로 다시금 땀이 맺히기 시작한다. "한심한 시예요."

선생님이 눈썹을 추켜올린다. "그럼 별것 아니라야 하잖아."

그 말이 맞는다. 이건 그냥 낱말일 뿐이다. 나를 좌우할 힘이 없다. 할 수 있다. 나는 책을 내 쪽으로 당겨서 첫 행을 다시 읽는다.

이 세상이 앗아간 기쁨보다 더한 기쁨은 없나니.

나는 요란하게 책을 덮는다. 달리기 시합에서 우승이라도 한 것처럼 숨을 거칠게 들이마시고 토한다.

힐러드 선생님은 아무 말도 하지 않는다. 참을성 있게 기다리며 아무 반응도 하지 않는다.

나는 한참 동안 꼼짝하지 않고 앉아 있는다. 테이블 가장자리에 올려놓은 두 손이 땀으로 번들거린다.

선생님은 기다린다.

결국 내 숨소리가 느려지지만 나는 선생님을 쳐다볼 수가 없다. 내 목소리가 하도 작아서 선생님 귀에 들리면 기적이다. "엄마가 여동생 장례식 때 낭송한 시예요. 그래서 — 그래서 다시 읽고 싶지 않아요."

"그렇구나." 선생님은 잠시 아무 말도 하지 않다가 책을 나에게서 멀찌감치 치운다. 그러더니 의자를 내 쪽으로 옮겨 자기 손을 내 손 위에 얹는다. "너는 똑똑한 아이야, 디클랜. 그래서 나는 아주 빠르게 들릴 만한 얘기를 너한테 하려고 해."

나는 그 말에 갇혀 그 자리에 얼어붙는다. 너는 **똑똑한** 아이야, 디**클랜.**

선생님은 내게 케리에 대해 묻지도 않았다.

"다음번에는 무슨 문제가 생기면 나한테 그냥 말만 해."

나는 코웃음을 치며 손을 잡아 뺀다. 뭔가 의미 있는 말을 할 줄 알았더니만. "네. 그럴게요."

"그러지 못할 거라 생각하니?" 선생님의 표정은 도전적이다. "방금 전에는 했잖아, 안 그래?"

뭐. 그렇긴 하다.

나는 줄리엣이 차 안에서 했던 말을 떠올린다. 그 사진을 지워 달라고 그냥 부탁하지 그랬느냐고.

힐러드 선생님은 여전히 참을성 있게 앉아 있지만 이 안에 흐르는 긴장감이 피부로 느껴질 정도다. 선생님은 이걸 포기할 생각이 없다. "자세하게 얘기할 필요는 없지만 교실 밖으로 뛰쳐나갈 필요도 없어. 무슨 문제가 생기면 나한테 그냥 말만 해."

나는 아무 대꾸도 하지 않는다. 뭐라고 하면 좋을지 모르겠다.

"나를 믿니?" 선생님이 묻는다.

아뇨. 네. 어쩌면. "잘 모르겠어요."

"좋아." 선생님은 다시 핸드백 안으로 손을 넣어 워크시트와 아이들이 제출한 작문이 빽빽하게 담긴 서류 폴더를 헤집기 시작한다. "바이런 경을 멀리하고 싶지 않다면 다른 걸 줄게."

나는 꼼짝 않고 있다. 선생님이 죽음을 운운하는 또 다른 시를 핸드백에서 꺼내면 나는 여기서 나갈 것이다.

선생님은 복사된 용지를 내 앞에 탁 하고 내려놓는다.

굴하지 않는다,라고 되어 있다. 윌리엄 어니스트 헨리.

"대학 학점을 선이수하는 고급 영어 시간에 읽는 시야." 선생님이 말한다. "하지만 너라면 감당할 수 있을 거라고 본다."

첫 행을 읽기가 두렵다. 구겨 버리고 여기서 뛰쳐나가고 싶다.

이런 쫄보가 있나. 나는 시구가 보이지 않게 종이 모서리를 쳐다본다. "지금 여기서 낭송하라고요?"

"아니. 집에 들고 가. 그가 어떤 시간을 관통하고 있는지 두 문단으로 써서 제출해." 선생님이 말을 하다 말고 잠깐 멈춘다. "아마 너는 공감할 수 있을 거야."

"아, 네." 나는 종이를 배낭 안에 쑤셔 넣는다. "분부대로 거행하겠습니다."

"디클랜."

선생님은 목소리에 힘을 주어 내 이름을 부르지만 경고하는 투는 아니다. 그래서 나를 머뭇거리게 만든다. "네?"

"나한테 기회를 줘. 알겠니?"

"네." 나는 배낭의 지퍼를 잠그고 어깨에 둘러멘 다음 밖으로 나간다.

29장

보낸 사람: 더 다크 <TheDark@freemail.com>

받는 사람: 세미터리 걸 <cemeterygirl@freemail.com>

날짜: 10월 7일 월요일 2:15:44 AM

제목: 시

바이런 경이 쓴 「젊음과 늙음」, 읽은 적 있어? 그건 세상에서 제일 형편없는 시야. 죽음의 썩어짐에 대해 이야기하는.

엄마가 동생 장례식 때 그 시를 낭독했거든.

나는 엄마가 들고 있는 종이를 낚아채서 갈기갈기 찢어 버리고 싶었어. 아니, 세상에 어떤 사람이 장례식장에서 그런 시를 낭송하나? 차라리 성경 구절이 낫지. 내가 어떤 사람인지 알면 차라리 성경 구절이 낫다는 게 얼마나 시사하는 바가 큰지 알 수 있을 텐데.

오늘 오전 영어 수업 시간에 선생님이 그 시를 읽으라고 했어. 나는 읽지 않고 교실에서 나와 버렸지만.

그러니까 방과 후에 남는 벌을 아슬아슬하게 피한 네 심정을 이해할 수 있다는 말씀.

우리 가족에 얽힌 모든 진실을 아는 사람이 있느냐고 했지? 내 절친은 대부분 알아. 얼마나 오랫동안 계속됐는지는 모를 테지만, 이제는 사실 그게 중요한 문제가 아니잖아?

나 대신 극렬하게 분노해 줘서 고맙지만 네 생각은 틀렸어. **전부** 내 잘못은 아닐지 몰라도 내가 일조한 부분도 있거든.

이 아이가 누군지 모르니 정말이지 미칠 것 같다. 나는 고급 영어를 듣지만 그 수업에서는 바이런을 읽지 않으니 고작 열다섯 명이 후보에서 제외되는 셈이다.

나는 3학년생들 중에서 '극렬'이라는 단어를 쓸 만한 수준이지만 수업 시간에 밖으로 나가 버릴 수 있을 만큼 반항적인 아이가 누가 있을지 따져 본다. 누가 봐도 빤한 결론이 눈앞에 있다. 당사자에게 물어보기만 하면 알 수 있다. 하지만 그랬다가는 이런 관계가 끝장날지 모른다. 내가 그걸 받아들일 만한 마음의 준비가 되어 있는지도 잘 모르겠다. 어쩌면 그가 그토록 매력적으로 느껴지는 이유 중에는 정체를 알 수 없다는 것이 있을지 모른다. 정작 만나 보면 끔찍할지도 모른다.

그렇지는 않을 것이다. 나는 안다.

하지만.

그는 예전에 우리 엄마가 자기를 별로 좋아하지 않겠다고 말한 적이 있지만 그건 판단 착오다. 엄마는 그를 아주 많이 좋아했을 것이다. 그에게 사람을 홀리는 매력이 있다고 했을 것이다.

내가 보기에도 그에게는 사람을 홀리는 매력이 있다.

마지막 종이 울린 뒤 제라디 선생님을 찾아가 보니 책상 앞에 아이들이 모여 있다. 나는 벽에 걸려 있는 사진을 구경하며 교실 뒤편에서 어슬렁거린다. 선택 과목인 초급 사진 촬영 수업에서 선별된 작품일 것이다. 나도 이 숙제가 기억난다. 모두 단순하게 자연을 사진에 담았지만 빛을 창의적으로 활용한 몇 작품이 눈에 띈다. 나무 위에 뿌려진 설탕 가루 사이를 기어가는 개미를 촬영한 작품이 특히 한눈에 들어온다. 입구가 벌어진 설탕 봉지를 뒤편에 두고 흐릿하게 처리한 구성이 마음에 든다.

"나도 그 작품 마음에 든다." 제라디 선생님이 뒤에서 말한다. "걔가 계속 사진을 찍었으면 좋겠어."

"1학년이에요?" 나는 묻는다.

"2학년. 선택 과목 시수를 채우려고 신청했다가 자기가 소질이 있다는 걸 알게 됐어." 선생님이 말을 하다 말고 잠깐 멈추고, 나는 벽에 걸려 있는 사진에서 시선을 떼지 않는다. 내가 무슨 생각으로 여길 찾아왔는지 잘 모르겠기에 선생님을 쳐다보고 싶지 않다. 선생님이 내 어깨에 대고 말한다. "내가 연감 표지로 쓰면 좋겠다고 점찍은 게 어떤 사진인지 보여 줄까?"

그토록 오랜 시간 피해 다니다 이제 와 이 교실을 찾은 게 엄마에 얽힌 추억을 배신하는 행위처럼 느껴진다. 하지만 호기심이 나를 계속 자극한다. 나는 입술을 적신다. "네."

선생님이 따라오라는 뜻에서 몸을 돌리고 나는 뒤따라 나선다. 선생님은 책상 앞에 다다르자 내가 볼 수 있게 모니터를 돌린다.

내 숨이 멎는다. 내가 목요일에 맨 처음 찍은 사진이 화면 위에 떠 워져 있다. 디클랜과 레브가 안마당 이쪽에 앉아 있고 저쪽에서는 치어리더들이 정해진 동작을 연습하고 있는 사진이다.

그럴 줄 알았다. 나도 마음속 한구석에서는 이 사진일 줄 알고 있었다.

"아주 마음에 들어." 제라디 선생님이 황급히 입을 연다. "양측 중간의 여백 덕분에 표지 사진으로 쓰기에 완벽하다고 본다. 치어리더들은 애교심과 협동심을 상징하니 그쪽 절반은 앞표지에 싣고, 우정과 고등학교에서 누구나 가끔 느끼는 고립감을 상징하는 두 남학생은 뒤표지에 —"

"잘 모르겠어요." 나는 쉰 목소리로 말한다.

"잘 모르겠다고?"

"쟤네들한테 물어봐야 해요."

"여학생들? 아는 애들이니? 학년이 시작할 때마다 학부모님들이 정보 제공 동의서에 서명을 하거든. 그래서 연감에 넣을 사진에 대해 개별적으로 허락을 받을 필요가 —"

"아뇨." 내 목소리가 다시 갈라진다. 레브가 사진을 지우지 않아도 된다고 했지만 그렇다고 해서 우리가 졸업하는 해 연감 표지 사진으로 써도 된다는 건 아니다. 해마다 연감이 몇 권이나 제작되는지 모르겠지만 졸업생 숫자만 팔백 명이 넘는다. "아뇨, 남자애들이요."

"그래." 선생님은 영문을 몰라 하는 말투다. "문제의 소지가 있다고 생각하니?"

살아가면서 맞닥뜨리는 길과 그것이 예정되어 있는지 여부를 두고 더 다크와 나누었던 대화가 계속 생각난다. 운명의 여신은 디클랜 머피와 레브 플레처가 걷는 길 쪽으로 나를 내몰기로 작정한 모양이다. "저도 잘…… 모르겠어요."

선생님이 머뭇거린다. "나한테 얘기하지 않은 무언가가 있니?"

조심스러워하는 말투라 나는 화면에서 시선을 뗀다. "네?"

"중요한 문제인 것 같아서. 나로서는 왜인지 잘 모르겠다만."

"그냥…… 표지로 써도 되는지 확인하고 싶어서요."

선생님이 나를 유심히 들여다본다. "내가 물어볼까?"

나는 어떤 시나리오가 펼쳐질지 상상해 본다. 애초에 찍고 싶지도 않았던 사진을 연감에 쓰겠다고 처음 보는 선생님이 의사를 타진한다?

목요일 오후에 그런 식으로 나왔던 디클랜이 어떤 반응을 보일지 짐작이 되고도 남는다.

"아니에요." 나는 얼른 대답한다. "제가 물어볼게요."

선생님이 응원하는 눈빛으로 나를 본다. "그럼 네가 직접 편집할 거지?"

"네. 그럼요." 나는 갑자기 여기서 빠져나가고 싶어진다. "이번 주 중으로 하면 되죠?"

나는 대답을 기다리지도 않고 시한폭탄이 설치되기라도 한 것처럼 그 교실에서 뛰쳐나간다.

학교 건물 밖으로 나가보니 주차장이 반쯤 비어 있다. 방과 후에 운동부나 동호회 활동이 있는 아이들이 타고 온 차만 남아 있는데, 나는 둘 중 어느 쪽에도 해당하지 않는다.

아, 그리고 레브와 디클랜의 차도 남아 있다.

두 사람은 디클랜의 차 뒤편에 서 있다. 그 차는 내가 기억하는 그 대로이지만, 밝은 대낮에 보니 도색이 시급해 보인다. 그들은 트렁크 문 위로 몸을 숙이고 있다. 디클랜 손에 담배가 들려 있다.

나는 주차장 한가운데 옹기종기 모여 있는 잡목 아래에서 걸음을 멈춘다. 이렇게 곧바로 두 사람을 만날 줄은 몰랐지만 그들이 아직 여기 있다는 데 놀라지는 않는다. 문제의 그 사진을 찍은 지난주 목요일에도 그들은 여기 있었다. 내 차로 가려면 그들 앞을 지나가야 하는데, 디클랜의 눈빛을 보니 오늘 아침에 구내식당에서 내게 다가왔을 때와는 분위기가 전혀 다르다는 것을 알 수 있다.

저기, 너한테 물어보고 싶은 게 있었는데.

뭐였을까?

"스토커인가 봐?" 디클랜이 외친다.

하지만 냉랭한 말투가 아니다. 놀리는 건가?

나는 겸연쩍어하며 나무 밖으로 나서지만 그들과 5미터 정도 거리를 두고 주차장 한복판에서 걸음을 멈춘다. "방해하고 싶지 않아서 그랬어…… 뭘 하고 있는지는 모르겠지만."

"뭘 하고 있는지 모르겠다고?" 디클랜이 담배를 한 모금 빤다. "시간 때우는 중이야."

"교내에서는 흡연 금지야."

디클랜은 담배를 다시 한 모금 빨고는 연기로 도넛을 만든다. "내가 담배 피우는 것에 엄청 신경 쓰는 눈치다?"

"나는 담배 싫어. 구역질 나."

생각하고 말고 할 겨를도 없이 내 입에서 이 말이 튀어나온다. 나는 디클랜이 폭언을 퍼붓거나 내 쪽으로 담배를 던질 경우에 대비해 마음의 준비를 한다.

하지만 그는 그러지 않는다. 오히려 놀란 표정을 지으며 담배를 바닥에 떨어뜨리고 발로 비벼서 끈다. "미안. 몰랐어."

디클랜의 어깨에서 날개가 돋았던들 이보다 더 충격적이지는 않았을 것이다. 나는 놀라지 않은 척하느라 가짜로 헉 소리를 낸다. "하지만 담배를 안 피우면 무슨 수로 문제아 분위기를 유지할 건데?"

"방법이 있겠지."

레브는 천천히 박수를 치더니 내 쪽으로 고개를 숙인다. "고마워. 나도 싫었어."

디클랜은 그를 노려본다. "조용히 해, 레브." 디클랜이 다시 내 쪽으로 시선을 돌리더니 나를 위아래로 훑어본다. "아직도 내가 무서워?"

"아니."

"그럼 거기 왜 그러고 서 있어?"

그게 자기들이랑 노닥거리자는 뜻인지 뭔지 모르겠지만 아무튼 나는 몇 걸음 다가간다. "뭐 때문에 시간을 때우는 중이야?"

디클랜은 어깨를 으쓱하고는 자기 차에 기댄다. "내가 갈 수 있는 데가 세 군데쯤 되거든. 그중에서 여기가 새아빠가 소리를 질러도 들리지 않는 곳이라."

나는 디클랜에게서 시선을 거둘 수가 없다. 거의 그의 말소리조차 귀에 들리지 않을 지경이다. 햇빛 아래에 서 있는 그 모습이 잘생겨 보인다. 머리칼은 붉게 물들었고 어떤 표정을 지어도 얼굴에서 빛이 난다. 하루 종일 보고 있어도 질리지 않겠다. "그리고 여기 있으면 네가 타고 다니는 빈티지 머스탱이랑 같이 폼 잡을 수도 있고 말이지."

디클랜의 얼굴이 딱딱하게 굳는 것을 보고 나는 내가 말실수를 했음을 깨닫는다.

레브가 나지막이 휘파람을 분다. "그건 싸우자는 말인데."

"이거 머스탱 아니야." 디클랜이 말한다. 담배에 대해 면박을 들었을 때보다 더 기분 나빠하는 투다.

"그렇구나. 그럼 뭔데?"

"닷지 차저." 디클랜은 코웃음을 친다. "내가 왜 놀라워하는지 모르겠네."

"내 눈에는 다 똑같아 보여서."

디클랜은 주차장 저편에 세워져 있는 내 신형 혼다를 손가락질한다. "저 차랑 이 차는 다르게 생겼잖아." 자기 차를 엄지손가락으로 가리키며 하는 말이다. "저 두 차도 다르게 생겼고." 이번에는 다음 줄에 주차된 미니밴과 문 네 개짜리 세단을 가리키며 하는 말이다.

"그렇구나."

디클랜은 주머니에서 휴대 전화를 꺼내 잠금을 해제한다. "자. 머스탱은 어떻게 생겼는지 보여 줄게."

레브가 전화기를 잡는다. "아니. 그만해." 그러곤 화면의 시계를 보았는지 이렇게 말한다. "어차피 이제 가야 해."

나는 다시 한 걸음 다가간다. "어디 가는데?"

내가 무슨 생각으로 그걸 물었는지는 모르겠지만 디클랜을 붙잡고 싶은 마음이 있었다는 건 안다. 우리가 운명의 장난으로 서로 맞닥뜨렸을 때마다 늘 그랬듯 이 순간도 내가 마음의 준비도 하기 전에 끝나려는 것 같았다.

레브는 디클랜과 서로 흘끗 쳐다보더니 후드를 뒤집어쓴 얼굴로 나를 보며 미소를 짓는다. "애 보러. 같이 갈래?"

"베이비돌 봐 주는 거야?"

레브가 고개를 끄덕인다.

"무섭냐?" 디클랜이 도발하는 눈빛으로 나를 비웃는다.

"전혀." 나는 거짓말을 한다. "가자."

*

레브의 집은 로언의 집과 판박이다. 이리저리 뻗은 1층 위로 0.5층씩 엇갈리게 배치됐고 대로변까지 잔디밭이 길게 이어진다. 레브의 집은 베이지 색 외벽에 갈색 테두리가 아니라 파란색 외벽에 흰색 테두리지만 이 동네는 상당히 전형적인 중산층 주택가다. 나는 이 대로변의 어느 집 문을 열고 들어가더라도 뭐가 어디 있는지 절반의 확률로 알아맞힐 수 있다. 레브의 집에서 의외인 점은 전혀 없다.

내가 깜짝 놀랐던 부분은 레브의 어머니를 보고 그가 입양아라는 사실을 깨달은 것이다.

내 이성이 논리적인 대화에 앞서 큰 그림을 파악할 필요성을 느끼기라도 한 듯 레브를 둘러싼 퍼즐이 연쇄적으로 빠르게 제자리를 찾아간다. 디클랜은 레브가 그의 아버지와 분리됐다고 말한 적이 있다. 내가 그걸 한 귀로 듣고 한 귀로 흘렸다.

레브는 자기 어머니가 오후에 일을 할 거라 했고, 전에 그 어머니가 회계사라는 얘기도 들은 적 있으니 나는 펜슬 스커트를 입고 우왕좌왕하는 모습을 상상했다. 그런데 짧게 친 머리와 육감적인 몸매, 밀가루를 뒤집어쓴 빨간색 티셔츠와 청바지가 나를 맞이할 줄이야. 환한 미소가 어쩌나 따스한지 내가 이 집으로 초대됐다는 것이 기쁘게 느껴질 정도다.

레브의 어머니는 조그맣게 어서 오라고 속삭이며 우리가 학교에서 몇 년 만에 돌아오기라도 한 것처럼 안아 준다. 이렇게 거리낌 없이 환대를 받다니 기분이 묘한 동시에 좋다. 그녀는 바닐라와 설탕과 베이비파우더 냄새를 풍긴다. 나와 인사할 차례가 되자 "만나서 정말 반갑다. 크리스틴이라고 불러 줘."라고 속삭이고는 안쪽으로 안내한다.

나는 왜 그렇게 속삭이나 싶어 당황스럽지만, 바보가 된 듯한 기분을 달래며 마주 속삭인다. "안녕하세요. 저는 줄리엣이에요."

디클랜이 내 쪽으로 바짝 몸을 숙이고 나지막이 중얼거린다. "아이가 자고 있나 봐."

"아." 디클랜의 입김이 내 귓가를 스치고 지나가자 뺨이 화끈하게 달아오른다. "조용히 있을게요." 내가 말한다.

"무슨 소리." 크리스틴은 말한다. "시끄러워질 것 같으면 지하실로 내려가면 돼." 그녀는 베이비 모니터를 레브의 손에 쥐어 준다. "쿠키 좀 챙겨서 갖다 줄게. 하지만 그런 다음에는 사무실로 들어가야 해."

"고마워요, 엄마." 레브는 나를 흘끗 쳐다보더니 무미건조한 목소리로 묻는다. "지하실로 내려가서 시끄럽게 놀아 볼래?"

레브가 놀리느라 한 말인 걸 알지만 도발적으로 들리기에 내 뺨에서 그야말로 불이 난다.

크리스틴이 레브를 찰싹 때린다. "얼른 내려가기나 해. 엄마 일해야 하니까."

너무나 평범하고 너무나 스스럼없다. 우리 엄마는 절대 이런 적이 없었다. 놀러 온 내 친구들을 자주 맞이할 수 있을 만큼 집에 있지도 않았다. 회한이 내 가슴속으로 스며들지만 먼저 계단을 내려가는 두 아이를 따라가는 수밖에 없다.

지하실은 단단한 나무 바닥이고 완전히 뻥 뚫려 있다. 한쪽 구석에 벽걸이 TV와 소파가 놓여 있다. 다른 쪽 구석에는 문이 두 개 달렸는데, 아마도 세탁실과 화장실 문인 듯하다. 세 번째 구석에는 알록달록한 매트와 놀이용 칠판이 있고 장난감이 담긴 상자가 벽을 따라 깔끔하게 쌓여 있다. 계단으로 반쯤 에워싸인 마지막 구석에는 검은색의 두툼한 매트 위에 웨이트 벤치가 놓였고 천장에 펀칭백 비슷한 게 달려 있다. 프리 웨이트 기구가 벽을 따라 놓여 있고 그 위로 일렬로 거울이 달렸다.

레브가 디클랜을 흘끗 쳐다보고 둘이 서로 무언의 메시지를 주고받은 눈치다. 하지만 어떤 메시지일지 내가 분석할 겨를도 없이 레브가 나를 돌아보며 묻는다. "마실 것 좀 줄까?"

나는 대답하려고 숨을 들이마시다가 ─사레가 든다. 애정이 넘치는 어머니를 만나고 났더니 내가 얼마나 많은 걸 잃었는지 실감이 난다. 상심으로 톱니바퀴가 엉망진창으로 꼬이자 머리가 작동을 멈춘다.

묘지에 가야 한다. 엄마를 만나러 간 지 며칠이 지났다. 댄스파티 도중에 뛰쳐나온 이후로 간 적이 없다. 그런데 나는 지금…… 뭘 하고 있는 걸까? 숨고 있는 걸까?

맞는다. 나는 숨고 있다. 슬픔이라고는 모르는 이들의 평범한 생활 뒤로 숨고 있다.

이들은 친구도 아닌데.

죄책감이 내 심장을 강타한다. 그 충격으로 내가 함몰되는 것이 느껴진다.

엄마한테 뭐라고 해야 할까? 미안해요, 엄마. 내가 남자애한테 정신이 팔렸어요.

크리스틴이 계단을 내려오고 심장을 누르던 중압감이 뚝 하고 끊긴다. 나는 심호흡을 하고 눈물이 흐르지 않게 눈을 깜빡이며 잠깐 고개를 돌린다. 크리스틴은 소파 뒤편의 테이블 위에 접시를 내려놓고 살금살금 계단을 다시 올라간다.

다행이다. 이 순간에는 따뜻한 모성애를 감당하지 못했을 것이다. 나는 지금 누가 머리카락 한 올만 잘못 건드려도 폭발할 것 같은 느낌이다.

정신 차려야 한다. 사람들이 나를 피하는 이유가 이 때문이다. 누가 마실 것 좀 주겠다는데 공황 발작을 일으키다니.

"괜찮아." 디클랜이 내 옆으로 다가와 현관에서 그랬던 것처럼 조용하고 부드럽게 중얼거린다. 줄곧 빡빡하게 굴던 아이가 그렇게 부드럽게 나오니 나는 놀라서 눈을 깜빡이며 그를 올려다본다.

"괜찮아." 디클랜이 같은 말을 반복한다.

그의 확신에 찬 말투가 좋다. '괜찮아?'가 아니다. 묻는 게 아니다.

괜찮아.

디클랜은 한쪽 어깨를 살짝 으쓱한다. "그런데 못 버틸 것 같으면 여기가 무너지기에 상당히 안전한 곳이긴 해." 그는 접시에 담긴 쿠키를 두 개 집어 내 쪽으로 한 개를 내민다. "자. 네 감정을 실어서 먹어."

나는 됐다고 하려다 쿠키를 쳐다본다. 내가 예상했던 건 설탕이나 초콜릿 칩 같은 기본적인 쿠키다. 그런데 이건 미니 파이처럼 생겼고 윗면에서는 설탕이 번들거린다. "그게…… 뭐야?"

"피칸파이 쿠키." 레브가 대답한다. 이미 그걸 다섯 개 정도 먹어 치웠는데, 내가 보기에는 한꺼번에 두 개씩 입 안에 욱여넣은 듯하다. "난 며칠 동안 이 쿠키만 먹고 살 수도 있어."

나는 디클랜이 내민 쿠키를 받아서 옆면을 살짝 뜯어먹는다. 맛이 끝내준다.

나는 그를 곁눈질한다. "어떻게 알았어?"

그는 머뭇거리지만 그게 무슨 뜻이냐고 묻지는 않는다. "신호를 알거든."

"가서 탄산음료 챙겨 올게." 레브는 일부러 천천히 말한다. "네 것도 하나 들고 올까 하는데. 그래도 되면 눈을 한 번 깜빡거려 줘."

나는 웃지만 눈가가 촉촉해지는 게 느껴진다. 레브가 나를 놀리는 중이다. 살살. 다정하게. 나는 눈을 한 번 깜빡인다.

괜찮다. 정말 괜찮다. 디클랜의 말이 맞았다.

"펀칭 백에 대고 풀어." 레브가 외친다. "나는 그러거든."

내 눈이 동그래진다. "진짜?"

"마음대로 해." 디클랜이 말한다. "우리가 뭔가 의미 있는 일을 시작하자마자 아이가 깰 거야."

레브가 탄산음료 세 개를 들고 온다. "우리 지금도 의미 있는 일하고 있잖아."

"그래?" 나는 되묻는다.

레브가 내 눈을 똑바로 쳐다본다. "모든 순간이 의미 있는 순간이니까."

닭살처럼 들릴 수도 있는, 아니 닭살처럼 들릴 수밖에 없는 발언이지만 느껴지는 무게감 때문에 진심이라는 걸 알 수 있다. 나는 더다크와, 인생 항로와 상실과 죄책감을 두고 나눈 우리의 대화를 떠올린다.

디클랜은 한숨을 쉬며 자기 탄산음료 뚜껑을 딴다. "이러니까 사람들이 레브한테 기겁하는 거라고."

"아냐." 나는 이렇게 말하고, 오늘 오후가 이보다 더 꿈같을 수 없겠다는 생각을 한다. 레브의 말을 듣고 나니 좀 전에 느꼈던 죄책감이 어느 정도 해소가 되면서 여기 있는 것이 엄마의 산소를 찾아가는 것 못지않게 의미 있는 일이 될 수 있다는 생각이 든다. 이 길이 내가 걸어야 하는 길이 맞는지 알 수 있으면 좋겠다. "아냐, 나는 좋아. 정말 펀칭 백 때려도 돼?"

레브는 어깨를 으쓱하고 탄산음료를 한 모금 마신다. "그걸 때리든지 플레이도우를 잡아 뜯든지 둘 중 하나를 선택해."

우리는 지하실의 그쪽 구석으로 다가간다. 레브는 다리를 벌리고 서 웨이트 벤치에 걸터앉고, 디클랜은 짐볼 위에 앉아서 구석에 몸을 기댄다. 나는 아무렇지 않게 자세를 잡는 두 사람을 보며, 로언과 내가 로언의 방이나 우리 집 지하실에 있는 푹신한 소파를 우리만의 공간으로 여기듯 그들에게도 여기가 그들만의 공간인가 하는 생각을 한다.

나는 폭력을 좋아하는 성격이 아니지만 뭔가를 때린다는 발상이 마음에 든다.

나는 손을 뒤로 뺐다가 온몸의 체중을 실어서 앞으로 내지른다.

아야. 아야. 펀칭 백이 살짝 흔들리기는 하지만 충격으로 내 팔이 울린다. 모든 손가락의 모든 관절을 삔 것 같지만 충격을 느낄 수가 있고 오랜만에 뭔가를 제대로 느낀 게 처음이다. 기분이 끝내준다. 우리 집 지하실에도 이걸 설치해야겠다.

나는 이를 악물고 다시 한번 주먹을 날리기 위해 팔을 뒤로 뺀다.

"우아." 누군가가 앞으로 날아가던 내 팔을 잡는다.

나는 숨을 헐떡이며 그대로 서 있고 디클랜이 내 팔꿈치를 잡는다. 그의 눈썹이 저 위로 올라가 있다.

"아니…… 나 원 참." 디클랜이 말한다. "성차별적인 발언은 하고 싶지 않지만 차를 두고 그렇게 말했던 애가 그런 펀치를 날릴 줄은 몰랐네."

나는 뒤로 물러나 바보가 된 기분을 느끼며 허리를 편다. "미안."

"뭐가 미안한데?" 그는 정신 나간 사람 대하듯 나를 쳐다본다. "나는 네가 손목 부러뜨릴까 봐 이러는 거야."

"자." 레브가 반쯤 일어나 검은색의 푹신한 글러브를 건넨다. 나는 후드를 벗은 그를 보고 내 옆에 있는 것이 편안해져서 그런 건지 아니면 그냥 더워서 그런 건지 궁금해한다. "제대로 때리고 싶으면 글러브 끼고 해."

베이비 모니터가 삑삑거리자 그는 몸을 일으킨다. "일어났다. 잠시 후에 다시 올게."

레브가 사라지자 지하실은 완벽한 정적으로 덮이고 디클랜과 나만 남는다. 글러브와 함께 남겨진 나는 조금 웃기기도 하고 조금 당황스럽기도 하고 조금 사나워진 것 같기도 하다.

"그거 낄 거야, 말 거야?" 그의 말투는 그 어느 때보다 날카롭고 도발적이다.

손목에 달린 찍찍이 끈 쓰는 법을 파악하느라 시간이 좀 걸리지만 얼른 글러브 안으로 손가락을 집어넣는다. 두툼한 쿠션이 손을 감싸는 것이, 복싱용 글러브와 벙어리 장갑을 반씩 섞어 놓은 것 같다.

너무 열심히 고민하면 현관 밖으로 뛰쳐나가게 생겼기에 나는 눈을 감고 팔을 휘두른다.

좀 전의 충격이 또다시 느껴지지만 글러브를 껴서 다행이다. 손가락뼈가 부러질 것처럼 느껴지지 않고 찍찍이 끈이 손목을 고정시켜 준다. 나는 좀 더 세게 때린다. 한 번 더. 또 한 번 더. 충격이 전신을 관통하고 뱃속이 뜨끈해진다. 나는 숫자를 세다가 도중에 잊어버린다.

"눈 떠."

내가 눈을 떠보니 그가 흔들리지 않게 뒤에서 펀칭 백을 잡고 있다. 언제부터 거기 서 있었는지 모르겠다.

"좀 더 가깝게 서." 디클랜이 말한다.

나는 그의 파란 눈을 올려다보며 좀 더 가까이 다가간다.

"더 가깝게." 디클랜이 다시 말한다.

나는 펀칭 백을 끌어안을 수도 있을 만큼 가깝게 다가간다. 숨이 가쁘지만 펀칭 백을 때리느라 그런 것만은 아니다. "이 정도면 돼?" 나는 나지막이 묻는다.

디클랜의 눈이 내 눈을 똑바로 쳐다본다. "손을 완전히 뻗지 않는 게 좋아."

나는 새침한 척하고 싶지만 진지한 말투가 나온다. "내가 네가 생각했던 것보다 더 힘이 세?"

"내가 생각했던 것만큼, 딱 그만큼 힘이 세."

그 말이 필요 이상으로 묵직하게 느껴지는데, 왜 그런지 잘 모르겠다. 어쩌면 모든 순간이 의미 있기 때문이겠지만 이 순간만큼은 더욱 의미 있게 느껴진다.

나는 무하마드 알리라도 된 것처럼 발뒤꿈치로 뛰며 펀칭 백을 툭툭 두드린다. 아마 우스꽝스럽게 보일 것이다.

그는 고개를 모로 꼰다. "자. 쳐 봐."

나는 다시 한 대 때리지만 내 눈은 그의 눈을 향해 있다. 아까에 비해 주먹에 힘이 실리지 않는다. 그에게 끌리는 것이 더 다크를 향한 배신처럼 느껴져서 갈피를 잡지 못하겠다. 하지만…… 어쩔 수가 없다. 디클랜은 까탈스럽고 다혈질이며 신랄하지만 그 안 깊숙한 곳에 애정이 넘치고 남을 보호할 줄 알며 의리 있는 소년이 숨어 있다.

나는 디클랜의 그런 면을 좀 더 접하고 싶다.

휴대 전화 벨이 울리자 그는 주머니에서 전화기를 꺼낸다. 화면을 흘끗 쳐다본 그의 표정이 어두워지고 그는 전화기를 다시 주머니에 넣는다.

"새아빠야." 그는 궁금해하는 내 눈빛을 보고 이렇게 말한다.

"받아야 하는 거 아니야?"

"무음으로 해 놨다고 하면 돼."

거의 곧바로 벨이 다시 울리기 시작한다. 이번에는 주머니에서 전화기를 꺼내지도 않는다.

"이러다 포기할 거야." 디클랜이 말한다.

나는 길에서 그의 새아버지를 만났던 것과 그가 어떤 식으로 디클랜을 도발했는지 기억하지만— 디클랜이 당장 맞받아치기는 했었다. "새아버지랑 잘 안 맞나 보구나."

그는 코웃음을 친다. "야생에서는 수컷들이 새롭게 짝짓기를 하면 그 암컷이 키우던 새끼들을 죽인다는 얘기 못 들어봤어? 앨런은 그러고도 남을 인간이야."

그의 전화벨이 고집스럽게 다시 울린다.

"너랑 정말 통화를 하고 싶으신 모양인데." 나는 말한다.

디클랜은 정말로 전화기를 무음으로 해 버린다.

우리는 잠깐 아무 말 없이 그 자리에 서서 서로를 바라보기만 한다.

"나를 찾고 있었어?" 그가 묻는다. "학교에서 나왔을 때 말이야."

그의 목소리는 조용하고 굵직하며 깊고 다정하다. 욱하는 성격이 전혀 드러나지 않는다. 그 목소리가 왠지 모르게 너무나 안심이 되게 느껴지는 이유는 그 이면에 숨겨진 거친 면모를 목격한 적 있기 때문일까? 나는 펀칭 백에 이마를 대고 눈을 감고 그에게 오 분 동안만 말을 걸어 달라고 부탁하고 싶어진다.

나는 펀칭 백을 쳐다보며 제대로 한 번 때린다. 뭐라고 대답하면 좋을지 고민할 시간을 벌기 위해서다. "내가 너랑 레브 찍은 사진 기억하지?"

"내가 지워 달라고 '부탁했어야 하는' 사진 말이야?"

나는 하던 동작을 멈추고 그를 쳐다본다. "지금 나 놀리는 거야?"

"아니." 그는 뉘우치는 표정을 짓고 있다. "네 말이 맞아. 내가 먼저 부탁했어야 하는데."

아. 나는 숨을 쉬라고 내 자신을 다그친다. 펀칭 백을 다시 한번 때린다. "레브가 지울 필요 없다고 하던데."

"아, 걔가 그래?"

나는 머뭇거리며 글러브 너머로 그를 쳐다본다. 머리칼이 몇 가닥 흘러내려 눈을 찌른다. "응. 그러더라고."

"그래서 그 사진 어떻게 했어?"

나는 어쩔 수 없이 펀칭백을 한 번 더 때린다. "제라디 선생님이 그걸 연감 표지로 쓰고 싶대."

"설마."

"진짜야." 나는 머뭇거린다. "정말 마음에 들어 하시는 눈치야. 내가 너희들한테 그래도 되겠는지 물어보겠다고 말씀드렸어."

디클랜은 믿기지 않아 하는데, 좋은 쪽으로 그런 게 아니다. 조용하고 다정하던 목소리는 온데간데없이 사라진다. "그 선생님이 나랑 레브 사진을 연감 커버로 쓰겠다고?"

"음. 그런 셈이야. 너희는 뒤표지가 될 테지만." 내가 종알대는 동안 그의 표정이 점점 어두워지지만 멈출 수가 없다. 내가 횡설수설하는 이유는 열차가 출발해 버리기 전에 디클랜을 진정시키기 위해서다. "랩 표지라 치어리더들이 앞면에 쓰일 테고 책등을 넘어가면 우정과 고립감의 상징으로 —"

"너 미쳤어?" 그가 으르렁거리듯이 내뱉는다. 눈빛이 험악하다.

나는 몸을 움츠리지 않으려고 마음을 다잡는다. "도대체 왜 그렇게 노발대발하는지 —"

"그 표지는 내가 있을 곳이 아니야. 올해를 계속 기억나게 하는 사진은 필요 없고, 남들 다 볼 수 있게 그 사진으로 연감을 두르고 싶은 생각은 더군다나 없어." 그가 펀칭 백을 강타하자 펀칭 백이 내 글러브에 맞고 튕기지만 나는 뒷걸음질 치지 않는다. "올해는 내 인생 최악의 해야. 알아들어?"

펀칭 백이 앞뒤로 흔들리고 있다. 나는 그 반동을 이용해 펀칭 백을 그에게로 냅다 던진다. "내 기분은 어떨 것 같아?" 나는 목소리가 갈라지지만 신경 쓰지 않는다. "그 사진을 찍은 사람이 나야."

그는 펀칭 백을 잡은 채 그대로 얼어붙는다.

갑작스러운 정적 속에서 내 숨소리만 요란하게 들리고 나는 그의 표정을 읽을 수가 없다. 분노는 여전하지만 다른 뭔가가 있다. 충격. 부끄러움? 어쩌면 후회.

감당할 수가 없다. "뭐?" 말이 끊긴다. 뜨거운 눈물이 내 뺨을 타고 흐른다. "끔찍한 한 해를 보내고 있는 사람이 너뿐인 줄 알아? 너는 나에 대해 아무것도 몰라, 디클랜 머피. 너 말고 남 생각도 좀 해 봐."

"어이, 디크." 레브가 아이와 무선 전화기를 안고 지하실 계단을 달려 내려온다. 그만 좀 싸우라고 간청하기보다 다급한 목소리다. "앨런 전화야."

나는 그 참에 얼른 뺨으로 흘러내린 눈물을 닦는다.

디클랜은 전화기를 받아서 귀에 갖다 댄다. "왜요."

잠시 후 그의 표정이 굳는다. "어떻게 됐다고요?" 다시 정적이 흐른다. "지금 당장 갈게요." 다시, 이번에는 아까보다 짧은 정적이 흐른다. "상관없어요, 앨런. 지금 출발해요." 그런 다음 그는 버튼을 눌러 전화를 끊는다.

그는 다시 나를 돌아보지만 눈빛에서 다정하거나 공감하는 기미는 조금도 찾아볼 수 없다. "네 마음대로 해, 줄리엣. 나는 상관없어." 그러고는 자기 주머니에서 열쇠를 꺼내며 몸을 돌린다.

"무슨 일이야?" 레브가 묻는다. "디크, 잠깐만. 어디 가는데?"

"병원. 엄마가 저녁 만들다 쓰러져서 앨런이 구급차를 불렀대." 그는 기다리지 않고 곧장 계단을 올라간다.

"기다려." 레브가 말한다. "디크, 기다려. 내가 엄마 부를게. 나랑 같이 가자."

"못 기다려."

이제 내 귀에 들린다. 그의 목소리에 깃든 공포가.

내가 너무나도 생생하게 기억하는 감정이다.

디클랜은 문지방을 넘었다.

"아기 내가 받을게." 나는 레브한테 말한다. "가. 쟤랑 같이 가."

30장

받은 편지함: 더 다크

새로 수신된 메시지 없음.

내가 왜 계속 앱을 새로 고침 하는지 모르겠다. 나는 한 시간 전에 줄리엣의 곁을 떠났고 레브는 그녀에게 아이를 맡겼다. 아이가 온 사방을 헤집고 다니는 마당에 줄리엣이 조용히 앉아서 내게 이메일을 보낼 리 만무하지 않은가. 가뜩이나 디클랜 머피와 더 다크가 동일 인물이라는 것도 모르는 마당에.

하지만 또 한편으로는 그녀가 알아 주었으면 좋겠다는 생각이 든다.

나는 목덜미를 문지른다. 응급실 앞 대기실은 사람이 많고 답답하다. 앨런은 보이지 않는다. 내가 문자를 보내고 전화를 걸어도 묵묵부답이다.

앨런이 세 번이나 전화했는데 내가 받지 않았던 게 계속 떠오른다.

한편으로는 앨런이 나를 열 받게 만들려고 일부러 그러는 거라는 냉소적인 생각이 든다.

다른 한편으로는 엄마의 상태가 워낙 심각해서 그가 휴대 전화를 확인할 겨를도 없는 건 아닌지 걱정이 된다.

엄마가 그에게 금요일 밤에 속이 안 좋았다는 얘기를 했을까? 아마 그는 몰랐을 것이다. 내가 귀띔을 했어야 하는 거였을지 모른다.

엄마가 쓰러졌다니. 그게 무슨 뜻일까? 심장 마비였을까? 심장 마비였다면 앨런이 얘기하지 않았을까? 엄마가 그냥 정신을 잃은 건지도 모른다.

하지만 부엌 한복판에서 정신을 잃을 이유가 뭐가 있을까?

엄마는 저녁을 만들고 있었다는데 그러다 다쳤을까? 어떻게 된 걸까?

나는 양손으로 얼굴을 문지르고 숨을 토한다. 천장에 달린 스피커에서 음악 소리가 흘러나오지만 제정신이 박힌 사람이라면 듣지 않을 만한 채널에 맞춰져 있다. 흘러간 옛날 발라드가 나오는 채널이고 가수가 한 음을 길게 뺄 때마다 스피커가 지직거린다. 나는 계속 다리를 흔든다. 초조해서 미칠 것 같다.

고개를 들자 유방암의 징후를 설명하는 맞은편 포스터가 눈에 들어온다.

유방암에 걸리면 기절하나? 전혀 모르겠다. 나는 고개를 돌린다. 이번에는 심장병을 알리는 다른 징후에 내 시선이 머문다.

나는 의자에서 벌떡 일어난다. "다시 한번 물어봐야겠어."

"디크." 레브의 목소리는 침착하고 안정적이다. "십 분 전에 물어

봤잖아."

그 말이 맞는다. 나는 지금 십 분마다 물어보고 있다. 병원 측에서는 보호자 한 명만 들어갈 수 있다고, 앨런이 나올 때까지 기다려야 된다고 한다.

그런데 그는 나올 줄 모른다.

카운터에 앉아 있는 여자가 계속 나를 흘끗거린다. 내가 그녀의 신경에 거슬리기 시작했다는 걸 알겠다. 여기서 내쫓기면 나는 무슨 짓을 저지를지 모른다.

나는 다시 의자에 털썩 주저앉는다. 심장 고동 소리가 귓전을 때려 맥박이 뛸 때마다 의식이 된다. 나는 두 손으로 머리칼을 쓸어 넘긴다. 어깨에 너무 힘이 들어가서 뭐라도 때려야 긴장을 해소할 수 있겠다.

레브가 한 손을 내 어깨에 얹자 나는 그대로 얼어붙는다. 순간 그가 하느님의 의도 어쩌고 하며 성경 구절을 읊으면 내가 한 대 칠 것 같아서 겁이 난다. 성경 구절이 아니라 괜찮으실 거야 아니면 혈당이 떨어져서 그러셨겠지, 지금 탄산음료 마시고 계실지 몰라, 이런 식의 공허하고 의미 없는 말이라도 결과는 마찬가지일 것이다.

하지만 그는 레브이고 내 절친이고 그런 말을 하지 않는다. 내 어깨에 손을 얹은 채 가만히 앉아서 아무 말도 하지 않는다.

나 혼자가 아니라는 것이 어느 정도는 위안이 된다. 하지만 한참을 앉아 있다 보니 공포가 나를 짓누른다.

나는 앨런에게 다시 문자를 보낸다.

답이 없다.

전화를 걸자 곧장 음성 사서함으로 넘어간다.

그가 전화기를 꺼 놓은 것이다.

가슴이 옥죄어 온다. 숨을 쉴 때마다 고통스럽고 목구멍이 말을 잘 듣지 않는다. 더는 침묵 속에 앉아 있지 못하겠다.

"아무래도 엄마가 어디 아픈 것 같아."

레브가 내 쪽으로 몸을 기울인다. 내 목소리에 맞춰서 나지막이 묻는다. "왜?"

"홈 커밍 파티하고 들어간 날 엄마가 토하는 걸 봤거든." 목소리가 떨리기 직전이다. 나는 눈가가 촉촉해지는 게 느껴지자 카펫에 시선을 고정한다.

레브는 잠시 아무 말도 하지 않는다. "그때면 불과 금요일이잖아. 장염이었을 수도 있어."

나는 고개를 젓는다. "장염 같아 보이지 않았어. 그리고 어제는 멀쩡했고." 나는 그대로 얼어붙는다. 눈물 한 줄기가 뺨을 타고 흘러내리자 얼른 닦는다. "아니다. 어제도 멀쩡하지 않았다. 낮잠을 주무셨어. 대낮에."

잠시 후에 또 다른 게 떠오른다. 홈 커밍 전에 같이 저녁을 먹는 자리에서 엄마 괜찮아지셨느냐고 크리스틴이 묻지 않았던가. "크리스틴도 지난 주말에 엄마가 몸이 안 좋아 보였다고 했잖아."

레브도 거기에 대해서는 아무 말 하지 않는다. 레브도 크리스틴이 했던 말을 기억하는 것이다.

어쩌면 엄마는 아픈 지 제법 됐을지도 모른다.

모든 순간이 의미 있는 순간이니까. 가끔 재생해 보면 레브의 말이 불길한 예감처럼 느껴질 때도 있다.

여기 앉아 있는 매 순간마다 엄마가 곁에 없다.

레브의 휴대 전화가 진동으로 울리는데, 내가 워낙 바짝 붙어 앉아 있어서 소리가 들린다. 그는 주머니에서 전화기를 꺼내 화면을 확인한다. "엄마가 금방 도착하신대. 베이비돌은 아빠가 퇴근하실 때까지 줄리엣이 봐주기로 했고."

크리스틴이 오고 있다니. 이유를 모르겠지만 그로 인해 이 사태가 더욱 심각하게 느껴진다.

나는 눈물이 또 한 방울 뺨을 타고 흘러내리는 걸 막지 못한다. 나는 소매로 뺨을 닦고 거친 숨을 들이마신다.

엄마가 오래전부터 조금씩 죽어 가고 있었을지 모른다. 지금 이 순간에도 그럴지 모르는데, 앨런이 전화기를 꺼 놨기 때문에 나는 그런 줄도 모르고 있다.

분노가 새롭게 가슴을 짓누르지만 공포보다는 차라리 분노가 낫다. 나는 분노를 이해하고 환영한다. 그것이 스멀스멀 내 등을 타고 올라와 어깨를 파고드는 이 순간에조차.

그를 죽여 버리고 싶다.

바로 그때 내 살의가 그를 소환하기라도 한 것처럼 앨런이 쌍여닫이문을 지나 대기실로 들어온다. 긴장했고 피곤해하며 걱정하는 표정을 짓고 있다.

사실상 나와 같다. 이로써 내 분노가 잦아들어야 맞는 걸 텐데, 그렇지가 않다.

그를 벽 밖으로 밀어 버리고 싶다.

"앨런." 내 목소리는 강철도 벨 수 있을 정도고, 그는 내가 응급실을 반쯤 가로지른 다음에서야 내가 자기를 향해 달려오고 있다는 걸 알아차린다. "엄마 어디 있어요? 어떻게 됐어요?"

"목소리 낮춰라." 앨런은 나와 레브를 번갈아 흘끗거리며 우리가 여기 있다는 데 놀란 눈치를 보인다.

"엄마 어디 있어요?" 나는 손바닥에 반달 모양의 손톱자국이 남을 정도로 주먹을 세게 쥔다. "엄마 만나고 싶어요."

"진정해." 레브가 내 옆에서 중얼거린다.

"안 돼." 앨런은 지친 눈을 내 쪽으로 돌린다. "지금—"

"아저씨는 엄마랑 두 시간 동안 같이 있었잖아요." 나는 으르렁거린다. "엄마 만나고 싶어요."

좌절로 그의 표정이 어두워진다. "오지 말라고 했잖니, 디클랜. 이건 아주 개인적인 문제야. 그리고 지금은 네 엄마랑 나, 둘이서—"

나는 그를 밀친다.

아니다, 밀친다는 그 동작을 제대로 표현한 단어가 아니다. 벽을 등지고 있었던 것이 앨런으로서는 다행이다. 덕분에 그는 바닥 대신 벽에 부딪힌다.

레브가 붙잡는 바람에 나는 그의 앞으로 쫓아가지 못한다.

그런데 앨런이 주먹을 불끈 쥐고 나를 덮칠 태세다. 나는 마음의 준비가 되어 있다. 대환영이다. 그의 눈빛은 이글거리고 그가 몇 달 전부터 나를 치고 싶어 했다는 걸 나는 안다.

하지만 그는 꼼짝하지 않는다. 그 자리에 서서 씩씩대며 나를 노려보기만 한다. 레브가 어깨로 나를 누르고 있는 것이 갑자기 과잉 반응처럼 느껴진다.

대기실에 있는 모든 사람의 시선이 우리에게 향해 있다. 데스크를 지키는 간호사가 수화기를 들고 빠르게 얘기하는 소리가 들린다. "······응급실 대기실에서 사고가 벌어질 수도 있겠어서요."

줄리엣이 했던 말이 내 얼굴을 후려친다. 너는 **상당히 공격적이야.**

"레브." 나는 자갈을 씹고 있었던 것 같은 목소리로 말한다. 내 시선은 앨런에게 고정돼 있다. "이거 놔."

그는 놓지 않는다. "너 아직 보호 관찰 기간 안 끝났어."

"알아." 나는 이를 악물고서 말한다. "나 괜찮아."

"철 좀 들어라." 앨런이 쏘아붙인다. "네 엄마한테 이런 꼴을 보여야겠니? 가뜩이나 지금 같은 때."

왠지 모르게 내 몸에서 전의가 모두 빠져나가 버린다. 나는 몸을 비틀어 레브에게서 벗어난다. 경비가 출동하거나 말거나 내가 직접 문을 박차고 응급실 안으로 들어가기 일보 직전이다. 아니면 바닥에 누워서 몸을 동그랗게 말기 일보 직전일 수도 있다.

"레브." 크리스틴이 우리 옆으로 등장해 걱정하는 눈빛으로 나와 앨런을 번갈아 쳐다본다. "어떻게 된 일이니?"

"우리도 몰라요." 레브는 말한다. 그도 앨런을 노려보고 있다. "아무도 얘기를 해 주지 않아서."

앨런은 크리스틴을 쳐다본다. 불량 청소년을 같이 상대할 어른이 등장해 안심하는 눈치다. "애네들 집으로 데리고 가 줄 수 있어요? 나는 오늘 밤에 애비 옆에 있을 생각이라서요."

"그럴게요." 크리스틴이 이렇게 말하고 나와 레브를 흘끗 쳐다보고는 다시 그를 돌아본다. "별문제 없는 거죠?"

나는 온 힘을 다해 꼼짝하지 않는다. 이제 경비가 데스크 옆에 서 있다. 아직은 그가 거리를 두고 있지만 아무도 소란을 벌이지 못하게 단속하려고 출동한 게 분명하다. "어떻게 된 일인지 알려 주기 전에는 집에 가지 않을 거예요, 앨런."

간호사 하나가 두툼한 케이스에 담긴 아이패드를 들고 그의 뒤에서 쌍여닫이문 밖으로 나온다. "브래드퍼드 씨, 부인을 이제 병실로 옮길 거예요. 7층에 가시면 산부인과 간호사가 —"

크리스틴이 헉하는 소리를 낸다. 손으로 자기 입을 가린다. "앨런."

레브와 나는 크리스틴을 쳐다본다. 그 소리의 의미가 뭔지 모르겠지만 중요한 일인 것만은 분명하다. 내 발밑에서 바닥이 꺼진다. "뭐예요?" 나는 따져 묻는다. 이제는 목소리에 묻어나는 공포를 감출 길이 없다. "산부인과 간호사가 왜요? 암이에요?" 내 목소리가 갈라진다. "엄마 병에 걸렸어요? 지금 만날 수 있어요?"

"아니야, 디클랜. 아가." 크리스틴은 내가 여섯 살이라도 되는 듯 내 손을 잡고 토닥인다. "엄마가 임신을 하신 것 같아." 크리스틴이 내 손을 잡은 채 앨런은 돌아본다. "애비는 괜찮은가요?"

나는 꼼짝할 수가 없다. 숨을 쉴 수가 없다. 크리스틴에게 붙들린 내 손에서 땀이 난다.

임신이라니.

앨런은 고개를 끄덕인다. "탈수가 심해요. 링거 맞고 있어요. 아이는 무사하고요."

아이.

아이.

우리 엄마가 아이를 낳는다.

31장

보낸 사람: 더 다크 <TheDark@freemail.com>

받는 사람: 세미터리 걸 <cemeterygirl@freemail.com>

날짜: 10월 2일 수요일 7:17:00 AM

제목: 사건의 전말, 2부

혼인법이 얼마나 웃긴지 알아? 결혼을 하려고 할 때는 법원에 가서 서류 몇 장에 사인만 하면 십오 분도 안 돼서 결혼할 수 있어.

이혼을 하려고 할 때는 일 년을 기다려야 해. 남편이 감옥에 있다 해도.

우리 아빠는 10년 형을 받았고 나는 내심 엄마가 그때까지 기다릴 거라고 순진하게 믿었어. 언젠가 아빠가 석방되면 우리는 같이 나가서 음료수를 마실 거라고, 서글서글한 짐과 애비는 처음부터 다시 시작할 거라고.

내가 알기로 엄마는 한 번도 면회를 간 적이 없어. 나도 간 적이 없고. 충격과 무감각이 사라지고 우리 일상이 정상 궤도 비슷한 것으로 다시 진입했을 때 내가 면회를 가자고 한 번 얘기를 꺼낸 적이 있었어. 엄마는 그렇게 더럽고 상스러운 말은 처음 듣는다는 듯이 나를 쳐다보더라. 내 뺨을 한 대 치고 싶다는 듯한 표정으로.

그러더니 이렇게 말했어. "네 아빠를 두 번 다시 만날 일은 없어."

그러고는 부엌으로 들어가 개수대 앞에 서서 담배를 피우더라.

내가 있어야 할 자리는 아빠가 갇힌 교도소인 듯한 기분이 들었어.

일 년이 지난 뒤부터 엄마가 데이트를 시작하더라. 나는 이제 막 2학년 생활이 시작됐던 때라 처음에는 별로 신경 쓰지 않았어. 엄마가 정신없이 빠져든 것도 아니었고. 사실 나는 엄마가 만나는 남자들을 집으로 데려오기 시작할 때까지 엄마가 데이트를 하는 줄도 몰랐지.

처음에는 좋은 생각인 것 같았어. 케리가 죽은 뒤로 엄마가 계속 나를 괴롭혔거든. 어디 가는지, 누구랑 있는지, 학교에서 무슨 일이 있는지 캐물으면서. 내가 어떤 식으로 반응했을지 너도 짐작할 수 있겠지? 남자친구가 생기면 엄마의 관심이 다른 사람에게로 옮겨갈 거 아냐.

그런데 뜻밖이었던 건 뭔가 하면 엄마가 남자를 보는 눈이 **형편없었다**는 거야.

우리 아빠가 그렇게 대단한 위인으로 밝혀졌으니 미루어 짐작할 수 있는 부분이었겠지만.

첫 번째 남자는 나를 만나고 얼마 안 있어서 떠났어. 이론상으로는 의붓자식이라는 개념에 거부감이 없었던 건지, 애들은 애완견과 같아서 상대하고 싶지 않으면 상자에 가두면 된다고 생각했던 건지. 어느 쪽이 됐건 그는 내가 훈련이 잘 된 푸들이 아니라는 사실을 못마땅하게 여겼지. 저녁을 먹으러 올 때마다 내가 감히 식탁에서 같이 식사를 하려고 한다는 데 짜증을 내는 눈치더라고.

결국 엄마가 그걸 알아차렸고 그길로 그는 안녕이었어.

두 번째 남자하고는 좀 더 오래갔지만 그리 오래는 아니었어. 그것도 오로지 그 남자가 우리 집에 자주 오지 않았기 때문이었고. 그는 엄청 고지식하고 엄청 독실했는데 나를 쳐다보는 눈빛이 사람을 불안하게 만들었어. 내 절친은 그가 있다고 하면 우리 집에 놀러 오지 않았을 정도로. 둘이 어쩌다 헤어졌는지 모르겠지만 엄마가 어느 날 친구랑 통화하는 걸 들어보니 "아까비."였다고 표현하더라.

세 번째 남자는 게이였고 나는 그를 만나자마자 알아차렸지만 엄마는 웬일로 몇 주가 지나도록 모르더라. 네 번째 남자는 실업자인 걸 밝히지 않았어. 그가 잠깐 동안 신용 카드를 빌려 달라고 하면서 둘 사이는 끝이 났지. 빌려 달라고 한 것 때문에 끝난 건 아니야. 그가 엄마에게 빌린 카드로 7000달러를 긁고 도망쳤기 때문에 끝난 거였지.

이쯤 되면 너도 패턴을 알겠지?

다섯 번째 남자는 유부남이었어. 엄마는 깜짝 선물이랍시고 집으로 찾아갔다가 그의 부인을 맞닥뜨리면서 알게 됐지. 엄마는 자기가 바보 같다며 며칠을 울었는지 몰라.

엄마는 이런 남자들을 끊임없이 우리 일상으로 끌어들였고 누가 봐도 그들은 하나같이 잘못된 선택이었어. 나는 가끔 엄마의 머리가 어디 고장 난 게 아닌가 싶을 때가 있어. 어쩌면 그렇게 자기를 실망시키게 되어 있는 사람들을 믿을 수 있을까.

하긴 엄마는 나를 믿었고 그러다 이 꼴이 난 걸 보면.

엄마가 여섯 번째 남자를 소개할 즈음에 나는 그들 모두를 증오할 마음의 준비가 되어 있었지.

안타깝게도 엄마는 늘 그렇듯 그 남자에게 빠져서 어쩔 줄 몰라 했어. 그는 회사원이었으니 날마다 차를 고치느라 손톱 아래에는 때가 끼고 손바닥에는 물집이 잡혔던 전 남편과는 달라도 한참 달랐지. 여섯 번째 남자는 심지어 페디큐어까지 받은 거 알아? 나는 필연적인 결별의 순간을 앞당기기 위해 그의 면전에 대고 비웃었지. 그런데 엄마는 그걸 좋아했어. 그는 엄마를 근사한 레스토랑에 데려갔고, 반짝이는 구두를 신고 다녔고, 엄마의 넋을 쏙 빼 놓았지.

처음에는 그도 내 환심을 사려고 했어. 내 어깨를 치면서 "어이, 오늘 저녁에 하는 오리올스 경기 스카이석 티켓이 있는데. 같이 보러 갈래?"

그래, 나는 어딜 보나 '야구 팬'이었거든.

나는 거절했어. 그가 어떤 제안을 하든 거절했어.

그 방법이 실패하니까 이번에는 아버지 노릇을 하려고 들더군. 선생님이 집으로 연락하면 **자기가** 상대하려고 하고. 나더러 자기한테 앙심을 품고서 일부러 엄마에게 상처를 주는 거라고 하고. 그는 나를 미워하기 시작했지. 나도 느낄 수가 있었어.

상관없었어. 진실이 밝혀지는 건 시간문제였으니까. 이 남자가 약물 중독자로 밝혀지거나 뭐 그럴 테니까. 나도 알다시피 두 사람은 조만간 헤어질 테니까.

안타깝게도 내 예상은 빗나갔어. 두 사람이 약혼을 했지 뭐야. 결혼 날짜를 잡아 버렸어.

그는 나더러 들러리를 맡아 달라고 했어. 나는 거절했지.

그가 이러더군. "고마워할 줄 모르는 깡패 새끼. 그럴 줄 알았다."

그럴 줄 알았다.

그때를 생각하니까 또 화가 나네. 존중이라고는 약에 쓰려고 해도 없었던, 경멸조의 그 말투. 휴대 전화에 자동 수정 기능이 있어서 다행이야. 지금 손이 떨려서 난리가 났거든. **고마워할 줄 모르는 깡패 새끼. 그럴 줄 알았다.**

또 한 명의 남자가 우리 엄마의 인생을 망치려고 달려드는데 내가 고마워해야 하는 거야? 그자의 생각은 그런 모양이더라고. 내가 엄마처럼 아양을 떨지 않으니까 그런 식으로 낙인을 찍은 거야. 내 이미지를 자기 머릿속에 그렇게 새기고는 그것으로 끝이었어. 그렇게 나를 대했어. 지금도 마찬가지고.

이후로 나는 뭐든 제대로 할 줄 모르는 인간이 되었지. 예전에는 잔디도 내가 깎았는데 내가 학교에 가 있는 동안 그가 깎아 버리더라고. 그가 어이없는 다이아몬드 모양으로 깎아 놓은 잔디를 보고 엄마는 물개 박수를 치고. 알아서 쓰레기를 들고 나가는 그를 보고 엄마는 집안일을 돌보는 남자가 있으니까 좋다지 뭐야. 예전에는 나를 데리고 다니더니 이제는 어디든 그와 함께 다녀. 들러리 사건 이후로 어차피 그 인간과 같이 다닐 마음도 없긴 했지만 두 사람은 내게 묻지도 않았어.

가끔 나도 케리랑 같이 그 차를 타고 가다가 죽어 버릴 걸 그랬다는 생각이 들어. 그럼 엄마가 살기 훨씬 수월했을 텐데. 새 출발할 기회가 생겼는데 내가 계속 옆에서 얼쩡거리니 얼마나 거치적거렸겠어.

두 사람은 지난 5월에 결혼했어.

나는 결혼식 이후에 스스로 목숨을 끊는 것으로 그들의 결혼을 축하하려고 했지.

성공하지 못했어. 보시다시피.

하지만 엄마의 진실을 알게 된 지금은 성공하지 못한 게 한스러워.

나는 어둠 속에 앉아서 이메일을 읽고 있다. 오 분 전만 해도 어둠 속에 누워서 디클랜과 레브와 그 둘에게 무슨 일이 벌어지고 있을지 생각하며 잠이 오길 기다리고 있었는데 휴대 전화 화면에 불이 들어왔다.

이제는 심장이 두근거리고 잠이 다 달아났다.

그의 이름 옆에 초록색 점이 계속 떠 있다. 그는 예전에 내게 채팅을 건 적이 있었다. 나도 채팅을 걸어도 될까?

세미터리 걸: 나랑 얘기할래?

기다려도 응답이 없다.

뜨거워진 피가 식지 않는다. 뭘 어쩌면 좋을지 모르겠다.

"대답해." 나는 속삭인다.

그에게 전화할 방법이 없으면 얼마나 좋을까. 연락할 다른 통로가 있으면 얼마나 좋을까.

세미터리 걸: 너 아직 접속 중인 거 알아. 별일 없는지 꼭 좀 알려 줘.

아무 대답이 없다.

세미터리 걸: 이러니까 진짜 걱정되잖아. 아무 얘기하지 않아도 되니까 너 아직 거기 있는지 그것만이라도 알려 줘.

아직 거기 있는지. 아직 살아 있는지 그것만이라도 알려 달라고 할 수는 없지 않은가.

아무 대답이 없다.

나는 시계를 흘끗 확인한다. 10시 30분이고 아빠는 자러 들어갔지만 달리 방법이 없다. 아빠를 깨워야겠다.

내가 이불을 젖혔을 때 휴대 전화 화면에 불이 들어온다.

더 다크: 나 여기 있어. 미안. 이 닦고 있었어.

세미터리 걸: 한 대 때려 주고 싶네.

더 다크: ???

세미터리 걸: 진짜 걱정했단 말이야.

더 다크: 내 오늘 밤 일진이 안 좋기는 하지.

세미터리 걸: 무슨 일인지 나랑 얘기할래?

더 다크: 아니.

흠. 아니라고 하니 어쩌면 좋을지 모르겠다.
내 휴대 전화 화면에 다시 불이 들어온다.

더 다크: 엄마가 임신을 했어.

세미터리 걸: 축하한다는 말은 하면 안 되는 거 맞지?

더 다크: 오 개월째래. 오 개월 전부터 알고 있었으면서 나한테는 쉬쉬했어.

세미터리 걸: 그렇게 오래전부터 알고 있지는 않았을 거야. 당장 알 수 있는 게 아니라.

더 다크: 좋아. 하지만 오늘 알게 된 것도 아니라고.

세미터리 걸: 어머니는 좋아하셔?

더 다크: 모르겠어. 우연히 알게 된 거라. 두 사람은 나한테 알릴 생각도 없었다고.

세미터리 걸: 결국에는 말씀하실 수밖에 없었을 거야.

더 다크: 그 말 듣고 내가 기뻐해야 하는 거야?

세미터리 걸: 미안. 나도 오늘 저녁에 희한한 일을 겪고 난 뒤라.

더 다크: 왜? 무슨 일 있었어?

세미터리 걸: 아냐, 내 얘기는 안 해도 돼. 너 별일 없는지 그거 확인하려고 채팅 건 거야.

더 다크: 아무 일 없어. 거기에 대해서 얘기를 하고 싶지 않아서 그렇지. 너는 저녁때 무슨 희한한 일이 있었는데?

세미터리 걸: 나도 얘기를 하고 싶은지 잘 모르겠어.

더 다크: 왜?

왜냐하면 그에게 디클랜 얘기를 하려니 기분이 이상하기 때문이다. 말도 안 되는 일이지만. 하지만 어떻게 보면 또 그렇지도 않다. 짝사랑 상대에게 다른 짝사랑의 상대에 대해 얘기를 하는 것이니 배신의 아슬아슬한 경계선 상에 있다. 그런가 하면 더 다크는 익명의 존재라 어느 누구와도 다르게 나를 이해해 줄 것 같다. 디클랜에 대해 얘기를 하지 **않는** 것도 이상하다.

이 모든 게 이상하다.

이상하고 중독적이다. 나는 입술을 깨물며 천천히 자판을 두드린다.

세미터리 걸: 내가 디클랜 머피에 대해서 얘기했던 거 기억해?

더 다크: 응.

나는 화면을 들여다보며 망설인다. 나는 레브가 더 다크일 수도 있겠다고 생각하던 참이었는데 그의 부모님을 만나 보니 조건에 부합하지 않았다. 하지만 디클랜은……

더 다크: 접속 끊긴 거 아니지?

세미터리 걸: 그러고 보니 네가 디클랜을 아는지 모르는지 얘기한 적이 없네. 생각해 보니까 너희 둘이 공통점이 많아.

더 다크: 어떤 공통점이 있는데?

세미터리 걸: 둘 다 새아버지랑 사이가 안 좋아. 너도 차에 대해서 아는 게 많고 걔도 그렇고.

더 다크: 셜록. 우리 학교 남학생 중에서 절반은 새아버지랑 사이가 안 좋을걸? 그리고 자동차 정비 관련 수업을 듣는 인원이 3학년에만 최소 육십 명은 될 테고.

세미터리 걸: 이제 보니까 둘이 태도도 비슷하네.

더 다크: 빙빙 돌려서 말하지 마. 내가 누군지 알고 싶어?

내 숨이 멎는다. 그런가?

나는 이 새로운 렌즈를 통해 디클랜과의 만남을 모조리 다시 검토한다. 전부 아귀가 맞지 않는다. 홈 커밍 파티 이후에 등장한 사람이 그였으니 그건 맞아떨어진다. 하지만 그가 더 다크라면 자기 정체를 실토하지 않을 이유가 없었지 않은가. 연극을 고수할 이유가 없지 않은가.

그리고 더 다크는 내가 사진 찍는 걸 힘들어하는 이유를 안다. 오늘 저녁에 레브의 집에서 디클랜은 연감 사진을 찍은 것이 내게도 중요한 일이었다는 말을 듣고 진심으로 놀란 눈치였다. 더 다크는 범법 행위나 보호 관찰이나 지역 사회봉사 활동을 운운한 적이 없지만 디클랜은 지난봄에 저지른 일로 뭔가를 수행하도록 법원에서 명령을 받았다. 생각해 보니 그의 사건에 대해서도 지난번 차 안에서 들은 게 전부일 뿐, 시시콜콜 알지는 못한다. 그리고 디클랜이 여동생을 운운하는 걸 들은 적 없고 레브도 마찬가지다. 더 다크의 글에서는 고통이 느껴졌고 나는 여동생이 그의 가슴을 얼마나 무겁게 짓누르고 있는지 안다.

하지만 생각해 보면 나도 디클랜에게 엄마 얘기를 한 적이 없다.

그건 다 그렇다 치고, 나는 더 다크가 누군지 알고 싶은 마음이 있을까?

디클랜 머피가 더 다크라면 좋은 걸까? 오늘 레브의 집에서 느낀 설렘을 모르는 척할 방법은 없다. 그런 다음 곧바로 분노와 짜증과 좌절과 불안이 치밀기는 했지만.

그의 쉰 목소리가 아직까지 귓가에 들린다. **괜찮**아.

나는 베개에 머리를 묻는다. 아, 디클랜 머피가 더 다크라면 어떤 의미가 되는 걸까? 심장이 미친 듯이 콩닥거리고, 나는 그걸 진정시키려는 시도조차 하지 않는다.

그러다 잠시 후 어떤 생각이 떠오르자 저절로 진정이 된다.

디클랜 머피가 더 다크가 **아니라면** 그건 어떤 의미일까?

휴대 전화 화면에 불이 들어온다.

더 다크: 망설이는 기미가 느껴지는데.

나는 쿡쿡 웃는다. 마지막으로 메시지를 보낸 지 거의 오 분이 지났다.

세미터리 걸: 너 초능력자인가 봐. 우리, 휴대 전화 없어도 되겠다.

더 다크: 실은 네가 잠든 줄 알았어.

세미터리 걸: 그럴 리가.

더 다크: 내 질문에 대답하지 않네?

세미터리 걸: 모르겠어. 네가 누군지 알고 싶은지 아닌지 모르겠어.

더 다크: 알았어.

세미터리 걸: 너희 어머니 얘기하고 싶어?

더 다크: 아니.

세미터리 걸: 이제 그만 잘래?

더 다크: 아니.

세미터리 걸: 나랑 계속 얘기하고 싶어?

더 다크: 응.

나는 웃으며 얼굴을 붉히고 이불 속으로 편히 눕는다.

그가 다시 메시지를 보낸다.

더 다크: 저녁때 디클랜 머피랑 무슨 일이 있었는데?

나는 머뭇거린다. 내가 디클랜에게 디클랜 얘기를 하고 있는 건 아
닐까?

머리가 아프다. 나는 자판을 두드린다.

세미터리 걸: 별일 없었어. 제라디 선생님이 지난주에 가을 축제 사진을 찍
어 달라고 하셔서 찍었거든. 그중 한 장이 이쪽에는 디클랜하고 걔 친구가
있고, 저쪽에서는 치어리더 몇 명이 정해진 동작을 연습하는 사진이었어.

더 다크: 그런데?

세미터리 걸: 제라디 선생님이 그걸 연감 표지로 쓰고 싶어 해. 그걸 디클랜하고 걔 친구 레브한테 얘기했더니 디클랜이 뒤집어졌어.

더 다크: 왜?

세미터리 걸: 몰라. 올해의 추억은 필요 없다면서 내 면전에 대고 으르렁거리더라.

더 다크: 밥맛이네. 이쯤 되면 네가 나를 걔인지 모른다고 생각한 것에 대해 기분 나빠해야 되는 건가 싶은데?

세미터리 걸: 가끔 걔가 진짜 밥맛처럼 굴 때도 있긴 해. 하지만 내가 그걸 잘 받아넘기지 못한 면도 있어.

더 다크: 어머니 때문에?

세미터리 걸: 응.

더 다크: 네가 찍은 사진이 연감 표지로 쓰인다고 하면 어머니가 자랑스러워하실 것 같지 않아?

세미터리 걸: 아니. 내가 찍은 볼티모어 폭동 사진이 「타임」이나 뭐 그런 데 실렸다고 하면 자랑스러워하실 거야. 사진을 통해 전 세계의 실상을 알려야 된다고 하셨거든.

더 다크: 맞아. 하지만 스냅 숏으로 알리는 거잖아.

세미터리 걸: 응?

더 다크: 스냅 숏에 담기는 건 한순간이야. 너희 어머니 사진을 검색하다가 다른 사진도 보게 됐거든. 베트남 전쟁에서 어떤 남자가 포로의 머리를 쏘는 사진. 너 그 사진 알아?

세미터리 걸: 응. 유명한 사진이야.

더 다크: 여기서 어느 쪽이 나쁜 편일까?

나는 눈을 깜빡이며 다시 일어나 앉는다. 나는 그가 어떤 사진을 말하는지 안다. 한 남자의 **죽음**을 이미지로 포착한, 워낙 생생한 작품이다. 고백하기 부끄럽지만 그 사진을 둘러싼 역사적 배경은 모른다. 대중의 의견을 반전 쪽으로 돌리는 데 결정적인 역할을 했다는 것만 알고 있을 뿐이다. 나는 항상 총을 들고 있는 남자가 '나쁜 쪽'이라고 생각했다. 사람을 죽이고 있지 않은가. 하지만 사진 안에 담긴 그 한순간 말고는 아무것도 아는 게 없다.

세미터리 걸: 원래는 총을 든 남자가 나쁜 쪽이라고 생각했는데 듣고 보니 잘 모르겠다.

더 다크: 총을 든 남자는 경찰서장이야. 길거리에서 삼십여 명을 죽인 남자를 처형하는 중이고. 그 삼십여 명 중에 몇 명은 어린아이였어.

세미터리 걸: 뭐라고 할 말이 없네. 나는 왜 그걸 몰랐나 싶고.

더 다크: 그렇게 죄책감 느낄 필요 없어. 나도 지금 위키피디아 보고 읽는 거니까.

세미터리 걸: 이게 연감에 실릴 별 볼 일 없는 사진이랑 무슨 상관인지 모르겠어.

더 다크: 사진은 시간 속의 어느 한순간, 그것에 불과하다는 거야. 사진 속의 사람들에게 어떤 일이 벌어지고 있는지 우리로서는 알 길이 없어. 사진작가에게 어떤 일이 벌어지고 있는지도. 중요한 건 우리가 사진에 부여하는 의미야. 어느 쪽이 나쁜 편이고 어느 쪽이 좋은 편인가 하는 추측. 중요한

건 우리가 사진을 보고 어떤 걸 느끼는가야. 그리고 꼭 폭동이나 죽음이나 기근이나 교전 지역에서 노는 아이들을 찍어야 임팩트가 있는 건 아니야.

세미터리 걸: 그러니까 그 사진이 연감에 실리더라도 신경 쓸 필요 없다는 말이야?

더 다크: 응.

세미터리 걸: 알았어, 그럼.

더 다크: 그리고 자랑스럽게 여겨야 한다고.

세미터리 걸: 어떤 사진인지 보지도 않았으면서.

더 다크: 보내 줘 봐.

세미터리 걸: 못 보내 줘. 학교에 있어.

더 다크: 뭐, 3학년생들을 학교 이니셜 모양으로 세워 놓은 사진이 아니라 네 사진을 선택했다니 상당히 훌륭할 수밖에 없잖아.

세미터리 걸: 고마워.

더 다크: 네 어머니가 활동한 분야에서 성공을 거두어도 괜찮아. 다른 방식일지라도.

이 말이 나를 강타하자 나는 베개 위로 쓰러진다. 그 충격으로 가슴이 욱신거린다. 울고 싶어진다. 눈물이 난다.

괜찮아.

나는 코를 훌쩍이며 정신을 차린다.

세미터리 걸: 어머니 임신했다고 화내도 괜찮아.

더 다크: 나 화나지 않았어. 나는…… 상관없는 존재니까.

세미터리 걸: 상관없는 존재 아니야.

더 다크: 상관없는 존재 맞아. 엄마는 결혼하면서 이 밥맛을 따라서 성을 바꿨어. 이제 엄마랑 내 연결고리는 없어. 감옥에 갇힌 어떤 남자하고의 연결고리만 남았지.

세미터리 걸: 나도 이름상으로는 엄마하고 연결 고리가 없지만 그래도 엄마랑 연결돼 있어. 그걸 날마다 느끼는걸?

그는 이 말에 아무 대꾸도 하지 않는다. 나는 잠깐 기다리지만 긴장감에 진이 빠진다.

세미터리 걸: 내가 무슨 말실수 했어?

더 다크: 아니.

세미터리 걸: 너 괜찮아?

더 다크: 모르겠어.

세미터리 걸: 그분도 네가 어떤 심정인지 아셔?

더 다크: 우리 엄마?

세미터리 걸: 응.

더 다크: 아니.

세미터리 걸: 그럼 어머니께 말씀드려.

더 다크: 사양할게.

세미터리 걸: 더는 엄마한테 아무 얘기도 할 수 없는 사람이 하는 충고니까 들어. 어머니께 무슨 얘기든 다 하면서 살아.

32장

보낸 사람: 세미터리 걸 <cemeterygirl@freemail.com>
받는 사람: 더 다크 <TheDark@freemail.com>
날짜: 10월 8일 화요일 7:22:23 AM
제목: 우리 엄마들

우리 엄마는 항상 출장 중이었기 때문에 '여자 대 여자로 수다를 떨' 기회가 많지 않았거든. 그런데 내 절친은 엄마랑 엄청 사이가 좋고 시시때때로 대화를 나눠. 그게 참 부럽더라.

엄마하고 나는 이메일로 대화를 나눌 수 있었고 가끔 이메일을 주고받았지만 내가 어려서 글을 배우기 시작했을 때 엄마는 편지를 쓰라고 권하셨어. 내가 편지를 보내면 엄마는 답장을 보내 주셨지. 내가 아홉 살 때는 외국 우표가 잔뜩 붙은 편지를 받는 게 한 주의 하이라이트였어. 5학년 때 최대한 많은 나라의 우표를 수집하는 프로젝트를 벌인 이유도 책상 서랍에 모아 놓은 우표가 이미 이십 장은 넘었기 때문이었지.

이메일 계정과 휴대 전화가 생긴 뒤에도 편지 쓰기는 계속됐어. 나는 일주일에도 몇 번씩 편지를 쓰기 시작했지. 엄마한테 미주알고주알 알리느라.

이제 내가 지금까지 아무한테도 한 적 없는 얘기를 너한테 할게.

털어놓으려니 너무 힘들어서 이 이메일을 통째로 지워 버릴까 하는 유혹이 느껴진다.

편지에서 나는 가끔 거짓말을 했어.

너는 중간 과정을 모르겠지만 저 문장을 일곱 번 지웠다가 다시 썼어.

이제 여덟 번.

지금 억지로 계속 쓰고 있는 중이야.

나는 엄마한테 거짓말을 했어.

엄마의 편지는 엄청난 모험으로 가득했거든. 군벌 아니면 평화 협정 아니면 탄도미사일 아니면 죽음과의 스치는 만남. 엄마의 편지에는 거짓이 없었어. 그걸 증명하는 사진이 들어 있었거든. 엄마는 이런 식이었어. "이번 주에는 이언이 나를 말레이시아로 보내." 아니면 "이란에서 며칠 더 있을 예정이야. 이언이 시위대 사진을 몇 장 찍어다 줄 수 있겠느냐고 해서."

이언은 엄마의 담당 편집자였는데, 나는 가끔 그 이언이 엄마를 몇 주 동안 집으로 파견할 수는 없는지 답장에서 물어보고 싶은 유혹을 느꼈어.

그래서 거짓말을 했어. 내가 찍은 사진이 시의회에서 주관한 대회에 출품됐다고. 아니면 내가 교지에 투고한 기사로 일종의 진상 조사가 시작됐다고. 엄마의 관심을 받기 위해 뭐든 동원했지.

엄마는 적절한 반응을 보였지만 나는 행간의 분위기를 감지할 수 있었어.

전부 의미 없는 짓이었는데.

이제 돌이켜 보면 한층 더 의미 없게 느껴지지 뭐야. 심지어 **재밌는** 거짓말도 아니었거든.

엄마한테 그냥 있는 그대로 얘기했으면 얼마나 좋았을까.

도착하려면 몇 주씩 걸리는 편지가 아니라 실시간으로 대화를 나눴다면 얼마나 좋았을까.

내가 어떤 심정인지, 엄마가 얼마나 보고 싶은지, 엄마가 잠깐이라도 집에 있는 게 내게는 온 세상의 퓰리처상을 모두 합한 것보다 얼마나 더 의미 있는지 말했더라면 얼마나 좋았을까.

엄마가 돌아가신 뒤에 편지를 그렇게 많이 쓴 이유가 그 때문인 것 같아.

지금 당장 엄마한테 뭐가 됐든 진심이 담긴 말 한마디만 건넬 수 있다면 무엇이든 내줄 수 있는데.

그러니까. 어머니께 말씀드려. 네가 어떤 심정인지.

나중에 보고하고.

나도 그럴 수 있으면 좋겠다. 내가 학교로 출발했을 때 엄마는 아직 병원에 있었다.

간밤에는 레브의 집에서 신세를 져야 했다. 그래서 괴로웠던 건 아니지만 나는 열일곱 살이다. 혼자 밤을 보내는 것 정도는 할 수 있다. 내가 성냥에 손을 대지 않을 거라고 아무도 장담할 수 없기 때문에 남의 집 소파에서 쭈그리고 잠을 청해야 하다니.

하지만 병원을 나섰을 때 내 심리 상태를 감안하면 레브와 함께 있은 것이 잘한 일인지 모른다.

간밤에는 여러 이유로 잠을 설쳤다.

줄리엣과 채팅한 것 — 보람 있었음.

졸려하는 레브를 붙잡고 앨런의 어떤 연료관을 어떤 식으로 끊을지 모의한 것 — 보람 있었음.

새벽 4시에 베이비돌이 악쓰는 소리를 들은 것 — 보람 없었음.

엄마가 나를 빼놓고 어떤 식으로 가정을 다시 꾸릴지 불안해한 것 — 보람 없었음.

나는 오늘 아침에 그야말로 기어서 교실을 이동하는 중이다.

영어 수업 하는 교실에 가 보니 힐러드 선생님이 들어오는 아이들에게 보고서를 받고 있다. 나는 도중에 나가 버렸기 때문에 숙제를 못 받았고 그래서 하지 않았지만 선생님이 회의실에서 준 다른 시도 읽지 않았다.

나는 선생님을 쳐다보지 않은 채 그대로 지나쳐 내 자리에 털썩 앉는다.

"디클랜." 선생님이 나를 부른다. "「굴하지 않는다」 어땠니?"

이런 들볶임은 사양하고 싶다. 진심으로 사양하고 싶다.

나는 연필로 공책을 찌른다. "안 읽었어요."

학생들이 계속 줄줄이 선생님 앞을 지나고 선생님은 계속 보고서를 받지만 시선은 내게서 떠날 줄 모른다.

"왜?"

왜냐하면 저는 상관없는 존재니까요. 여기 있을 필요가 없으니까요.

그렇게는 말할 수 없다. 그렇게는 절대 말할 수 없다.

나는 공책을 내려다보며 가장자리에 선을 긋기 시작한다. 무심한 동작이지만 뱃속에서 긴장이 똬리를 틀기 시작하고, 그게 뚝 끊어지면서 내가 복도로 뛰쳐나가고 내 뒤에 분노만 남는 건 시간문제일 것이다.

선생님이 아무것도 적히지 않은 포스트잇을 내 공책에 탁 하고 붙이자 나는 움찔한다. 나는 선생님이 걸어오는 것도 보지 못했다.

"이유를 말해 봐." 선생님이 얘기한다.

나는 연필을 집지만 끝을 공책에 댄 채 동작을 멈춘다.

선생님에게 이유를 말할 수는 없다. 줄리엣에게도 간신히 얘기를 꺼냈고 그때는 아이들이 교실을 가득 채우고서 나를 빤히 쳐다보고 있지 않았다.

힐러드 선생님은 꼼짝하지 않는다.

나를 좀 가만히 내버려 뒀으면 좋겠다. 한심한 시 한 편 읽는다고 내 인생이 눈곱만큼이라도 달라질까.

선생님은 계속 아무 말도 하지 않지만 기다리고 있다는 걸 알 수 있다. 젠장, 이쯤 되자 교실 전체가 기다리고 있다.

선생님은 자신에게 기회를 달라고 했다. 기회를 준다고 돈이 드는 것도 아니지 않은가.

나는 잽싸게 뭐라 적고 종이를 반으로 접어서 건넨다.

그러고는 순간 공포에 휩싸인다. 선생님이 큰 소리로 낭독할지 모른다는 생각은 하지 못했던 것이다.

하지만 선생님은 낭독하지 않는다. 내가 뭐라고 적었는지 읽고는 —엄마가 어젯밤에 병원에 입원하셨어요—내 공책을 손끝으로 톡톡 두드린다. "알겠다. 고마워. 오늘 수업 시간에는 다른 시로 넘어가겠지만 너는 어제 숙제를 개별적으로 완수해 줬으면 한다. 괜찮다면 말이지."

긴장이 살짝 풀리자 나는 균형을 잃는다. 그래서 헛기침을 한다.

"네."

"그래." 선생님이 말한다. 그러고는 걸음을 옮기며 아이들에게 수업 시작을 알린다.

나는 가방에서 복사된 종이를 꺼낸다. "굴하지 않는다." 가장자리가 살짝 구겨지기는 했지만 읽는 데는 별문제 없다.

나는 한숨을 토한다. 두 문단쯤이야 쉽게 생각해 낼 수 있다. 적어도 시가 짧지 않은가.

십 분이 지나고 나는 그 시를 세 번 읽는다.

읽는 걸 멈출 수 없을 것 같다. 나를 위해 쓰인 시처럼 느껴진다. 특히 한 구절에 내 시선이 계속 머문다.

"운명의 몽둥이질로 머리에 피가 흐를지언정 고개를 숙이지 않는다."

그러니까 삶이 라이트 훅을 제대로 날리더라도 나를 쓰러뜨리지 못한다는 말이다.

"나는 내 운명의 주인이요, 내 영혼의 선장인 것을."

요즘 들어 내가 내 운명의 주인이라고 느낀 게 언제였는지 모르겠다.

아, 기억이 난다. 지난 5월에 아빠의 트럭 운전대를 잡았을 때. 병째 마신 위스키가 내 목구멍을 태우며 내려갔을 때.

지금까지 숙제에 별로 신경 쓴 적이 없는데 문득 글을 쓰지 않고는 못 배기겠다.

나는 가방을 뒤져 펜을 찾고 글을 쓰기 시작한다. 줄리엣에게 편지를 쓸 때와 비슷하다. 생각들이 나에게서 뿜어져 나온다.

나는 결국 두 문단보다 훨씬 긴 글을 쓴다.

33장

보낸 사람: 더 다크 <TheDark@freemail.com>

받는 사람: 세미터리 걸 <cemeterygirl@freemail.com>

날짜: 10월 8일 화요일 17:42:44 AM

제목: Re: 우리 엄마들

너와 너희 어머니의 관계는 나와 우리 엄마의 관계 하고 많이 다른 것 같아.

그래도 고민해 볼게.

나는 점심 먹으러 가는 길에 그의 이메일을 읽는다. 너무 짧아서 분위기 파악이 잘 되지 않는다. 성이 났나? 진짜 심사숙고하겠다는 걸까? 실망했나? 마음의 문을 닫았나?

로언에게 어디까지 얘기를 해도 될지 모르겠다. 다른 여성의 분석이 필요한데.

휴대 전화에서 띵 하는 소리가 들린다. 로언의 메시지다.

로언: 점심 건너뛰어야겠다. 고급 프랑스어 프로젝트 때문에 선생님 면담 있어서. 괜찮겠어?

흠, 그렇단 말이지. 나는 괜찮다고 답장을 보낸다.

점심 메뉴는 치즈 토스트, 껍질콩, 맛감자다. 모공이 피지로 막히는 게 벌써부터 느껴지지만 챙겨 온 게 아무것도 없고 대안은 막대 아이스크림이다.

안마당으로 나가 앉아서 더 다크의 이메일을 열심히 생각하려고 식당 뒤편으로 걸음을 옮기는데, 구석 테이블에 앉아 있는 레브와 디클랜이 눈에 들어온다. 음, 내가 짐작하기로는 레브다. 어깨가 넓고 후드 스웨터를 입은 다른 사람일 가능성은 없어 보인다.

테이블의 남은 1.5미터는 비어 있다.

디클랜에게 마지막으로 들은 말이 아직까지 내 귓전을 때린다. 네 마음대로 해, 줄리엣. 나는 상관없어.

나는 다가가 턱 하니 쟁반을 내려놓고 레브 옆, 디클랜의 맞은편 긴 의자에 털썩 앉는다.

"안녕, 줄리엣." 디클랜이 평소처럼 건조한 목소리로 말한다. "같이 앉을래?"

"응. 고마워." 나는 둘 사이에 늘어서 있는 음식을 들여다본다. 각기 다른 음식이 담긴 플라스틱 통이 열 개는 된다. 깎은 과일에서부터 돌돌 만 햄에 이르기까지 메뉴도 다양하다. "이게 다 뭐야?"

"엄마의 집착." 레브가 말한다. 그는 한 통에서 산딸기를 집어 내게 내민다. "많이 먹어."

나는 토마토와 모차렐라 치즈가 있는 걸 본다. "저거 카프레제 샐러드야?"

레브는 고개를 끄덕이고 내 쪽으로 통을 민다. "엄마는 항상 큰 부대를 먹여도 될 만큼 싸 주셔."

내가 접시에 조금 덜자 레브는 고개를 젓는다. "다 먹어."

나는 디클랜의 존재를 상당히 의식하며 치즈 토스트를 한쪽으로 밀고 샐러드를 통째 쏟는다. 그는 내가 여기 앉은 이후로 아무 말도 하고 앉고 내리깐 눈으로 내 모든 움직임을 좇으며 보고만 있다. 피곤해 보인다.

나는 토마토를 포크로 찌른다. "어머니는 좀 어떠셔?"

디클랜은 자기 앞에 놓인 물병 뚜껑을 돌려서 딴다. "오늘 오후에 퇴원하신대."

"그러니까 그냥 탈수였어?"

"두 사람이 하는 얘기로는."

나는 그걸 어떻게 해석하면 좋을지 모르겠기에 그를 흘끗 쳐다본다. 어젯밤에 그랬던 것처럼 내가 더 다크에 대해 아는 것과 디클랜 머피에 대해 아는 것을 대조해 보지만 들어맞지 않는 구석들이 있다. 디클랜은 나와 눈을 마주쳐도 피하지 않는다. 그의 표정은 해석이 잘 되지 않는다. 도발과 불만과 호기심이 섞여 있는 듯하다.

내 얼굴은 어떻게 보일지 모르겠지만 맥박이 제법 빨라진다.

나는 헛기침을 한다. "집에 가면 어머니와 만나겠네."

"아마도. 화요일 저녁에는 지역 사회봉사 활동이 있긴 하지만."

디클랜의 심리 상태는 여전히 잘 모르겠지만 어머니 얘기를 하고 싶어 하지 않는 것만큼은 분명하다. "어떤 봉사 활동을 하는데? 번호판을 만들거나 그래?"

"아니." 내 질문이 신경을 건드린 눈치지만 그는 티를 내지 않으려고 한다. "잔디 깎아. 내가 아주 착하게 굴면 제초기 맡아서 들고 다닐 수도 있고."

"얼마나 오래 해야 해?"

디클랜이 코웃음을 친다. "평생…… 동안."

"90시간." 레브가 말한다.

"원래는 100시간이야." 디클랜이 말한다. "하지만 유치장에 있었던 시간만큼 할인을 받았지."

"그게 무슨—"

"내 보호 관찰 담당자 연락처 알려 줄까?" 디클랜이 쏘아붙인다. "그 사람한테 물어보면 전부 들을 수 있을 텐데."

아. 나는 포크를 내려놓는다. "미안."

디클랜이 인상을 찌푸리며 먹던 음식을 옆으로 치운다. "아냐, 내가 미안해." 그는 눈을 비빈다. "간밤에 잠을 설쳤다고 왕재수처럼 굴고 있네. 물어봐도 돼."

나는 모차렐라 치즈 조각을 포크로 찌르며, 구내식당 한복판에서 디클랜이 얼마나 솔직해질 수 있을지 궁금해한다. "유치장 신세를 졌어?"

"응."

"무서웠어?"

"아니." 디클랜이 말을 하다 말고 잠시 물을 한 모금 마신다. 이어 그는 고개를 젓고는 쉰 목소리로 나지막이 말한다. "응. 특히 술이 깨고 나를 꺼내 주려는 사람이 아무도 없다는 걸 깨달았을 때."

내 옆에서 레브가 뻣뻣해지지만 아무 말도 하지 않는다. 그는 말없이 통에 담긴 건포도를 골라내는데, 모든 동작이 신중하기 그지없다.

나는 다시 디클랜을 돌아본다. "거기 얼마나 있었어?"

"이틀 밤. 보석 심리 받을 때까지 기다려야 했어. 성인으로 기소하겠다고 해서."

내 눈썹이 위로 솟구친다. "어머니가 너를 그냥 거기 두셨다고?"

"응." 그는 어깨를 살짝 으쓱한다. "앨런이 시켰겠지. 잘은 모르겠고, 그랬다 한들 기분이 나아질 것 같지도 않아. 엄마가 나를 그냥 거기 두기로 결정을 내렸든 남에게 그 결정을 대신하게 했든."

나는 뭐라고 할 말이 없다.

디클랜의 강렬한 시선은 여전히 내게서 떠날 줄 모른다. "내가 왜 올해를 영원히 기억하고 싶지 않은지 이제 알겠지?"

사진을 두고 하는 얘기다. "너는 그 사진을 표지로 쓰는 거 원치 않는다고 제라디 선생님께 말씀드릴게."

"전부 나한테 뒤집어씌우지 마." 디클랜이 말한다. "너도 그 사진이 표지로 쓰이는 거 나만큼 싫잖아."

"맞아." 나는 동의한다. "나도 싫어."

"그럼 됐네."

"응."

"나는 표지로 쓰였으면 좋겠는데." 레브가 말한다.

우리는 둘 다 레브를 쳐다본다.

"왜?" 레브가 되묻는다. 그의 짜증 섞인 말투는 처음 듣는다. "나는 발언권 없어?" 레브는 일어나더니 디클랜이 먹고 있던 것까지 모든 통을 네오프렌 도시락 가방 안에 던져 넣는다.

디클랜은 놀라서 어쩔 줄 몰라 하며 허리를 편다. "레브?"

레브는 테이블을 뒤집고 싶은 듯한 표정이다. "너를 꺼내 주려는 사람이 아무도 없었다고?"

"응?"

"네가 뭐라고 하는지 가끔 체크는 하냐?" 레브는 허리를 숙인다. "알았더라면 내가 꺼내 줬을 거야. 아니면 크리스틴이. 아니면 제프가. 그런데 아무한테도 연락하지 않고 자기 연민에 빠져서 유치장에 앉아 있었으면서 순교자인 척하면 안 되지."

디클랜이 테이블 가장자리를 움켜쥔다. "너 뭐 잘못 먹었냐?"

"거기에 너를 집어넣는 선택을 한 사람은 너였어." 레브가 말한다. "빌어먹을 피해자 코스프레 좀 그만해라. 올해 전체를 증오하고 싶다고? 그래, 좋아. 하지만 5월 25일은 하루야. 남은 364일이 있다고."

레브는 몸을 돌려 발소리도 요란하게 멀어진다.

디클랜은 폭발할 것 같은 얼굴이다. "내가 피해자라고?" 그가 외친다. "27도에 스웨트 셔츠 안에 숨어 지내는 사람은 누군데?"

레브는 걸음을 멈추지 않는다. 디클랜은 노려보지만 그를 쫓아가지는 않는다. 숨소리가 가빠졌다.

나는 그 자리에서 얼어붙는다. 심장이 엇박자로 쿵쾅거린다. 내 머리는 세 문장 전에 갇혀 있다.

나는 잠깐 아무 말도 하지 못하다 쉰 목소리로 속삭인다. "5월 25일이 뭔데?"

이 말에 디클랜의 관심이 다시 내게로 돌아온다. "줄리엣 ─"

"5월 25일이 뭐냐고." 나는 따져 묻는다.

그렇게 크게 말한 것 같지 않지만 주변 아이들의 시선이 이미 우리에게 향해 있고 수군거림이 점점 번진다.

디클랜은 침을 삼킨다. "내가 아빠 트럭을 박살 낸 날."

"네가 술 마신 날? 필름이 끊어져서 건물을 들이받은 날?" 나는 소리를 지르고 있지만 숨을 제대로 쉴 수가 없다. "네가 거의 기억하지 못하는 날?"

디클랜은 아무 말도 하지 않는다. 나는 가슴이 점점 조여 오는 느낌이다. 식당이 빙글빙글 돌기 시작한다.

누군가가 내 팔을 잡는다. "줄리엣. 줄리엣." 익숙한 남자 목소리가 내게 말을 걸고 있지만 내 시야는 점점 좁아져서 아무것도 보이지 않는다.

5월 25일.

우리 엄마가 뺑소니 사고로 죽은 날이다.

34장

보낸 사람: 세미터리 걸 <cemeterygirl@freemail.com>

받는 사람: 더 다크 <TheDark@freemail.com>

날짜: 10월 8일 화요일 3:21:53 AM

제목: 알아야겠어

너 디클랜 머피야?

그렇다면 너한테 두 번 다시 아무 말도 하지 못할 것 같아.

미쳐 버리겠다.

줄리엣은 학교 수업이 끝나자마자 내게 이메일을 보낸 게 분명하다. 마지막 종이 울린 게 3시 20분이었다.

그러고 나서 차를 몰고 곧장 묘지로 간 게 분명하다. 지금 어머니의 묘비 앞에 앉아서 뭔가를 쓰고 있다.

내가 이걸 아는 이유는 지켜보고 있기 때문이다.

줄리엣은 나를 보지 못한다. 나는 그녀 쪽에서 보일 만한 곳을 피해 서 있다. 내가 그 정도로 용감하지는 않기 때문이다. 나는 아주 제대로 된 스토커처럼 장비 창고 옆 그림자 속에 숨어 있다. 멜론헤드가 안에서 부르릉거리고 있고 그도 아직 나를 보지 못했다.

줄리엣이 학교에서 남은 시간 동안 뭘 했는지 모르겠지만 내가 뭘 했는지는 안다. 모든 수업 시간마다 뒤에 앉아서 그날 저녁을 머릿속에서 재생했다. 결혼식. 위스키.

충격. 경찰.

내가 차에 있던 시간은 겨우 십오 분이었다. 서류에 그렇게 적혀 있다. 나는 저녁 8시 1분에 결혼식장에서 나왔고 저녁 8시 16분에 사무용 건물 기둥을 들이받았다.

십오 분.

내 인생과 함께 누군가의 인생을 망치기에 충분한 시간일까?

경찰이 바보는 아니지 않을까? 그들도 상황을 종합 판단할 수 있지 않을까?

나는 날짜를 알았다. 알고 있었다. 이 모든 게 거기서 시작됐지 않은가! 내가 어떤 여자의 묘비에 놓인 편지를 읽으면서.

나는 지나온 길을 계속 곱씹으며 나의 길이 줄리엣의 어머니의 길과 그 정도로 완벽하게 엮일 운명이었을지 고민한다. 그 정도로 완벽하게 충돌할 운명이었을지.

그렇다면 나는 아빠와 다를 게 없는 인간이 된다. 아빠보다 못한 인간이 된다.

왜 내가 성공하지 않았을까? 내 길은 끝나도록 되어 있었다. 내가 트럭에 올라탄 이유가 그거였다. 케리에게는 그 수법이 효과가 있었다. 나에게도 효과가 있었어야 했다.

그랬더라면 모두를 위해 훨씬 좋았을 텐데.

여기서 나가야겠다. 집으로 가야겠다. 그런데 갈 수가 없다.

나는 그날 저녁 아무도 치지 않았다. 아무도 해치지 않았다.

그러지 않았다는 걸 나는 안다.

확신한다.

잘 모르겠다.

속이 울렁거린다. 여기 이 풀밭에다 구역질을 하게 생겼다.

내가 누굴 죽였을까? 그녀의 어머니를 죽였을까?

레브가 필요하다. 레브와 대화를 해야겠다.

하지만 레브는 전화를 받지 않는다.

그래도 다시 전화를 걸어본다. 손에 땀이 나서 화면을 켤 수가 없다. 내 목구멍에서 어떤 소리가 나고 나는 풀밭에 전화기를 내동댕이친다.

점점 이성을 잃어 가고 있다. 나는 손가락을 눈에 대고 누른다. 손이 벌벌 떨리고 있다.

"머프?" 멜론헤드가 내 앞에서 걱정하는 눈빛으로 나를 빤히 유심히 쳐다보고 있다. "왜 그러니, 응?"

"가야겠어요." 목 졸린 사람 같은 목소리가 나온다. "이 짓 못 하겠어요."

"무슨 일이야?"

나는 몸을 돌려 직원용 주차장으로 걸음을 옮긴다. 한 발, 한 발 내디딜 때마다 무너지는 모래 속을 걷는 느낌인데, 땅속으로 꺼지는 게 아니라 다시 줄리엣에게로 끌려가고 있다.

나는 줄리엣이 필요하다. 그 어느 때보다 지금 그렇다. 줄리엣이 필요하다.

그런데 우리 둘 사이에 있던 모든 일 때문에 그녀 곁에 있을 수가 없다.

멜론헤드가 계속 내 옆을 지키고 있다. "디-클린. 얘기를 해."

나는 차를 찾아서 더듬더듬 열쇠를 꽂으려 한다. 한 번, 두 번. 스틸 꼬챙이가 구멍에 들어가질 않는다.

나는 고함을 지르며 열쇠를 손에 쥔 채 차를 주먹으로 내리친다. 열쇠 날이 손바닥을 파고들고 쇠가 삐걱거리는 소리가 들린다.

"어이. 어이." 멜론헤드가 내 팔을 잡는데, 짐작했던 것보다 힘이 더 세다. "얘기를 해. 지금 약에 취했니?"

"헐. 아니에요." 나는 차 지붕에 이마를 얹는다. 차라리 그런 거면 얼마나 좋을까. "여기 못 있겠어요, 프랭크. 제발 보내 주세요."

멜론헤드가 숨을 들이마신다. 나는 지역 사회봉사 활동 시간을 채워야 하지 않느냐, 판사에게 연락하겠다, 다시 철창 안에 넣겠다, 하는 식의 경고가 이어질 것에 대비해 마음의 준비를 한다.

"알았다." 그가 말한다. "운전해. 내가 들어줄 테니까."

*

나는 운전을 하지만 말은 하지 않는다. 운전대를 잡으면 왠지 모르게 진정이 되고 클러치의 리듬과 도로의 소음 속으로 빠져들 수 있다. 멜론헤드가 이만하면 됐다고, 마음 추스르고 돌아가자고 할 게 분명하니 처음에는 공동묘지 일대를 몇 바퀴 돈다.

그런데 그는 그런 말을 하지 않는다.

그래서 나는 동쪽으로 핸들을 돌려 체사피크만을 건너는 다리가 보일 때까지 고속도로를 달린다. 멈추고 싶지 않으니 통행료 6달러를 감수해야 할 것이다.

"제니퍼 로드 출구로 빠져나가자." 그가 말한다.

달리기 시작한 지 이십 분 만에 우리 둘 중 아무라도 처음으로 꺼낸 말이다. "왜요?"

"병원에 들르고 싶어서."

나는 운전대를 쥔 손에 힘을 준다. "저 병원 안 가도 돼요."

"누가 너더러 가래? 여기까지 온 김에 아내를 잠깐 보고 가려고."

이로써 내 자기 집착증에 구멍이 뚫린다. 나는 그를 흘끗 쳐다본다. "부인이 아프세요?"

그는 고개를 젓는다. "거기서 근무하거든. 깜짝 놀래 주고 싶어서."

행선지를 정하고 나선 길도 아니다. 나는 깜빡이를 켜고 출구로 빠져나간다.

나는 주차장에 차를 세운 뒤에 시동을 끄지 않는다.

멜론헤드는 안전벨트를 풀고 내 팔을 때린다. "같이 가자, 머프."

"여기서 기다릴게요."

"내 아내처럼 하찮은 사람은 만날 생각 없다는 거야? 내려라, 이 녀석아."

나는 발끈하며 그를 노려본다. "저 지금 이럴 기분 아니에요."

"그럼 뭐 하고 싶은 기분인데?"

이 차 아래로 기어 들어가 영원히 거기 숨고 싶은 기분이다.

레브가 한 말이 머릿속에서 계속 메아리친다. 빌어먹을 피해자 코스 프레 좀 그만해라.

그 말이 마치 방탄조끼를 때린 총탄과도 같아서 아직까지도 그 충격으로 가슴이 욱신거린다. 그 녀석이 욕하는 걸 듣다니 이번이 처음이지 않을까 싶다.

나는 브레이크를 당기고 시동을 끄고 차에서 내린다. "모르겠다. 앞장서세요."

병원은 어제처럼 정신이 없다. 정문으로 들어가 보니 사람들이 온 사방으로 움직이고 있다. 수술용 장갑을 끼고 흰색 가운을 입은 사람들은 걷는 속도가 남들보다 좀 더 빠르다. 대기실 소파에서 어떤 남자가 잠을 청하고 있고 배가 산만 한 임신부가 엘리베이터 옆 벽에 기대고 서 있다. 그녀는 플라스틱 컵에 든 음료를 빙글빙글 돌리고 있다. 배 속의 아이 때문에 티셔츠가 터지기 직전이다. 어린아이가 복도 어딘가에서 성질을 부리고 있다. 비명 소리로 복도가 쩌렁쩌렁하게 울린다.

우리도 늘어선 엘리베이터를 향해 걸어가지만 멜론헤드는 누가 이미 눌러 놓은 버튼을 다시 누르는 그런 사람이 아니다. 그는 미소를 지으며 임신부에게 "안녕하세요."라고 인사를 건네지만 나는 그녀의 불룩한 배에서 눈을 뗄 수가 없다.

우리 엄마가 그렇게 될 것이다.

우리 엄마가 아이를 낳을 것이다.

내 머리는 아직 그 정보를 처리하지 못하고 있다.

갑자기 여자의 배가 실룩거리며 움직인다. 그 놀라운 광경에 나의 시선은 얼른 여자의 얼굴로 옮아간다.

여자는 내 표정을 보고 웃음을 터뜨린다. "애가 편안하게 자리를 잡으려고 하는 거야."

엘리베이터가 땡 소리와 함께 멈추고 우리는 다 같이 올라탄다. 여자의 배는 계속 움직인다.

내가 변태처럼 굴고 있다는 건 알지만 그렇게 소름 끼치는 광경은 처음이다. 시선을 거둘 수가 없다.

여자는 다시 나지막이 웃음을 터뜨리더니 내 쪽으로 다가온다. "자. 만져 봐."

"괜찮아요." 나는 얼른 말한다.

멜론헤드가 키득거리고 나는 인상을 쓴다.

"태어나기 전에 아이를 만져 볼 수 있는 사람은 몇 명 되지 않는데." 그녀는 여전히 놀리는 듯한 말투로 이렇게 얘기한다. "선택받은 소수가 되고 싶지 않아?"

"지나가다 만난 여자분이 자기 몸을 만져 보라고 하는 경우가 많지 않아서요." 나는 말한다.

"얘가 다섯째야." 그녀가 말한다. "나는 지나가던 사람이 내 배를 만지는 데 아주 도가 텄어. 자." 그녀는 내 손목을 잡고 꿈틀거리는 배 바로 위로 가져가서 얹는다.

그녀의 배는 생각했던 것보다 더 단단하고, 우리는 내 쪽에서 그녀의 티셔츠를 곧장 내려다볼 수 있을 만큼 가깝게 서 있다. 나는 손을 잡아 빼고 싶은 마음과 예의를 갖추고 싶은 마음 사이에서 갈피를 잡지 못한다.

바로 그때 아이가 내 손 아래에서 움직인다. 뭔가 단단한 것이 내 손가락을 밀어낸다. 나도 모르게 내 입에서 헉 하는 소리가 나온다.

"애가 인사하네." 여자가 말한다.

내 머릿속에서 엄마 생각이 떠날 줄 모른다. 이렇게 변신할 엄마의 모습을 상상해 보지만 잘 되지 않는다.

5개월이라니.

엘리베이터가 땡 소리와 함께 멈춘다.

"가자, 머프." 멜론헤드가 말한다.

나는 임신부를 쳐다본다. 뭐라고 하면 좋을지 모르겠다. 고맙다고 해야 하나?

"안녕." 그녀는 말하고 음료를 한 모금 마신다.

엘리베이터 문이 닫히고 그녀는 사라진다.

멜론헤드가 성큼성큼 걸어가고 있다. 나는 얼른 뒤따라간다. 이제 병동이라 벽이 흰색이고 사람들은 조용히 대화를 나눈다. 사방에서 모니터가 삑삑거린다. 나는 학교에서 입고 있던 옷을 그대로 입고 있어서 그다지 지저분하지 않지만, 그는 하루 종일 묘지에 있었기에 내쫓기는 건 아닌가 싶어서 계속 마음의 준비를 하게 된다.

호리호리한 검은 머리 의사가 벽에 설치된 컴퓨터 자판을 두드리고 있다. 프랭크는 곧장 그 의사에게 다가가 돌려세우고 그녀가 놀라움을 표현할 겨를도 없이 입술에 입을 맞춘다.

오늘은 사람들이 온갖 방식으로 나를 불편하게 만들려고 작정한

날인가 보다.

나는 고개를 돌리고 시선을 둘 만한 다른 곳을 찾는다. 간호사들. 간호사 스테이션 벽을 따라 테이프로 붙여놓은 그림들.

그들은 이제 스페인어로 속닥거리고 나는 어색하게 그들을 흘끗거린다. 어떤 대화를 나누고 있을지 상상한다.

여긴 어쩐 일이야?

무슨 일이 있는 건 아니고 지나가다 들렀어.

저 변태는 누구야?

아직 체포되지 않은 살인범.

내 뱃속이 다시 뭉친다. 나는 여기 있으면 안 되는 사람이다.

어디로 가야 하는지를 모르겠을 뿐.

"디-클린. 이쪽은 카르멘이야."

나는 얼른 현실로 돌아와 기계적으로 손을 내민다. "안녕하세요."

"안녕, 디클랜." 카르멘이 나를 보며 미소를 짓는다. 흰색 가운 오른쪽 가슴 위에 닥터 멜렌데스라는 명찰이 달려 있지만 영어에서 억양이 전혀 느껴지지 않는다. "마리솔이 나중에 결혼하겠다고 계속 얘기하는 아이가 너구나."

나는 기침을 한다. "아. 그게. 저희는 서두르지 않으려고 해요."

카르멘이 미소를 짓자 두 눈이 반짝거린다. "프랭크가 그러는데 네가 개조한 차를 타고 왔다며? 놀랍다. 나는 그런 기술은 이제 사라져 가는 줄 알았거든."

"아니에요. 제가 보기엔 별 쓸모없는 기술이에요."

"우리 옆집 아주머니한테 네가 자기 남편 차 어디가 문제인지 삼십 초도 안 돼서 알아차렸다는 얘기도 들었어. 재능이 남다르네."

나는 뭐라고 말하면 좋을지 알 수가 없어서 어깨를 으쓱한다. "그쪽 방면으로 귀가 발달했나 봐요."

간호사 하나가 지나가다 말고 닥터 멜렌데스의 어깨에 손을 얹는다. "말씀 나누시는데 죄송해요." 그녀가 소곤소곤 얘기한다. "좀 전에 221호 검사 결과 나오면 알려 달라고 하셔서요."

멜론헤드가 헛기침을 한다. "이제 그만 당신 놓아줄게."

"잠깐 들러 줘서 고마워." 카르멘이 이번에는 좀 전보다 가볍게 그에게 다시 한번 입을 맞춘다. "만나서 반가웠다, 디클랜."

"저도 만나서 반가웠어요."

잠시 후에 우리는 다시 엘리베이터를 탄다. 차를 세워 놓은 곳까지 걸어간다. 제니퍼 로드를 타고 달린다.

"아내와 키스 두 번 하려고 여기까지 온 거예요?" 나는 묻는다.

그는 어깨를 으쓱한다. "달리 해야 하는 일이 있는 것도 아니잖아?"

묘지 잔디를 절반은 깎았겠네. 하지만 그 말을 입 밖에 내진 않는다. 나는 그를 흘끗 쳐다본다. "그 이상한 임신부랑 보낸 시간이 더 길었네요."

"너도 언젠가는 키스 한 번이면 모든 수고가 잊히는 그런 여자를 만나게 될 거다."

그 생각에 나는 멈칫거려진다. 왠지 잘은 모르겠지만 인상을 쓰는 것도 아니고 얼굴을 붉히는 것도 아닌 어정쩡한 상태가 된다. 나는 그가 공동묘지로 돌아가자고 하겠거니 생각하지만 이후로 우리 둘

다 아무 말도 하지 않는다.

달리 어딜 가면 좋을지 모르겠지만 아직은 공동묘지로 돌아갈 자신이 없다. 줄리엣이 아직까지 거기 있다면 더군다나 그렇다. 내가 50번 국도 근처에서 빨간불에 멈추어 서자 멜론헤드가 나를 흘끗 쳐다본다. "배고프니?"

"아뇨."

"진짜? 내가 뭐 좀 사 주려고 하는데."

나는 그를 쳐다본다. "왜 이러세요? 잔디 깎아야 하는 시간에 휴대전화라도 체크하면 난리 부리면서 어디 가서 저녁을 먹자고요?"

그는 어깨를 으쓱한다. 우리는 계속 달린다.

"그 여자애 누구니?" 한참 만에 그가 말한다.

"무슨 여자애요?"

"네가 계속 보고 있었던 여자애."

그가 내 옆구리를 강타한 거나 다름없다. 줄리엣을 떠올리자 내 가슴 한구석이 무너진다. "그냥 같은 학교 다니는 아이예요."

"예전에는 수시로 왔었는데. 요즘은 자주 안 보이더라만."

줄리엣. 오, 줄리엣.

한 마디, 한 마디에서 고통이 철철 묻어나 답장을 쓸 수밖에 없었던 줄리엣의 첫 번째 편지가 머릿속에 떠오른다.

아이의 얼굴을 보면 알 수 있어요. 아이의 현실이 뜯겨 나가고 있고 아이는 그걸 알아요.

엄마가 돌아가셨고 아이는 그걸 알아요.

그 사진 속에는 고통이 담겨 있어요.

저는 그 사진을 볼 때마다 이런 생각이 들어요. '나는 이 아이의 심정을 알 것 같아.'

내가 유발한 고통일까?

"걔 어머니가 돌아가셨거든요." 목이 점점 메어와 목소리가 탁해진다.

"아이고 딱해라."

내 눈앞이 흐릿해지면서 살짝, 하지만 느낄 수 있을 만큼 안개가 낀다. 고속도로가 아닌 게 다행이다. "뺑소니 교통사고를 당했대요. 제가 술 마시고 아빠 트럭을 박살 낸 바로 그날."

그의 목소리가 잠잠해진다. 우리 모두 오늘 오후 내내 그랬던 것처럼 그 역시 열심히 상관관계를 찾고 있다는 걸 알 수 있겠다. "네가 연루된 사고냐?"

가슴이 너무 답답해서 나는 아무 말도 할 수가 없다. 나는 깜빡이를 거칠게 켜고 쇼핑가 주차장에 차를 댄다. 주차 브레이크를 당기지만 그를 쳐다보지는 못한다.

나는 그러면 고통이 줄어들기라도 하는 듯 배 위로 단단히 팔짱을 낀다. "모르겠어요."

"혹시라도 그럴까 봐 불안해?"

"모르겠어요. 제가 지금 어떤 심정인지. 아무것도 모르겠어요."

그는 잠깐 동안 아무 말도 하지 않고, 나는 내 숨소리를 들으며 호흡을 가다듬으려고 애를 써 본다.

잠시 후 그가 나지막이 말문을 연다. "너 혼자 그걸 알아내려고 할 필요는 없어."

"얘기가 너무 길어요. 이제는 너무 복잡해졌어요."

"내 아내가 의사이긴 해도 나도 머리가 나쁘지는 않다, 머프. 어디 한번 들어나 보자."

나는 핀잔을 주려고 숨을 마셨다가 — 전말을 털어놓는다.

나는 맨 처음 시점, 그러니까 묘비 앞에 놓여 있던 편지와 그걸 기점으로 우리가 편지를 주고받게 된 과정에서부터 이야기를 시작한다. 그에게 줄리엣에게 했던 이야기와 하지 않은 이야기를 모두 전하고, 두 개의 개별적인 스토리라인을 유지하기가 얼마나 힘들어졌는지 설명한다. 도로변에서 그녀를 발견했던 날, 그녀가 내가 자기를 도우러 왔을 리 없다고 확신하는 듯이 보였던 것과 그렇게 믿도록 내버려 둔 것에 대해서도 이야기한다.

우리 아빠와 자동차 수리점, 아무도 모르게 아빠를 태우고 다녔던 것에 대해서도 이야기한다. 케리와 그 아이가 어쩌다 죽었는지에 대해서도 이야기한다.

어머니와 앨런, 그리고 우리 집에서 내가 어떻게 아웃사이더가 되어 버렸는지에 대해서도 이야기한다. 그들이 어머니의 임신 사실을 내게 숨겨 왔던 것, 그들이 취하는 모든 행동이 결국에는 어머니를 실망시킬 사람과 점점 엮어 버리는 역할을 하는 것에 대해서도 이야기한다.

두 사람이 결혼하던 날에 대해서도 이야기한다. 위스키에 대해서도. 사고와 유치장과 내가 점점 우리 아빠를 닮아간다고 앨런이 중얼거리는 것에 대해서도. 그때 모든 걸 끝내 버렸으면 얼마나 좋았겠느냐는 말까지.

342

프랭크는 이야기를 들어 주는 데 재주가 있다. 말허리를 끊지 않고, 상황을 정확히 파악하느라 가끔 질문을 할 때 말고는 아무 말도 하지 않는다.

마침내 나는 점심때 레브가 내게 어떤 식으로 호통을 쳤는지, 내가 트럭을 박살 낸 날짜를 듣고 줄리엣이 어째서 보건실로 옮겨져야 했는지 이야기한다.

이야기가 끝났을 무렵에는 50번 국도변의 건물들 사이로 어둠이 슬금슬금 스며든 후다. 나는 기진맥진하고 피곤하다.

"얘기가 진짜 기네." 내 말이 끊기자 그가 말한다.

나는 고개를 끄덕인다. "저는 날짜를 알고 있었어요." 주변에 어둠이 깔리자 말을 하기가 수월해진 느낌이다. "그분 묘비를 봤을 때 맨 처음 알아차린 게 그거였거든요. 하지만…… 그분이 어떻게 돌아가셨는지는 몰랐어요. 그건 나중에 알게 됐어요. 훨씬 나중에. 그리고 오늘에서야 그걸 하나로 합칠 수 있었고요."

"하지만 다른 차를 친 기억은 없다?"

"차에 올라탄 기억도 거의 나지 않아요."

그림자가 드리워진 그의 얼굴은 생각에 잠긴 표정을 짓고 있다. "그 아이 어머니가 어디에서 돌아가셨는지 아니? 언제 돌아가셨는지는?"

"아뇨." 나는 머뭇거린다. "공항에서 집으로 오시는 길이었다는 건 알아요. 저녁이었고요."

"너는 어디서 차를 박살 냈는데? 서로 길이 엇갈린 적 있었을까?"

"제가 차를 박살 낸 곳은 리치 고속도로였어요. 엇갈렸을지는 전혀 모르겠고요."

"하지만 전부 같은 구에서 벌어진 일이란 말이지?"

"네. 아마도요."

그는 턱을 문지른다. "흠, 경찰은 무능하지 않아, 머프. 네가 같은 구에서 비슷한 시각에 차를 박살 냈다면 뺑소니 사고와 연관이 있는지 당연히 조사를 했을 거라고 본다. 특히 피해자가 사망한 경우라면."

"트럭은 완전히 부서졌어요. 차체를 자르고 저를 끄집어 내야 했을 정도로. 엄마 말로는 안전벨트가 아니었으면 제가 목숨을 부지하지 못했을 거라고 했어요. 벽돌 기둥이 에어백 위로 무너졌거든요. 경찰 측에서 제가 사람을 쳤는지 어쨌는지 확인이 불가능했을 수도 있어요."

"그래도 확인할 방법이 있지. 페인트 자국, 그런 거. 범죄 드라마 안 보니?"

오후 들어 처음으로 마음이 조금 가벼워진다. "그래요?"

"응." 그는 말을 하다 말고 잠깐 멈춘다. "그 어머니 기사 찾아봐. 인명 피해가 생긴 뺑소니 사고면 뉴스에 소개됐을 테니까. 어떤 차랑 부딪쳤는지 아니면 최소한 색깔만이라도."

그의 설명이 어찌나 논리적이고 어찌나 현실적인지 운전대를 부여잡고 흐느껴 울고, 주차장을 가로지르며 옆으로 재주넘기를 하고 싶다.

하지만 그러지 않는다.

아직 남은 게 있다.

"내가 다른 모든 부분에 대해서 어떻게 생각하는지 얘기해도 될까?" 프랭크가 묻는다.

나는 고개를 끄덕인다.

"그럼 이제 그만 돌아가자." 프랭크가 말한다. "가면서 얘기할게."

나는 기어를 넣는다.

그는 나를 기다리게 하지 않는다. "너희 어머니와 그 남편이 일부러 이만큼 오랫동안 임신한 걸 숨겼다면 그건 잘못했다고 본다. 하지만 네 주변의 어른들에 대해 너에게 들은 얘기를 종합해 보면 놀랍지는 않다."

"그게 무슨 얘긴지 모르겠어요."

"너희 부모님은 네가 어렸을 때부터 너를 실망시키더니 계속 그러고 있는 것 같다고."

나는 대로로 진입하며 그를 흘끗 쳐다본다. "그래도 계속 무슨 얘긴지 모르겠어요."

"야, 이 씨." 그가 이렇게 제대로 화가 난 말투를 쓰는 건 처음이다. "네가 아버지를 태우고 돌아다니면 안 됐지. 너희 어머니도 그걸 내버려 두면 안 됐고. 그게 네 잘못이라고 생각하도록 내버려 두면 안 됐고. 마리솔이 그런 걸 은폐하려는 건 상상이 안 된다. 거기까지는 상상이 된다 한들 카르멘이 그걸 계속 방치는 건 상상이 안 되고. 결혼식 날 저녁에 네가 저지른 짓을 어머니에게 어떤 식으로 사과하면 좋을지 모르겠다고 했지? 너희 어머니가 자기가 저지른 짓을 너한테 사과한 적은 있니?"

나는 단호하게 고개를 젓는다. "아뇨. 문제가 복잡했어요."

"아니. 복잡하지 않아. 내가 보기에 그건 범죄였고 너희 어머니에게는 아버지만큼 책임이 있어." 분노가 커질수록 그의 억양이 심해진다. "너는 운이 좋아서 목숨을 건진 거야. 너는 미성년자였어, 머프. **지금도** 마찬가지고. 그런데 너희 어머니는 네가 그런 죄책감을 짊어지고 다니도록 방치하고 있어. 내가 보기에 너희 어머니가 왜 너희 아버지 면회를 가지 않는지 알아? 자신의 책임을 직면하고 싶지 않기 때문이야. 내가 보기에 너희 어머니는 너랑 같이 잔디를 깎아야 해." 그는 말을 하다 말고 스페인어로 욕을 한다.

나는 한 차로로 계속 달리지만 머릿속이 혼란스럽다. 지금까지 나를 그런 식으로 옹호한 사람은 없었다. 한 명도. 나를 제어하는 사람들만 있었지, 나를 변호하러 나선 사람은 없었다.

차 안에 우리 둘뿐이지만 그래도 차이가 있다.

"전부 엄마 잘못은 아니에요." 마침내 내가 말한다. "케리가 죽었을 때 — 엄마 안의 뭔가도 죽어 버린 것 같아요."

"그래도 네가 있었잖아."

"그게 고마워할 일은 아니죠. 제가 같이 살기 쉬운 타입은 아니니까요." 나는 말을 하다 말고 잠깐 멈춘다. "그리고 제가 엄마의 결혼식을 망쳤어요. 두 분은 나를 절대 용서하지 않을 거예요."

멜론헤드는 툴툴거린다. 그는 계속 화를 식히지 못한다.

그걸 보고 나는 잠깐이나마 미소가 지어진다.

"고마워요." 나는 말한다.

그는 고개를 끄덕이지만 계속 뭔가를 생각하는 편에 가깝다. "나한테 얘기한 것들을 너희 새아버지도 전부 아니?"

나는 콧방귀를 뀐다. "아마도요."

"하지만 확실하지는 않은 거지?"

"그러면 뭐가 달라지는데요?"

그는 딱딱하게 굳은 표정으로 나를 본다. "그건 중요한 문제야, 머프."

나는 버럭 화를 내려고 입을 열지만— 그의 말이 맞는다는 사실을 깨닫는다. 나는 앨런이 우리 가족사에서 내가 맡았던 역할을 모른다는 가정 아래, 내가 그에 대해 아는 모든 걸 다시금 정리해 본다. 엄마와 나는 거기에 대해 얘기한 적이 없다. 단 한 번도 없다. 내가 성적을 잘 받으려고 애를 썼던 기억이 난다. 시험에서 A를 받으면 케리와 아빠를 안전하게 지키지 못한 나의 잘못을 보상이라도 할 수 있다는 듯이. 내 방을 완벽하게 정리하고. 모든 심부름을 하고. 엄마를 방해하지 않고.

엄마는 몰라 줬던 기억이 난다. 그리고 나도 더는 신경 쓰지 않던 것도.

앨런이 우리 인생에 등장했을 무렵, 엄마와 나는 다른 궤도를 돌고 있었다. 엄마가 그에게 어디까지 얘기했을지 나로서는 알 도리가 없다.

어찌 됐건 그게 중요한 문제인지는 잘 모르겠다. 내가 저지른 짓을 돌이킬 방법은 없다. 세상 어느 누구도 마찬가지다.

"나는 네 친구 생각이 맞는다고 본다." 멜론헤드는 말한다. "너희 어머니에게 말을 해야 한다고 생각해."

그 말에 내 얼굴에서 미소가 가신다. "엄마한테 뭐라고 하면 좋을지 모르겠어요." 나는 계기반에 달린 시계를 흘끗 확인한다. "지역 사회봉사 활동이 끝나는 시각까지 집에 들어가지 않으면 난리가 날 거예요."

그는 주머니에서 휴대 전화를 꺼낸다. "너희 부모님 번호 알려 줘. 내가 전화해서 늦게까지 일을 하게 됐다고 설명할게."

내 가슴을 짓누르고 있던 부담이 또다시 조금 가벼워진다. 그가 전화를 하고 그것으로 상황은 해결된다. 이제 문제가 없다.

이렇게 간단하다. 나는 나를 내려다보던 힐러드 선생님을 떠올린다. 무슨 문제가 생기면 나한테 그냥 말만 해. 그녀가 내 설명을 받아들이고 수업 시간에 숙제를 끝내게 했던 걸 떠올린다.

"그건 그냥 하루였어." 프랭크는 전화를 끊고 이렇게 말한다. "하지만 계속 이런 식이면 너희 어머니나 그 남편하고 문제를 해결할 방법이 없어."

앨런이 떠오른 순간 내 머릿속이 어두워진다. "두 사람하고의 문제를 해결하고 싶은 마음은 없었어요." 나는 말을 하다 말고 멈춘다. 내 목소리는 아주 고요하다. "저는 그냥 없어져 버리고 싶었어요. 그런데 실패했어요."

"글쎄다, 머프." 우리는 공동묘지 쪽으로 방향을 튼다. 그는 뭐라고 말을 이으면 모르겠는 사람처럼 머뭇거린다. "그냥 네가 하는 말이 아닌가 싶다만."

나는 얼굴을 찌푸린다. "네?"

"네가 죽고 싶었던 건 아닌 것 같다고."

나는 이제 거의 비다시피 한 직원용 주차장으로 들어가 그의 차 옆에 차를 댄다. "제가 한 얘기 전혀 안 들었어요?"

"들었지. 너는 자살을 시도하고 싶었을지는 몰라도 실제로 죽고 싶었던 건 아니었을지 몰라."

"그거랑 그게 뭐가 다른데요?"

그는 문을 열고 내려서 그 자리에 선 채 나를 내려다본다. "너는 안전벨트를 했잖아."

나는 어두워진 앞 유리창에 시선을 고정한다. 그 말에 뭐라고 대꾸하면 좋을지 모르겠다.

"내일 저녁에 도와줄래?" 그는 묻는다. "저 두 부분 끝내려면 두 배로 일을 해야 하게 생겨서."

그런 식으로 물어봐 주는 게 좋다. 그는 명령을 내리는 게 아니다. 나는 마음대로 거절할 수 있다.

나는 고개를 끄덕인다. "수업 마치자마자 바로 올게요. 같이 끝내요."

"고맙다, 머프." 그가 문을 닫자 나는 바깥세상과 차단되지만 이 안이 아까만큼 어둡지는 않다.

35장

보낸 사람: 더 다크 <TheDark@freemail.com>

받는 사람: 세미터리 걸 <cemeterygirl@freemail.com>

날짜: 10월 8일 화요일 9:12:44 PM

제목: DM

무슨 일 있었어? 괜찮아?

아빠가 9시 반에 내 방문을 노크하자 나는 여기 이렇게 앉아서 휴대 전화를 들여다보며 생각에 잠긴 것이 아니라 자는 척하고 싶은 유혹을 느낀다.

불이 아직 켜져 있기에 내가 대답하지 않으면 아빠는 별일 없는지 확인하느라 들어와 볼 것이다.

"들어오세요." 나는 외친다.

아빠가 문을 살짝 연다. "옆에 있어 줄 사람 필요하니?"

아니다. 나는 지금 이불 속으로 기어 들어가 한 달 동안 잠을 자고 싶다. 나는 엄마의 무덤 앞에 한참 동안 앉아서 편지를 쓰려고 끙끙 댔다.

그런데 쓸 말이 생각나지 않았다.

죄송해요, 엄마를 죽였을지 모르는 아이에게 마음을 빼앗겼더랬어요,라 는 말을 어떤 식으로 전하면 좋을지 알 수가 없었다.

마음의 준비를 할 겨를도 없이 목이 메어 온다. 만약 운명의 여신 이 앞에 있다면 얼굴을 한 대 치고 싶다.

아빠가 걱정하는 눈빛으로 나를 살핀다. "줄리엣?"

나는 눈을 문지른다. 아빠가 좋은 뜻에서 꺼낸 말인 줄은 알지만 오늘 저녁은 부녀지간에 오붓한 시간을 보낼 여력이 없다. "너무 피 곤해서요, 아빠."

"알았다." 아빠는 고개를 끄덕인다. "나도 너무 늦은 거 아닌가 생 각했어. 애들한테 너 잔다고 전할게."

애들?

맨 처음 떠오른 사람은 디클랜과 레브고 내 심장은 네 배로 빠르 게 쿵쾅거린다. "잠깐만요!" 나는 침대에서 허둥지둥 몸을 일으킨다. "누가 왔어요?"

아빠는 미간을 찌푸린다. "그럼 내가 무슨 뜻에서 옆에 있어 줄 사 람이 필요하냐고 물었—"

"무슨 말씀인지 이해를 못 했어요." 하고 싶은 말이 생각처럼 빠 르게 나와 주질 않는다. 아드레날린 주사와 에스프레소 샷을 동시에 주입한 느낌이다. 디클랜이 설명을 하러 온 걸지 모른다. 사과를 하 려고. 자신의 전과가 우리 엄마와 아무 상관 없다는 걸 논리적으로 입증할 만한 방법이 있다는 확신을 심어 주려고.

그가 왔다는 데 이렇게 흥분하면 안 되지만 어쩔 도리가 없다. 죄책감이 내 폐부를 찌르지만 호기심도 마찬가지다.

이 세상에 나보다 못된 딸은 없을 거다.

나는 얼굴에 들러붙은 머리카락을 쓸어 낸다. 묘지를 헤집는 바람을 맞아서 엉망진창이다. "누군데요? 어쩐 일로 왔대요?"

이제 아빠는 실성한 인간 대하듯 나를 쳐다보고 있는데, 그리 틀린 판단도 아니다. "로언이고 어떤 남자아이랑 같이 왔어. 이름이 브랜던이라는 것 같더라만……."

"브랜던이요." 디클랜 머피를 대면한다는 데 화가 났는지 흥분했는지 판단할 겨를도 없이 내 허파에서 바람이 빠져나간다. "올려보내 주세요."

"올라가고 있으니까 걱정 마." 로언이 아래층 어딘가에서 외친다. "내 전화는 안 받아도 나초스 벨 그랜드는 모른 척 못 하겠지."

그들은 발소리도 요란하게 계단을 올라오고 아빠는 자리를 비켜 준다. 요가 팬츠를 덮는 흰색의 얇은 셔츠를 입고 있는 로언은 천상의 존재처럼 눈이 부시다. 큼지막한 타코벨 봉투를 들고 있다. 브랜던은 스키니 진에 '베이컨은 고기 사탕'이라고 적힌 티셔츠를 입고 그 위에 단추를 채우지 않은 격자무늬 셔츠를 걸쳤다.

그들은 소설에서 걸어 나온 천사와 힙한 파트너 같다.

나는 잠옷을 입고 있고 화장은 뺨 위로 흘러내려 다 말라 버렸을 것이다.

로언은 봉투를 내 옆에 털썩 내려놓고 침대 위로 올라온다. "줄스.

무슨 일이야? 구내식당에서 기절했다며. 왜 나한테 연락 안 했어? 집까지는 어떻게 왔어?"

"기절한 거 아니야." 나는 눈물이 굳어서 살짝 딱딱하게 느껴지는 뺨을 문지른다. "비커스 선생님 말로는 공황 발작이래. 선생님이 오후 동안 혼자 공부할 수 있게 해 주셨어." 학기가 시작된 이래 비커스 선생님이 이 정도로 연민을 보인 건 처음이다.

브랜던은 봉투에서 음식을 꺼내기 시작한다. 그는 묵묵히 제 할 일을 찾아서 하고 있다. 내가 흉측한 몰골로 이불 속에 들어 앉아 있는데 모르는 척해 줘서 고마울 따름이다.

그러고 보니 브래지어도 안 하고 있다.

나는 눈을 훔치고 로언과 담요로부터 탈출한다. "나 가서 옷 좀 제대로 입고 올게. 잠깐만 기다려." 바람결에 실려 온 음식 냄새가 코를 간질이고 나는 저녁을 먹지 않았다는 걸 깨닫는다. 게다가 점심도 거의 먹은 게 없다. "음식 들고 와 줘서 고마워. 배고파 쓰러지기 직전이었는데."

나는 화장실로 들어가 세수하고 이를 닦고 머리를 올려 클립으로 고정한다. 아무 옷이나 집다 보니 청바지에 탱크톱을 입게 됐지만 오필리아가 미치는 장면을 연기하려는 배우처럼 보이는 것보다는 낫다.

방으로 돌아가 보니 로언이 내 침대를 정리하고 둘이서 이불 위에 거의 뷔페를 차려 놨다. 라디오에서 잔잔한 음악이 흘러나온다. 아빠가 탄산음료를 가져다 놓았다.

나는 두 친구의 마음 씀씀이에 너무 감동을 받아서 다시 왈칵 울음을 터뜨리고 싶어진다. 너무 오랜만이다. 나는 이런 걸 받을 자격이 없다.

"네 휴대 전화 여러 번 깜빡였어." 로언이 말한다.

나는 전화기를 집어 버튼을 누른다.

더 다크: 농담 아니고. 괜찮아?

나는 잠금을 풀고 얼른 메시지를 입력한다.

세미터리 걸: 괜찮아. 친구들 왔어. 나중에 메시지 보낼게.

나는 그런 다음 휴대 전화를 잠그고 베개 아래로 넣는다.

로언이 나초 접시를 들고 나를 쳐다보고 있다. "무슨 일이야?"

"몰라."

"모른다고?"

나는 접시를 들고 칩과 쇠고기와 치즈를 쌓기 시작한다. "응."

"미스터리 보이야?"

"미스터리 보이가 있어?" 브랜던이 묻는다. 그는 구석에 놓인 내 책상 의자를 차지하고는 앞에 타코 네 개를 쌓아 놓았다.

"그렇다고 볼 수 있어." 나는 칩을 입 안에 욱여넣는다. 더 다크는 내가 오늘 오후에 한 질문에 대답을 하지 않았다. 그 자체가 대답인 걸까? 아니면 그냥 걱정하느라 대답할 필요성을 느끼지 못했을까?

디클랜처럼 공격적인 아이가 질문을 피하는 건 상상이 되지 않는다. 식당에서 같은 테이블에 앉아 있었을 때 그는 내가 그게 무슨 날짜냐고 물었을 때 뒤로 물러나지 않았다. 그런데 이제 와서 피할 이유가 없지 않은가.

내게 대답하지 않을 이유가 없지 않은가.

더 다크가 디클랜 머피가 아닌 이상. 그것 역시 말이 되기는 한다. 조금은.

우리는 한참 동안 아무 말 없이 먹기만 한다. 라디오에서는 계속 노래가 흘러나온다.

마침내 내가 정적을 깨뜨린다. 내 목소리는 작지만 떨리지는 않는다. "디클랜 머피가 차를 몰고 가다 박살 낸 날이 우리 엄마가 돌아가신 날이었어. 그래서 내가 점심을 먹다 말고 흥분한 거야. 내 생각에는 걔가 연루됐을 수도 있어. 술에 취해서 필름이 끊겼다고 하거든."

로언은 칩을 입으로 가져가다 말고 멈춘다. "너희 아빠한테 말씀드렸어? 아빠가 경찰에 연락하셨어?"

"아직 아무한테도 얘기하지 않았어." 나는 머뭇거린다. "그게……세세한 부분까지 다 아는 게 아니라서. 만일 같은 시간대가 아니면 어떡해? 만일 ─"

"여기 컴퓨터 있어?" 브랜던이 묻는다. "내가 알아봐 줄 수 있는데."

나는 허리를 편다. "뭘 알아본다는 거야?"

"내가 이 지역 경찰 범죄 피드에 접속할 수 있는 암호를 알거든."

로언이 내 쪽으로 몸을 숙이고 들으라는 듯이 속삭인다. "쟤 데리고 다니면 가끔 엄청 편할 때가 있어."

"그래?" 나는 묻는다. "어떻게?"

"인턴으로 일한 적이 있어서. 바꿀 줄 알았더니 그대로 두더라?" 브랜던이 어깨를 으쓱한다. "재밌어서 가끔 들여다봐. 거기서 알아보면 돼. 자세한 사항이 있는지."

내게는 아빠가 예전에 쓰던 노트북이 있다. 속도가 느리긴 해도 돌아가긴 한다. 나는 책상 위에 쌓인 책 더미 아래에서 노트북을 끄집어내 브랜던에게 건넨다.

노트북이 켜지는 동안 그는 화면 너머로 나를 쳐다본다. "아빠 모셔 올 거야?"

아빠는 아직까지 나를 붙잡아 놓고 있는 안개 속에서 서서히 빠져나오고 있는 눈치다. 나는 고개를 젓는다. "아직은 아니야. 뭔가가 확실히 밝혀진 다음이라면 모를까."

브랜던은 금세 시스템에 접속한다. "날짜가?"

내 입안이 갑자기 바짝 마른다. 이게 생시일까? 엄마의 살인 사건을 지금 이 자리에서 해결하게 되는 건가? "5월 25일."

그는 자판을 두드리고 화면을 보며 눈살을 찌푸린다. "뺑소니 사고 보고서가 있긴 한데 피해자의 성이 '손'하고 '라만'이야. 라만이 누구야?"

"엄마가 공항에서 택시를 타고 오시던 길이었거든. 라만이 아마 기사였나 보다." 나는 속삭인다.

지금까지 나는 기사에 대해 단 일 초도 생각해 본 적이 없었다. 그에게도 나처럼 상실감을 짊어지고 다니는 딸이 있을까?

로언이 내 손을 잡는다.

"사고가 난 곳이 해먼즈 페리 로드야? 린시컴에 있는?"

"응."

그는 살짝 미간을 찡그린다. "이상하네. 해먼즈 페리 로드는 공항에서 오는 길이 아닌데."

"그게 무슨 소리야?"

"아니, 그러니까, 그 길이 공항이랑 가깝기는 해. 승객이 한 명 더 있어서 먼저 내려 줬을까? 아니면 요금을 더 받아내려고 먼 길로 돌아갔을까? 아니면 고속도로에 사고가 나서 옆길을 택했을까? 모르겠고 그에게 물어볼 수도 없어. 다만 공항에서 여기로 오는 최단 거리는 아닐 뿐."

이상하네. 하지만 그도 얘기했다시피 아주 이례적인 선택은 아니다.

브랜던은 말을 잇는다. "해가 진 뒤고 좀 외딴 곳이라 목격자도 없고 카메라도 없었어. 응급 구조요원이 도착했을 무렵에는……." 그는 머뭇거린다. 표정을 보아하니 내가 듣고 싶어 하지 않을 만한 자세한 정황을 읽고 있는 눈치다.

그는 손을 흔든다. "자. 이번에는 그 루저의 전과 기록 검색할 수 있는지 알아볼게. 서로 부합하는 부분이 있는지 살피게."

개 루저 아니야. 나는 사람들이 자기를 어떤 식으로 오해하는지를 두고 디클랜이 했던 말을 떠올리며 이렇게 말을 할 뻔하지만, 검색하려는 자료를 감안해 잠자코 있는다.

브랜던은 자판을 몇 번 두드리고 화면을 읽고 다시 자판을 몇 번 더 두드린다. 어찌나 고요한지 음악 위로 우리 세 사람의 일정한 숨소리가 들릴 정도다.

잠시 후에 로언이 말한다. "우리를 죽이려는 참이야, 브랜던?"

"알아, 알아. 확실히 하고 싶어서 그래. 디클랜 머피의 것인가 싶은 보고서가 있지만 이름이 전부 익명 처리돼 있어. 범인이 미성년자인 경우 그렇거든. 이 주 전체를 아우르는 자료실이라. 잠깐만 기다려 줘."

범인. 나는 하마터면 웃을 뻔한다. 브랜던의 인생 지도는 나처럼 갈가리 찢기지 않고 온전한 상태를 고스란히 유지하고 있다.

고통스러운 시간이 잠시 더 흐른 뒤에 브랜던이 나를 올려다본다. 비통한 표정을 짓고 있다. "이게 좋은 소식인지 나쁜 소식인지 모르겠네."

나는 로언의 손을 으스러져라 부여잡는다. 맞아떨어지는 모양이다. 그런 모양이다. 나는 가쁘게 숨을 몰아쉰다. "말해. 그냥 말해. 걔지? 걔 맞지?"

브랜던은 고개를 젓는다. "걔가 아니야."

뭐라고?

뭐라고?

그는 노트북 화면을 내 쪽으로 돌린다. "봐. 너희 어머니 사고가 최초 접수된 시각이 7시 46분이야. 경찰 기록에 따르면 디클랜 머피는 8시 1분에 차에 올라탔고 8시 16분에 그 건물을 들이받았다고 하거든."

그가 아니다.

다행스럽다. 절망스럽다. 내 마음이 어떤지 나도 잘 모르겠다.

먹은 나초를 토할 것만 같다. 나는 배에 대고 주먹을 쥔다.

"정말 유감이다." 브랜던이 속삭인다.

그가 어떤 뜻에서 이게 좋은 소식인지 나쁜 소식인지 모르겠다고 했는지 이제 알겠다. 디클랜이 아닌 것으로 밝혀졌지만 — 사건은 여전히 해결되지 않은 것이다.

"그냥 — 꺼 주라. 응? 꺼 줘."

브랜던은 노트북을 끄고 나는 잠깐 동안 마음을 가라앉힌다. 내 상황은 어제와 다를 게 없다. 나는 잃은 게 아무것도 없다.

그리고 디클랜이 범인이라 한들 그렇다고 해서 우리 엄마가 살아 돌아오는 건 아니다.

"저거 너희 어머니가 쓰시던 장비야?" 브랜던이 구석에 쌓인 물건들을 턱으로 가리키며 묻는다. 나만의 조그맣고 우울한 신전이다.

나는 헛기침을 한다. "응. 담당 에디터가 아빠한테 자꾸 자기가 사 겠다고 하는데……." 나는 생각의 끝을 흐린다.

브랜던은 거기에 얽힌 감정을 전혀 인지하지 못하는 표정이다. "경찰에서 너희 어머니의 메모리 카드도 살펴봤어?"

너무 뜻밖의 질문이라 내 상심이 조금 바스러져 나간다. "뭐라고? 아니. 왜?"

그는 어깨를 으쓱한다. "잘은 모르겠지만 피해 여성이 휴대 전화로 찍은 사진 때문에 살인 사건이 해결된 케이스를 읽은 기억이 나서. 범인에게 찔리는 동안 찍기 시작한 사진이라 경찰에서 그걸 토대로 범인을 잡을 수 있었거든. 그러니까…… 너희 어머니가 도망치는 차량을 사진으로 찍었을 수도 있지 않을까?"

로언은 살인 사건 얘기 좀 그만해, 내 친구가 괴로워하고 있잖아, 비슷한 뜻에서 자기 목을 칼로 긋는 흉내를 내고 있지만 내 머릿속은 회전수를 높여 정상적인 속도를 되찾는다.

"그랬을 가능성도 있다고 생각해?" 나는 묻는다.

브랜던은 장비를 다시 한번 흘끗 쳐다본다. "어쩌면."

"아니." 로언이 말한다.

우리 둘이 로언을 쳐다보자 그녀는 눈을 살짝 동그랗게 뜬다. "그게 얼마나 얼토당토않은 소린지 모르겠어? 쌩하니 도망치는 범인의 사진을 찍을 수 있을 만큼 멀쩡했던 사람이…… 그랬던 사람이……." 로언이 말끝을 흐리며 나를 쳐다본다.

"구급차가 도착했을 무렵에는 죽어 있을 수 있느냐고?" 내가 대신 말꼬리를 맺는다.

"범인이 쌩하니 도망치지 않았을 수도 있어." 브랜던이 말한다. "보고서에 따르면 그 차에 사고 흔적이 남았을 거라고 하거든. 그러니까 범인이 차를 세우고 어느 정도 피해를 입었는지 살폈을 수도 있어. 아니면 후진해서 도망치느라 시간이 걸렸을지도 모르고. 이건 단순한 측면 접촉 사고가 아니었거든." 그는 말을 하다 말고 멈춘다. 괴로워하는 표정을 짓고 있다.

"얘기해." 나는 말한다. 내 목소리는 공허하지만 나는 지금까지 엄마의 죽음을 놓고 수백 가지 경우를 상상했다. 그가 어떤 말을 하든 놀랍지 않을 것이다.

"너희 어머니는 충격으로 돌아가신 게 아니야." 그는 조용히 얘기한다. "내출혈이라고 되어 있어. 아마 안전벨트 때문일 거야. 머리를 다쳤다는 기록은 없어." 그는 침을 삼킨다. "그러니까…… 그럴 만한 시간이 있었을지 몰라. 특히 어머니가 의식이 있었다면."

그럴 만한 시간이 있었을지 몰라. 특히 어머니가 의식이 있었다면.

우리 엄마는 전 세계의 현실을 미국의 석간 신문에 소개하느라 전장을 누비고 다닌 여자였다.

엄마의 사건을 해결할 수 있는 단서가 지난 사 개월 동안 내 방구석에 방치돼 있었을까?

맙소사.

나는 성큼성큼 방을 가로질러 엄마의 디지털카메라가 담긴 가방을 집고, 벽에 대고 카메라를 내리치다시피 해 가며 메모리 카드를 꺼낸다.

"진정해. 진정해." 브랜던이 나를 가로막고 벌벌 떨고 있는 내 손에서 카메라를 비틀어 빼앗아 간다. "내가 할게."

브랜던이 노련한 손길로 걸쇠를 풀고 카드를 꺼내고, 우리는 다시 아빠의 노트북 앞에 모인다.

사진 보기 프로그램이 로딩되길 기다리는데 어찌나 시간이 오래 걸리는지 지하실로 내려가 엄마가 사진을 편집할 때 쓰는―썼던―고성능 맥을 켜고 싶어진다. 엄마가 돌아가신 이래 그 컴퓨터는 켠 적이 없다. 바탕 화면이 엄마의 목에 얼굴을 묻고 있는 내 애기 적 사진이기 때문이다.

눈앞이 흐려지자 나는 참아야 한다고 속으로 중얼거린다. 우리에게는 수행해야 하는 미션이 있다.

마침내 로딩이 끝나고 메모리 카드 속의 사진이 섬네일로 화면에 뜬다.

"우와." 로언이 속삭인다.

끔찍한 사진이 이어진다. 길거리에서 죽은 아이들. 피를 뒤집어쓴 문간. 온 사방이 흙과 먼지와 땀과 눈물투성이다. 울부짖는 여자들. 석간 신문에 실리지 못할 만큼 끔찍한 부상을 입은 남자들.

브랜던은 침착하게 스크롤을 내리지만 그의 안색도 살짝 파래졌다. "사진들이 끝내준다. 너희 어머니 굉장하셨구나."

나는 엄마가 얼마나 재능 있는 사진작가였는지 안다. "이건 전부 작업용 사진이야. 다른 메모리 카드 확인해 보자."

브랜던이 메모리 카드를 꺼내고 다른 메모리 카드를 넣고, 우리는 다시 기다린다.

기대감으로 내 심장이 뒤틀린다. 이 카드일 것이다. 이 카드 안에 뭔가가 있을 것이다.

내가 왜 이렇게 괴로운 일을 자처하는지 모르겠다. 이건 빈 메모리 카드다. 안에 아무것도 없다.

아무것도 없다.

브랜던이 나를 올려다본다. "카메라 더 없어?"

나는 고개를 끄덕인다. "필드 카메라가 두 대 더 있는데 싸구려 백업용이야. 엄마 여행 가방 안에 들어 있었고."

"저건 뭔데?" 그는 캔버스 가방 밖으로 튀어나와 빛을 반사하는 렌즈를 가리키며 묻는다.

"저건 필름 카메라. 우리 집에는 암실이 없어. 그리고 저 안에 어떤 사진이 들었는지 전혀 모르겠고. 살육 현장 사진을 편의점에 맡길 수는 없잖아."

"제라디 선생님이 쓰는 암실 있잖아. 저 안에 필름 들어 있어?"

내가 캔버스 가방을 집어 들자 덜거덕거리는 소리가 난다. 엄마가 들고 다니던 가방이라 덮개를 젖히자 엄마의 핸드 로션 냄새가 난다. 상실감이 파도처럼 나를 강타하자 나는 두 눈을 질끈 감는다.

해야 할 일을 하자, 줄리엣. 감상에 젖는 건 나중에 해도 충분해.

그래도 잠깐 시간이 걸린다. 브랜던과 로언은 좋은 친구답게 기다려 준다.

나는 필름 카메라를 꺼내며 엄마가 남긴 나머지 휴대품을 본다. 립밤. 조그만 여행용 티슈. 옆 주머니에 꽂혀 있는 탑승권 조각. 묵은 『US 위클리』* 잡지.

서글픈 미소가 내 얼굴에 감돈다. 내가 그 잡지를 보았더라면 엄마에게 엄청 뭐라고 했을 거다. 그 토요일 저녁이 우리 계획대로 흘러갔더라면.

나도 가끔은 머리를 식혀야지, 줄스. 엄마는 이렇게 말했을 것이다.

눈물 한 줄기가 내 뺨을 타고 흘러내린다.

"내가 들고 갈까?" 브랜던이 부드럽게 묻는다. "내가 현상해서 너한테 알려 줘도 돼."

"아니야." 나는 고개를 젓는다. 엄마는 업무용으로는 필름 카메라를 자주 쓰지 않았고 쓰는 경우에는 강렬한 작품을 남겼다. 여기에는 엄마의 개인적인 사진이 담겼을 것이다. 엄마가 개인적으로 의미 있게 여긴 작품이. 엄마가 이 카메라로 달아나는 차를 찍었을 것 같지는 않지만—다른 카메라라면 모를까—여기 담긴 사진을 현상

● 미국의 가십 잡지.

할 사람은 내가 되어야 한다. 나는 카메라를 끌어안는다. "이건 엄마가 남긴 사진이야. 내가 하고 싶어."

"그래." 그는 뒤로 물러나 앉는다.

"고마워." 나는 조용히 말한다. "너희 둘이 와 줘서 기뻐."

로언이 뒤에서 내 목을 끌어안는다. "친구 좋다는 게 뭐니."

36장

보낸 사람: 세미터리 걸 <cemeterygirl@freemail.com>

받는 사람: 더 다크 <TheDark@freemail.com>

날짜: 10월 8일 화요일 10:31:57 AM

제목: 친구

응. 나 괜찮아. 허위 경보였어.

너는 어머니와 얘기해 봤어?

허위 경보? 허위 경보? 뭐가 허위 경보였다는 거지?

그녀의 이름 옆에 초록색 점이 찍혀 있다.

　　더 다크: 뭐가 허위 경보였다는 거야?

　　세미터리 걸: 디클랜 머피를 잠깐 의심했는데 괜한 의심이었어.

나는 '줄리엣 나야, 제발 자세히 알려 줘, 내가 너한테 이런 짓을 저질렀을까 봐 얼마나 걱정했는지 몰라.' 라고 쓰고 싶지만 이를 악물고서 ― 정말이지 악물고서 ― 참는다.

내 손이 휴대 전화 화면 위에서 덜덜 떨리고 있다.

> **더 다크**: 어떤 식으로 의심했는데?
> **세미터리 걸**: 걔가 술 마시고 차를 박살 낸 날이 우리 엄마가 돌아가신 날이더라고. 걔가 어떤 식으로든 연루됐을까 봐 불안했거든.
> **더 다크**: 그런데 아니었어?
> **세미터리 걸**: 응.

궁금해서 죽을 것 같다.

> **더 다크**: 그걸 어떻게 알았어?
> **세미터리 걸**: 내 절친 남자친구가 지난여름에 보도국에서 인턴으로 일한 적이 있어서 거기 범죄 데이터베이스에 접속할 수가 있어. 걔가 양쪽 사건을 검색해 줬는데 시간대가 맞지 않아. 우리 엄마가 돌아가신 시각에 디클랜은 아직 차에 타지도 않았더라.

아.

지금 이게 어떤 기분인지 모르겠지만 안도감은 아니다. 공허한 승리감도 아니다. 나는 줄리엣의 어머니를 죽이지 않았지만 그 사건은 여전히 미제로 남았다. 나는 아직까지 줄리엣에게 내 정체를 밝히지 않았고 이제 그러기에는 너무 늦어 버렸다.

사과를 해야 할 것 같은 느낌인데 어떤 식으로 하면 좋을지 잘 모르겠다. 그리고 그 이유도.

다시 메시지가 뜬다.

세미터리 걸: 어차피 가능성도 희박했어. 우연의 일치였지.

더 다크: 두 사람의 길이 서로 엇갈리지 않았던 모양이네.

세미터리 걸: 응.

더 다크: 너 괜찮아?

세미터리 걸: 잘 모르겠어.

더 다크: 내가 어떻게 해 줬으면 좋겠어?

세미터리 걸: 계속 채팅했으면 좋겠어. 너만 괜찮다면.

줄리엣이 직접 얘기하는 것처럼 들린다. 구내식당에서 날짜가 겹친다는 걸 알았을 때 공포로 어쩔 줄 몰라 하던 줄리엣의 눈빛이 계속 눈앞에서 아른거린다. 그녀에게 전화하고 싶다. 그녀를 안심시키고 싶다. 줄리엣은 내가 지금까지 만난 여자아이들 중에서 가장 사납지만, 어둠 속에 나란히 앉아서 그녀의 손을 잡고 그녀가 혼자가 아니라는 걸 가르쳐 주고 싶다.

더 다크: 괜찮다면? 너하고는 영원히 그럴 수도 있어.

줄리엣은 한참 동안 아무 대꾸도 하지 않는다. 나는 그녀가 잠이 든 건 아닌지 궁금해진다.

더 다크: 똑똑.

세미터리 걸: 너 때문에 울었잖아.

더 다크: 대부분의 사람들은 "누구세요?" 그러는데.

세미터리 걸: 이제는 너 때문에 웃는다. 누구세요?

더 다크: 장난스럽게 대답할 말을 준비해 놓은 건 아니야. 나 때문에 울었다니 왜?

세미터리 걸: 엄청 걱정했거든. 네가 걔가 아닌가, 그럼 너랑 더 이상 얘기를 하면 안 되는 거 아닌가 싶어서.

나는 그대로 얼어붙는다. 줄리엣이 한 말을 읽고 또 읽는다.

엄청 걱정했거든. 네가 걔가 아닌가.

숨을 쉴 수가 없다. 뭐라고 하면 좋을지 모르겠다. 천 개의 칼이 동시에 나를 찌르고 있다.

세미터리 걸: 미안. 내가 지금 엉망진창이야. 내 절친의 남자친구 브랜던이, 엄마가 도망치는 차를 사진으로 찍었을 수도 있지 않겠냐고 해서 메모리 카드를 꺼내서 확인했거든. 울컥한 밤이었어.

전부 얘기해 봐. 내가 이렇게 저린 심장을 부여잡고 앉아 있잖아.

그나마 줄리엣이 화제를 바꿨다. 이제 나는 갑자기 굳어 버린 손가락을 억지로 움직여 자판을 두드릴 수 있다.

더 다크: 뭐 있었어?

세미터리 걸: 메모리 카드에는 아무것도 없었어. 하지만 내일 학교에서 필름 현상을 해 보려고 해.

더 다크: 가능성이 있을 것 같아?

세미터리 걸: 가능성이 있을지 모른다는 생각만 해도 무서워.

나는 줄리엣이 한 말을 제대로 접수하지도 못하고 있다. 너무 졸려서 안 되겠다고 내일 얘기하자고 말하고 싶지만, 좀 전에 밤새도록 얘기할 수 있다고 말을 해 버렸지 않은가.

"똑똑"으로 시작되는 우스갯소리를 검색해 봐야 할지 모르겠다.

세미터리 걸: 어머니랑 얘기해 봤어?

아, 이런, 이것도 별로 얘기하고 싶지 않은 주제인데.

더 다크: 아니.

세미터리 걸: 왜?

더 다크: 늦게까지 일하고 집에 왔더니 새아빠가 엄마 방문 앞에서 그야말로 보초를 서고 있더라고.

세미터리 걸: 그리고 너는 어머니와 얘기 좀 하고 싶다는 말을 새아버지에게 할 수가 없고?

충분히 악의가 없는 질문이지만 나와 ─ 진짜 나와 ─ 대화를 피하고 싶어 하는 그녀의 마음을 알기에 그 어느 때보다 비난조로 느껴진다. 꼭 앨런을 상대하는 것 같다. 한 마디, 한 마디가 왜 그랬느냐고 따지는 것처럼 들린다. 줄리엣에게 보여 줄 수 있을 만큼 번듯한 부분은 내 삶의 절반밖에 안 되고 나머지 절반—**진짜인 절반**—은 줄리엣 같은 아이에게 욕심을 내면 안 될 만큼 엉망진창인 것 같아서 화가 난다.

내 머릿속은 과장과 억측으로 혼란스럽고 나도 그걸 안다.

이게 다 내 탓이다. 내 탓.

더 다크: 문제가 좀 복잡해.

세미터리 걸: 네가 복잡하게 만드니까 복잡한 거야.

더 다크: 뭐, 내가 문제를 최대한 복잡하게 만드는 데 소질이 있는 모양이지.

나는 그 말을 끝으로 앱을 종료한다.

그러고는 앱을 삭제해 버린다.

그러고는 몸을 웅크리고 고함을 지르지 않으려고 온갖 수단을 동원한다.

숨을 참는다. 그 방법이 효과가 있다. 나는 온몸의 근육이 산소를 달라고 울부짖을 때까지 완벽한 정적 속에 꼼짝 않고 앉아 있다.

정신을 추슬러야 한다. 너무 숨이 막혀서 이 방에서 탈출해야겠는데, 앨런이 경찰에 신고하는 사태를 유발하지 않고 갈 수 있는 곳이 한 군데밖에 없다.

나는 문자로 들어가 레브에게 메시지를 다시 한 통 보낸다. 그는 내가 지금까지 보낸 열두 통의 문자를 모두 썹었지만 전부 표현만 다를 뿐 짜증 나게 굴지 좀 말라는 내용이었다.

디클랜: 레브, 제발. 네가 필요해.

그는 당장 답장을 보낸다.

레브: 나 여기 있어.
디클랜: 지금 가도 돼?
로언: 당연.

*

　내가 뒷문으로 들어가 보니 레브가 부엌에서 러키 참스 시리얼을 먹고 있다. 대개는 마리화나 중독자들이 야참으로 즐겨 찾는 시리얼이지만 레브는 평생 마리화나에 손을 댄 적이 없다. 우리가 지금보다 어렸고 좀 더 공평하게 양쪽 집을 오가며 만났을 때 엄마는 그 애 몫으로 이 시리얼을 늘 한 통씩 사다 놓고는 했었다.

　레브는 아침에는 절대 설탕이 들어간 시리얼을 먹지 않는다. 설탕이 들어간 시리얼은 공개하면 안 되는 악덕처럼 간주한다. 러키 참스를 먹지 못하게 했던 아버지 밑에서 보낸 어린 시절의 습관이 남은 걸까? 아니면 설탕을 좋아하는 것일 수도 있다. 나는 이유를 물은 적은 없다.

내가 식탁 쪽으로 다가가자 레브가 시리얼 상자를 내 쪽으로 밀지만 나를 쳐다보지는 않는다. 학교에서 올 때 입었던 후드 스웨터를 계속 입고 있는데, 이 늦은 시각에 좀처럼 없는 일이다. 아직까지 갈아입지 않은 걸까 아니면 내가 오겠다고 하니 다시 입은 걸까?

어느 쪽이 됐건 간에 나와 연관이 있다. 이런 느낌이 싫다. 내가 화가 나는지 면목이 없는지 잘 모르겠다.

"나 왔어." 내가 말한다.

"응."

레브는 여전히 나를 쳐다보지 않는다.

나는 자리에 앉지 않는다. "아직 화가 안 풀렸나?"

"아마도. 무슨 일인데?"

"줄리엣이 나더러 내가 아니라 다행이래."

레브는 시리얼을 한 숟가락 뜨지만 여전히 고개를 들지는 않는다. "그게 무슨 소린지 우리나라 말로 설명해 줄래?"

"내가 디클랜 머피가 아니라 다행이라고 했다고."

"정보가 좀 더 필요하겠는데." 레브는 눈을 딱 그만큼만 들어서 내 손에 쥐어진 휴대 전화를 턱으로 가리킨다. "이메일로 그랬어? 뭐랬는지 읽어 줘 봐."

"못 읽어 줘. 앱을 지워 버렸어."

레브는 나지막이 폭소를 터뜨리지만 재밌어서 터뜨리는 웃음이 아니다. 레브는 색소로 물든 우유를 마신다. "다시 깔아. 걔가 뭐라고 했는지 보게."

"걔가 뭐랬는지 내가 방금 전에 얘기했잖아."

"아니, 디클랜 버전만 들려줬지. 나는 걔가 뭐라고 했는지 직접 확인하고 싶어."

"그게 무슨 소리야?"

레브는 개수대에 그릇을 넣고 마침내 나를 똑바로 쳐다본다. "앱 다시 깔 거야, 말 거야?"

레브의 태도에 여기 온 것이 후회스러워진다. "안 깔 거야."

"좋아. 그럼 잘 가라." 레브는 문간에 달린 스위치를 끄고 나간다. 나는 어둠 속에 혼자 남겨진다.

우리 때문에 아이가 깨면 제프와 크리스틴이 기겁할 테니 나는 레브를 따라 나서며 화난 목소리로 속삭인다. "너 도대체 왜 그래, 레브? 나한테 할 말 있으면 해."

레브는 걸음을 멈추지 않는다. "했잖아."

"멈춰서 얘기 좀 하면 안 되겠냐?"

그는 내 말을 듣지 않는다.

"레브!"

조만간 그는 자기 방으로 들어가 내 면전에 대고 문을 닫아 버릴 것이다.

"**멈춰 봐!**" 나는 아무 생각 없이 그를 따라가 팔을 잡는다.

레브가 몸을 휙 돌려 팔을 잡아 빼고 나를 세게 밀친다. 내가 반대편 벽에 부딪히자 벽에 걸린 액자들이 덜거덕거리고 흔들린다.

레브의 눈빛이 조금 험상궂어지지만 잠시뿐이다. 그가 눈을 깜빡이자 악마는 사라진다. 레브는 화들짝 놀란다. 후회한다. 면목 없어 한다.

"미안." 나는 손을 든다. 내일 멍이 생기겠지만 내 잘못이다. 그러지 말았어야 하는 걸 알면서 그랬다. "미안."

아이가 징징대고 우리는 얼어붙는다. 잠시 후에 아이가 다시 조용해진다.

레브의 부모님 방문이 열리고 제프가 밖으로 몸을 내민다. "너희들 뭐 하는 거야?" 제프가 화난 목소리로 속삭인다.

"아무것도 아니에요." 레브가 말한다. "다시 들어가 주무세요. 저희가 방문 닫을게요." 그는 후회하는 눈빛으로 나를 흘끗 쳐다보지만 말투는 신랄하다. "들어가자, 디크."

방으로 들어가자 레브는 침대 위에 책상다리를 하고 앉는다. 나는 책상 의자에 다리를 벌리고 걸터앉아서 등받이에 팔을 얹는다.

"미안." 레브가 나지막이 중얼거린다. "그럴 생각은 없었는데."

"내 잘못이야."

"아니야." 레브는 나를 쳐다본다. "네 잘못 아니야."

"내가 널 붙잡은 게 잘못이었지."

레브는 어깨를 으쓱하지만 온몸으로 긴장감을 발산하며 엄지손톱 끝을 물어뜯는다.

나는 미간을 찌푸리며 침대 옆으로 의자를 들고 가 내 팔에 머리를 얹는다. "왜 그래, 레브?"

"계속 그 인간 생각이 나."

제 아버지 얘기다. "무슨 일 있었어?"

"아니."

"거기에 대해서 얘기하고 싶어?"

레브는 마침내 손톱에서 시선을 뗀다. "너 진심으로 내가 희생양인 척한다고 생각해?"

"아니? 너는 내가 그렇다고 생각해?"

"가끔."

으윽. "네가 '젠장'이라고 하는 걸 처음 들은 것 같아."

레브가 움찔한다. "내가 버럭하는 게 아니었는데."

"그래도 된다고 봐."

"아냐, 그렇지 않아. 그 바보 같은 앱이나 다시 깔래? 네가 무슨 일로 여기까지 찾아왔는지 얘기할 수 있게?"

"너는 버럭하면 안 된다고?"

레브의 표정에 짜증이 섞인다. "디크."

"농담이 아니라 내 주변에서 제일 성격이 태평한 사람이 레브, 너야. 가끔 식당에서 발끈하지 않으면 주변에서 네가 인간이 아닌 줄 알 거야. 사실 나는 슬슬 걱정이 되던 참이었어."

레브는 웃지 않는다. 자기만의 생각에 잠겨서 아무 말도 하지 않는다.

문득 내가 가장 이기적인 친구 선발 대회에 출전하면 상을 받을 수도 있겠다는 생각이 든다. 지금도 그의 방에 억지로 들어오다시피 하지 않았던가. 그것도 어떤 여자애한테 내 정체를 밝힐 용기가 없다는 이유로. 실망이야, 디클랜.

레브는 의자를 뒤로 다시 살짝 옮긴다. "나 집에 갈까?"

그가 획 하니 나를 올려다본다. "아니."

"알았어."

"하지만 그 앱 다시 깔았으면 좋겠어."

"레브——"

"진심이야. 내가 지금…… 지금……." 레브의 목소리가 잠기고 그는 두 손으로 원을 그린다. "긴장을 좀 풀어야겠거든."

나는 망설이지만 레브가 기대하는 눈빛으로 나를 쳐다보고 있다. "알았어." 나는 앱을 다시 깐다.

이메일이 기다리고 있다.

차마 내 손으로 클릭하지 못하겠다. 뭐라고 쓰여 있을지 상상만 할 수 있을 따름이다. 그녀의 이름 옆에 이제는 초록색 점이 찍혀 있지 않다. 나는 전화기를 레브에게 던져 준다. "이게 제일 최근에 한 채팅이야."

레브는 모든 단어를 일일이 사전을 찾아봐야 하는 사람의 속도로 채팅을 읽으며 나를 고문한다.

몇 분이 지나자 그에게서 전화기를 뺏고 싶어진다. "너 기다리다가 숨통 끊어지겠다."

"맥락을 파악하느라 예전에 주고받은 메시지를 읽고 있었어." 레브는 한숨을 쉬고 전화기를 내게 던져 준다. "얘 말이 맞아. 너는 문제를 최대한 복잡하게 만드는 데 소질이 있어."

"네가 보기에는 얘가 나를 싫어하는 것 같냐?"

"어느 쪽 너를?"

나는 움찔한다. "양쪽 다."

"아니." 레브는 머뭇거린다. "아무래도 얘한테 얘기하는 게 좋겠어."

"얘가 뭐라는지 봤잖아. 나랑 얘기하기 싫대."

그는 고개를 젓는다. "너랑 얘기하던 걸 중단하지 않아도 돼서 다행이라고 했지."

"아냐, 걔는—"

"정확히 그렇게 얘기했어, 디클랜." 레브의 표정이 점점 화가 난 표정으로 바뀐다. "정확히. 토씨 하나 틀림없이."

"나더러 디클랜 머피가 아니라서 다행이라고 했잖아."

"하지만 너는 디클랜 머피야! 너는 두 사람이 아니라고." 레브는 주먹을 쥐었고 숨소리가 점점 가빠지고 있다.

나는 전화기를 주머니에 쑤셔 넣고 그를 살핀다. "너 왜 그러는 거야, 레브?"

그는 눈을 비빈다. "몰라. 그냥 피곤해서 그래."

나는 그가 병원에서 내 곁에 앉아 있었던 걸 떠올리며 아무 말도 하지 않는다. 그의 침묵이 그 어떤 말보다 더 위로가 됐었다.

내가 어떻게 하면 거기에 대한 보답이 될 수 있을지 모르겠다. 하지만 다른 건 해 줄 수 있다. 나는 전화기를 꺼내 얼른 검색을 하고 레브의 쪽으로 전화기를 돌려서 침대 위로 밀어 준다.

그는 전화기를 집지 않는다. "걔가 뭐 더 보냈어?"

"아니. 이거 영어 시간에 읽은 시인데 한번 읽어 보라고."

그는 고개를 든다. 그가 난데없이 '어이 친구, 이 시 좀 읽어 볼래?'라고 했으면 내가 지었을 표정을 짓고 있다. "뭐?"

"그냥 읽어 봐. 네가 좋아할 것 같아서."

그는 레브이기에 내 진을 빼지 않는다. 내 전화기를 집어서 시를 읽는다.

그의 표정이 풀린다. "맞네. 정말 좋다." 레브는 전화기를 내게 도로 건넨다. 순간 내 눈에는 그가 당장이라도 무너져 울음을 터뜨릴 것처럼 보이고, 목소리는 갈라지기 일보 직전이다. "하지만 머리에서 피가 흘러도 고개를 숙이고 싶지 않은 기분은 아니야. 지금으로서는."

그에게 할 말이 남은 것처럼 공기가 무겁게 느껴진다. 나는 기다린다.

"요즘 들어." 레브가 좀 더 차분해진 목소리로 말문을 연다. "모든게 시험처럼 느껴져." 그는 침을 삼킨다. "그리고 나는 점점 실패에 가까워지는 느낌이고."

"어떤 식으로?"

"아까 복도에서 하마터면 너를 칠 뻔했어."

"내가 맞을 짓을 했지."

레브의 눈이 분노로 번뜩인다. "아니야, 그렇지 않았어!"

"쉿." 나는 문 쪽을 흘끗 쳐다본다. "알았어. 안 그랬어. 하고 싶은 말이 뭔데?"

"하마터면 너를 칠 뻔했어." 레브는 중요한 일이라도 되는 듯 그 말을 반복한다.

"그런데?"

"만약 쳤으면 어떻게 됐을까?"

"학교 관계자들이 너랑 악수를 하고 싶어 했겠지."

레브는 나를 노려본다. "실없는 소리 하지 마."

"하마터면 나를 칠 뻔했던 것 때문에 걱정이 된다고? 장담하는데 그랬더라도 나는 잊어버렸을 거야."

"하지만 멈추지 못하면?"

나는 그를 빤히 쳐다본다. 내가 아는 레브와 너무 어울리지 않는 질문이라 웃기게 느껴질 지경이다.

하지만 그의 표정은 웃긴 것과 거리가 멀다.

나는 의자를 침대 쪽으로 다시 휙 옮긴다. 그의 목소리가 아주 조용해졌기에 나도 언성을 낮춘다. "나를 치면 멈추지 못할까 봐 그게 걱정이라고?"

"아니면 다른 누구라도." 그는 심호흡을 한다. "홈 커밍 파티에 갔을 때 남들은 너무 쉬워 보이더라. 그런 식의 평범한 생활이. 하지만 나는 언젠가 이성을 잃고 폭발할까 봐서 너무 두려워. 뭐가…… 뭐가 원인이 될지는 모르겠어. 그리고 일단 폭발하면 멈추는 방법을 모를까 봐 겁이 나."

레브는 이런 말을 한 적이 한 번도 없다. 자기 아버지나 어렸을 때 겪은 일을 언급하더라도 항상 아무도 그에게 두 번 다시 그런 짓을 저지르지 못하게 조치를 취하는 차원이었다. 그가 누군가를 학대할까 봐 걱정한 적은 한 번도 없다.

레브는 착하다. 다정하다. 제프와 크리스틴은 각양각색의 아이들에게 집과 마음의 문을 활짝 열고 — 그건 레브도 마찬가지다. 나는 그걸 매일 목격한다. 그리고 부러워한다.

"너는 네 아버지하고 달라." 나는 그에게 말한다.

"너도 네 아버지하고 다르지."

자기도 한창 위기를 겪고 있던 바로 그 순간, 바로 그 와중에도 레브는 내게 어떤 말을 해 주어야 하는지 정확히 안다. 그가 완벽한 친구인 이유가 그 때문이다. 레브가 남을 해칠지 모른다고 걱정하는 것을 도무지 이해할 수 없는 이유이기도 하다.

"이 문제에 대해서 제프랑 크리스틴하고 의논해 봤어?"

"아니." 레브는 다시 얼굴을 비비는데, 눈가가 촉촉하다. "무슨 일이 생기면 이 집에서 살지 못하게 될까 봐 불안해서. 나는 아무 아이라도 해치고 싶지 않은데——"

"레브, 네가 누굴 해칠 일은 없어. 그리고 그 둘은 너희 부모님이야. 그 둘은 너를 사랑해. 아무 일도 벌어질 리 없어. 내가 약속해. 아무 일도 없어."

레브는 잠시 아무 말도 하지 않는다. 내가 한 말을 머릿속에서 계속 이리저리 굴려 보고 있다는 걸 알겠다. "하지만 만일 무슨 일이 생기면?"

지금은 무슨 수를 써도 이걸 떨칠 방법이 없겠다. 그 생각이 그의 머릿속으로 파고들어 거기서 똬리를 틀었다. 나는 손을 뻗어 그의 손을 때린다. "그럼 내가 곤란한 일 생기지 않게 막아 줄게. 네가 나를 위해서 그래 주고 있는 것처럼."

이 말을 듣고 그는 진정하는 눈치다. 그는 나를 건너다보더니 손을 뒤집어 내 손을 잡는다. "좋아."

37장

보낸 사람: 세미터리 걸 <cemeterygirl@freemail.com>

받는 사람: 더 다크 <TheDark@freemail.com>

날짜: 10월 8일 화요일 11:19:27 PM

제목: 무슨 일이야?

나 때문에 기분 상했다면 미안해. 그러려고 한 말 아니었어.

제발 나랑 얘기하는 거 그만두지 말아 줘.

레브의 집 앞마당을 가로질러 우리 집으로 건너가는데 아침 공기가 옷 속으로 파고든다. 길가의 집들 사이로 태양이 고개를 내밀었지만 풀밭 위에서 서리가 반짝인다. 겨울이 얼마 남지 않았음을 알리는 첫 번째 징조다.

6시도 되기 전이라 열쇠를 구멍에 넣고, 삐걱대는 소리가 너무 크게 나지 않게 어깨를 문설주에 대고 누른다.

굳이 그럴 필요가 없었다. 앨런이 부엌에서 커피를 젓고 있다.

앨런의 눈썹이 머리끝까지 솟구친다. 그의 눈이 개수대 위에 달린 시계를 확인하고 다시 내 얼굴로 돌아온다. "어디 있다 오는 길이냐?"

"레브네 집에서 잤어요."

"밤새 거기 있었다고?"

"네." 대화가 금세 싸늘해질 분위기라 나는 몸을 돌려서 계단 쪽으로 걸음을 옮긴다.

앨런이 부엌에서 나를 따라 나온다. "거기 간다고 아무한테도 얘기를 하지 않고?"

나는 계속 걸음을 옮긴다.

그는 계속 나를 쫓아온다. "디클랜." 그가 이를 악물고서 내 이름을 부른다. "당장 거기 서. 나랑 얘기 좀 하자."

앨런이 난간동자를 붙잡고 계단 위로 몸을 실었다가 — 내려오는 엄마와 맞닥뜨리자 우뚝 걸음을 멈춘다.

이제 나는 둘 사이에 낀 신세가 되었다.

"디클랜." 엄마가 말한다.

왠지 모르겠지만 나는 엄마가 임신했다는 걸 알게 됐을 때 하룻밤새 배가 풍선처럼 부풀고, 텐트처럼 생겼고 레이스 끈이 달린 큼지막한 셔츠에 긴치마를 입은 모습을 상상했다. 그런데 오늘 아침 엄마는 청바지에 분홍색 티셔츠를 입고 있다. 머리는 하나로 높게 묶었고 얼굴은 금방 씻은 듯이 보얗다.

내 손이 계단 난간을 하도 으스러져라 부여잡는 바람에 난간이 그 힘을 이기지 못하고 부들부들 떨린다.

엄마에게 무슨 말을 하면 좋을지 모르겠다. 나는 침을 삼킨다. 너무나 많은 일에 대해 용서를 빌고 싶은 마음과 엄마에게 사과를 받고 싶은 마음이 오락가락한다.

내 시선이 엄마의 체형을 다시 한번 훑는다. 엄마는 한 번도 왜소했던 적이 없지만 그렇다고 뚱뚱하지도 않다. 전형적인 중년 여성의 몸매라고 할까. 티셔츠가 헐렁하기는 하지만 우스꽝스러울 정도로 헐겁지는 않다. 내가 이틀 전날 밤에 응급실에서 앨런과 티격태격한 적이 없었다면 엄마가 임신 중이라는 말을 못 믿었을 것이다.

하지만 이렇게 서서 빤히 쳐다보니 엄마의 안색이 평소보다 창백하다. 솔기가 터질 것 같은 게 아니라 청바지가 전보다 헐렁해 보인다.

"괜찮으세요?" 나는 엄마에게 묻는다.

엄마는 고개를 끄덕인다. 엄마는 무슨 말인가 하려는 것처럼 입을 움직이다가 생각이 바뀌었는지 아무 말도 하지 않는다.

"왜요?" 내가 따져 묻자 엄마는 뒤로 살짝 움찔한다.

수치심이 가슴속에서 똬리를 튼다. 내 차 옆자리에 앉아 있던 줄리엣이 문에 등을 꼭 대고 있던 게 생각난다. 너는 상당히 공격적이야.

"외박을 했대." 앨런이 내 뒤에서 말한다. "애비, 당신이 그렇게 손 놓고 있으면 내가 조치를 취하는 수밖에 없어."

"그래요?" 나는 앨런을 향해 몸을 확 돌린다. "무슨 조치를 취할 건데요?"

"네가 책임감이라는 것에 대해 조금 배울 때까지 네 차를 압수할 수도 있지."

나를 기절시키지 않는 한 앨런이 내 차 열쇠를 입수하는 일은 없을 것이다. 나는 언성을 높이지 않으려고 기를 쓰지만 아무리 애를 써도 그럴 가능성이 없어 보인다. "내 차는 압수하지 못해요."

그는 가슴 위로 팔짱을 낀다. "그리고 어차피 아무 데도 가지 못할 테니 네 휴대 전화를 해지하는 방법도 있고."

나는 벽을 친다. 천장에 달린 조명이 덜커덩거린다. "나는 아무것도 잘못한 게 없어요!"

앨런의 눈썹이 머리끝까지 솟구친다. "몰래 빠져나가서 외박한 게 그럼 잘한 짓이냐?"

누가 들으면 내가 사우스 볼티모어에서 헤로인을 맞고 도박이라도 한 줄 알겠다. "레브네 집에 있었어요! 제프랑 크리스틴한테 물어보세요!"

"그런 식으로 말도 없이 외출하고 그러면 —"

나는 콧방귀를 뀌며 엄마 옆을 지나쳐 가려고 한다. "누가 들으면 나한테 퍽이나 관심 있는 줄 알겠네."

엄마가 내 팔에 손을 얹는다. "디클랜. 그러지 마. 저이가 네 차를 압수할 리 있니."

"당신, 항상 왜 그래?" 앨런이 쏘아붙인다. "당신이 계속 그러니까 이런 일이 벌어지잖아. 저 녀석은 교훈을 좀 배워야 해."

나는 그의 말을 못 들은 척한다. 엄마의 손길에 맥이 빠진다. 나는 계단 위에서 걸음을 멈추고 엄마를 쳐다본다. 나는 걸걸하고 거친 목소리로 묻는다. "왜 저한테 얘기 안 하셨어요?"

엄마의 눈이 아주 살짝 커지지만 — 대답을 하지는 않는다.

"왜였겠니?" 앨런이 지친 목소리로 묻는다. "결혼식 날 네가 그런 짓을 저질렀는데 우리가 너한테 아이가 생겼다는 얘기를 하고 싶었 겠어?"

나는 움찔하며 엄마의 손을 홱 뿌리친다. 분노로 가슴이 조여 와 숨이 잘 쉬어지지 않는다. 임신이 내게 뜻밖의 소식이었듯 이들에게 도 뜻밖의 소식이었길 바라는 마음이 손톱만큼이나마 있었는데, 앨 런의 말을 들어 보니 아주 의도적인 비밀 작전이었다.

앨런이 내 쪽으로 좀 더 가까이 다가온다. 나는 내가 엄마를 계단 아래로 밀치기 일보 직전이라도 되는 듯 그가 내 움직임을 예의 주 시하고 있다는 사실을 깨닫는다.

그는 나를 엄마에게 위협적인 존재로 여기는 것이다. 더 나아가 아이에게도. 그들이 일구려는 새로운 가족에게도.

왜 아니겠는가? 맞는 말인 것을.

"엄마가 구역질을 했던 그날 밤." 나는 엄마에게 말한다. "그때 이 미 엄마는 알고 있었죠?"

엄마는 아무 말도 하지 않지만 그게 답을 한 거나 다름없다.

"케리 대신이에요?" 나는 묻는다.

엄마는 내게 배를 한 대 얻어맞은 것처럼 움찔한다. 갑작스럽게 고인 눈물로 엄마의 눈이 촉촉하게 젖는다.

나는 이런 내가 싫다.

"계속 노력해 보세요." 나는 이렇게 말하며 엄마 옆을 지나친다. 이제는 아무 저항이 없다. "다음번에 아들이 생기면 저도 그 아이로 바꿀 수 있잖아요."

엄마의 가슴에서 흐느낌이 터져 나온다.

앨런이 욕을 한다. "제발 그럴 수 있으면 좋겠다."

증오에 가득 찬 그 말이 내 심장에 비수처럼 꽂힌다. 나는 물속을 걷는 사람처럼 계단을 다시 내려간다. 앨런을 한 대 치고 싶어서 손이 아릴 지경이지만 나는 폭발하지 않는다.

엄마는 아무 말도 하지 않는다. 우리가 서로 치고받으면 엄마는 울고 맞잡은 손을 비틀며 그만하라고 애원하겠지만— 과연 어느 편을 들지 잘 모르겠다.

아니다. 나는 엄마가 누구 편을 들지 정확히 안다. 엄마는 사 년 전에 내게 운전대를 맡겼을 때 누구 편인지 입증한 셈이었다. 지난 5월 이 남자와 결혼했을 때도 그랬다.

나는 줄리엣과 주고받은 이메일을 떠올린다. 줄리엣의 이메일을 읽으면 내 인생도 살 만한 가치가 있는 것 같았고, 나도 뭔가 줄 게 있는 것 같았다. 나는 프랭크 그리고 힐러드 선생님과 나눈 대화를 떠올린다. 그 몇 분 동안에는 내가 단순히 전과가 있는 루저에 불과한 것처럼 느껴지지 않았다.

하지만 이 순간, 지금 이 순간의 현실을 보라. 내 편이 되어 주어야 할 두 사람이 나를 땅속으로 처박고 있지 않은가.

가슴이 너무 답답해서 조금 있으면 숨이 멎을 것 같다.

"차 키 이리 내." 앨런이 말한다.

"나는 아무것도 잘못한 게 없어요." 나는 같은 말을 반복한다.

"너는 기회가 생길 때마다 잘못을 저지르고 있어!" 앨런이 고함을 지른다. "너는 네 생각밖에 하지 않고, 누가 네 마음에 들지 않는 일을 하면 그걸 망가뜨리려고 모든 수단을 동원하지! 우리가 너한테 얘기하지 않은 이유가 도대체 뭐일 거라고 생각하니?"

내 안의 모든 것이 꽁꽁 얼어붙는다.

엄마가 나를 밀치고 지나간다. 그의 팔에 손을 얹는다. "그만해. 앨런. 부탁이야. 그만해."

하지만 엄마의 목소리는 단호하지 않다. 울음기로 가득하고 힘이 없다. 엄마는 나를 쳐다보지 않는다.

하지만 눈물이 효과를 발휘한 걸까. 앨런은 욕을 하며 몸을 돌려서 요란하게 부엌으로 들어간다.

내 온몸이 마비된다. 나는 그 자리에서 얼어붙는다. 움직일 수 있을 것 같지 않다.

엄마는 몸을 돌려 나를 쳐다본다. 내가 원래 엄마보다 키가 큰데다 두 계단 위에 있으니 엄마가 아주 조그마해 보인다. 손톱만 해 보인다.

엄마가 그 간격을 없애 준다면 나는 무슨 일이든 마다하지 않을 것이다. 엄마가 내게 말을 걸어 준다면. 나는 엄마의 발치에 차 열쇠와 휴대 전화를 내던지고 싶다. 다 가져가세요. 이렇게 말하고 싶다. 이거 다 필요없어요. 난 엄마만 있으면 돼요.

하지만 그럴 기회가 주어지지 않는다. 엄마는 다시 몸을 돌려 앨런을 따라 부엌으로 들어가 버린다.

내 다리가 더는 버텨 주지 않는다. "죄송해요." 나는 갈라진 목소리로 고함을 지른다. "죄송해요, 네? 그날 내가 아빠 대신 운전하지 않은 거 죄송해요. 케리를 말리지 않은 거 죄송해요. 죄송하다고요."

엄마는 대답하지 않는다.

엄마는 돌아오지 않는다.

나만 혼자 계단에 내버려진다.

38장

보낸 사람: 더 다크 <TheDark@freemail.com>

받는 사람: 세미터리 걸 <cemeterygirl@freemail.com>

날짜: 10월 9일 수요일 7:22:04 PM

제목: 대화

내가 이걸 계속할 수 있을지 잘 모르겠다. 너는 나에 대해 아는 게 아무것도 없어. 진짜 나를 모르지. 내가 공개한 정보만 알고 있을 뿐. 하지만 그게 전부는 아니야. 그건 네가 찍은 사진처럼 스냅 숏에 불과할 뿐. 너는 네가 목격한 얼마 되지도 않는 것을 근거로 나를 판단했고 내가 보기에 너의 판단은 완전히 틀렸어.

나는 좋은 사람이 아니야, 세미터리 걸. 나는 뭐든 잘 가꾸는 데 재주가 없어, 파괴하기만 할 뿐.

너에게 나는 필요 없는 존재야.

너는 더 나은 친구를 사귈 자격이 있어.

나는 얼른 이메일을 닫고 채팅 목록으로 간다. 초록색 점이 없다.

그의 이름이 아예 사라졌다.

뭐지?

나는 얼른 이메일을 써서 그에게 보낸다.

곧바로 뜻밖의 답장이 날아든다.

이 사용자는 프리메일 계정이 없습니다. 다시 한번 확인해 주시기 바랍니다.

뭐지?

심장이 철렁 내려앉는다. 그가 내게 이럴 수는 없다. 이럴 수는 없다. 게다가 나는 그를 찾을 방법이 없다.

나는 바보처럼 그에게 다시 이메일을 보낸다.

바보처럼 다른 답장을 기대한다.

이 사용자는 프리메일 계정이 없습니다. 다시 한번 확인해 주시기 바랍니다.

"줄리엣? 괜찮니?"

제라디 선생님이 나를 내려다본다. 엄마의 필름 카메라가 담긴 캔버스 가방이 내 옆에 포개어져 있지만 나는 전화기만 들여다보며 멈춘 심장을 뛰게 만드는 법을 기억해 내려고 애를 쓰고 있다.

"네." 나는 기침을 한다. "네. 제가―" 나는 숨이 막혀서 침을 삼키고 억지로 말을 만들어낸다. "제가 잠깐 딴생각을 했어요."

선생님이 손에 든 열쇠를 짤랑거리며 문을 연다. "같이 들어갈래? 연감에 쓸 사진 작업하러 온 거니?"

"아뇨…… 음…… 아뇨." 정신을 차려야 한다. 나는 휴대 전화를 주머니에 쑤셔 넣는다. "암실 써도 되는지 여쭤보러 왔어요."

선생님이 시계를 확인하더니 얼굴을 찡그린다. "십 분 뒤에 한 학생이 재시험 보러 오기로 되어 있어서."

"인화하는 방법은 알아요."

"나도 알지." 선생님은 한숨을 쉰다. "화학 약품이 있는 곳에 학생들만 두면 안 되기 때문에 그래." 선생님이 내 어깨에 걸쳐진 가방을 흘끗 쳐다본다. "나한테 맡길래? 내가 현상해 놓을 테니까 네가 나중에 와서 인화만 하든지."

나는 선생님이 가방을 낚아채 가려고 시도하기라도 한 것처럼 뒤로 한 걸음 물러난다. "아뇨. 제가 해야 해요."

"알았다." 선생님이 머뭇거리며 표정을 푼다. "그거 어머님이 쓰시던 카메라라니?"

"네."

"가방 여기 두고 갈래? 내 장비랑 같이 보관하고 문 잠글게."

나는 가방을 끌어안는다. 오전 내내 들고 다녔지만 가방과 그 안에 든 핸드 로션 냄새는 아무리 맡아도 질리지 않는다. 꼭 엄마의 일부를 들고 있는 듯한 느낌이다.

나는 고개를 젓는다. "아니에요." 쉰 목소리가 나온다. "고맙습니다. 그럼 점심시간에 다시 올까요?"

선생님이 움찔한다. "교직원 회의가 있어. 수업 다 끝난 뒤에 시간 되는데. 그때 할까?"

하루 종일. 하루 종일 기다려야 한다는 거다. 이럴 줄은 미처 몰랐다.

내 잠재의식이 넉 달을 기다리지 않았느냐고, 여기에 여섯 시간이 추가된들 달라지는 건 없다고 속삭인다. 나는 고개를 끄덕인다.

"하지만 잠깐 들어가자." 선생님이 불을 켠다. "표지에 쓸 그 사진 몇 장 뽑아 놨거든. 너한테 보여 주고 싶어서."

규격 광택지에 인화가 되어 있다. 연감을 빙 두를 수 있게 세로를 잘랐지만 내가 보기에 그것 말고는 선생님이 편집한 부분은 없다.

"네가 수정하고 싶은 부분이 있을지 모른다는 건 알아. 하늘을 좀 더 밝게 보정한다든지." 선생님이 말한다. "하지만 솔직히 내 눈에는 보정할 필요가 거의 없어 보인다. 교감 선생님 승인을 받으려고 내가 샘플만 만들었어."

나는 사진을 빤히 쳐다본다. 그 말이 맞는다. 보정할 필요가 거의 없다. 왼쪽에서 햇살이 환히 비춘다. 디클랜과 레브는 표정을 알아볼 만큼 디테일이 살아 있지만 역광 때문에 옷은 어둑어둑하다. 반대편에서는 치어리더들이 빨간색과 흰색의 선명한 대조를 이루며 머리칼과 치마를 생동적으로 펄럭이고 있다. 근사한 작품이다.

나는 자부심을 느끼고 싶지만 어젯밤 로언, 브랜던과 함께 훑어본 끔찍한 사진들과 비교하면 이건 아무짝에도 쓸모가 없다.

선생님이 내 안색을 살핀다. "무슨 문제 있니?"

"아니에요." 나는 선생님에게 사진을 돌려준다.

"필요하면 네가 가져도 돼. 여러 장 뽑았거든."

"아. 네." 필요한지 어쩐지 잘 모르겠지만 아무튼 돌돌 말아서 배낭 옆주머니에 넣는다. 오늘은 머릿속이 너무 복잡해서 미친 듯 돌아가는 세상이 잠잠해지는 순간만 기다려질 뿐이다.

누군가가 문틀을 두드린다. 내가 모르는 여자아이가 서 있다. 선생님이 올 거라고 한 그 아이인가 보다. 나는 교실에서 살금살금 빠져나온다.

교실에서 조금 멀어지자마자 주머니에서 다시 휴대 전화를 꺼낸다. 더 다크의 이름은 여전히 오리무중이고 이메일이 또다시 읽지 않은 상태로 반송되었다. 그가 이러는 이유가 뭘까? 무슨 일이 벌어진 걸까? 어떤 변화가 생긴 걸까?

나는 처음으로 돌아가 저장된 채팅을 읽어 본다.

한 번 더 읽어 본다.

이제 보니 그가 내 질문에 확실하게 대답한 적이 없다.

디클랜 머피를 만나야겠다.

*

같이 듣는 수업이 없으니 점심시간이 되어서야 디클랜을 만날 수 있다. 그는 식당 뒤편의 어제 그 테이블에 앉아 있고, 레브는 어제와 거의 똑같이 플라스틱 통을 늘어놓았다.

어제의 그 사건 이후로 뻔뻔한 줄리엣은 자취를 감추었고 나는 긴장한 아이돌 팬처럼 두 사람의 테이블 옆에서 얼쩡거린다.

내 쪽을 먼저 흘끗 쳐다본 쪽은 레브다. 오늘 입은 스웨트 셔츠는 아주 진한 적갈색이고 어제보다 더 큰 후드가 얼굴에 그늘을 드리우고 있다.

"안녕." 레브가 말한다.

디클랜은 나를 거의 쳐다보지도 않는다. 오이 조각을 포크로 찌를

뿐이다. "어제 소리를 지른 걸로는 모자라서 왔냐?"

나는 침을 삼킨다. 예상하지 못했던 반응이다. 하지만 예상했든 못 했든 그 말이 맞는다. 내가 어제 노발대발하긴 했다. 내가 다가가면 그가 "어. 안녕. 내 정체를 알아냈구나. 이메일 계정 삭제해서 미안."이라고 말할 거라고 생각했던 이유가 뭘까?

디클랜이 포크로 집은 오이를 먹고는 나를 노려본다. "지금까지 나더러 술꾼에 살인범이라고 했지? 제기하고 싶은 혐의가 더 남았어?"

레브는 제 친구를 흘낏 쳐다보지만 아무 말도 하지 않는다. 둘이 여전히 냉전 중인지 나의 등장으로 긴장감이 감돌게 된 건지 모르겠다.

엄마의 가방끈이 땀을 흘리는 내 손가락 아래에서 두툼하고 축축하게 느껴진다. "너더러 살인범이라고 한 적은 없어."

"그런 거나 다름없었지."

내가 기대했던 분위기로 흘러갈 가망은 없겠다. "그만 좀 빈정거리고 나랑 얘기 좀 할래?"

"왜?" 디클랜이 테이블에서 일어나 내 쪽으로 다가온다. "무슨 얘기를 하고 싶은데, 줄리엣?"

너무 위압적인 분위기다. 예전에 내가 언뜻 목격했던 여린 모습은 온데간데없다. 남은 건 남들 눈에 비친 디클랜 머피뿐이다.

"원하는 게 뭐야?" 그가 묻는다.

네가 더 다크인지 알고 싶어.

하지만 그렇게 말할 수는 없다. 지금은 알고 싶지 않다. 특히 내 짐작이 틀렸을 경우 이런 디클랜 앞에서 내 속내를 드러낼 수는 없다.

"미안해." 나는 나지막이 말한다.

디클랜은 못 믿겠다는 표정으로 허리를 숙인다. "뭐라고?"

"미안하다고." 나는 그의 얼굴을 살핀다. 간밤에 잠을 설쳤는지 눈이 때꾼하고 거뭇거뭇하게 자란 수염으로 얼굴이 까칠하다. 오늘 아침에는 면도를 생략한 모양이다. 내 마음속 한구석에서 그의 뺨에 손을 얹고 그의 체온을 느끼고 싶은 생각, 아니면 내 체온을 나누고 싶은 생각이 든다. 나는 그에게로 좀 더 다가간다. "그런 말 했던 거 미안해."

그의 벽은 끄떡없다. "나한테 원하는 게 뭐야?"

"응?"

"나한테 원하는 게 뭐냐고. 네 차 멀쩡히 굴러가니까 내가 더는 필요 없을 텐데? 아니, 여긴 뭐 하러 온 거야? 낙오자들이랑 한번 어울려 보고 싶어서?"

"그런 거 아니야."

"내가 보기에는 너 지금 딱 그러고 있는데?"

"디크." 레브가 그 뒤에서 조용히 말한다. "개한테 화풀이하지 마."

디클랜은 아까보다 좀 더 빠르게 숨소리를 내며 나를 내려다본다. 나도 디클랜을 마주 응시한다. 그 모든 분노와 공격에도 우리 둘 사이에 스파크가 인다. 그가 더 다크이면 좋겠다는 간절한 바람이 다시금 고개를 들지만 — 또 한편으로는 겁이 나기도 한다. 살과 살이 닿으면 수수께끼가 해결되기라도 할 것처럼 그를 만지고 싶어 손이 근질거릴 지경이다.

"자." 나는 조용히 말한다. "너한테 이거 주려고 들고 왔어."

디클랜이 눈을 깜빡인다. 당황한 것이다.

나는 돌돌 말아 놓은 사진을 배낭에서 꺼내 내민다.

디클랜이 사진을 잡고 펴자 인화지 위의 파란 하늘이 우리 둘 사이에 펼쳐진다. 그는 사진에 시선을 고정한 채 미동도 하지 않는다.

잠시 후에 그가 손을 놓자 사진이 내 쪽으로 다시 돌돌 말린다. "레브가 표지로 쓰고 싶다고 하면 그래도 괜찮아."

"너는 어쩌고 싶은데?"

"나 점심 다 먹었다." 디클랜은 배낭을 집어 들고 걸음을 옮긴다.

나는 그를 따라간다. "제발 가지 마. 제발 우리 얘기 좀 하자. 나는…… 나는──" 내 목소리가 갈라지고 눈에 눈물이 고인다. 이런 감정에는 마음의 준비가 되지 않았는데.

나는 네가 필요해.

하지만 그렇게 말할 수는 없다. 심지어 내게 필요한 사람이 그인지 다른 사람인지도 잘 모르겠다.

디클랜 역시 아예 피도 눈물도 없는 사람은 아니다. 그가 걸음을 멈춘다. 몸을 돌린다. 나를 쳐다본다. 오늘 들어 처음으로 그의 눈빛에 감정이 가득 담겨 있다. 그가 무거운 펀칭 백을 잡고 있었을 때 그런 표정을 짓고 있었던 기억이 난다. 내가 생각했던 것만큼, 딱 그만큼 힘이 세.

지금 내게 디클랜의 손이 닿는다면 나는 무엇이든 포기할 수 있다.

디클랜은 내게 닿지 않는다. "나도 미안해." 그가 속삭인다.

그러고는 몸을 돌려 벌떼 같은 아이들 한복판에 나 혼자 남겨 둔 채 식당 밖으로 나가 버린다.

39장

: 세미터리 걸

새로 수신된 메시지 없음.

나는 휴대 전화를 다시는 확인하지 말자고 다짐하면서 계속 확인하고 있다. 그에게 이메일을 보낼 수 없는 현실이 육체적인 고통을 유발하고 있다. 나는 엄마가 돌아가셨을 때도 슬퍼했지만 이건 종류가 다른 상실이다. 의도적인 소멸이다. 그의 마지막 이메일을 어찌나 읽고 또 읽었던지 외울 수 있을 지경이다.

너에게 나는 필요 없는 존재야.

하지만 나에게는 그가 필요하다. 진짜다.

빛을 차단하는 탱크 안에서 화학 약품을 철벅거리며 엄마의 필름을 담그고 있는 바로 지금 그가 필요하다. 오랜만에 하는 작업이고 제라디 선생님이 옆에서 계속 얼쩡거리고 있다. 맨 처음에는 완벽한 어둠 속에서 필름을 철제 스풀에 감았지만, 필름을 탱크에 담근 뒤에는 선생님이 불을 다시 켜고 현상액을 붓는다.

심장이 너무 빠르게 뛰어서 가슴이 아플 지경이다.

"뭐가 찍혀 있는지 아니?" 제라디 선생님이 묻는다.

나는 얼른 고개를 젓는다. 선생님이 현상을 중단하고 아빠에게 연락할 수도 있기 때문에 뺑소니 사고를 둘러싼 브랜던의 가설을 그에게 설명하지 않았다.

헛기침을 하고 보니 쿵쾅거리는 심장 때문에 말을 하기가 쉽지 않다. "적나라한 사진일지 몰라요."

제라디 선생님의 눈썹이 머리 꼭대기까지 솟구치고 그는 정지액을 섞다 말고 멈춘다. "적나라한 사진?"

나는 얼굴을 심하게 붉히며 어색하게 웃음을 터뜨린다. "그런 사진이 아니라 교전 지역을 찍은 사진이요."

"아." 선생님이 고개를 끄덕이고 화학 약품을 계속 붓는다.

"하지만 다른 사진일 수도 있어요. 필름 카메라는 엄마의 취미였거든요."

"나도 기억한다."

당연히 선생님도 기억할 수밖에 없을 것이다. 내가 예전에 학교에서 가장 많은 시간을 보냈던 곳이 제라디 선생님의 교실이다.

선생님은 화학 약품에 시선을 고정하고 양을 잰다. "이걸 현상하려는 이유가 정확히 뭐니?"

"저도 모르겠어요."

선생님은 아무 말도 하지 않고 내 쪽을 쳐다보지도 않는다. 내가 내뱉은 말이 정적 속에 잠시 머문다. 이윽고 죄책감이 나의 폐부를 찌르기 시작한다. 나는 이유를 알고, 선생님도 내가 이유를 안다는 걸 안다. 내가 실토할 때까지 기다리고 있을 뿐이다.

"어젯밤에 브랜던이 집에 놀러 왔어요." 나는 조용히 말한다. "엄마가 뺑소니 차 사진을 찍었을 수도 있지 않겠느냐고 하더라고요. 그래서 메모리 카드를 체크했지만……"

"아무것도 없었니?"

나는 고개를 끄덕였다. "마지막 출장지에서 찍은 사진뿐이었어요."

선생님이 허리를 펴고 나를 쳐다본다. "오늘 아침에 얘기해 주지 그랬니. 나는 그런 줄도 모르고ㅡ"

"아니에요…… 괜찮아요." 나는 어깨를 으쓱하고 캔버스 가방 위에 놓여 있는 엄마의 빈 카메라를 만지작거린다. 엄마가 열고 닫느라 렌즈 뚜껑이 군데군데 닳았다. "거의 가능성이 없는 얘기예요."

"그렇긴 하지. 그래도 어머니의 마지막 사진을 보면 좋을지 몰라."

"아마도요." 나는 침을 삼킨다.

타이머가 울리자 나는 현상액을 붓는다. 선생님은 정지액을 탱크에 부을 준비를 하고 기다린다. 아직 연습이 부족하지만 자전거 타기와 비슷하다. 내가 약품을 붓고 그가 약품을 붓고 딱 소리와 함께 뚜껑을 닫는다. 선생님이 탱크를 뒤집고 우리는 다시 기다린다.

"수업 다시 듣는 거 고민 좀 더 해 봤니?" 선생님이 조용히 묻는다.

나는 어깨를 으쓱하고 쟁반을 일렬로 정리하기 시작한다.

"가을 축제 때 사진 찍으니까 기분이 어땠어?"

당시에는 그런 고문이 없었다. 하지만 오늘 아침에 디클랜과 레브와 치어리더를 찍은 그 사진을 들여다보니 내가 사진을 얼마나 사랑하는지 다시금 생각이 났다. 찰나의 순간을 영원히 박제할 수 있는 기회. 그 사진 속 어느 누구하고도 고등학교 졸업 이후에는 만날 일이 없다 한들 우정과 고립감의 그 순간은 이미 영원해졌다.

"괜찮……았어요."

선생님이 기다리지만 나는 더 이상 아무 말도 하지 않는다. 선생님은 선생님답게 눈썹을 추켜세운다. "그런데……?"

"그런데…… 잘 모르겠어요."

"사진 찍던 게 그립니?"

"가끔요."

선생님이 고개를 끄덕이고 나를 유심히 살핀다. "어머니와 함께 나누었던 경험이라는 걸 알기 때문에 괴롭게 느껴지니?"

"아뇨. 저는 평생 엄마처럼 할 수 없다는 걸 알기 때문에 괴로워요. 그래서 모든 게 아무 의미 없게 느껴지거든요." 나는 한 손을 쟁반에 올려놓은 채 그대로 얼어붙는다. 생각하지도 못했던 말까지 튀어나와 버렸다. 나 자신에게조차 인정하지 못했던 사실인데.

선생님은 쟁반에 담을 화약 약품의 양을 재다 말고 나를 응시한다. "의미 없다고?"

선생님의 이력을 비하하는 발언처럼 들릴 수도 있기에 내 얼굴이 벌게진다. 하지만 다르게 설명할 방법이 없다. "엄마는 사진으로 세상을 변화시키셨잖아요. 저는 그렇게 못해요. 저는 시리아에 가서 폭격당한 건물 사이를 누비고 다닐 수 없어요. 저는 이 도시를 차로 다니는 게 고작인걸요."

"줄리엣, 너는 지금 열일곱 살이야. 그건 부끄러워할 일이 아니지.

길 가다 물어봐라, 그런 일을 할 수 있을 만큼 육체적으로, 정신적으로 강인한 사람이 어디 있는지. 그리고 **지금** 그렇게 하지 못한다고 해서 **영원히** 못하는 것도 아니잖니."

나는 손가락을 만지작거리며 그를 응시한다. 뭐라고 하면 좋을지 모르겠다.

선생님이 병을 내려놓고 고개를 돌려 나를 정면으로 바라본다. "내 동생은 소방관이야. 나는 그 아이가 무슨 수로 불이 난 건물 속으로 들어가는지 모르겠는데 — 그 아이는 나더러 무슨 수로 하루 종일 십 대 아이들 앞에 서 있는지 모르겠다고 하더라. 목숨을 걸고 하는 일이 아니라고 해서 모두…… 의미가 없는 건 아니야."

"그런 뜻에서 드린 말씀이 아니었어요."

"네가 비하하려는 뜻은 없었다는 건 알지만 네 말이 시사하는 바가 뭔지 생각해봐. 네가 사진을 포기한다 치자. 좋아, 그건 네가 알아서 할 일이야. 하지만…… 그다음에는? 어떤 직업을 선택하면 네가 간직하고 있는 어머니의 이미지에 부합할 수 있을까?"

모르겠다. 거기에 대해서는 생각해 본 적이 없다. 나는 어째서 엄마처럼 될 수 없는지에 대해서만 생각했을 뿐.

제라디 선생님이 말을 잇는다. "내 아내도 사진작가야. 아기들 사진을 찍지. 그뿐이야. 그냥 아기들. 그게 의미 없는 일이라고 생각하니?"

나는 침을 삼킨다. "아뇨." 나는 머뭇거린다. "하지만 누군가의 인생을 바꾸는 일은 아니잖아요."

"지금 장난하니? 아기 사진 본 적 있어? 내가 부모로서 장담하는데, 아이의 한순간을 포착한 사진은 귀한 선물이야. 시간이 정말 쏜

살같이 흘러가거든."

엄마의 목을 파고든 내 아기 시절 사진이 바탕 화면이었던 엄마의 컴퓨터가 퍼뜩 떠오른다. 내 숨소리가 거칠어진다.

"너 심란해지라고 꺼낸 얘기는 아닌데." 제라디 선생님이 조용히 말한다.

"아니에요. 심란하지 않아요." 하지만 심란하다. 조금.

"여기 잠깐 있어 봐." 선생님이 이렇게 말하곤 어디론가 사라졌다가 채 일 분도 안 돼서 돌아와, 휴대 전화에 저장된 사진을 보여 준다. 어떤 여자가 갓 태어난 아이의 이마에 입술을 대고 있는 사진이다. 어딘가에서 햇살이 비치고 아이의 부스스한 머리칼이 후광처럼 반짝인다.

"아내가 찍은 사진이야." 선생님이 말한다.

"멋져요."

"이 아이는 죽었어." 선생님이 조용히 말한다. "두 시간도 안 돼서. 부모가 탄생 순간을 기록하려고 내 아내를 불렀는데, 아이가 심각한 심장병을 안고 태어났지."

"그렇군요." 나는 목이 메어 오는 것을 느끼며 이렇게 말한다. "그렇군요."

선생님은 휴대 전화를 주머니에 넣는다. "'뉴욕의 사람들'이라는 프로젝트 들어봤니?"

나는 고개를 젓는다.

"브랜던 스탠턴이라는 사람이 뉴욕 사람들을 찍은 사진과 그들에게 한 질문을 웹사이트에 올렸다가 나중에 그 답변과 사진을 책으로 출간했어. 어찌된 영문인지 몰라도 사람들은 아무도 모르는 비밀, 가장 고통스러운 기억을 털어놓았지. 그리고 그걸 웹사이트에 올려도 좋다고 했고. 그 사진을 본 사람이 수백만 명이야. **수백만 명**, 줄리엣. 수백만 명의 사람이 그의 사진을 보고 영향을 받았는데 — 그게 다 어떤 남자가 뉴욕을 돌아다니며 모르는 사람들 사진을 찍기 시작한 게 발단이었어."

"하지만 저는 그런 위인이 못 되는걸요." 나는 속삭인다.

"아직은 그럴지 모르지. 하지만 영향을 미칠 너만의 방법을 찾을 수 있을 거야."

타이머가 울리자 선생님이 몸을 돌려 전등 스위치를 누른다. 천장에 달린 전등이 꺼지고 대신 빨간 불이 들어온다. 선생님은 필름을 꺼내 풀기 시작한다. "뒤에서부터 볼래? 마지막 다섯 장부터?"

내 심장이 다시 쿵쾅거리고 있다. 선생님에게 들은 이야기 때문에 진정이 되지 않는다. "음. 네."

선생님은 필름을 자르고 자른 조각을 들어 보이지만 아직은 뭐가 찍혀 있는지 알 수 없다. 자른 필름을 확대기에 넣고 인화지에 상을 비춘 다음 그걸 용액에 담가 상을 띄울 것이다.

"내 짐작이 틀렸을 수도 있다만 차를 찍은 것 같지는 않은데?" 선생님이 조용히 말한다. "사람을 찍은 것 같아."

내 머릿속이 **어쩌면**이라는 단어와 함께 펄떡거리기 시작한다. 어쩌면 엄마를 치고 간 범인일지 몰라! 어쩌면 엄마가 범인의 사진을 찍었을지 몰라! 하지만 현실이 육중하게 이런 생각들을 짓밟는다. 나는 한숨을 쉰다.

선생님이 나를 홀끗거린다. "그만하고 싶니?"

"아뇨. 여기까지 왔는걸요."

상이 뜨자 인화지를 내가 준비해 놓은 정지액에 담근다. 심장이 계속 쿵쾅거리고 숨 쉬는 것을 자꾸만 잊는다.

"있잖니." 선생님이 말한다. "너희 어머님이 하신 일을 용감하다고 생각하지 않는 사람들도 있을지 몰라."

나는 짜증 섞인 눈빛으로 선생님을 홀끗 노려본다. "예를 들면 어떤 사람들이요?"

"예를 들면 거기서 참전 중인 병사들."

아. 나는 집게로 인화지를 용액에 푹 담근다. 이미지가 등장하기 시작한다. 서두르면 안 된다는 걸 알지만 마음이 급하다.

"너희 어머님을 비하하는 건 아니야." 선생님이 말한다. "전혀. 너희 어머님은 놀랍고 중요한 일을 하셨지."

맞는다. 그렇다. 우리 엄마를 어느 누구와 쉽게 비교할 길은 없다. 그건 마치 우리 엄마와 아빠의 차이 같다. 컬러 사진과 흑백 사진의 차이 같다. 선명한 무지개와 여러 톤의 베이지 색이다.

그래서 비교하기가 너무 어렵다.

인화지 위로 선들이 등장하기 시작한다. 뭐가 뭔지는 아직 잘 모르겠다.

목이 메어 온다. 이건 엄마가 마지막으로 찍은 사진이다. 엄마의 눈을 통해 볼 수 있는 기회다.

나는 제라디 선생님을 쳐다본다. "저 혼자…… 저 혼자 현상을 마쳐도 될까요?"

선생님은 망설이며 정지액을 다시 흘끗거린다. 화학 약품이 있는 곳에 나 혼자 두면 안 되기 때문인데, 나는 한때 특권을 누리는 특별한 학생이었다. 나는 선생님이 애지중지하는 라이카를 떠올린다. 어쩌면 나는 여전히 특별한 학생일지 모른다.

"네?" 나는 속삭인다.

선생님이 한숨을 쉰다. "그래. 나는 교사 휴게실에 가서 커피 한잔 마시고 올게." 그러곤 이내 머뭇거린다. "혼자 있고 싶은 거 확실하니?"

나는 고개를 끄덕이고 눈을 훔친다. 사진이 점점 선명해지고 있다. 헝클어진 머리칼, 비스듬한 한쪽 팔. 정적이 사방에서 나를 압박한다.

시야가 흐려져 눈을 깜빡여야 한다. 사진 인화가 끝났다.

나는 눈을 다시 깜빡인다. 엄마가 사진 속에서 웃고 있다. 눈은 반짝이고 머리칼은 구불구불 제멋대로 뒤엉켜 있다.

엄마는 알몸이다. 알몸으로 침대에 있다. 팔로 한쪽 가슴을 가렸지만 다른 곳은 뻔뻔하게 실오라기 하나 걸치지 않았다.

내 숨이 멎는다.

다음 쟁반이 현상된다. 다시 엄마고 여전히 알몸이다. 이 사진에서는 카메라를 향해 손을 내밀며 폭소를 터뜨리고 있다.

다음 쟁반. 뒤엉킨 팔. 초점이 맞지 않은 목, 까만 머리. 턱선.

눈물이 내 뺨 위에서 차갑게 식는다.

다음 쟁반. 근육질의 팔이 웃으며 반항하는 엄마의 목을 감싸고 엄마를 카메라 앞으로 끌어당기려 하고 있다. 휴대 전화가 아니라 카메라로 찍은 옛날식 셀카다. 다른 사람의 얼굴은 거의 잘렸지만 내 시선은 근육질인 그 팔뚝에서 떠날 줄 모른다.

아빠의 팔뚝이 아니다.

다음 쟁반. 이 셀카에는 두 사람이 모두 찍혔다. 나는 약품이 팔 위로 뚝뚝 떨어지는 것을 무시한 채 두 손으로 사진을 움켜쥔다.

이언이다. 엄마의 담당 편집자. 그가 맨 가슴으로 엄마를 끌어안고 있다. 엄마는 고개를 들어 그의 목에 코를 묻었다.

나는 몇 달째 안개 속을 걷고 있는 아빠를 떠올린다.

엄마가 아빠를 두고 바람을 피우고 있었다. 엄마가 바람을 피우고 있었다.

나는 엄마의 카메라를 집어서 문을 향해 있는 힘껏 내동댕이친다. 유리와 플라스틱이 산산이 부서져 요란한 소리와 함께 온 바닥 위로 흩뿌려진다.

엄마가 어떻게 그럴 수 있었을까? 엄마의 가방이 내 앞에서 입을 벌리고 있고 로션 냄새가 약품 냄새와 섞인다. 엄마가 아빠한테 어떻게 그럴 수 있었을까?

나는 로션을 집어 카메라처럼 내동댕이친다. 나는 흐느끼며 울고 있다. 엄마가 원망스럽다. 엄마가 원망스럽다.

엄마의 티슈를 집어 눈에 대고 꾹 눌렀다가 내던진다. 엄마가 **원망스럽다**.

비행기 탑승권을 집는다. 갈기갈기 찢어 우그러뜨리고 싶다. 접힌 모서리가 내 살갗 속을 파고든다. 이 고통을 누그러뜨릴 수만 있다면 그걸로 내 살갗을 난도질하고 싶다.

엄마가 바람을 피우고 있었다.

엄마가 나까지 속인 것처럼 느껴진다. 엄마가 사랑해야 했던 사람은 우리였다. 다른 사람이 아니라.

"어떻게 그럴 수가 있지?" 나는 속삭인다.

나는 그 자리에 서서 손에 대고 흐느껴 운다. 엄마의 탑승권에 대고 이렇게 흐느껴 우는 모습을 제라디 선생님에게 들키게 생겼다.

이 생각이 들자 나는 번쩍 정신을 차린다. 유리와 플라스틱 조각들이 바닥 곳곳으로 흩어져 빨간 불빛 아래에서 반짝이고 있다. 약품도 사방으로 튀었다. 제라디 선생님이 보면 난리가 나게 생겼다. 나는 그러면 모든 게 정리되기라도 하는 듯 두툼한 탑승권을 반듯하게 편다. 탑승권이 축축해지기는 했지만 날짜가 한가운데에 큼지막하게 적혀 있다.

5월 22일 수요일

잠깐만.
하지만 내가 잘못 봤을 리 없다. 글자 크기가 2센티미터가 넘는다.

5월 22일 수요일

나는 눈물 때문에 '토요일'이 '수요일'로, 아니면 '25일'이 '22일'로 보였을 수도 있는 것처럼 눈을 몇 번 깜빡인다.

숨이 다시 멎는다.

나는 탑승권을 다시 잘 펴서 테이블 가장자리에 대고 누른다. 분명 뭔가 착오가 생겼을 것이다. 분명 옛날 탑승권일 것이다. 분명 연결 항공편인가 다른 뭔가의 탑승권일 것이다.

옛날 탑승권이 아니다. 엄마가 집으로 올 때 타고 온 비행기다.

우리한테 온다고 한 날짜보다 삼 일 전이었다. 엄마가 죽기 삼 일 전이었다.

문득 브랜던 조의 목소리가 내 머릿속에서 메아리 친다.

해먼즈 페리 로드는 공항에서 오는 길이 아닌데.

엄마는 내가 애원했던 것처럼 일찍 귀국했다. 삼 일 먼저 귀국했다. 그 시간을 우리와 함께 보내지 않았을 뿐.

40장

보낸 사람: 일레인 힐라드 – 해밀턴 영어 담당 <EHillard@AACountyPublic
Schools.org>

받는 사람: 디클랜 머피 <Declan.Murphy@AACountyStudentMail.org>

날짜: 10월 9일 수요일 3:11:53 PM

제목: 굴하지 않는다

디클랜.

네가 수업 시간에 쓴 「굴하지 않는다」 보고서를 읽었는데 거기에 대해서 너랑
의논하고 싶은 게 있어. 내일 오전 홈 룸 시간 전에 내 교실에 들러 줄 수 있을까? 나
는 오전 6시 30분부터 교실에 있을 거야.

힐라드 선생님

나는 잔디를 깎으며 이메일을 읽는다. 잔디 깎는 걸 중단했다가는
프랭크가 잔소리를 퍼부을 것이기 때문이다. 어제 그런 일이 있은
뒤라 어쩌면 아닐 수도 있지만. 하지만 세미터리 걸과 몇 주 동안 주

고받은 이메일에 비하면 이건 우울한 메일이다. 오전 6시 30분에 영어 선생님과 면담을 해야 하다니 그보다 더 **끝내주게** 하루를 시작할 방법도 없을 것이다.

나는 휴대 전화를 주머니에 다시 넣고 장갑을 낀다.

오늘 들어 스물다섯 번째로 구내식당의 그 순간으로 되돌아갈 수 있으면 좋겠다는 생각을 한다. 줄리엣에게 말할 수 있다면 얼마나 좋을까. 그녀를 안고 진실을 속삭일 수 있다면 얼마나 좋을까.

대신에 나는 이렇게 잔디 깎는 기계에 묶여서 줄리엣이 다시 내게 말을 거는 날이 있을지 불안해하고 있다.

내가 다시 집에서 잠을 잘 수 있을지 불안해하고 있다.

레브 말로는 제프와 크리스틴이 그 집에서 며칠 재워 줄 거라지만 그들은 엄마와 앨런과 다 같이 둘러앉아서 대화로 문제를 해결해야 한다고 생각한다.

그러는 상상만 해도 레브의 집을 우리 집만큼이나 피하고 싶어진다.

나는 미안하다고 했다. 나는 미안하다고 했고, 엄마는 아무 말도 하지 않았다.

그 때문에 답답해진 가슴이 풀릴 줄 모른다.

하늘은 흐리고 가는 보슬비가 묘지 위로 내리지만 나는 빗물이 셔츠 속으로 흘러내려도 신경 쓰지 않는다. 날씨 덕분에 사람들 발길이 끊겨서 일을 하기에는 더 수월하다. 헤드폰을 거쳐 쏟아지는 음악 소리가 잔디 깎는 기계만큼 제대로 귀청을 막아 준다.

오른쪽에서 움직임이 감지되자 나는 단조롭게 이어지던 풀과 회색 화강암에서 고개를 든다. 여자아이 하나가 묘지를 가로지르며 달리고 있다.

줄리엣.

공포가 나를 관통한다. 그녀가 알아낸 모양이다. 그녀가 내게 따지러 오고 있다.

하지만 아니다. 그녀는 젖은 잔디를 밟고 미끄러져 엄마의 무덤 앞에서 넘어진다. 그녀는 잔디밭 건너편에 있지만 얼굴이 괴로움과 고통으로 얼룩져 있다는 것을 여기에서도 알 수 있다.

그녀는 괴성을 지른다.

묘비를 주먹으로 친다.

나는 열쇠를 돌려 잔디 깎는 기계를 끈다. 그런 다음 달려간다.

내가 도착했을 무렵 줄리엣의 손에서는 피가 나고 퉁퉁 부어 있다. 눈물로 얼굴이 얼룩덜룩하고 목은 쉬었다. 흐느끼며 뭐라는지 알아듣지 못하겠지만 그녀는 내가 옆에 있는 줄도 거의 모르는 눈치다. 줄리엣이 손으로 묘비를 다시 때린다.

나는 줄리엣을 잡고 뒤로 비틀어 내 쪽으로 끌어당긴다. "줄리엣. 줄리엣, 그만해."

그 정도로 격하게 분노하고 있다. 나는 줄리엣이 반항하며 묘비를 다시 치려고 버둥거릴 거라고 생각한다. 그런데 예상과 달리 내 위로 쓰러져 내 가슴에 대고 흐느껴 운다. 생명 줄이라도 되는 듯 내 셔츠를 움켜쥔다.

"괜찮아." 나는 이렇게 말하지만 누가 봐도 괜찮지 않은 상황이다. 나는 줄리엣을 꼭 끌어안고 머리칼에 대고 속삭인다. 이로 장갑을 벗은 다음 그녀의 등을 쓰다듬는다. "괜찮아."

차가운 빗줄기 때문에 묘지에 안개가 서려 우리 둘밖에 없는 듯한 착각을 불러일으킨다. 깎은 잔디 냄새가 허공을 묵직하게 감돌며 계피와 바닐라 아니면 뭔지 모를 따뜻한 향을 풍기는 줄리엣의 체취와 한데 섞인다.

눈물 바람이 잦아든 것처럼 느껴지자 나는 고개를 숙이고 줄리엣의 관자놀이 근처에 대고 말한다. "좀 앉을래?"

줄리엣이 코를 훌쩍이며 세차게 고개를 젓는다. "이 근처는 싫어."

"좋아. 그럼 여기 앉자." 나는 그녀를 몇 미터 멀리 있는 좀 더 오래된 묘비로 끌고 간다. 내가 여기서 일하는 동안 조문객을 한 번도 본 적 없는 묘비다. 우리는 앉아서 묘비 뒤편에 몸을 기댄다.

줄리엣은 나를 붙잡은 손을 놓지 않는다. 앉은 뒤에도 내게 바짝 기대 내 옆구리를 따뜻하고 묵직하게 누른다. 구름 사이로 조금씩 내리는 가느다란 빗줄기가 내 얼굴을 차갑게 식히고 그녀의 눈물과 섞인다.

"무슨 일인지 얘기하고 싶어?" 나는 묻는다.

"아니." 줄리엣이 얼굴을 훔친다.

"알았어." 나는 그녀를 내려다본다. 머리칼 사이로 모인 빗방울이 점점이 반짝인다. 마스카라가 뺨을 타고 줄줄 흘러내린다. 내 평생을 통틀어 지금 그녀가 내게 기댄 느낌보다 더 좋았던 느낌도, 더 끔찍했던 느낌도 없다.

나는 손을 내밀어 길게 줄이 간 마스카라 자국을 한 손가락으로 쓰다듬는다.

줄리엣이 한숨을 쉬며 눈을 감는다. "그러지 말걸 후회가 돼." 목소리가 갈라지고 그녀는 다시 울음을 터뜨린다.

"쉬이잇." 나는 입술로 줄리엣의 관자놀이를 스치고 지나간다. 이 묘지에서 그녀를 평생 이렇게 안고 있을 수도 있겠다. "뭘 그러지 말걸 후회가 되는데?"

줄리엣은 허리를 살짝 펴고 비에 젖어 축축하게 얼굴에 들러붙은 머리칼을 쓸어넘긴다. 손가락을 덜덜 떨고 있다. 온몸을 덜덜 떨고 있다. "우리 엄마는 사진작가였어. 내가 엄마가 찍은 사진을 현상했거든. 엄마가 죽기 전에 찍은 사진을. 그게 후회가 돼."

맞다. 그녀가 오늘 그럴 거라고 했었다.

나는 이메일을 통해 줄리엣의 아픔을 세세히 알고 있지만 다른 모든 경우에 그렇듯 일단 모르는 척한다.

하지만 계속 그럴 수는 없다. 줄리엣의 눈물이 내 셔츠를 적시는 마당에 그럴 수는 없다.

나는 그녀의 눈을 덮은 머리카락 한 가닥을 치워준다. "뭘 알게 됐는데?"

줄리엣은 표정을 일그러뜨리며 내 어깨에 얼굴을 묻는다. 나는 또 한바탕 울음이 이어지겠구나 생각하지만 줄리엣은 숨을 몰아쉬며 내 셔츠에 대고 아주 작은 목소리로 말한다. "엄마가 바람을 피우고 있었어."

"어머님이 뭘 하고 있었다고?"

"엄마가 바람을 피우고 있었다고. 우리 아빠를 두고. 삼 일 전에 귀국했는데 우리는 그런 줄도 몰랐어."

아. 아, 이런.

"그럼 사진들이……."

"나는 어떤 사진이 찍혔을지 전혀 몰랐던 거 알아? 작업용 사진일 수도 있고 엄마가 만난 흥미로운 사람일 수도 있겠다고 생각했어. 엄마는 가끔 시선에 들어오는 사람들을 찍었거든. 『뉴욕 타임스』에 실릴 만한 사람들이라서라기보다 필름으로 간직될 자격이 있다고 생각했기 때문에."

"그런데 그런 사진이 아니었구나."

"응." 줄리엣은 흐느낌이 섞인 콧방귀를 뀌었다. "엄마가 담당 편집자랑 침대에 같이 있는 사진이었어."

내 눈썹이 말 그대로 이마 끝까지 올라간다. "침대에? 그러니까—"

"침대에. 알몸으로. 착각의 여지가 없어."

"알몸으로?"

"응. 알몸으로."

"아아."

"엄마가 원망스러워." 이 말이 줄리엣의 입에서 칼처럼 쏟아진다. 줄리엣은 이제 내게 기댄 몸에 힘을 준다. 분노가 점점 끓어올라 괴로움을 대체한다.

"학교에서 사진을 현상했어?"

줄리엣이 내게 기댄 채 뻣뻣하게 고개를 끄덕인다.

"선생님이 옆에 있었어?"

"아니. 나 혼자 현상할 수 있게 커피 마시고 오겠다며 자리를 비워 주셨어."

"그 사진 봤다면 선생님이 팬티에 지렸겠다."

줄리엣이 놀라서 피식 웃는다. 그 소리가 듣기가 좋다. 다른 때도 아닌 바로 지금 그녀의 웃음보를 다시 터뜨릴 수 있다면 뭘 내주어도 아깝지 않겠다.

"아마도." 줄리엣은 허리를 펴고 나를 쳐다보며 진지한 표정을 짓는다. 우리는 옅은 안개 속에 앉아서 비 냄새와 깎인 풀 냄새를 맡는다.

나는 팔을 뻗어 그녀를 다시 내 쪽으로 끌어당기고 싶다.

하지만 그럴 수가 없다. 나는 줄리엣이 얼마만큼 알고 있는지 전혀 모르고 **그렇기 때문에** 죽을 것만 같다.

줄리엣에게 말해. 말해. 말해.

내가 말문을 열 겨를도 없이 줄리엣이 내게서 멀어져 묘비에 기대고 똑바로 앉는다. 이로써 생긴 거리가 손가락 한 마디지만 1킬로미터는 되는 것처럼 느껴진다. "맙소사. 아빠한테 뭐라고 하면 좋을지 모르겠다."

"아버지께 말씀드려야 해?"

"모르겠어." 줄리엣이 고개를 돌려서 나를 쳐다보자 그녀의 입술과 내 입술이 한 뼘 거리가 된다. "아빠한테 얘기하면 너무한 처사가 될 것 같지만— 아빠가 자격 없는 여자의 죽음을 슬퍼하도록 그냥 방관하는 것도 너무한 처사가 될 것 같거든."

"양쪽 다 좀 그렇다, 줄리엣." 나는 고개를 저으며 앨런을 떠올린다. "양쪽 다."

"나도 알아." 줄리엣의 목소리는 부드럽고 눈빛은 체념으로 슬퍼 보인다.

"너도 안다는 거 알아."

"너라면 아빠한테 말씀드릴 것 같아?"

줄리엣은 여전히 나와 바짝 붙어 있고 그녀가 하는 말들이 워낙 허물없어서 꼭 세미터리 걸과 더 다크로 대화를 주고받는 느낌이다. 눈을 감으면 현실을 잊고 영원히 함께 대화를 나눌 수 있을 것만 같다.

"응." 나는 말한다.

줄리엣이 코웃음을 치며 고개를 돌린다. "당연히 그렇겠지. 너는 아무한테 무슨 말이든 거침없이 하니까."

나는 그게 모욕인지 칭찬인지 알 수가 없어서 그대로 굳는다.

줄리엣이 한 말에 일말의 진실이라도 담겨 있는지 그것도 잘 모르겠다.

지난 5월, 다음 날까지 데리러 오겠다는 사람이 없다는 경찰관들의 말에 와들와들 떨며 유치장에 앉아 있던 나를 두고 레브는 왜 연락하지 않았냐며, 피해자인 척하지 말라고 했다. 하지만 하도 여러 번 거부당하다 보면 결국에는 포기하고 더는 손을 내밀지 않기 마련이다.

아니면 그런 생각을 하는 것 자체가 레브가 말한 피해자 놀음일지도 모르겠다.

줄리엣이 다시 나를 쳐다보며 뺨을 닦는다. "미안, 내가 이성을 잃었다."

나는 어이없다는 듯 줄리엣을 쳐다본다. "그랬다고 미안해할 필요 없어.”

“네가…….” 줄리엣이 머뭇거리다 용기를 낸다. “네가 나랑 더는 말 섞고 싶어 하지 않는다는 거 알아.”

나는 줄리엣의 눈을 들여다본다. 이건 나에게 하는 말일까 아니면 더 다크에게 하는 말일까? 내가 일을 하도 복잡하게 꼬아 놓았기 때문에 알아낼 방법이 없다.

줄리엣에게 말해.

“아, 줄리엣.” 나는 나지막이 말하고 한 손으로 머리칼을 쓸어넘긴다. “전혀 그런 게 아니야.”

줄리엣은 무릎을 꿇고 앉아서 나와 눈을 맞출 수 있을 때까지 몸을 돌린다. “그럼 뭔데?”

“우리는 다른 길을 걷고 있어.” 나는 말한다. “네 길을 따라가면 이 난장판에서 빠져나갈 수 있을 거야. 내 길은 나를 쓰러뜨리려고 작정한 것처럼 보이지만.”

줄리엣이 아주 잠잠해진다. 산들바람이 묘지를 관통하고 우리 둘 사이를 가른다. 그녀는 살짝 실눈을 뜨며 나를 조심스럽게 쳐다본다. “내가 여기 있는 거 어떻게 알았어?”

“몰랐어. 보고 안 거지.” 나는 뺨이 벌게지는 것을 느끼며 잔디 깎는 기계를 가리킨다. “내가 여기서 일을 하거든. 뭐, 일을 한다고 볼 수 있지.”

“지역 사회봉사 활동 말이지?” 평가하는 말투는 아니다.

나는 그녀와 눈을 맞추며 이 순간이 영원히 계속되길 바란다. “응.”

"줄리엣!" 중년의 남자가 풀 위에서 살짝 미끄러져 가며 묘지를 가로질러 달려오고 있다. "줄리엣!"

줄리엣이 얼른 자리에서 일어난다. "아빠!"

15미터 멀리에서도 남자의 안도하는 표정이 보인다. "아, 주님 감사합니다." 그가 외친다. "주님 감사합니다."

"왜 그러세요?" 줄리엣이 묻는다. 다시 울먹이고 있다.

잠시 후에 그는 우리가 있는 곳에 다다라 딸을 와락 끌어안는다. "선생님이 네가 교실을 난장판으로 만들어 놓고 뛰쳐나갔다고 하시지 뭐냐. 어찌나 걱정이 되던지. 경찰에 연락하려던 참이었어."

그는 줄리엣을 으스러져라 끌어안고 있고 그녀는 울고 있다. "죄송해요, 아빠. 죄송해요."

"괜찮아." 그는 말한다. "괜찮아. 너를 찾았으니 됐다. 이제 집에 가자."

나는 그들에게서 뒤로 한 걸음 물러난다. 나는 밖에서 안을 들여다보고 있다. 진정한 가족의 모습이 지금 내 눈앞에서 펼쳐지고 있다. 줄리엣의 아버지는 그녀를 집으로 데려가 맥주 캔을 따지 않을 것이다. 그녀가 감방에 갇히게 될 날만 손꼽아 기다리고 있다고 하지도 않을 것이다.

나는 허리를 숙여 바닥에 벗어 놓은 장갑을 집는다. 프랭크가 지금 당장이라도 들이닥쳐 조만간 해 떨어진다고 잔소리를 퍼부을 수 있다.

"잠깐!" 줄리엣이 아버지 품에서 벗어나 다시 한번 숨을 가쁘게 몰아쉬며 나를 올려다본다. "디클랜."

나는 멀찌감치 거리를 유지한다. 주문이 풀려 버렸다. "줄리엣."

하지만 그녀는 나와의 거리를 좁히고 내 상상을 뛰어넘는 행동을 한다. 내 셔츠 앞섶을 붙잡고 나를 앞으로 당긴 것이다. 이게 영화에 등장하는 그런 장면이고 그녀가 내게 입을 맞추려는 건가 싶어서 0.5초 동안 내 머릿속에서 폭죽이 터진다. 아버지 앞이라 엄청 어색할 텐데.

하지만 아니다, 줄리엣이 나를 앞으로 당긴 이유는 오직 할 말이 있어서다. 내 뺨에 닿는 그녀의 숨결은 달콤하고 완벽하다.

"우리 생각이 틀렸어." 줄리엣이 말한다. "네 길은 네가 만드는 거야."

그녀는 그 말을 끝으로 몸을 돌리고, 나를 그렇게 묘지 한복판에 버려 둔 채 아버지의 손을 잡고 떠난다.

*

나는 땅거미가 도로를 감쌀 무렵 마침내 묘지를 나선다. 보슬비 때문인지 거리에 인적이 없다. 내 심장은 일정한 리듬을 찾지 못하고, 아찔하게 콩닥거렸다가 술에 취한 것처럼 비틀거리길 반복한다. 나는 레브의 집으로 향하지만 뜨거운 피가 살갗을 간질이며 계속 뿜어져 나온다. 모든 게 흩어져 버린 것처럼 느껴지고, 사방으로 헝클어진 감정의 조각들을 추슬러 정리 비슷한 것을 하려고 해도 계속 뿔뿔이 흩어진다.

네 길은 네가 만드는 거야. 줄리엣은 이렇게 말했다.

나는 그녀가 자기 아버지와 함께 떠난 뒤로 피해자인 척하지 말라고 했던 레브의 말과 그 말을 한데 뭉뚱그려 계속 빙글빙글 떠올리는 중이다. 우리 생각이 틀렸어.

앞쪽 갓길에 차량 한 대가 안개 사이로 비상등을 깜빡이며 서 있다. 기시감이 내 명치를 가격한다. 내가 줄리엣을 도왔던 곳이다.

그러다 잠시 후에 나는 그 차를 알아본다. BMW를 사고 싶어 했지만 형편상 뷰익을 살 수밖에 없었던 주인처럼, 허세를 부리려다 비참하게 실패한 은색 세단이다.

내가 그 주인에 대해서 아는 이유는 앨런의 차이기 때문이다.

그가 차 옆에 서서 보닛을 내려다보며 휴대 전화로 통화를 하고 있다.

나는 그를 치고 지나갈까 0.1초 동안 고민한다.

아니다, 어쩌면 꼬박 1초 동안 고민했을 수도 있다.

보닛 아래에서 김이 새어 나오고 있다. 내 차가 점점 가까워지자 앨런이 고개를 든다. 기대하는 표정을 짓고 있다. 견인차를 기다리고 있던 모양이다.

앨런이 내 차를 알아본다. 내가 차를 세울지 궁금해한다.

내 눈에는 그가 카고 팬츠와 버튼다운 셔츠를 입은 큼지막한 타깃처럼 보인다.

앨런이 아침에 했던 말이 내 몸을 때린다. 그에게 비비탄총으로 난사당하는 기분이다.

내가 그 계단에 서서 사과했지만 그들이 아무 말도 하지 않았던 것을 떠올린다. 그들은 **아무 반응도** 보이지 않았다.

나는 갑작스럽게 떨리기 시작한 손으로 운전대를 움켜쥐고 계속 달린다.

그런데 뜬금없이 그 바보 같은 시의 한 구절이 퍼뜩 떠오른다.

내게 굴하지 않는 영혼을 주신 누군지 모를 신에게 감사하노라.

나는 브레이크를 밟고 다음번 네거리에서 차를 돌린다. 심장이 계속 엇박자로 덜컹거리고, 내가 앨런을 돕게 될지 아니면 그 꼴 보기 싫은 얼굴을 한 대 치게 될지 잘 모르겠다.

내가 그의 차 뒤에 내 차를 세우자 그는 놀란 눈빛을 짓지만 잘 숨긴다. 그는 여전히 전화기를 귀에 대고 있고, 내가 차에서 내리자 저리 가라고 손을 내젓는다.

"괜찮아." 앨런이 외친다. "그냥 가."

정말이지 밥맛이다.

나는 그래도 앨런에게로 다가간다. 보닛 아래에서 계속 스멀스멀 김이 올라오고 있다. 이 바보는 심지어 시동조차 끄지 않았다. "내가 한번 봐드릴까요?"

"지금 정비소랑 통화 중이야."

"그래서요? 비 맞으면서 두 시간 동안 기다릴 작정이에요? 보닛 열어요, 앨런."

그가 스피커를 손으로 막는다. "집으로 가라, 디클랜. 너 여기 없어도 돼."

"나를 한번 믿어 보세요. 내가 보면 알아요." 나는 그래도 그의 차 문을 열고 레버를 당겨 보닛을 연다. 열쇠를 돌려 시동을 끈다.

그런 다음 허리를 펴고 일어나 보니 앨런이 내 바로 옆에 와 있다.

이제는 전화기를 귀에서 뗐다.

"지금 뭐 하는 거냐?" 그가 따져 묻는다.

"아저씨 차 훔치려는 거예요." 나는 말한다. "경찰에 연락하세요."

앨런은 턱에 힘을 주고 나를 노려보지만 나는 그를 뱅 돌아가서 보닛을 연다. 엔진에서 김이 쏟아져나오는 바람에 우리 둘 다 손을 내저으며 뒤로 물러선다.

그런 다음 그 자리에 서서 엔진을 멀뚱멀뚱 쳐다본다.

순간, 아빠와 이렇게 나란히 서 있었던 때가 떠오른다. 아빠는 내게 문제를 냈고 내가 정답을 모두 알아맞히면 내 어깨를 치곤 했다. 그런 다음 정비소로 전화를 걸어 직원에게 '이 아이'가 1964년형 선더버드 엔진 부품을 줄줄 외우는 소리를 들어 보라고 했다. 무언가의 일부가 된다는 것이 어떤 기분이었는지 아직까지 기억이 난다.

최근 들어 그런 기분을 느낀 게 언제였는지 기억이 나지 않는다.

앨런이 헛기침을 한다. "뭐가 문제인지 보이니?"

"네. 라디에이터 호스 상부가 찢어졌네요." 나는 검은색 고무가 찢어진 부분을 가리킨다.

"그럼 어쨌거나 견인차를 불러야겠구나." 앨런이 살짝 의기양양한 목소리로 말한다.

"네." 나는 말한다. "정비 기사한테 300달러 쓰고 싶으면요. 문을 연 자동차 부품 전문점만 있으면 저는 20달러에 십 분이면 고칠 수 있는데 말이죠."

앨런이 나를 빤히 쳐다본다. 그의 턱이 실룩거린다.

고민이 돼서 **죽겠는** 것이다.

그래서 내 기분이 째진다고 할 수 있으면 좋겠지만 아니다. 그저 피곤할 따름이다.

"결정하세요, 아저씨. 저 지금 묘지에서 세 시간 동안 일하고 나온 길이에요. 도와드려요, 말아요?"

앨런은 곧바로 대답하진 않지만 은근 불안한 표정을 지으며 나를 살핀다.

내가 이 틈에 자기를 골탕 먹이려 한다고 생각하는 걸까? 이런 대접이나 받자고 여기 이렇게 서 있을 필요는 없다. 나는 몸을 돌려 내 차 쪽으로 걸음을 옮긴다. "알겠어요. 좋을 대로 하세요. 긴급 출동 서비스 기다리세요." 나는 차저 운전석에 올라타 열쇠를 돌린다. 당장 시동이 걸린다.

"잠깐!" 앨런이 내 전조등 불빛을 따라 달려오더니 조수석 문 앞에서 걸음을 멈춘다. 그가 손잡이를 당기지만 문이 잠겨 있다.

나는 한숨을 쉬고 몸을 내밀어 문을 열어 준다. 잠시 후에 그가 내 옆자리에 올라타자 어찌나 분위기가 어색해지는지 내가 기어를 제대로 넣은 게 기적처럼 느껴질 정도다. 묘하게도 줄리엣이 내 옆에 앉아 있었던 날 밤이 생각난다. 앨런은 나와 멀찌감치 거리를 두고 반대편에 몸을 바짝 붙이고 있다. 급커브를 돌면 밖으로 굴러 떨어지게 생겼다.

나는 앨런 쪽을 흘끗 쳐다본다. "내가 아저씨를 뭘로 후려치거나 그럴 것 같아요?"

앨런이 실눈을 뜬다. "너 지금 나 놀리는 거냐?"

"네."

그는 들릴락 말락 하게 욕을 하고 앉은 자세를 바꾼다. 이제 나와의 거리가 눈곱만큼 줄어들었다.

우리는 완벽한 침묵 속에 몇 킬로미터를 달린다.

"정말 그 차를 그렇게 간단하게 고칠 수 있다고?" 그가 묻는다.

"네."

다시 정적이 이어진다.

앨런이 기침을 한다. 앉은 자리에서 다시 어색하게 부스럭거린다. "어디 가면 문을 연 자동차 용품점이 있는지 아니?"

"아뇨. 저 지금 낭떠러지 찾는 중이에요. 그러니까 안전벨트 단단히 매세요."

앨런의 눈이 분노로 번뜩인다. "말조심해라."

"고맙다, 디클랜." 나는 나지막이 속삭인다. "이렇게 시간을 내 가며 신경 써 줘서 —"

"나한테 할 말 있니? 그럼 어디 한번 제대로 해 봐라."

"좋아요." 나는 오른쪽으로 핸들을 홱 틀고 갓길에서 브레이크를 콱 밟다시피 한다. 발 아래에서 끼이익 하고 급제동이 걸리고 나는 안전벨트를 푼다.

앨런은 꼼짝하지 않지만, 내가 시신을 유기할 장소를 찾아 그를 태우고 여기까지 데려오기라도 한 듯 불안해하는 기미가 느껴진다. 그건 어이없는 반응이고 어제의 디클랜이었다면 차를 버리고 집까지 걸어갔을지 모른다.

네 길은 네가 만드는 거야.

그 길을 만들려면 불도저가 필요할 것이다. 내 입에서 어떤 말이 튀어나올지 모르겠지만 나는 말을 하려고 숨을 들이마신다.

"잠깐." 앨런이 속삭임에 가까울 정도로 조용히 얘기한다. 한쪽 손을 들어서 우리 둘 사이에 놓았지만 앞 유리창을 내다보고 있다. "잠깐."

마치 장갑을 던지듯 던져진 말이다. 나는 기다린다.

"네 말이 맞아." 앨런이 말한다. "고맙다."

내가 제대로 들은 게 맞나 싶어서 심지어 심장이 일순 정지한다.

앨런은 거기서 멈추지 않는다. "오늘 아침에 그런 말을 했던 것에 대해서도 사과해야겠다." 그의 목소리가 거칠지만 침착하다. "내가 도가 지나쳤어."

내가 차를 길가에 세워 놨기 망정이지 그렇지 않았다면 지금쯤 도랑으로 차가 미끄러졌을 것이다. 나는 계속 운전대를 쳐다본다. 내가 이런 식으로 사과를 받고 싶었는지 그건 잘 모르겠지만─ 그 말을 들었을 때 내 안에서 뭔가가 떨어져 나간다.

"난 우리 아빠하고 달라요." 나는 말하고 마침내 앨런을 돌아본다. "그리고 아저씨도 나를 우리 아빠처럼 취급하지 말았으면 좋겠어요."

"나도 안다." 앨런이 천천히 고개를 끄덕인다. "나도 네가 네 아빠하고 다르다는 걸 알아." 그는 잠깐 생각에 잠긴 듯 아무 말도 하지 않는다. "하지만…… 너 역시 틈이 날 때마다 내가 네 아빠가 아니라는 걸 일깨우고 지나가지."

나는 그 자리에서 굳어 버린다. "그게 무슨 말씀이세요?"

앨런이 나를 돌아본다. "내가 머슬 카에 대해서는 아는 게 없고 자동차 정비소를 운영하거나 독한 술을 마시거나 시가를 피우거나 기타 등등 너희 아빠가 했던 지나치게 남성적인 취미는 없을지 모르지만 말이다, 디클랜. 그래도 내가 나쁜 남자는 아니야. 내가 카뷰레터보다 보험 규정에 대해 더 잘 안다고 해서 내가 찌질이는 아니란 말이다. 난 네 엄마를 사랑하고, 그만큼 잘해 주고 있다. 돈을 웬만큼 벌고, 너와 네 엄마를 먹여 살리려고 최선을 다하고 있고. 하지만 너는 나를 대할 때 한 번도, 단 한 번도 경멸하지 않은 적이 없었어."

나는 그동안 모아 놓았던 돈을 변호사 비용으로 한방에 탕진한 것에 대해 생각한다. 그가 두 사람의 결혼식 날 밤에 나를 유치장에 방치한 것에 대해 생각한다. 나는 턱에 힘을 주고 앞 유리창 밖을 노려본다. "그건 서로 마찬가지라고 보는데요."

"나도 안다."

우리는 둘 다 입을 다문다. 빗방울이 소곤소곤 차 지붕을 때리는 소리만 우리 둘 사이 공간을 백색 소음으로 채운다. 늦은 시간이고 이제 그만 이동해야 하지만 앨런과 내가 직접적으로 대화를 나눈 건 이번이 처음이다. 속이 부글거리지만 또 한편으로는 중독성이 있다. 멈추고 싶지 않다. 이게 어떤 방향으로 흘러갈지 지켜보고 싶다.

아니, 내가 어떤 방향으로 유도할 수 있을지 지켜보고 싶다.

나는 그를 빤히 쳐다본다. "이유가 뭐였어요?"

"솔직한 대답을 듣고 싶니?"

모르겠다. "네."

앨런이 턱을 문지른다. "나는 네 엄마를 사랑하지만 어떻게 보면 네 엄마는 너무 소극적이야. 착한데 너무 관대하고. 남에게 이용당하기 쉽지. 처음 데이트를 시작하고 너희 아빠에 대해 알게 됐을 때, 그러고 나서 네 엄마가 너에게 얼마나 많은 자유를 부여하는지 파악하고 거기다 네 태도까지 목격하고 났을 때…… 내 머릿속에 그림이 그려졌지. 나는 너를 완전히 파악했다고 생각했어. 너에게는 선을 그어 주는 사람이 필요하다고 생각했어." 그는 머뭇거리다 후회하는 투로 하던 얘기를 계속한다. "내가 등장하기 훨씬 전에 네 엄마와 아빠가 네 스스로 한계를 파악하도록 방치했다는 사실을 모르고서 말이다."

그의 목소리는 차분하고 논리적이다. 나는 그가 한 말을 믿고 싶지 않지만 정말 그랬던 것처럼 느껴진다. "그게 무슨 말인지 모르겠는데요."

그의 목소리는 나지막하고 침착하다. "네가 그 차에 아빠와 함께 타길 거부했던 거 말이다."

마음의 준비를 할 겨를도 없이 숨이 턱 막히지만 — 앨런 앞에서 눈물을 보이지는 않을 것이다. 나는 점점 뜨거워지는 가슴을 달래며 말문을 열지만 속삭임에 가깝다. "제가 이기적이었어요."

"녀석아, 이기적인 것과 자기 보호 사이에는 큰 차이가 있지." 앨런이 말을 하다 말고 고개를 돌린다. "나는 너희 아빠가 술을 마셨을 때 네가 어떤 역할을 했는지 오늘 아침에야 알았다. 그 전에는 전혀 몰랐어."

나는 헛기침을 하지만 그래도 여전히 목소리가 거칠다. "케리에 대해서는 아셨잖아요."

"네 여동생이 죽었고 너희 아빠 때문이라는 걸 알았지. 두 사람이 너에게 네 아빠의 뒷감당을 맡긴 줄은 전혀 몰랐다. 그런 식으로 맡긴 줄은." 그는 말을 잠깐 멈추었다가 날이 선 목소리로 덧붙인다. "오늘 아침에 너희 엄마에게 그 얘기를 듣고 어찌나 화가 나던지."

나는 그를 유심히 쳐다본다. 그 말이 거짓말이면 좋겠다. 숨을 쉴 때마다 목이 따끔거린다.

앨런이 고개를 젓는데, 이제 보니 그 역시 삶의 손에 멱살이 잡혀 벽에 몇 번 내동댕이쳐진 사람처럼 느껴진다. "나는 네 엄마한테 계속 화를 낼 수도 없어. 애비가 너랑 배 속의 아이 때문에 전전긍긍하거든." 그가 말한다. 숨소리가 살짝 떨린다. "전전긍긍하지. 그래서 쓰러진 게 아닌가 싶다. 스트레스가 그렇게 많은데다 뭘 먹기만 하면 속이 뒤집히니."

나는 분노와 수치심 때문에 몸을 웅크리고 싶어진다. 다시 내가 괴물이 된 것 같다. "제가 엄마를 해칠 일은 절대 없을 거예요." 내 목소리가 떨린다. "아이를 해칠 일도 절대 없고요."

"네 엄마를 해친다고?" 그는 어이없어하는 표정이다. "우리는 네가 네 엄마를 해칠지 모른다고 걱정한 적 없다. 아이도 마찬가지고."

"하지만 아까―"

"우리가 걱정했던 건 너야, 디클랜." 그는 이제 고개를 돌려 나를 똑바로 쳐다본다. "네가 너를 해칠까 봐 걱정했지."

나는 팔로 배를 꾹 누르고 눈을 질끈 감는다.

"모르겠니?" 앨런이 묻는다. "네가 외출할 때마다 네 엄마는 네가 또 그럴까 봐 벌벌 떨어."

나는 몰랐다. 전혀 몰랐다. 홈 커밍 댄스파티가 열렸던 날 밤에 본 엄마의 얼굴을 떠올린다. 나를 올려다보던 엄마의 눈빛, 내 얼굴에 들러붙은 머리칼을 쓸어넘기던 엄마의 부드러운 손길.

"엄마는 저한테 아무 얘기도 하지 않아요." 나는 말한다. 내 목소리가 갈라진다. "오늘 아침에도 저랑 아무 얘기도 하지 않으려고 했어요."

"죄책감이 너무 심해서 그래." 앨런이 조용히 얘기한다. "자기가 말실수를 해서 너를 한층 더 밀어내게 될까 봐 전전긍긍하지. 너를 잃을까 봐 벌벌 떨기도 하고."

"아저씨가 그걸 어떻게 알아요." 나는 훌쩍이며 소매로 눈을 훔친다.

"녀석아. 엄마가 입만 열면 하는 얘기가 그거야." 앨런은 내 어깨에 손을 얹는다. 나는 긴장하며 운전대에 시선을 고정하지만 그는 손을 내리지 않는다.

"그럼 엄마가 저한테 아무 얘기도 하지 않는 이유는 뭔데요?" 나는 따져 묻는다.

그는 머뭇거린다. "글쎄다. 엄마도 완벽하지 않으니까. 우리 둘 다 그렇지. 내가 보기에는 네 엄마가 어떻게 하면 그걸 바로잡을 수 있는지 모르는 것 같아. 분명 그럴 거다. 하지만 십오 분 전만 해도 나는 너랑 이렇게 점잖게 대화를 나누게 될 줄 몰랐으니 상황이 달라지겠지."

나는 고개를 끄덕인다. 어쩌면 그럴지 모른다.

"내가 뭐 하나 물어보고 싶은데." 앨런이 조용히 얘기한다. "솔직하게 대답해 줄래?"

나는 고개를 끄덕인다. 내 머릿속에서는 아직까지 좀 전에 그가 한 말이 메아리치고 있다. 우리가 걱정했던 건 너야, 디클랜. 그 말이 점점 부풀어 올라 내 머릿속의 새새틈틈을 채우고 있다.

"또다시 그러고 싶은 생각이 들 때가 있니?"

차창 밖이 어두컴컴해서 정말 다행이다. 이제는 앨런을 쳐다보지 못하겠다. 솔직하게 대답하겠다고 약속한 게 후회된다.

"가끔요." 나는 말한다. "그날 밤처럼은…… 아니지만. 그래도…… 가끔은요."

앨런은 고개를 끄덕인다. "그 문제에 대해서 얘기를 나누고 싶다는 생각이 들 때가 있니?"

"상담 치료 같은 거요?"

"그렇지. 내가 네 엄마한테 다 같이 상담을 받아 보자고 했어. 아니면 네 엄마만 가도 좋고, 너희 모자만 가도 좋고, 너만 가도 좋고, 아니면—"

"좋아요." 이 단어의 어감이 마음에 든다. 기운이 하나도 없다. 비틀어 짠 걸레가 된 느낌이다. 내가 오늘의 대화를 기점으로 앨런과 나의 관계가 기적적으로 달라질 거라고 생각할 만큼 낙관적이지는 않지만, 내 가슴 어딘가에서 희망의 불꽃이 피어났다고 인정할 만큼 대책 없기는 하다. 엄마가 보고 싶다. 내가 무언가의 일부가 된 것 같았던 그 느낌이 그립다.

나는 고개를 다시 끄덕인다. "갈게요."

"다행이다." 앨런은 내 어깨를 한 번 꼭 쥐었다가 놓는다. "네 엄마가 정말 좋아할 거야."

나는 그를 흘끗 쳐다본다. "엄마가 기뻐하는 일이라면 뭐든 할 수 있어요."

"알아." 그는 말한다. "나도 그렇거든."

41장

보낸 사람: 디클랜 머피 <Declan.Murphy@AACountyStudentMail.org>

받는 사람: 줄리엣 영 <Juliet.Young@AACountryStudentMail.org>

날짜: 10월 9일 수요일 10:21:07 PM

제목: 새 길을 만드는 것

원래는 오늘 밤에 레브네 집에서 잘 작정이었어. 오늘 아침에 앨런이랑 엄마하고 대판 싸웠고, 이것으로 끝이구나 생각했거든. 우리가 내뱉은 말을 주워 담을 방법이 없어서. 길을 만들고 어쩌고 할 생각은 하지 않아도 돼. 오늘 아침에 우리가 나눈 대화는 핵폭탄, 그 자체와도 같았으니까.

그런데 오늘 저녁에 앨런의 차가 고장 났어. 내가 차 고치는 걸 도우면서 둘이서 대화를 나누게 됐지. 우리 둘이 대화를 나눈 건 처음이었어. 난생처음. 그가 가족 상담을 받았으면 좋겠다고 하더라. 나는 좋다고 했어.

내 본명으로 이메일을 쓰려니 훨씬 힘들다. 너는 절대 모르겠지만. 더 다크의 계정을 복원했지만 지금은 예전과 달라. 그러면 숨는 것처럼 느껴져. 사실 숨어 있는 거였지.

그래서 이렇게 공개해.

그날 밤 제너럴스 고속도로변에서 실토했어야 하는 건데. 이후로도 기회가 천 번은 있었는데.

내가 널 속일 작정이었다고 생각하지는 말아 줘.

사실은 그 반대였어. 날 속이려고 했었지.

우리가 나누었던 시간을 떠나보낼 마음의 준비가 되어 있지 않았거든.

아빠가 HBO 특집을 틀어 놓고 소파에서 꾸벅꾸벅 졸고 있다가 내가 계단을 내려가 거실로 들어가자 화들짝 일어난다. 아빠는 더듬더듬 리모컨을 찾아서 텔레비전을 끈다.

"자러 들어간 줄 알았더니." 아빠가 말한다.

"아직 안 자요." 나는 침대에 누워서 휴대 전화로 이메일을 읽으며 디클랜의 이름을 손끝으로 더듬고 있었다.

그의 말이 맞는다. 우리는 숨고 있었다.

아빠가 하품하고 눈을 비비다가 나를 유심히 쳐다본다. "괜찮니? 잠 잘 오게 따뜻한 우유 좀 줄까?"

나는 미소를 짓지만 입가가 떨리는 것처럼 느껴진다. "아빠, 제가 여섯 살인 줄 아세요?"

아빠는 마주 미소를 짓지만 긴장한 눈빛엔 그늘이 져 있다. 나 때문에 걱정하고 있는 것이다.

제라디 선생님은 아빠에게 사진에 대해 이야기하지 않았다. 아빠에게 연락해 내가 엄마의 사진을 현상하다가 심란한 광경을 보고 찢어 버렸다고 했다.

그러면 선생님이 비겁한 인간이 되는 걸까 궁금해진다.

아무 말도 하지 않는 나도 비겁한 인간이 되는 걸까 궁금해진다.

"나랑 잠깐 같이 앉아 있을래?" 아빠가 묻는다.

몇 년 동안 그래 본 적이 없어서 내가 됐다고 말하려는 찰나, 아빠가 한 팔을 벌리고 옆에 놓인 쿠션을 손으로 토닥인다. "이리 와." 아빠가 살짝 놀리는 투로 말한다. "아빠랑 같이 앉아 있어 주라. 그래야 나한테 어떤 식으로 괴롭힘을 당했는지 나중에 너희 애들한테 들려줄 수도 있잖니."

내가 소파에 털썩 주저앉자 아빠는 내 어깨를 한 팔로 감싸 안고 꾹 누른다. 아빠의 따뜻한 체온이 느껴지고 묵직한 아빠의 팔 아래 있으니 보호받고 사랑받는 기분이 든다.

나는 오래전부터 엄마와 엄마 특유의 생동감을 맹목적으로 숭배하며 그동안 줄곧 내 옆을 지켜 주었던 아빠는 재미없는 베이지색으로 간주했다.

그런데 그동안 엄마는 다른 사람과 함께 있었다.

"쉬이잇." 아빠의 말을 듣고 나는 그제야 내가 울고 있다는 걸 알아차린다.

나는 눈에 손가락을 대고 누르고 아빠는 내 팔을 쓰다듬으며 나를 바짝 끌어안는다.

"무슨 일인지 들려줄래?" 아빠가 묻는다.

"안 돼요." 나는 목소리가 갈라지는 바람에 잠깐 말을 멈추어야 한다. "아빠한테 상처 드리기 싫어요."

"나한테 상처 주기 싫다고?" 아빠는 내 이마에 입을 맞춘다. "그럴

일 없어. 무슨 일인지 몰라도 그것 때문에 네가 상처받는 걸 보고 싶지 않을 뿐이야."

나는 다정한 아빠의 눈을 쳐다본다. 내 눈에 다시금 눈물이 차오른다. "엄마가 일찍 귀국했어요." 굵고 뜨거운 눈물방울이 떨어지고 내 숨소리가 거칠어진다.

아빠의 몸이 그 자리에서 굳는다. "뭐라고? 그걸 어떻게 알았니?"

"엄마의 가방 안에 탑승권이 들어 있었어요." 나는 아빠를 쳐다볼 수가 없다. 쏟아지는 눈물 때문에 숨을 쉬는 것조차 버겁다. 이걸 알면 아빠가 무너질 테지만 이 무게를 나 혼자서 감당하지 못하겠다. "엄마가 일찍 귀국한 이유는 이언이랑 같이 있기 위해서였어요."

"줄리엣…… 그걸 어떻게ㅡ"

"제가 봤어요, 됐어요?" 이 말이 그야말로 내 입에서 쏟아져나온다. "제가 봤다고요. 엄마 카메라에 두 사람 사진이 있었어요. 침대에서 찍은 사진이. 죄송해요, 아빠. 정말 죄송해요. 저를 미워하지 말아주세요."

"줄리엣ㅡ 아, 애야." 아빠는 긴 한숨을 토하며 나를 자기 어깨 쪽으로 끌어당긴다. 내 머리칼을 다시 쓰다듬어 준다. "줄리엣, 내가 어떻게 널 미워할 수 있겠니."

"엄마한테 너무 화가 나요." 나는 말한다. "어떻게 그럴 수가 있어요? 아빠한테 어떻게 그럴 수가 있어요?"

"쉬이잇." 아빠는 속삭인다. "괜찮아."

"괜찮지 않아요!" 나는 뒤로 몸을 빼고 아빠를 쳐다본다. "저는 엄마가 미워요. 엄마가 돌아오길 바랐는데. 정말 간절히 바랐는데."

아빠는 얼굴을 찡그린다. 아빠의 눈에도 눈물이 고인다. "엄마를 미워하지 마라, 줄리엣. 엄마를 미워하지 마."

"엄마가 우리를 사랑하기는 했을까요?"

"너를?" 아빠의 목소리가 갈라진다. "당연하지. 엄마는 너를 세상 그 무엇보다 사랑했어."

나는 콧방귀를 뀐다. "이언과 보내는 삼 일보다 더 사랑하지는 않았죠."

아빠는 웃음을 터뜨리지만 웃음소리에 서글픔이 가득 담겨 있다. "맞아, 그보다 더 사랑했어." 잠깐 정적이 흐른다. "내 곁을 떠나지 않은 이유도 너를 너무 사랑했기 때문이었지."

"네?"

아빠는 고개를 살짝 젓는다. "네 엄마는 워낙 ─ 조금 자유로운 영혼이었잖니."

내 목소리는 속삭이는 수준에 머문다. "알고 계셨군요."

"자세한 것까지는 아니고. 자세한 것까지 알고 싶지는 않았다." 아빠는 코웃음을 친다. 아빠가 처음으로 분노를 드러낸 순간이다. "그 인간이 빌어먹을 카메라를 들고 가고 싶어서 왜 그렇게 안달을 냈는지 이제 알겠네. 내가 화가 나는 부분이 있다면 네가 이런 식으로 그걸 알게 된 거야."

"하지만…… 하지만……." 나는 침을 삼킨다. 머릿속이 빙글빙글 돈다. "하지만 아빠는 엄청 슬퍼하셨잖아요."

아빠의 표정이 달라진다. "슬펐지. 지금도 슬프고. 무슨 짓을 저질렀건 간에 내 아내였으니까. 네 엄마였고. 네 엄마가 한참 동안 집을 비우는 데에는 익숙해졌지만 이건 다른 종류의 영원함이니까. 무슨 말인지 이해가 될지 모르겠다만."

이해가 된다. "언제부터 그랬어요?"

아빠는 어깨를 으쓱한다. 체념으로 충만한 몸짓이다. "모르겠다. 아마 처음부터 그러지 않았을까 싶어. 하지만 내가 확실하게 알아차린 건 몇 년 전이었지."

나로서는 도무지 납득이 되지 않는다. "그런데…… 왜 엄마랑 헤어지지 않으셨어요?"

아빠는 내 턱을 어루만지며 서글픈 미소를 짓는다. "왜냐하면 너를 사랑했고 너는 네 엄마를 사랑했으니까. 너한테서 그걸 빼앗을 수는 없었거든."

나는 머릿속을 헤집으며 지난 몇 년 동안 두 분이 같이 있었던 순간을 재편성해 본다. 엄마와 함께 보낸 특별한 시간의 추억은 넘쳐 나지만, 문득 생각해 보니 엄마가 아빠와 함께 보낸 시간은 당연하게도 없다. 나는 항상 그게 아빠 탓인 줄 알았다. 엄마의 재기 발랄함에 호응하지 못했기 때문이라고 말이다.

엄마 때문이었을 줄은 꿈에도 몰랐다.

나는 한 손으로 얼굴을 훔친다. "미리 알았더라면 좋았을 텐데."

아빠는 고개를 갸우뚱한다. "정말?"

"네. 저는 엄마가 하는 일은 모두 옳다고 생각했어요. 엄마보다 용감한 여자는 없다고 생각했고요."

"그건 전혀 잘못된 게 아니야, 줄리엣. 네 엄마는 용감한 여자였어. 놀라운 일들을 했고."

"엄마는 이기적이었어요." 나는 쏘아붙인다. "마음 내킬 때 집으로 돌아와서 소꿉장난하고 다른 모든 건 아빠한테 떠넘겼잖아요."

아빠는 움찔한다. "조금 그랬을 수도 있지. 하지만 우리는 저마다 사람들을 실망시키는 지점이 다르잖니. 그렇다고 해서 엄마가 한 일의 가치가 떨어지는 건 아니야. 엄마가 너를 사랑했던 마음도 마찬가지고."

"엄마는 다른 사람을 위해 삼 일 일찍 귀국했어요." 나는 코를 훌쩍이며 뺨 위로 흘러내린 눈물을 다시 닦는다. 이제는 엄마를 위해 눈물을 흘릴 필요가 없다. 더 이상은. "극복하려면 시간이 좀 걸릴 것 같아요."

"그렇겠지." 아빠는 부드럽게 말한다. "그렇겠지." 아빠는 말을 하다 말고 잠깐 멈춘다. "하지만 그 삼 일 동안 내가 여기 있었잖니. 그리고 나는 네가 필요로 하는 한 며칠이고 이 자리를 지킬 거야."

나는 아빠의 품속으로 몸을 던진다.

아빠가 나를 안아 준다. 세상에서 이보다 더 기분 좋은 일은 없다.

42장

보낸 사람: 줄리엣 영 <Juliet.Young@AACountyStudentMail.org>

받는 사람: 디클랜 머피 <Declan.Murphy@AACountyStudentMail.org>

날짜: 10월 10일 목요일 5:51:47 AM

제목: 정리

지금까지 네 정체를 밝히지 않아 줘서 고마웠어. 나도 정리하고 싶지 않았거든. 솔직히 이렇게 끝나 버려서 조금 아쉬워. 편지 수신인이 너였다는 걸 염두에 두고 우리가 실생활에서 나누었던 대화를 계속 재생해 보고 있어. 내 마음속 한구석에서는 그게 정말 너였다는 걸 아직도 믿지 못하겠어.

너에게는 밖으로 드러내지 않은 것들이 엄청 많은 거 알아? 나는 그걸 드러내야 한다고 생각해. 세상 사람들에게 새로운 스냅 숏을 보여 줘. 내게 보여 주었던 걸 그들에게도 보여 줘.

그런 의미에서⋯⋯ 이제 우리 어쩌면 좋을까?

일어나 보니 내 서랍장 위에 봉투가 하나 놓여 있다. 앞면에 내 이름이 적혀 있는데, 앨런의 글씨체다.

안에 300달러가 들어 있다.

내 눈이 하마터면 튀어나올 뻔한다.

이걸 어떻게 받아들여야 할지 모르겠다. 나는 티셔츠를 입고 봉투를 들고 부엌으로 내려간다. 엄마와 앨런이 식탁에서 커피를 마시며 나지막이 대화를 나누고 있다.

나는 당혹스러워하며 문 앞에서 얼쩡거린다.

"디클랜." 엄마가 나를 부른다.

"엄마." 나는 봉투를 만지작거린다. 돈 때문에 마음이 불편해진다. 두 분이 나를 어찌어찌 돈으로 매수하려는 듯한 이 기분이 싫다. 이 봉투 때문에 어제저녁 앨런과 나 사이에 있던 모든 일이 빛을 잃는 것처럼 느껴진다.

나는 식탁으로 다가가 봉투를 던진다. "이 돈 못 받아요."

"우리는 네가 받아 줬으면 좋겠는데." 엄마가 부드럽게 얘기한다.

나는 미간을 찌푸린다. "아저씨 돈은 필요 없어요."

"네 돈이야." 앨런이 말한다. "네가 번 돈."

"저는 아무것도 한 게 없는데요."

"내 차를 고쳐 줬잖니. 시세가 300달러라고 하지 않았어?"

"상담이든 뭐든 두 분이 원하는 대로 하겠다고 했잖아요." 나는 턱에 힘을 주며 뒤로 한 걸음 물러선다. "저를 돈으로 매수할 필요 없어요."

"누가 널 매수한다고 그래." 앨런도 나 못지않게 격한 목소리로 얘기한다. "정비소에 맡기면 그 정도 비용이 든다며. 그래서 그 돈을 너한테 주려는 거다." 그가 잠시 머뭇거린다. "그리고 지난 5월에 변호사 선임한다고 네 돈을 **전부** 가져다 쓴 게 조금 심했나 싶기도 해서. 몇 년 동안 모은 걸 텐데."

그렇다. 몇 년 동안 모은 거였다. 3000달러를 모으려면 잡다한 일과 오일 교환을 몇 번을 해야 하는지 모른다. 이걸로는 턱도 없이 부족하다.

그래도 상관없다. 어쩌면 그래서 더 좋다.

"게다가." 앨런이 말한다. "존 킹이라는 사람이 전화했더라. 네가 자기 친구들 차를 몇 대 봐줬으면 한다고. 그래서 아직 저렴할 때 네 서비스를 받아야겠다고 생각했지."

프랭크의 동네 사람이다. 나는 머리가 아찔해진다. "존 킹이 전화했어요?"

"전화기 옆에 번호 적어 놨어. 너한테 진단비도 내겠다던데?"

내가 무슨 의사라도 된 것 같다. 나는 침을 삼킨다. "알겠어요."

엄마가 의자에서 일어나 내 쪽으로 다가오더니 두 손으로 내 얼굴을 감싼다.

너무 뜻밖의 일이라 나는 그대로 얼어붙는다.

"미안해." 엄마가 소곤소곤 얘기한다. "네 옆을 지켜 주지 못해서 미안해. 앞으로 잘해 보려고 노력할게."

"그러실 필요 없어요." 나도 소곤소곤 얘기한다.

"그래야 해." 얼굴이 살짝 일그러지지만 엄마는 얼른 추스르고 긴 한숨을 내쉰다. "이 망할 호르몬 때문에 정말." 엄마는 한쪽 눈을 훔친다. "나한테 또 한 번의 기회가 주어졌잖아. 제대로 해야지."

어제 아침에 내가 했던 말이 내 머릿속에서 메아리치자 죄책감이 나를 덮친다. 케리 대신이에요?

너무 부끄러워서 말도 제대로 할 수가 없다. "그런 얘기했던 거 죄송해요." 나는 말한다. "정말 죄송해요."

"그만." 엄마가 말한다. "괜찮아. 우리 모두에게 또 한 번의 기회가 주어진 거야."

엄마는 그 말과 함께 내 목을 팔로 감싸고 꼭 끌어안는다. 나도 같이 끌어안는다. 엄마가 나를 안아 주는 게 얼마 만인지 기억도 나지 않을 정도라 아주 한참 동안 손을 놓지 않는다.

잠시 후에 엄마가 뒤로 펄쩍 뛴다. "너도 느꼈니?"

"뭘요?"

"이 녀석이 발로 찼어! 처음으로!"

나는 병원에서 만난 임신부를 떠올리며 미소 짓는다. "애들이 저를 만나면 그러더라고요." 그러다 엄마가 뭐라고 했는지 깨닫는다. "이 녀석이요?"

"응. 아들이야."

"네 남동생이지." 앨런이 말한다.

남동생이라니. 나는 하도 오래전부터 그들이 우리 가족을 재건하려고 노력 중이라고 생각했었기 때문에 남동생이라는 단어는 떠올린 적이 없었다. 그래서 이 정보가 머릿속에서 접수가 안 될 지경이다. 나는 뒷걸음친다. "이제 학교 갈 준비를 해야겠어요."

엄마는 고개를 끄덕인다. "그래."

나는 문 앞에서 걸음을 멈추고 20달러짜리 지폐를 봉투에서 꺼내 다시 들어가서 앨런의 앞에 슬그머니 내려놓는다.

"이게 뭐냐?" 그가 묻는다.

"부품값이요." 나는 말한다. "그건 아저씨 돈으로 사셨잖아요."

*

"이렇게 일찍 등교해야 하는 이유가 뭐라 그랬지?" 레브가 묻는다.

우리는 어두컴컴한 학교 앞 계단에 앉아서 경비가 정문을 열어 주기만을 기다리고 있다. 살을 에일 듯이 추워서 이러다 레브와 후드 스웨터 쟁탈전을 벌이게 생겼다. 그는 심지어 주머니에 손까지 넣고 있다. 안개가 주차장 위로 넓게 자리를 잡았다.

"영어 선생님이랑 면담이 있어서." 나는 그를 곁눈질한다. "너는 이렇게 일찍 올 필요 없었는데."

"네 차를 얻어 타야 하니까 그렇지."

"그럼 조용히 있어."

신발이 인도를 밟는 소리가 들리고 안개 사이로 힐러드 선생님이 등장한다. "일찍 왔네?" 선생님이 놀란 목소리로 묻는다.

"저로선 고마울 따름이죠." 레브가 말한다.

나는 그의 어깨를 한 대 때리고 벌떡 일어난다. "무슨 얘기를 하고 싶으신 건지 말씀을 하지 않으셨잖아요. 중요한 일일지 모르겠다는 생각이 들었어요."

선생님은 숄더백을 다른 어깨로 옮겨 멘다. "이제 안으로 들어갈까?"

"네."

레브가 앞으로 나서자 선생님은 잠깐 경계하는 표정을 짓는다. 어두컴컴한데 후드까지 쓰고 있으니 그가 범죄자처럼 보였던 것이다. 하지만 그가 상대방을 무장 해제하는 목소리로 "제가 가방 들어드릴까요?"라고 하자 선생님은 미소를 짓는다.

선생님이 숄더백을 내민다. "어쩜 이렇게 매너가 좋니?"

이 시각의 학교에서는 거의 아무 소리도 들리지 않고 보안등이 간간히 불을 밝힌 복도에는 어둠이 드리워져 있다. 힐러드 선생님의 교실은 시커먼 웅덩이 같다. 선생님이 스위치를 켜자 레브와 나는 앞줄 의자에 자리를 잡고 앉는다.

선생님은 레브를 흘끗 보았다가 다시 내 쪽으로 시선을 돌린다. "네 친구가 옆에 있어도 괜찮겠니?"

레브는 미소 지으며 의자에 기대고 앉는다. "'많은 친구를 얻는 자는 해를 당하게 되거니와 어떤 친구는 형제보다 친밀하니라.'"

대부분의 사람들은 그의 정체를 모르겠다는 눈빛, 굳이 정체를 파악하려고 애를 쓸 필요가 있는지 잘 모르겠다는 눈빛으로 레브를 쳐다보곤 한다. 힐러드 선생님은 눈썹을 추켜세우고는 그만이다. "잠언을 낭송할 거면 커피를 좀 더 마셔야겠는데."

나는 그의 의자를 발로 찬다. "얘는 그냥 무시하세요. 하지만 옆에 있어도 돼요."

선생님은 숄더백을 열어 종이를 꺼낸다. 나는 내 손 글씨를 알아본다. 선생님이 여백마다 빨간색으로 코멘트를 달아 놓았다.

선생님이 종이를 내 앞으로 민다. "이거 출처가 어떻게 되니?"

나는 그 말에 발끈한다. "선생님이 보시는 앞에서 썼잖아요. 어디서 베낀 거 아니에요."

"어디서 베꼈다고 나무라는 거 아니야. 시 한 편을 놓고 500단어짜리 글을 쓸 수 있는 아이가 내가 묻는 말에는 거의 단답형으로 대답하는 이유에 대해서 묻는 거지."

나는 얼굴을 붉히며 바닥을 쳐다본다. "그 시를 읽으니까 이런저런 생각을 하게 됐어요."

"너는 글을 잘 써. 논지도 뚜렷하고 네 생각을 아주 제대로 표현할 줄 알아."

최근 들어 선생님에게 칭찬을 들은 게 언제였는지 기억나지 않는다. 아니, 칭찬은 둘째 치고 최근 들어 어떤 선생님이라도 나와 눈을 맞춘 게 언제였는지 모르겠다. 내 가슴속이 환한 불빛으로 따뜻해지고 나는 연필을 만지작거린다. "고맙습니다."

"앞으로 계속 그런 글을 쓸 생각이니?"

어째 덫처럼 느껴진다. "어쩌면요."

"왜냐하면 대학 학점을 선이수하는 고급 영어 수업 들을 생각 없느냐고 묻고 싶거든."

레브가 확 하니 고개를 돌린다. 나는 숨을 쉬다가 사레가 든다.

"고급 영어요?" 나는 마침내 생각이라는 것을 할 수 있게 됐을 때 이렇게 묻는다. "저는 대학 학점 선이수하는 수업 듣는 게 아무것도 없는데요."

"대학 진학 안 할 거니? 그 수업 들으면 성적 증명서가 근사해 보일지 모르는데."

나는 눈을 돌린다. 대부분의 선생님들은 내가 메릴랜드 주립 교도소가 제공하는 고등 교육을 받게 될 거라고 생각한다. 나는 학기가 시작되고 한 달 뒤에 대학 학점 선이수 수업으로 옮기는 건 물론이고 그런 수업을 들을 생각 자체를 해 본 적이 없다.

"제가 과연 진도를 따라잡을 수 있을까요?" 나는 묻는다.

"한번 해 볼래?"

네 길은 네가 만드는 거야.

맞는 말이다. 하지만 이건 산을 일직선으로 오르는 길이다. 그것도 벽돌이 가득 담긴 외바퀴 손수레를 밀면서 가는 길이다. "잘 모르겠어요."

"네 실력이 부족할 거라고 생각하니? 내가 장담할게. 너, 충분해."

나는 눈을 돌린다. "그럴 리가요…… 다들 똑똑한 애들이잖아요. 저를 머리에 든 게 없는 깡패 취급할 거예요."

"걔네들 생각이 틀렸다는 걸 보여 줘."

나는 머뭇거린다.

"어떤 작품을 배우게 될지 겁이 나니?"

"아뇨."

선생님은 몸을 돌려 책꽂이에서 책을 한 권 꺼내 내게 내민다. "진짜?"

나는 제목을 본다. 어니스트 헤밍웨이의 『무기여 잘 있거라』다.

"이거 읽어 봤니?" 선생님이 묻는다. "요즘 이거 읽고 있는데."

나는 헤밍웨이가 내 앞에 서서 자기 작품을 낭독했대도 그게 헤밍웨이의 작품인 줄 몰랐을 것이다. "아뇨."

"한번 도전해 볼래?"

"생각해 볼게요."

나는 선생님 얼굴이 실망한 표정으로 바뀌겠거니 생각하지만 아니다. 선생님은 그저 고개를 끄덕인다. "그 책 들고 가서 읽어 봐. 이번 주말까지 알려 줄래?"

"그럴게요." 나는 약간 숨이 가쁘다.

레브와 나는 사물함이 있는 곳으로 걸어간다. 일찍 출발하는 스쿨버스가 도착하기 시작했는지 복도가 아이들로 서서히 채워지고 있다.

"그 수업 들을 거야?" 레브가 묻는다.

"모르겠어. 너는 어떻게 생각해?"

"들어야 한다고 생각해." 레브는 말을 하다 말고 잠깐 멈춘다. "너정말 걔네들이 널 아웃사이더 취급할까 봐 불안해?"

평소 같으면 아니라고 하겠지만 상대가 레브고 나는 그에게 비밀이 없다. "응. 너라면 안 그랬겠냐?"

레브는 살짝 어깨를 으쓱한다. "아마도."

나는 그의 후드 스웨터 소매를 살짝 잡아당긴다. "아마도라고?"

레브가 복도 한가운데에서 걸음을 멈춘다. 나는 요전날밤에 그런 대화를 나눈 마당에 그를 너무 몰아붙인 건가 싶어 불안해진다. 하지만 그는 스웨트 셔츠 후드를 벗는다. 지퍼를 내린다.

그러고는 그대로 얼어붙는다.

나는 그를 보며 눈썹을 쫑긋 세운다. "야, 레브. 최소한 우리 둘만남을 때까지 기다려라."

레브는 내 팔을 치고 다시 걸음을 옮긴다. 스웨트 셔츠를 벗지는 않았지만 후드는 내렸다. 지퍼도 내렸다.

"나 반팔 입고 있다." 레브가 잠시 후에 말한다.

"알았어." 나는 흘끗 돌아본다. "뭘 입증할 필요는 없어, 레브."

"아직 마음의 준비가 되지 않았어." 그가 말한다. "아직은."

나는 어깨를 으쓱하고 별일 아닌 척한다. "항상 내일이 있으니까."

"맞아." 레브가 맞장구친다. "항상 내일이 있지."

43장

받은 편지함 – 줄리엣 영

새로 수신된 메시지 없음.

점심시간이 되도록 답장이 없다.

그게 무슨 뜻인지 도무지 모르겠다.

나는 구내식당에서 줄을 서며 미적거리다 디클랜과 레브가 평소에 앉아 있던 테이블 앞으로 슥 지나간다.

두 사람은 거기 없다.

그럴 리 없겠지만 일부러 나를 피하는 것처럼 느껴진다. 그것도 좋지 않은 이유에서.

로언과 브랜던이 나를 따뜻하게 맞아 주지만 그 둘은 이제 입만 열었다 하면 짓궂은 희롱에 야한 농담이다. 지금은 로언이 포도를 브랜던 입 안으로 던져 주고, 그가 받아먹지 못하면 조금 큰 소리로 깔깔거린다.

나는 한숨을 쉬지 않으려고 무진장 애를 쓴다.

청바지를 입은 누군가가 벤치 위로 다리를 넘겨서 내 옆으로 털썩 앉는 것이 느껴진다.

나는 고개를 돌렸을 때 디클랜이 걸터앉아 있는 것을 보고 놀라워하는 한편 놀라워하지 않는다.

그를 보면 숨이 막힌다. 디클랜은 평소처럼 이목을 집중시키는 치명적인 매력을 발산하지만 나는 그의 비밀을 안다. 어디까지가 가면인지 안다.

"같이 좀 걸을래?" 디클랜이 묻는다.

"아…… 그래."

놀랍게도 그가 내 손을 잡는다.

학교 안이라 갈 수 있는 곳이 몇 군데 안 되지만 나는 그의 마법에 걸렸으니 그가 원하면 불구덩이 속이라도 걸을 수 있다.

하지만 디클랜은 구내식당 뒷문을 지나 안마당으로 앞장선다.

내리쬐는 한낮의 태양에 찬 기운이 모두 가셨다. 아이들이 여기저기 흩어져 있지만 뻥 뚫린 공간이라 오히려 남의 시선으로부터 자유롭다.

"오전 내내 너랑 얘기하고 싶었어." 마침내 디클랜이 입을 연다.

"이메일 답장 안 보냈던데."

그는 고개를 젓는다. "너랑 얘기를 하고 싶었거든." 유감스러워하는 표정이다. "그런데 이렇게 네 옆에 있고 보니 더 다크로 돌아가고 싶은 마음이 굴뚝 같다."

나는 그게 무슨 뜻인지 정확하게 이해할 수 있다. 내 심장이 콩닥거린다. "휴대 전화 꺼낼까?"

디클랜이 미소를 짓는다. "그건 최후의 수단으로 아껴 둘게."

나도 혀가 배배 꼬인 느낌이라 미소만 짓고 우리는 계속 걷는다. 침묵이 우리를 압박한다.

디클랜은 무슨 말인가를 하려고 숨을 들이마셨다가 — 망설인다.

"괜찮아." 나는 나지막이 말한다. "아무 얘기하지 않아도 돼."

그는 들릴락 말락 하게 웃음을 터뜨린다. "내가 왜 이러는지 모르겠네. 네가 모르는 게 없어서 그런가 봐."

"너도 마찬가지잖아."

디클랜이 턱을 문지르고 — 이제 보니 오늘 아침에도 또 면도를 건너뛰었다 — 머리칼을 쓸어넘긴다.

"잠깐." 그가 나를 잡아당겨 멈춰 세우며 말한다. "좋은 생각이 났어."

디클랜이 몸을 돌려 나를 마주 보더니 내가 마음의 준비를 할 겨를도 없이 바짝 다가온다. 아주 바짝 다가온다. 그의 뺨이 내 뺨에 닿고 그의 손이 내 목에 닿는다. 내가 숨을 크게 들이마시면 몸이 서로 붙게 생겼다. 그의 숨결이 내 귓가를 간질이고 까칠까칠한 수염이 내 턱을 스친다.

"이래도 괜찮아?" 디클랜이 부드럽게 묻는다.

"괜찮으냐고? 휴대 전화를 꺼낼까 했던 것보다 한 삼천 배쯤 훌륭한데?"

그가 웃음을 터뜨리자 우리 둘의 가슴이 서로 닿는다. 그의 손이 내 허리에 다다른다. 누가 보면 우리가 비밀을 털어놓고 있는 게 아니라 춤을 추는 줄 알겠다. 나는 문득 그를 끌어안고 싶어진다.

"너한테 할 말이 있어." 디클랜이 말한다.

나는 입술을 적신다. "나한테는 아무것도 숨기지 않아도 돼."

"그동안 못되게 굴었던 거 미안해. 그거 만회하려고 요즘 노력하는 중이야."

나는 그와 이렇게 가까이 있다는 사실에 취해 머리가 어질어질하다.

그의 엄지손가락이 편안하고 리드미컬하게 내 목을 스치고 지나간다. "나는 네가 좋아."

"나도 네가 좋아."

"네가 나한테 부딪힌 그날 아침부터 좋았어."

나는 피식 웃으며 그를 밀치려고 하지만 그는 그 틈을 이용해 나를 더욱 바짝 끌어당긴다.

"설마." 내가 말한다.

"진짜야." 디클랜이 속삭인다. 이제는 그의 입술이 내 뺨을 스치고 지나간다. "이런 생각을 했던 기억이 나. '잘했다, 멍청아. 너를 싫어하는 사람 명단에 여학생 한 명을 또 추가했네.'"

"나는 너 싫어하지 않아. 싫어한 적 없어."

"그 말을 들으니 안심이 되네." 말은 이렇게 하지만 그 안에서 웃음기가 느껴진다. 그가 내 광대뼈에 대고 숨을 마시자 내 몸속에서 폭죽이 터진다. "너, 카드 문구 쓰는 일 해도 되겠다."

"앞으로 내가 쓰는 러브레터는 전부 '관계자분께'로 시작될 거야."

"나중에 나한테 러브레터 써서 보내려고?"

나는 얼굴을 붉힌다. 그도 분명 그걸 보았을 것이다. 그걸 느꼈을 것이다.

하지만 그의 목소리에서 이내 웃음기가 가신다. "처음으로 내 전부를 보아 준 사람이 너였어, 줄리엣. 나쁜 소문이 따라다니는 전과자가 내 전부는 아닐지 모른다는 생각을 맨 처음으로 심어 준 사람이 너였어. '세미터리 걸'과 헤어지기 가장 힘든 이유가 그거였어. 앞으로 나를 그런 눈으로 바라봐 줄 사람이 또 있을지 모르겠거든."

나는 몸을 뒤로 빼서 두 손을 그의 가슴에 얹었다가 턱에 닿을 때까지 위로 조금씩 움직인다.

디클랜이 고개를 돌린다.

"내 눈에는 너의 전부가 보여." 나는 말한다. "그리고 나는 지금도 그런 눈으로 너를 바라보고 있어."

디클랜은 내 손을 잡아서 제 가슴에 얹는다. 눈을 감고 그대로 그렇게 있는다. "너 때문에 미치겠다, 줄리엣."

"나를 봐." 나는 말한다.

그가 나를 본다.

"눈을 감으면 너만의 길을 만들 수가 없잖아." 나는 그를 놀린다.

"잘 봐." 그는 내 쪽으로 몸을 기울여 제 입술을 내 입술 위로 포갠다.

감사의 말

솔직히 고백하건대 나는 지금 아픈 몸으로 이 글을 쓰고 있어서 눈앞이 침침하고, 병 때문에 고마운 사람들을 떠올리면 눈물이 나는 그런 심리 상태다. 따라서 내가 종이에 대고 횡설수설하는 것처럼 보이더라도 A형 독감 때문인가 보다 하고 생각해 주기 바란다.

맨 먼저 남편에게 고맙다는 인사를 해야겠다. 그는 나의 가장 친한 친구이자 든든한 동맹이자 반석이다. (그렇다, 나는 벌써부터 눈물을 흘리고 있다. 두 번째 단락 만에. 어쩌려고 이러는지.) 그는 처음 만난 순간부터 흔들림 없이 나의 작가 생활을 응원했고 그가 없었다면 나는 이 작품을 완성하지 못했을 것이다.

원더 우먼이 아닌가 싶은(맨디, 금색 팔찌 끼고 있는 거 다 알아요. 솔직히 고백해요.) 담당 에이전트 맨디 허버드에게도 무한한 감사를 전하고 싶다. 나중에 따로 만나면 와락 끌어안을 작정이다. 어디 가야 그런 꽃밭이 있을지도 잘 모르겠지만 나는 데이지 꽃밭에서 그녀를 끌어안는 상상을 한다. 여러모로 고마웠어요, 맨디.

이 소설을 다듬어 나가는 동안 값진 조언과 비전을 제시한 담당 편집자 메리 케이트 카스텔라니에게도 무한한 감사를 전하고 싶다. 데이지 벌판에서 맨디랑 다 같이 와락 끌어안아요. 아니면 악수를 해도 돼요, 그게 더 좋다면. 하지만 정말이지 당신과 함께 일을 할 수 있었던 게 내게는 엄청난 행운이었어요. 여러모로 고마웠어요.

나를 대신해 온갖 수고를 아끼지 않은 블룸스베리의 모든 분에게 도 고맙다는 말을 전하고 싶다. 이름을 알지 못해 개별적으로 인사하지는 못하지만 책을 한 권 만들려면 '온 마을이 필요하다'는 사실을, 그들 모두가 내 책을 만드는 데 일정 부분 기여했음을 내가 인지하고 있다는 것만큼은 알아 주었으면 좋겠다. 나중에 모두 다시 만날 수 있길 바라요.

가까운 친구 겸 비평 동지인 바비 괴들러, 앨리슨 켐퍼 그리고 새라 파인에게도 고맙고 사랑한다는 말을 전하고 싶다. 너무나 소중한 그대들이 있어서 나는 얼마나 행운인지 몰라.

이 책의 작업에는 법률적인 부분에서부터 사진, 자동차 수리에 이르기까지 엄청난 자료 조사가 필요했다. 사진과 사진 보도에 대해 내가 이메일을 보낼 때마다 정성을 다해 답을 해 준 찰스 '척' 앨런, 내가 점심(아니면 저녁 아니면 어느 식당이건 말만 해요.) 살게요. 볼티모어 카운티 경찰서의 제임스 칼리노스키 경관은 예전부터 법률 집행의 모든 분야를 커버해 주었는데 이번에도 예외가 아니었다. 내가 아는 자동차 관련 지식은 대부분 조 클립스턴, 라이언 앨버스, 스테파니 마틴 그리고 스코프 프루식에게 배웠다. 이들이 든든한 지원군이 되어 주었다. 본문에 오류가 있다면 모두 내 탓이다.

많은 분이 초고를 읽고 피드백을 준 덕분에 더 나은 완성작을 만들 수 있었다. 짐 힐더브랜트, 니콜 쇼니에르크로커, 트레이시 휴턴, 조이 헨슬리 조지, 섀나 베네딕트, 니콜 무니, 에이미 클립턴 그리고 미셸 맥휘터. 모두에게 감사할 따름이다.

그리고 이 작품을 통해 나를 처음으로 알게 된 분이건 『폭풍』을 통해 베카와 크리스를 만난 이래 줄곧 여행을 함께해 온 분이건 모든 독자에게 진심을 담아 고맙다는 인사를 전하고 싶다. 독자 여러분이 없다면 나는 내가 사랑하는 일을 할 길이 없을 것이다. 감사하고 또 감사하다.

늘 그렇듯 영원한 지혜의 샘물이자 내가 초등학교 2학년 때 개를 주제로 글을 썼을 때조차(그걸 요즘도 꺼내서 사람들에게 보여 주신답니다. 진짜예요.) 응원과 조언을 아끼지 않았던 어머니에게 감사 인사를 해야겠다.

그리고 늘 그렇듯 마지막으로 케머러 집안의 네 형제 조너선, 닉, 샘 그리고 막내 재크에게 무한한 감사를. 너희의 배려 덕분에 엄마가 꿈을 좇을 수 있었어. 너희를 내게 보내 준 행운의 별들에게 날마다 고맙다고 인사한단다.